Der Zwieli

Der Zwielichtobelisk (Spiegelwelt Buch #4) LitRPG-Serie

Spiegelwelt, Volume 4

Alexey Osadchuk

Published by Magic Dome Books, 2021.

von Alexey Osadchuk

✕

**Spiegelwelt
Buch 4**

✕

Magic Dome Books

DER ZWIELICHTOBELISK. Spiegelwelt Buch 4

Buch 3 Originaltitel: The Twilight Obelisk (Mirror World Book #4)

Copyright ©A. Osadchuk, 2017

Covergestaltung ©V. Manyukhin, 2017

Deutsche Übersetzung © Tanja Braun, 2021

Lektor: Lilian R. Franke

Erschienen 2021 bei Magic Dome Books

*Laden Sie unseren KOSTENLOSEN **Verlagskatalog** herunter:*
Geschichten voller Wunder und Abenteuer: Das Beste aus LitRPG, Fantasy und Science-Fiction (Verlagskatalog)

Deutsche LitRPG Books News auf FB liken: facebook.com/ groups/DeutscheLitRPG[1]

---

1. https://www.facebook.com/groups/DeutscheLitRPG

Kapitel 1

ES WAR VIERTEL NACH VIER Uhr morgens. Bald würde die Sonne aufgehen. Der Schneesturm war abgeebbt. Die Sterne glitzerten gelb am unendlichen Himmel.

„Wäre es nicht schön, wenn zur Abwechslung mal die Sonne schiene?", fragte ich Strolch.

Mein Haustier lag zusammengerollt zu meinen Füßen und schnupperte ab und zu im Schlaf. Sein Ohr zuckte und verriet, dass er mir zuhörte. Ich hatte Boris bereits entlassen, aber diesen kleinen Faulpelz ließ ich noch etwas hier herumlungern.

„Ich könnte etwas Frieden gebrauchen", sagte ich zu ihm. „Wenigstens ein paar Tage. Hoffen wir nur, dass Laosh und seine Leute bald hier sind."

Wir hatten unser Lager an der eingestürzten Mauer desselben Hauses errichtet, in dem wir den Angriff der Nocteaner erwartet hatten. Das Knistern des Feuers klang so beruhigend. Ich streckte die Hände nach seiner Wärme aus. Himmlisch!

Die calteanischen Krieger schliefen tief und fest. Die Ruinen der Stadt hallten von ihrem heldenhaften Schnarchen wider.

Ich sollte Holz nachlegen. Die anderen mussten sich aufwärmen.

Seet und Horm erholten sich bemerkenswert gut. Das war nicht weiter erstaunlich: Dieser neue, legendäre Orden, den wir erhalten hatten, wirkte wahre Wunder.

Die Gnade der Erde. Was für ein seltsamer Name. Seine Effekte waren noch seltsamer. Er verkürzte die Regenerationszeit meiner Gruppe um 25 %. Und mit Regeneration meinte das System sowohl Leben als auch Energie. Was sollte ich sagen? Ausgezeichnet. Gerade, als wir es am dringendsten gebraucht hatten.

„Und das ist noch nicht alles!", flüsterte ich Strolch zu, während ich den Tab „Eigenschaften" öffnete. „Wir haben zwei weitere legendäre Orden erhalten! Schatten eines Riesen und Freund des Windes. Beides sind sehr mächtige Zauber. Cool, was?"

Zur Antwort zuckte Strolchs Hinterbein im Schlaf.

„Okay, dann schauen wir uns das mal an", sagte ich zu ihm.

Eine Weile studierte ich stumm die neuen Werte. „Aha. Verstehe. Der Schatten des Riesen fügt 30 % zu Leben hinzu. Das heißt, wenn ich jetzt etwa 10.000 LP habe, bringe ich es mit diesem Buff auf 13.000."

Ich strich über meinen Bart, während ich versuchte, da durchzublicken. „Und das ist immer noch nicht alles. Ich kann ihn auf alle Mitglieder meines Raids wirken."

Strolch schnupperte zufrieden im Schlaf. Ihm war das egal.

„Du bist nicht beeindruckt, was? Na dann. Was ist mit Freund des Windes? Gefällt dir dieser klangvolle Name nicht? Hier, hör mal, was da steht." Ich warf mich in die Brust und rezitierte leise: „Der Zauber fügt 45 % zur Geschwindigkeit aller Raid-Mitglieder hinzu."

Ich sah erst Strolch, dann meine Waffenbrüder bedeutungsvoll an. Sie alle schliefen wie die Murmeltiere. Ich unterdrückte ein Lächeln. Wir mussten einen furchterregenden Anblick bieten!

„Jungs, ihr habt ja keine Ahnung, mit wem ihr euch da eingelassen habt."

Ich überflog die nächste Zeile. „Moment mal. Wie dumm von mir. Ich habe ja noch einen Zauber, oder nicht? Die Hand des Verstoßenen? Den habe ich zusammen mit der legendären

Errungenschaft erhalten, als ich die Clan-Reputation maximiert habe. 30 Punkte zusätzlich auf die Moral aller Clanmitglieder oder so etwas in der Art. Was auch immer das bedeuten soll. Egal. Ich werde es schon rausfinden."

Die Geschenke waren nicht ohne Nachteile. Alle neuen Zaubertricks, die ich erhalten hatte, hatten eine Abklingzeit von 24 Stunden. Zu lang, aber das war im Vergleich zu den Vorteilen ein vernachlässigbares Übel.

„Ich kann mich nicht beklagen, oder was meinst du, Kumpel? Zuerst die nächtliche Schlägerei mit den Nocteanern, dann das Treffen mit den uralten NPCs! Und es fehlen mir nicht mal mehr 20 Level bis 100. Meine Fähigkeit Steuerung liegt jetzt bei fünf. Das sind fünf Skarabäen. Kannst du dir das vorstellen? Eine mächtige Truppe. Frag lieber nicht, wie ich mir all das Metall leisten soll, aber das ist es wert."

Ich rieb mir die Hände, bis mir klar wurde, dass ich wahrscheinlich wie ein Irrer aussah. Das war nicht normal für mich. Nie hätte ich gedacht, dass ich das Kämpfen so lieben lernen würde.

„Und das ist jetzt immer noch nicht alles!", flüsterte ich aufgeregt. „Wir hatten Skarabäen und Flöhe, und jetzt haben wir eine neue technische Zeichnung: einen Skorpion! Du darfst mich ab sofort den Herrn der Insekten nennen!"

Strolch stellte sich immer noch tot – aber seine schlaue, feuchte Nase zuckte im Rhythmus seines sich hebenden Bauches und signalisierte mir, dass ich weitersprechen sollte.

„Okay, wenn du darauf bestehst. Die Werte des Skorpions sagen, dass er hauptsächlich aus Metall plus 15 % Gift besteht. Er wurde ursprünglich von Meister Brolgerd entwickelt, um Raubtiere abzuschrecken, die die Herden der Schäfer bedrohten. Später wurde er für militärische Zwecke adaptiert. Oh. Warum überrascht mich das nicht? Menschen! Intelligentes Leben, ja klar. Alles, was sie tun, ist, Kriege gegeneinander führen."

Automatisch schob ich meine nicht existente Brille zurecht. „Also, sehen wir uns mal die Werte unseres neuen sechsbeinigen Teammitglieds an. Ein vergifteter Schlag ... Was kann er noch? Aha, den Feind mit seinen Zangen greifen und ihn einige Sekunden lang bewegungsunfähig machen. Nützliche Sache, besonders gegen physische Klassen."

Ich hielt eine Sekunde lang inne und verglich im Geiste den Skarabäus mit dem Skorpion. „Wie ich es mir gedacht habe. Der eine ist ein Tank, der sich im Kampf schon bewährt hat, der andere ist eher hinterlistig und verfügt über ausgezeichnete Geschwindigkeit und Behändigkeit."

Ich schloss den Insekten-Tab und ging zu den Haustieren. Beide hatten sich weiterentwickelt und waren schon fast auf Level 100. Das war eine gute Nachricht. Die schlechte Nachricht war, dass, wenn ich wollte, dass mein kleiner Zoo noch weiterkam, ich zu Meister Rotim reisen müsste, um Reiten hochzuleveln.

Die jeweiligen Fähigkeiten meiner Tierchen zu steigern, stellte ein Problem dar. Sowohl Boris der Hugger als auch Strolch der Schwarze Grison schienen hinterherzuhinken. Und ich war nie dazugekommen, die Warnmeldungen zu lesen, weil ich in letzter Zeit zu beschäftigt gewesen war.

Boris' Fliegen konnte ich auf Level 3 hochbringen und seinen Triumphschrei auf 2. Das Gleiche galt für Strolch. Sah also so aus, als würde ich Boris zum Dorf Tikos im Tallianischen Grasland fliegen lassen müssen.

Es gab keine andere Möglichkeit. Wenn ich darüber nachdachte, kam das nicht unerwartet. Die Spielentwickler mussten ihren Schnitt machen. Ich hatte so das Gefühl, dass mich das eine Menge kosten würde.

Mehr Ausgaben. Ich hoffte nur, Rrhorgus gefiel meine Beute. Werwolfzähne, Steinkeulen und Tierfelle – das war alles, was die Nocteaner zu bieten gehabt hatten. Es hätte mehr sein können, denn für die, die durch die Wächter der Verbotenen Stadt getötet worden waren, hatten wir weder Beute noch EP erhalten.

„Apropos Beute", murmelte ich. „Ist es nicht mal Zeit, die letzte Truhe zu öffnen?"

Sind Sie sicher, dass Sie die Kostbare Schmiedeeiserne Truhe öffnen wollen?

Annehmen/Ablehnen

„Absolut sicher", sagte ich und drückte auf Annehmen.

Herzlichen Glückwunsch! Sie haben die Kostbare Schmiedeeiserne Truhe geöffnet!

Belohnung: Der Zauberspiegel von Ishood, 1.

Interessant.

Der Zauberspiegel von Ishood ist ein antikes Artefakt, das Werk eines unbekannten Meisters des Göttlichen Zeitalters. Eine Theorie besagt, dass der Meister einen Teil seiner Seele in den Gegenstand gelegt hat. Bis heute wurde der Gegenstand als verloren betrachtet.

Ein Teil der legendären Sammlung Die fünf Meisterwerke des Göttlichen Zeitalters.

Eigenschaften des Gegenstands: Der Besitzer des Spiegels kann ihn nutzen, um sein eigenes Spiegelbild zu Hilfe zu rufen.

Warnung vom Schöpfer des Gegenstands: Achtung! Das beschworene Wesen ist nur ein Spiegelbild Ihrer eigenen Seele! Es ist lediglich ein Phantom.

Einschränkungen:

Lebensspanne des Spiegelbilds: 2 Std.

Abklingzeit: 2 Std.

Mehr Systemnachrichten tauchen in meinem Interface auf:

Herzlichen Glückwunsch! Sie haben eine Errungenschaft freigeschaltet: Selbsternannter Sammler

Belohnung: +1 % auf Ihre Chance, im Kampf Wissen zu erlangen

Herzlichen Glückwunsch! Sie haben eine Errungenschaft freigeschaltet: Sammler-Neuling

Belohnung: +3 % auf Ihre Chance, im Kampf Wissen zu erlangen
Herzlichen Glückwunsch! Sie haben eine Errungenschaft
freigeschaltet: Fortgeschrittener Reliquiensammler
Belohnung: +5 % auf Ihre Chance, im Kampf Wissen zu erlangen
Herzlichen Glückwunsch! Sie haben eine Errungenschaft
freigeschaltet: Besitzer eines Schatzes
Belohnung: +10 % auf Ihre Chance, im Kampf Wissen zu
erlangen
Herzlichen Glückwunsch! Sie haben einen Gegenstand aus der
legendären Sammlung Die fünf Meisterwerke des Göttlichen Zeitalters
gefunden.
Sammeln Sie alle fünf Gegenstände, um einen Bonus zu erhalten!

Verwirrt kratzte ich mich am Kopf. Natürlich hatte ich schon von Sammlungen gehört. In der Spiegelwelt gab es die massenweise. Man sollte einen Satz Statuetten, Geschirr oder sogar Mosaikteile sammeln.

In diesem Fall hatte ich jedoch das Glück gehabt, ein legendäres – und hoffentlich sehr nützliches – Amulett in die Hände zu bekommen. Seine Wirkung war mir noch nicht so recht klar, aber die Beschreibung klang vielversprechend.

Ich drehte den kleinen, schlichten Spiegel in den Händen, musterte ihn und steckte ihn dann in meinen Rucksack. Sammelgegenstände waren in der Auktion jedenfalls immer sehr gefragt, und Relikte wie dieses hatten ihren Preis. Mein alter Freund Rrhorgus würde aus dem Häuschen sein.

„Ah! Strolch, das habe ich ganz vergessen", sagte ich und stöberte in meinem Rucksack. „Ich habe ja noch einen Gegenstand. Wo steckt er denn ...? Aha, gefunden."

Die Schnalle des Kampfgürtels Schwingen des Todes
Effekt: +150 Stärkepunkte
Effekt: +100 Verteidigungspunkte
Effekt: +250 Standhaftigkeitspunkte

Effekt: +150 Ausdauerpunkte
Einschränkung: Nur Ennan-Rasse
Level: 50
Warnung! Dieser Gegenstand ist nicht übertragbar!
„Schau dir das an, Kumpel! Das ist auch fast ein Sammelobjekt, oder? Sieh dir nur die Werte an! Und zu meinem Level passt sie auch. Nur, wie soll ich sie tragen? Ich brauche einen Gürtel, an dem ich sie befestigen kann. Noch ein Punkt auf meiner To-Do-Liste: bei einem Sattler vorbeischauen."

Nach eingehender Musterung wanderte auch die Schnalle in meinen Rucksack. Stattdessen nahm ich die letzten Geschenke der Meister zur Hand.

„Jetzt das Wichtigste", sagte ich und öffnete die vergilbte Pergamentrolle. „Laut Meister Satis beinhaltet die Schriftrolle die Antworten auf viele Fragen."

... In meinem ganzen Leben habe ich noch nie etwas so Majestätisches erblickt – und ich habe wahrlich viel gesehen. Der smaragdene Palast des Alven-Prinzen, die braune Wüste der Narche, das endlose Hochmoor der Dwande ... Alle diese Orte verblassen im Vergleich zu den Hallen von Bruchheim, die im Herzen des Zwielichtschlosses liegen ...

(Notizen von Arwein, Seite 12)

Ich musste all meine Selbstbeherrschung aufbieten, um nicht laut zu lachen. „Was, das ist alles? Antworten, ja klar doch! Das klingt nur nach noch mehr Fragen! Ihr habt wirklich einen kranken Sinn für Humor."

Ungläubig den Kopf schüttelnd warf ich die Schriftrolle wieder in meine Tasche zurück. Nach einer kurzen Untersuchung folgten ihr auch die Schlüssel, die ich von Meister Labrys erhalten hatte.

„Wozu brauche ich Schlüssel in einer Stadt, in der keine einzige Tür mehr steht?", murrte ich, während ich die magische Sphäre musterte. „Kann man das überhaupt eine Stadt nennen? Hier findet man ja nicht einmal ein Plumpsklo!"

Mühsam konzentrierte ich mich auf die Werte des Artefakts. Na gut. Ich zwang mich zu einem sarkastischen Grinsen. Wir hatten gerade zwei Wochen absoluter Immunität erhalten.

Mit einem Seufzer schloss ich die Augen. „Glückwunsch, Olgerd, alter Junge. Du bist gerade der neue Wächter dieser Müllhalde geworden. Der Herr der Ruinen."

Ich konnte die Spielentwickler schon verstehen. Sie brauchten eine Sensation, einen Krieg, der alle Kriege beendete. Eine Mega-Keilerei. Je mehr Clans einander an die Kehle gingen und diese Stadt für sich beanspruchen wollten, desto mehr Gewinne gab es für die Besitzer des Glashauses.

Aus irgendeinem Grund war eine schlichte Aktivierung eines Obelisken nicht gut genug für sie. Wie auch immer, es war zu früh, um darüber nachzudenken. Ich war erst seit ein paar Stunden hier, und schon machte ich die Dinge unnötig kompliziert.

Was hatte ich auch erwartet? Sie hatten mich als Köder verwendet. Es mir sogar angekündigt. Ich war ihr Prügelknabe. Ich hatte gewusst, worauf ich mich einließ. Mit einer Handvoll NPC-Krieger, einem nutzlosen Schlüsselbund und einer Schutzsphäre diente ich als rote Flagge, die andere Spieler zur Handlung ansporne. Um ihnen zu vermitteln: *„Wenn dieser nutzlose Noob den Obelisken aktiviert, kriegt er alle Belohnungen, die damit einhergehen!"*

Ich war mir sicher, dass das Zwielichtschloss bereits in jedem Chatroom und Forum diskutiert wurde. Die Auktionspreise für die paar Fragmente alter Karten, die das Niemandsland erwähnten, mussten sprunghaft gestiegen sein. Schon bald würden die stärksten Armeen der Spiegelwelt hier eintreffen und uns vom Angesicht der Erde hinwegfegen, wie der Wind ein paar Staubkörner fortwehte.

Deshalb hatte Tanor wohl aufgehört, mir zu schreiben. Warum sollte er auch? Das hier war die Endstation. Die Karten lagen auf dem Tisch. Jetzt hing alles von der schnellen Reaktion der anderen Clans und davon ab, wie gut sie sich auf den Raid vorbereiteten. Oder, wie ein gewisser Julius Caesar es ausgedrückt hatte: „Ich kam, sah und siegte." Die Pläne der Clans sowie die der Eigentümer der Reflex-Bank waren mir klar. Doch was sollte ich als Nächstes tun? Auf den ersten Blick schienen meine Angelegenheiten in einem bemitleidenswerten Zustand zu sein. Vorsichtig ausgedrückt. Aber wenn man das Problem aus einem anderen Blickwinkel betrachtete – oder noch besser aus mehreren – bot sich ein interessantes Bild der Lage. Mein Mangel an Spielerfahrung ermöglichte es mir nicht, alles zu erfassen, aber selbst mir war klar, dass die Sache noch nicht verloren war.

Darüber hinaus war ich ebenfalls in der Stimmung für eine große Keilerei. Jeder, der versuchen würde, hierherzukommen, um „zu sehen und zu siegen", würde den Tag nicht so schnell vergessen. Dafür würde ich schon sorgen. Ich wusste, dass ich das konnte.

„Ich kann und ich werde! Bei Gott, das werde ich!"

„Olgerd? Was murmelt Ihr da vor Euch hin?" Droys schläfrige Stimme riss mich aus meinen Gedanken. Er stützte sich auf die Ellenbogen und starrte mich aus einem halb geöffneten Auge ironisch an. „Wirkt Ihr Magie?"

Ich lachte leise. „Könnte man so sagen."

Er strahlte. „Das ist gut. Macht weiter. Eure Hexerei hilft den Jungs, das merkt man."

Ich warf Seet und Horm einen Blick zu. Beide schliefen tief. Sie erholten sich mehr und mehr.

„Ja, Anführer", entgegnete ich. „Bald sind sie beide wieder auf den Beinen. Allerdings brauchen sie Ruhe und Pflege."

Droy nickte. „Gut. Wenn die anderen hier sind, wird Ormans Frau Carina sie wieder aufpäppeln. Sie ist die Medizinfrau des Stammes."

„Eine Medizinfrau?", fragte ich neugierig. „Habt ihr viele davon?"

Droy reckte den Hals, um nachzusehen, ob Orman noch schlief, und wandte sich dann wieder mir zu. „Olgerd, manchmal erstaunt Ihr mich wirklich. Ihr seid so ein kluger Kerl. Aber ab und zu sagt Ihr Sachen ..."

„Warum, was habe ich gesagt?"

Ungläubig schüttelte Droy den Kopf. „Ihr habt Glück, dass Orman uns nicht hören kann. Er würde Euch sauber die Meinung sagen. Vielleicht würde er Euch sogar umhauen, Freund des Stammes hin oder her."

„Aber warum? Was habe ich getan?"

„Versteht Ihr nicht? Seine Frau ist *einmalig*. Auf der ganzen Welt gibt es niemanden wie sie. Jede Frau ist gleichermaßen einzigartig. Und Ihr sprecht von ihnen, als seien sie ein Haufen Lumpenpuppen. Bitte, passt in Zukunft besser auf, was Ihr sagt."

„Verstehe", murmelte ich verdattert.

Was war das denn jetzt? Hatte dieser NPC mir gerade erklärt, dass ich meine Haltung ihnen gegenüber ändern sollte, wenn ich meine Reputationspunkte behalten wollte? Dieses Stück Binärcode unterstützte tatsächlich die Illusion der perfekten Authentizität dieser Welt?

„Droy, mein Freund, es tut mir sehr leid", sagte ich vorsichtig. „Ich fürchte, Ihr habt mich missverstanden. Nein, das ist es nicht. Es ist mir nur nicht gelungen, meine Frage richtig zu formulieren."

„Ich weiß, was Ihr fro... fom... formulieren wolltet." Droy tat meine Entschuldigung mit einem Achselzucken ab. „Ihr wolltet wissen, ob es im Stamm noch andere Heiler gibt. Natürlich gibt es die."

Wollte er mich veräppeln?

Droy runzelte die Stirn. „Seht mich nicht so an. Ich bin nicht dumm – das kommt davon, dass ich Euch schon eine Weile kenne. Aber die anderen Calteaner verstehen Euch vielleicht nicht so gut wie ich. Wir sind alle verschieden. Manche sind klüger als andere – oder sollte ich sagen dümmer? Das ist nur eine Lektion für Euch für die Zukunft. Achtet darauf, dass Ihr nichts sagt, was Ihr später bereuen könntet. Das wäre eine Schande."

Himmel, bildete ich mir das ein, oder entwickelte sich die Beziehung zwischen NPCs und Spielern immer weiter und erreichte neue Ebenen? Jedes Mal, wenn ich mir den schwarzbärtigen Anführer des Calteaner-Stammes ansah, fragte ich mich aufs Neue, ob er tatsächlich von dem unsichtbaren Puppenspieler gesteuert wurde – oder waren alle KI-Bediener gefeuert worden?

„Ich sehe, ihr seid ins Nachdenken gekommen", kommentierte Droy mit sarkastischem Grinsen. „Das ist gut. Es heißt, Nachdenken sei eine gute Angewohnheit."

Ich hob die Schultern. „Was soll ich sagen? Ihr habt absolut recht, mein Freund. Danke für den Tipp."

„Schon in Ordnung." Droy grinste gutmütig. „Solange Ihr aus meinen Worten lernt, wie ich an jenem Tag, als wir die Dunklen beim Fluss Lautlos bekämpften, aus Euren gelernt habe."

Wir seufzten beide und starrten in die tanzenden Flammen.

Ich persönlich konnte nicht sagen, ob dieses Gemetzel mir genützt oder geschadet hatte. Ich wusste nur, ohne hätten wir jetzt 50 Krieger mehr. Und einen Schamanen, der eine ernstzunehmende Macht darstellte.

„Nun denn, Soldat", fuhr Droy fort. „Haltet weiter Wache. Ich versuche, noch etwas Schlaf zu kriegen."

Seiner Energieleiste nach zu urteilen, würde er noch ein paar Stunden brauchen, um sich voll zu regenerieren. Dasselbe galt für alle anderen – außer natürlich für die verletzten Krieger.

Jetzt war ein guter Augenblick, um das zu tun, was ich schon die ganze Zeit vorgehabt hatte, wozu ich aber bis jetzt nicht gekommen war. Ich musste mir ihre Werte ansehen.

Ich begann mit Droy.

Level: kein Problem. Noch eine weitere Schlacht, und er würde möglicherweise die 300 erreichen.

Was war mit seinen Eigenschaften?

Klasse: Krieger. Unterklasse: Lancier. Warum Lancier? Droy konnte gut mit allen möglichen Waffen umgehen. Er war ein ausgezeichneter Bogenschütze, und seine Schwertkünste konnten sich mit den Besten messen. Wo war der Haken?

Die Unterklasse eines NPCs hängt vom Fertigkeitslevel einer bestimmten Waffe ab. Das Fertigkeitslevel einer Waffe hängt seinerseits von der Häufigkeit ab, mit der sie im Kampf eingesetzt wird.

Das ergab Sinn. Der Speer schien Droys bevorzugte Waffe zu sein. Und gut damit umgehen konnte er allemal. Wie er die Nocteaner damit aufgespießt hatte!

Droy war sehr stolz auf seinen Speer, eine Waffe mit starkem, gut gearbeitetem Schaft und einer langen, eisernen Spitze. Trotzdem stellte sich bei näherer Betrachtung heraus, dass die Werte der Waffe nicht allzu berauschend waren. Ihr Level entsprach seinem eigenen, aber ihr Symbol war grau. Gleiches galt für Droys übrige Ausrüstung: sein Messer, sein Schwert, seinen Bogen und seine Kleidung.

Dasselbe galt für alle anderen Krieger. Keiner von ihnen hatte auch nur einen einzigen grünen oder blauen Gegenstand.

Wieder einmal ertappte ich mich dabei, dass ich mir die Hände rieb wie ... ein Spinner? Da tat sich eine wahre Goldgrube an Gelegenheiten vor mir auf!

Gedanken schwirrten durch meinen Kopf wie ein Schwarm aufgeschreckter Vögel. Was, wenn ich falsch lag? Was, wenn NPCs ihre vorprogrammierten Waffen nicht wechseln konnten? Dann wäre meine Entdeckung einen Dreck wert.

Andererseits, warum sollten die Programmierer die Symbole dann einfärben? Warum sollten sie es NPCs ermöglichen, ihre Fertigkeiten und Fähigkeiten hochzuleveln?

Ich erinnerte mich nicht daran, dass NPCs jemals Beute eingesammelt hatten – aber das hatte nichts zu bedeuten. Nichts in der Spiegelwelt geschah ohne Grund. Die Steinwaffen der Nocteaner hatten zum Beispiel eine andere Klasse und waren deshalb nicht für die Calteaner geeignet, die ihrerseits nicht in der Lage zu sein schienen, bestimmte Arten von Spielerwaffen wahrzunehmen. Steckte da ein Muster dahinter?

„Dieses Problem gehen wir an, wenn es so weit ist", murmelte ich. „Was jetzt?"

Neben seinen militärischen Fertigkeiten konnte Droy auch mit friedlicheren Fähigkeiten aufwarten. Offenbar war er ein leidenschaftlicher Jäger und Fischer, er konnte Mahlzeiten zubereiten und vieles mehr. Die Zahlen zu jeder dieser Fertigkeiten sagten mir nichts. Wenn ich seine Werte mit denen anderer verglich, könnte ich vielleicht Schlussfolgerungen daraus ziehen. Doch der Hauptpunkt war, dass sie keine Fertigkeiten besaßen, die hochgelevelt werden konnten.

Ich war so damit beschäftigt, Droys Potenzial zu studieren, dass ich alles um mich herum vergessen hatte. Inzwischen hatte es angefangen, zu schneien.

War wohl nichts mit Sonnenschein. Immerhin war es nicht windig. Ich musste mich aufrappeln und eine neue Portion Feuerholz holen. Davon lag hier jede Menge herum.

Das Feuer nahm meine Gabe an. Es wuchs, zunächst widerwillig, und vergrößerte dann seinen Wärmeradius. Jetzt schmolzen die Schneeflocken in der Luft gerade außerhalb unserer Reichweite.

Ich nahm wieder Platz und machte es mir gemütlich. „Wer ist als Nächstes dran?"

Seet der Stattliche und Horm die Schildkröte waren beide Bogenschützen. Orman der Bär und Crym der Hammer hingegen leichte Infanteristen.

Seet war nur drei Level davon entfernt, ein Lancier zu werden. Und Horm musste sein Schwert in den letzten Scharmützeln sehr oft verwendet haben. Es sah aus, als würde er bald die Reihen unserer Infanterie vergrößern.

In Sachen friedlicher Fertigkeiten hatte Orman ausgezeichnete Kochkünste aufzuweisen (dem konnte ich aus vollem Herzen zustimmen), während Crym der Hammer ein angehender Steinmetz war – gewissermaßen ein Kollege von mir.

Jeder von ihnen hatte einige Dutzend anderer Fertigkeiten, die in verschiedenen Entwicklungsstadien steckengeblieben waren.

Wir hatten eine Menge Arbeit vor uns. Viele Gelegenheiten, jede Kriegerfertigkeit und -fähigkeit hochzuleven.

Apropos Wertevergleich. Ich hatte doch diese kleine App erhalten. Die mit den vielen Diagrammen. Ich hatte sie völlig vergessen.

Ich drückte auf Raid-Steuerung.

Aktive Raid-Mitglieder:

6/296

Was sollte das denn heißen? Aha, die Zahl 6 stand für unsere kleine Gruppe. Die anderen 290 waren noch auf dem Weg hierher. Offenbar hatte ich also nur Zugriff auf die Werte der NPCs, die sich aktuell bei mir befanden.

Himmel, die machten es einem aber auch nicht leicht. Tabs und noch mehr Tabs, insgesamt mindestens 50, vollgepackt mit Tabellen, Diagrammen und Grafiken ...

Der Tab Moral! War das nicht der, den ich mit der Hand des Verstoßenen verbessern konnte?

Die Zahlen und das intensive Grün der Symbole sagten mir, dass meine Clanmitglieder es mit der ganzen Welt aufnehmen könnten. Was nur zu erwarten war. Sie hatten die Nocteaner besiegt, sie hatten einen Wohnsitz für ihren Clan gefunden, sie hatten es sogar geschafft, dabei halbwegs heil zu bleiben. Außer ein paar Verletzten hatten wir keine Verluste erlitten. Kein Wunder, dass ihre Moral himmelhoch gestiegen war.

Auch wenn die Entwickler mit Informationen knauserten, war diese Eigenschaft selbsterklärend. Eine Abnahme der Moral konnte einige potenziell unangenehme Folgen haben, besonders für mich als Raid-Anführer.

Das Interface war zwar umständlich, vereinfachte mir aber dennoch die Aufgabe, einen Raid zu steuern. Ich wäre nicht überrascht, wenn die Spielentwickler mich irgendwann um Feedback bitten würden.

Nächster Tab: Lebenserhaltung. So viele Werte! Sättigung, Erschöpfung, körperliche Gesundheit ... und so weiter und so fort, mindestens 20 davon. Jetzt musste ich mir nicht mehr jeden Krieger einzeln ansehen, um zu erfahren, wie es ihm ging. Ich musste nur die Tabelle öffnen.

Meine Männer waren dieser fallenden Kurve zufolge völlig ausgehungert. Außerdem sah ich, dass unsere Nahrungsvorräte schwanden.

Mir war es immer so vorgekommen, als würden die Calteaner sich größtenteils selbst versorgen. Sie kochten ihre eigenen Mahlzeiten am Feuer, sie tranken ihre eigenen Getränke und flickten ihre Kleider selbst. Sie waren problemlos ohne mich zurechtgekommen. Aber jetzt, als ich einen Überblick bekam, konnte ich das einerseits alles überwachen, andererseits bedeutete das für mich noch ein gutes Stück mehr Verantwortung, und von der hatte ich schon genug.

Ich verbrachte noch mehr Zeit damit, das Interface zu studieren, bis ich auf eine weitere, nützliche kleine App stieß: Koordinator. Von jetzt an würde sie mir alle Fälle von Level-Verlusten für jeden einzelnen Wert meiner Raider melden. Ich konnte jede Person einzeln überwachen oder die kombinierten Werte des Raids kontrollieren.

Ich probierte es aus und stellte 80 % ein. Sofort wurde ich mit hunderten von Warnmeldungen überschüttet. Ich reduzierte den Wert auf 60 %, dann auf 40 %. Offenbar war Nahrung momentan das Wichtigste.

Wenn die anderen aufwachten, sollte ich beobachten, was Droy für Befehle gab. Laut der App hatten wir noch genug Nahrung für zwei weitere Mahlzeiten. Jagen war die einzige Möglichkeit, unsere Vorräte wieder aufzufüllen. Und jetzt, da ich die Jagd-Level jedes Einzelnen kannte, war ich neugierig, wen Droy für die Aufgabe auswählen würde.

Ich hoffte nur, dass ich mich nicht in etwas einmischen musste, was ich bisher als automatischen Vorgang betrachtet hatte. Denn wenn ich damit anfing, konnte es sein, dass ich von einer Lawine an Mikroproblemen überschüttet werden würde. Dann konnte ich mich von meinen großen Plänen verabschieden, so viel war sicher.

Kapitel 2

„CRYM, ICH MÖCHTE, dass du die Gegend nach Wild absuchst", sagte Droy, während er Stücke gekochten Fleisches aus dem Kessel austeilte. „Sieh zu, ob du etwas fangen kannst."

Crym der Hammer nickte. „Mache ich."

Mist. So viel dazu, dass ich mich nicht einmischen wollte.

Nachdem die Raider aufgewacht waren, schien alles so schön glatt zu laufen. Orman – der als Erster auf den Beinen gewesen war – hatte sich daran gemacht, ein Frühstück zuzubereiten, das eher wie ein bombastisches Abendessen aussah. So weit, so gut. Offenbar funktionierte das System ohne mich einwandfrei.

Aber sobald Droy die täglichen Aufgaben verteilte, begann ich mir Sorgen zu machen.

Okay, Seet und Horm mussten sich erholen und durften nicht gestört werden. Aber warum hatte Droy Orman zurückgelassen, um das Lager zu bewachen, während er Crym auf die Jagd schickte? Crym lag beim Jagen hoffnungslos zurück. Tatsächlich hatte er 50 Punkte weniger als Orman. Hätte Droy nicht Crym zur Bewachung des Lagers zurücklassen sollen?

Geduldig wartete ich, bis sie beide ihre Aufgaben aufgenommen hatten, und setzte mich dann neben Droy. „Darf ich etwas fragen?"

„Immer raus damit", sagte Droy, der sich die Hände an der Glut wärmte.

„Ich frage mich, warum Ihr Crym auf die Jagd geschickt habt? Ist Orman nicht ein besserer Jäger?" Ich war kurz davor, ihm von den Werten zu erzählen, biss mir aber gerade noch rechtzeitig auf die Zunge.

Mein Freund zog überrascht eine Augenbraue hoch. „Seltsam, dass Ihr mich das fragt."

„Warum?"

„Nun ja, denkt mal nach. Zuvor habt Ihr Euch noch nie für solche Dinge interessiert."

Ich nickte. „Das stimmt. Ich bin nur neugierig."

„Na gut. Es ist ganz einfach. Euer Fehler ist es, dass Ihr das Problem nur aus einem Blickwinkel betrachtet. Was Ihr tun solltet, ist das Gesamtbild im Blick zu behalten."

„Tut mir leid, das verstehe ich nicht", sagte ich.

„Ich erkläre es Euch", entgegnete Droy immer noch lächelnd. „Ihr habt völlig recht, Orman ist der bessere Mann für die Aufgabe. Aber!" Er hob bedeutungsschwer den Finger. „Ihr denkt nur ans Jagen. Ihr scheint zu vergessen, dass Orman auch ein ausgezeichneter Koch ist. Also will ich, dass er im Lager bleibt und sich seine Küche einrichtet. Das ist etwas, was nur ein Koch tun kann. Wenn ich stattdessen Crym damit beauftragen würde – und Ihr wisst wahrscheinlich, was für eine Sorte ‚Koch' er ist ..."

„Wie könnte ich das je vergessen." Bei der Erinnerung an das Abendessen, das Crym uns einmal zubereitet hatte, verzog ich das Gesicht.

Droy lachte. „Genau. Und Ihr solltet Cryms Jagdfähigkeiten nicht anzweifeln. Er wird mit irgendetwas zurückkehren, so viel ist sicher. Schließlich ist er ein Calteaner."

„Meint Ihr?", fragte ich, immer noch nicht überzeugt.

„Natürlich. Als ich heute Morgen austreten bin, habe ich in der Nähe ein paar Wildschweinspuren gesehen. In diesem Teil der Welt haben die noch nie einen Menschen zu Gesicht bekommen.

Wahrscheinlich wurden sie noch nie gejagt. Ich glaube nicht, dass die alten Götter Jäger waren. Also habe ich Crym einen Tipp gegeben. Ihr solltet nicht denken, dass ich hier nur herumhänge und nichts tue. Ich werde Orman etwas helfen und dann ein Auge auf Seet und Horm haben." Nachdenklich hielt er inne. „Es gibt auch etwas, das Ihr tun könnt. Der Schneesturm ist vorbei. Jetzt ist es Zeit, dass Ihr Eure fliegende Bestie beschwört und einen Rundflug über unser neues Territorium unternehmt."

Ich nickte, tief in Gedanken versunken und eine weitere Lektion verdauend, die ich gerade von diesem NPC gelernt hatte.

Er hatte wieder einmal recht. Wirklich peinlich. Andererseits war das eine gute Nachricht. Es bedeutete, dass ich mich nicht auf Kleinkram konzentrieren musste.

Und was den Rundflug anging ... Was für eine ausgezeichnete Idee!

Boris erschien aus dem Nichts, voller Leben und Energie, mit leuchtenden Augen und ungeduldig auf den Abflug brennend. Worauf wartete ich noch?

Ich entließ Strolch und sprang in den Sattel. Mit einem Freudenschrei schoss Boris der Hugger in die Lüfte.

Sofort fror die Winterluft meine Gesichtsmuskeln ein. Meine Augen tränten. Was für ein Tempo! Gut, Boris! Er hatte sich prächtig entwickelt.

Ich ließ ihn eine Weile herumtoben. Nach ein paar Schleifen befahl ich ihm, ruhig zu fliegen.

Wir schwebten über die Ruinen der antiken Stadt. Zwischen den Haufen eingestürzten Mauerwerks und den uralten Schneedünen ließ sich nichts von Bedeutung entdecken. Kein einziges Gebäude stand noch. Nur gelegentlich schimmerten Reste von Fundamenten durch und vermittelten einem einen Eindruck vom Aufbau der Stadt.

Was war hier geschehen? Ein Wirbelsturm? Ein Erdbeben?

Der Hauptorientierungspunkt der Stadt war ein Berg, dessen Ausläufer den Ennan-Baumeistern als Baugrund gedient hatten. Ich konnte deutlich die Umrisse der fünf Stadtmauern erkennen, die die Stadt umgeben hatten. Es war ein bisschen so, als sähe man sich ein Stück Schichttorte an.

Der unterste Wall – oder vielmehr seine Ruinen, die als Basis für unser Lager dienten – war gleichzeitig der längste. Wenn wir ihn rechtzeitig wieder aufbauen wollten, mussten wir wahrscheinlich alle Bauarbeiter der Spiegelwelt anheuern. Und selbst dann war ich mir nicht sicher, ob sie das schaffen würden.

Die Mauer wieder zu errichten war allerdings nur ein Teil des Problems. Wir mussten sie auch verteidigen können. Ich wollte gar nicht daran denken, wie viele Krieger ich brauchen würde, allein um die Stadtmauern zu bemannen.

Dieses Bauwerk war momentan ein paar Nummern zu groß für mich. Das Gleiche galt für die nächsten drei Mauern. Aber die höchste, kürzeste ... Mit der könnte es gelingen.

Wenn man den Karten glauben durfte, hatten dort die Hallen von Bruchheim gestanden. Fast ganz oben auf der Bergspitze. Das konnte man als Herz des Zwielichtschlosses bezeichnen.

Ich musste mir das näher ansehen.

Meinem Befehl folgend landete Boris auf dem höchsten Bruchstück der Mauer.

„Nicht schlecht!", rief ich und betrachtete unseren zukünftigen Lagerplatz.

Boris schnüffelte verächtlich. Ich konnte ihn verstehen. Hier waren die höchsten noch stehenden Überreste der Mauer etwa zwei Meter hoch. Wenn man bedachte, mit was für einer Art von Feinden wir es zu tun hatten, würden diese Befestigungen niemanden aufhalten. Einige unserer zukünftigen Gegner würden nicht einmal springen müssen. Sie konnten einfach darübersteigen.

Laut der Karte stand ich jetzt genau in der Mitte der Hallen von Bruchheim, die Arwein so sprachgewandt gepriesen hatte.

Ich unterdrückte ein bitteres Lachen. Ich hatte so viel getan, um hierher zu gelangen. Ich war so weit gereist – und endlich war ich hier.

„Was jetzt?", schrie ich in den leeren Winterhimmel.

Stille.

Pech gehabt! Sogar Boris ignorierte meinen frustrierten Ausbruch.

Andererseits, wer hatte gesagt, dass es leicht werden würde?

Ich wanderte noch eine Weile zwischen den Ruinen herum. Dieser Ort wirkte wie für unsere kleine Truppe gemacht.

Wie ironisch. Dieser Teil der Stadt war der prachtvollste gewesen. Hier hatte die Elite gelebt. Oder sogar die Könige. Und dann kamen wir daher, fielen hier ein wie ein Barbarenstamm in Rom und ließen uns mit all unserem Kram hier nieder. Das Einzige, was unsere Anwesenheit entschuldigte, war die Tatsache, dass wir, anders als die Vandalen, nicht hergekommen waren, um etwas zu zerstören.

Ich warf einen letzten Blick auf die düsteren Ruinen. Sie lagen ruhig da. Es gab nur noch ein paar Punkte, die ich mir ansehen wollte. Wenn ich damit fertig war, konnte ich zurückfliegen und Bericht erstatten.

Ich befahl Boris, abzuheben. „Umkreisen wir den Berg noch ein letztes Mal, dann kehren wir ins Lager zurück."

Schweigend gehorchte er.

MEIN AUFKLÄRUNGSFLUG dauerte bis zum Mittag. Wir hätten noch länger bleiben können, wenn der Schneesturm nicht gewesen wäre. Trotzdem hatte ich schon eine Menge gesehen. Zeit, zur Basis zurückzukehren.

Als wir über den Berggipfel flogen, bemerkte ich einen recht breiten Felsvorsprung. Fast hätte ich wetten mögen, dass der noch nicht dagewesen war, als ich das erste Mal hier vorbeigekommen war. Jemand musste sehr viel Aufwand betrieben haben, um diesen Teil der Klippe so unauffällig wie möglich zu gestalten. Man konnte ihn nur aus der Luft sehen, und selbst dann nur aus einem bestimmten Winkel. Trotzdem hatte ich das Gefühl, dass diese Entdeckung etwas mit meinem Überlebensinstinkt zu tun haben musste.

Geschmeidig legte sich Boris in die Kurve und landete auf einer ebenen, rechteckigen Fläche, die mindestens 50 Schritt breit war. Der äußere Teil war komplett zugeschneit. Näher an der Mauer befand sich eine schwarze Felsplattform. Jemand musste eine Menge liebevolle Aufmerksamkeit in dieses Versteck investiert habe.

„Offenbar ist hier doch nicht alles kaputt", flüsterte ich, während ich auf eine riesige Tür starrte, die sich unter dem Felsvorsprung verbarg.

Es eine Tür zu nennen, war allerdings untertrieben. Eher ein Tor, das groß genug war, dass ein kleiner Lastwagen hindurchgepasst hätte.

Zu meiner Linken befand sich eine nach unten führende, in den Fels gehauene Treppe, auf der zwei Personen bequem aneinander vorbeigehen konnten. Oder sogar drei, wenn sie meine Größe hatten.

Ohne aus dem Sattel zu steigen befahl ich Boris, näher an die Tür heranzugehen.

Er hatte kaum zwei Schritte getan, als eine neue Systemnachricht erschien.

Das Tor zur Westgrotte
Möchten Sie eintreten?

Ja/Nein

Mir brach der kalte Schweiß aus. Also bestand dieser Ort nicht nur aus Ruinen und Verwüstung?

Mein Herz setzte kurz aus, als ich *Ja* drückte.

Warnung! Um das Tor zu öffnen, benötigen Sie den Schlüssel.

Ich griff in meine Tasche und kramte mit zitternder Hand darin herum, während ich mich bereits nach dem Schlüsselloch umsah. Mit klangvollem Klirren tauchte der Schlüsselbund auf. Ein Schlüssel war blau hervorgehoben: ein schwerer, rechteckiger Stahlklotz, fünf Zentimeter breit und mindestens zwei Handbreit lang. In seine Ränder war ein gezacktes Muster rechteckiger Zähne gefräst.

Ich sprang aus dem Sattel auf die Steinfliesen. Das Schlüsselloch befand sich jetzt auf Höhe meiner Brust. Kein Wunder: Dieser Ort war von und für Ennans erbaut worden.

Der Schlüssel hakte und ließ sich nur knirschend in das Schloss schieben. Jetzt musste ich ihn nur noch drehen. Meine Schultermuskeln spannten sich an.

Das Schloss klickte und ein unsichtbarer Vorgang wurde ausgelöst. Im Inneren der Tür klirrte und rasselte es. Dann sprang der Schlüssel leicht zurück, als wollte er mir mitteilen, dass er seine Aufgabe erfüllt hatte.

Ich zog ihn mit Leichtigkeit heraus. Das musste das Signal für die Verwandlung gewesen sein. Der schwere Felsblock erzitterte mit einem Knirschen. Wölkchen aus Steinstaub stiegen auf. Die Tür glitt nach oben, und Sand und kleine Kieselsteine rieselten auf die Kacheln am Boden. Aus dem klaffenden, dunklen Eingang hinter ihr drangen Kälte und Feuchtigkeit hervor.

Schließlich war die steinerne Tür im Inneren der Felsen verschwunden.

Herzlichen Glückwunsch! Sie haben das Tor zur Westgrotte geöffnet!

Boris und ich blickten uns an. In seinen Augen glitzerte begeisterte Neugier. In meinen vermutlich auch.

Ich sprang wieder in den Sattel. So war es besser. „Na, Kleiner? Wie wär's, wenn wir mal einen Blick in die Grotte werfen?"

Graziös glitt Boris hinein. Eine Warnung erschien vor meinen Augen.

Warnung! Die Westgrotte ist seit vielen Jahrhunderten nicht mehr betreten worden. Eine Kolonie Dornenratten hat sich dort angesiedelt.

Warnung! Dieser Ort kann für Spieler unter Level 290 zu gefährlich sein! Bitte kehren Sie um.

Im Geiste rieb ich mir die Hände, während ich zurücktrat. Da war sie, die erste Instanz, auf die wir in der Verbotenen Stadt gestoßen waren! Ich sollte jedoch auf Laosh und die anderen warten. Das mussten wir erst einmal gründlich besprechen.

Dornenratten. Da ich keinen Zugriff auf das Bestiarium hatte, konnte ich sie nicht nachschlagen. Ich steckte den Schlüssel ins Schloss und sperrte die Tür wieder zu. Besser auf Nummer Sicher gehen. Ich wollte ja nicht, dass die Tierchen herauskamen und in der Gegend herumstreunten. Wir hatten so schon genug Sorgen.

Als ich mich bereits in der Luft befand und ein letztes Mal die Klippe umkreiste, kam mir ein neuer Gedanke. Westgrotte. Hieß das, dass es auch irgendwo eine Ostgrotte gab? Oder, wer weiß, vielleicht noch eine im Süden und eine im Norden? Das würde Sinn ergeben, oder nicht?

Ich verbrachte eine weitere Stunde damit, die Berghänge zu umkreisen, aber vergebens. Ich fand nichts mehr. Ich hatte das Gefühl, dass die 55 Punkte Überlebensinstinkt, die ich mit dem Festungswächter-Kit erhalten hatte, nicht ausreichten, um weitere Grotten zu entdecken. Es war schon etwas Gutes, dass sie es mir ermöglicht hatten, die im Westen zu finden.

„Kehren wir zum Lager zurück", sagte ich zu Boris.

DAS ERGEBNIS MEINES kleinen Aufklärungsausflugs sorgte im Lager für Aufruhr. Alle wurden ruhelos. Auch ich fühlte mich kribbelig. Offenbar war noch nicht alles verloren. Es gab Orte in dieser antiken Ennan-Stadt, die nicht aussahen wie die Ruinen eines römischen Amphitheaters.

Der Einzige, der einen kühlen Kopf bewahrte, war Droy. Wäre er nicht gewesen, wären wir Hals über Kopf zur Grotte aufgebrochen, um die Dornenratten abzuschlachten. Ich hätte nicht behaupten wollen, dass er weniger aufgeregt war als die anderen, aber er blieb ruhig, wie es sich für einen Anführer gehörte, und bestand darauf, dass wir erst Laoshs Ankunft abwarten sollten.

Somit setzten wir uns und aßen zu Mittag. Die heiße Mahlzeit und die Wärme unseres Feuers hatten eine beruhigende Wirkung auf unsere Nerven. Langsam entspannten wir uns wieder.

Was für einen Sinn hätte es gehabt, jetzt sofort in die Grotte zu gehen? Wir waren nur zu sechst. Das war der denkbar schlechteste Moment, eines dummen Todes zu sterben. Ich konnte ja jederzeit respawnen, aber meine Freunde nicht. Also beschlossen wir, auf Laosh zu warten, dann einen Raid zusammenzustellen und die Instanz ordentlich zu säubern.

Auch wenn ihre erste Begeisterung sich bereits gelegt hatte, aßen die Krieger eilig ihre Mahlzeit auf und begannen dann, ihre Waffen vorzubereiten.

Während ich ihren geübten Bewegungen zusah, kam mir eine neue Idee. Warum nicht? Versuchen konnte ich es ja.

Ich seufzte theatralisch und griff in meine Tasche. Die nocteanische Steinaxt fühlte sich so schwer an wie eine Tonne Ziegelsteine. Mein Versuch, sie zu schwingen, scheiterte kläglich. Ich wurde mit Abzugs-Nachrichten überschüttet, und jede einzelne meiner Eigenschaften rutschte tief in die negativen Zahlen.

Ich schloss die Nachrichten und studierte dann die primitive Waffe, wobei ich alle um mich herum demonstrativ ignorierte.

Oh. Es war nicht mal eine richtige Axt, sondern eher ein Prügel. Es war sogar grob zu erkennen, wie er aus einem jungen Baum hergestellt worden war. Jemand hatte einen flachen Stein zwischen seine Wurzen gerammt und den Stamm etwa auf 1,50 Meter zugeschnitten. Nichts war festgebunden. In den Wurzeln hingen sogar noch Erdklumpen. Es war eine Steinzeitwaffe in all ihrer prähistorischen Pracht.

Die Werte der Axt waren jedoch überraschend. Sie war eine verdammt tödliche Waffe. Ihr Schaden war beeindruckend. Ihre Haltbarkeit ließ jedoch einiges zu wünschen übrig.

Die Calteaner hatten aufgehört zu reden und beobachteten mich jetzt mit von Abscheu und Feindseligkeit erfüllten Blicken.

Sorry, Jungs, entweder die hier oder die Schleuder. Ich hatte nichts anderes, was ich für mein Experiment nutzen konnte.

Crym sprach als Erster. „Werft sie weg, Olgerd", sagte er mit zusammengezogenen Augenbrauen. „Dreckiges Ding."

Tja, da würde er wohl durchmüssen. Das sagte ich aber lieber nicht laut.

„Gleich", entgegnete ich. „Ich möchte sie mir nur ansehen."

„Da gibt es nichts anzusehen", beharrte er. „Nutzloser Stock."

„Das glaubt Ihr", sagte ich. „Selbst ein Stock wie dieser kann einem eine Menge über seinen Besitzer verraten."

„Ich kann Euch alles erzählen, was Ihr über seinen Besitzer wissen müsst", mischte sich Droy ruhig ein.

„Und das wäre?"

Droy grinste. „Er ist tot, oder nicht?"

Die anderen brüllten vor Lachen. Orman schlug seinem Anführer auf die Schulter.

So leicht würde ich mich nicht abbringen lassen.

„Sonst noch etwas?", fragte ich, als sie aufgehört hatten, zu lachen. Ich setzte mich neben Droy und reichte ihm die Axt.

Angeekelt sah er sie an und schüttelte den Kopf.

„Und Ihr, was seht *Ihr* darin?", fragte Orman mit einem gerissenen Lächeln auf seinem bärtigen Gesicht.

Ich spitzte die Lippen, drehte die Axt in den Händen und legte meine beste Sherlock-Holmes-Imitation hin. „Erstens, unsere Feinde wissen noch nicht, wie man gerbt. Der Stein ist nicht festgebunden." Ich ignorierte das sarkastische Lächeln der anderen und fuhr fort: „Zweitens ist es eine Axt und kein Prügel. Der Stein ist voller Harz, das heißt, sie verwenden sie, um Bäume zu fällen. Und drittens, der Besitzer der Axt war für einen Nocteaner ziemlich intelligent."

„Wie kommt Ihr darauf?", fragte Orman.

Droy stieg in mein kleines Baker-Street-Spiel ein und antwortete an meiner Stelle: „Denk doch mal selbst nach. Er hatte genug Hirn, um einen Baum umzuhauen und einen Stein zwischen die Wurzeln zu stecken. Und nicht irgendeinen Stein, sondern einen flachen, damit er leichter durch etwas schneiden kann."

Die anderen starrten mich an und warteten auf mehr.

Ich ließ mich nicht lange bitten. „Die Art des Steins und die Baumsorte können uns verraten, wo sie hergekommen sind. Die Tatsache, dass noch Erde zwischen den Wurzeln hängt, bedeutet, dass die Axt erst kürzlich hergestellt wurde. Es ist wenig Blut an der Klinge, das heißt, der Besitzer hat sie nicht oft im Kampf benutzt."

Die Calteaner verfielen in Schweigen und starrten den Gegenstand nachdenklich an.

„Der Griff ist voller dunkelroter Flecken", sagte ich. „Sein Besitzer muss sich die Hände wundgerieben haben, was bedeutet, dass er nicht daran gewöhnt ist, diese Sorte Werkzeug zu benutzen. Es sieht aus, als wäre das seine erste Waffe – und wohl auch seine letzte."

„Noch etwas?", fragte Droy. In seinen Augen leuchtete Respekt.

„Allerdings", sagte ich. „Er war Linkshänder."

Da ich das Erstaunen auf ihren Gesichtern sah, erklärte ich: „Seht euch den Griff an. Man sieht noch den Handabdruck. Es ist eine linke Hand."

Jetzt kam der Moment der Wahrheit. Ich bot Droy die Waffe an. Würde er sie annehmen?

Nach kurzem Zögern nahm Droy mir die Axt aus der Hand und untersuchte den Griff.

Ja! Er hatte es getan!

Von Triumphgefühl erfüllt öffnete ich eilig Droys Werte. Er hatte mehr oder weniger dieselben Abzüge erhalten wie ich. Aber das war unwichtig. Ich hatte gerade bewiesen, dass Calteaner nicht an ihre eigenen Waffenarten gebunden waren! Das eröffnete einige vielversprechende Horizonte.

Die Axt ging von Hand zu Hand. Eifrig diskutierten die Calteaner sie und inspizierten sie eingehend auf der Suche nach Zeichen, die nur ihnen bekannt waren.

Ich lehnte mich zurück, starrte ins Feuer und berechnete, wie viel mein zukünftiges Wettrüsten mich kosten würde.

Kapitel 3

FRÜH AM NÄCHSTEN MORGEN aßen wir eilig einen Happen und brachen dann zur Oberstadt auf, wie ich sie getauft hatte. Wir hatten unser Lager abgebrochen und planten, es auf dem Gipfel des Berges neu zu errichten – in der zukünftigen Heimat des Stammes. Um Teamgeist zu beweisen, beschloss ich, auf meinen eigenen Füßen zu laufen, besonders, da die beiden verwundeten Raid-Mitglieder nicht gehen konnten. Sie wurden auf provisorischen Schlitten gezogen, die Crym am Abend zuvor zusammengezimmert hatte. Ich half Orman, Horm zu ziehen, während Droy und Crym sich mit Seet abwechselten. Ihren Werten nach zu urteilen waren die Verwundeten kurz davor, wieder zu sich zu kommen. Bei all ihrer viel gerühmten Authentizität war die Spiegelwelt doch immer noch ein Computerspiel.

Die Schlitten glitten mühelos über den Schnee, sodass wir den Gipfel vor dem Mittag erreichten. Wir mussten uns unseren Weg um zahllose eingestürzte Gebäude herum bahnen, was auch sein Gutes hatte. Das machte es für potenzielle Feinde schwieriger, uns hierher zu folgen.

Ich sollte mir die Werte der Jäger ansehen, um herauszufinden, ob sie Fallen stellen und Schlingen knüpfen konnten. Wenn ja, dann schrie dieser Pfad geradezu danach, in einen tödlichen Spießrutenlauf für Eindringlinge verwandelt zu werden.

Den Calteanern gefiel der Ort ausnehmend gut. Sie diskutierten sogar, wo sie die Zelte und alles andere aufstellen wollten. Ja, träumt weiter, Jungs. Ich hatte meine eigenen Ideen für die Planung des zukünftigen Lagers. Einigen von ihnen würde das vielleicht nicht gefallen, aber eins war sicher: Das Chaos und die Unordnung, die bei Calteanern als Lager durchgingen, würde ich hier nicht dulden.

Orman entzündete das Feuer. Wir machten es uns darum herum bequem und wollten gerade alles besprechen, was wir gesehen hatten, als ein seltsames Geräusch uns aufschreckte.

Kurz erstarrten die Calteaner, dann sprangen sie auf die Füße und rannten zur Mauer, die einen guten Blick aufs Tal bot.

Während ich mich noch berappelte, ertönte das Geräusch erneut, immer und immer wieder, jedes Mal lauter und stärker, bis mir endlich klar wurde, was ich da hörte.

Es war ein calteanisches Horn.

Der Schneesturm hatte sich bereits vor einer Stunde gelegt. Das Tal lag im glanzlosen, wolkigen Halblicht vor uns. Unsere Stammesgenossen waren kleine, schwarze Punkte auf dem Schnee unter uns.

Etwas stimmte da nicht.

Wenn der Rest des Stammes, der gerade ankam, ein Signal mit dem Horn blies, bedeutete das, sie steckten in Schwierigkeiten. Unser Clan wurde angegriffen!

Ich musste schnell handeln, bevor mein Team aus seiner Erstarrung erwachte und etwas tat, was sie später bereuen würden.

„Droy", sagte ich mit so viel Autorität in der Stimme, wie ich nur aufbringen konnte.

Der Anführer der Calteaner zuckte zusammen und sah mich an.

„Wartet hier auf mich", bat ich ihn. „Hört ihr mich? Ihr könnt hier nichts ausrichten. Wenigstens kann der Feind nicht hierher gelangen. Die uralte Magie dieses Ortes wird ihn abhalten."

Nach der Schlacht von gestern Abend hatte ich ihnen schon erklärt, dass dieser Ort Fluch wie Segen war.

„Sorgt dafür, dass die Jungs ihre Gefühle im Zaum halten. Sie sind nicht in der Lage, dem Stamm zu helfen. Wenn sie es versuchen, werden sie nur sterben. Ich fliege hin. Meine kleinen, mechanischen Freunde werden dort mehr von Nutzen sein. Das muss euch auch klar sein."

Droys Blick klärte sich. Er erinnerte sich wohl an meine Skarabäen und ihren Sieg über die Nocteaner. „Geht", keuchte er.

Gut. Droy schien mich ernst zu nehmen. Jetzt konnte ich sie zurücklassen. Ich konnte mir kaum vorstellen, was ihn das kosten musste. Sein eigener Sohn war beim Stamm, ebenso wie die Familien der anderen Jungs.

Im selben Augenblick, als Boris erschien, sprang ich auch schon in den Sattel. Ein kräftiger Ruck und wir waren in der Luft.

Die Luft toste in meinen Ohren. Meine Augen tränten. Boris, der meine Aufregung spürte, tat sein Bestes.

Wir überflogen das Tal, als ob es gar nicht da wäre. Als wir näher kamen, sah ich, dass die Stammesmitglieder mir winkten. Die Karren und Schlitten, das Gebrüll der Tiere, das Schreien der Kinder und Frauen ...

Das Horn sang wieder seine Melodie. Was für ein starkes Instrument.

Ich flog bereits über die Gruppe, als ich endlich den Grund ihrer Angst erkannte. Sie waren auf drei Seiten von Nocteanern umzingelt, die sie wie eine Herde Bisons aus sicherer Entfernung von etwa 200 Schritten heraus vor sich hertrieben. Wahrscheinlich wagten sie sich aus Angst vor den Pfeilen der Calteaner nicht näher heran.

Wie viele waren es? Mindestens 300. Sie bewegten sich ohne Eile vorwärts. Auf ihren hässlichen Gesichtern zeigte sich kein Anzeichen von Ermüdung.

Die Calteaner hingegen wirkten erschöpft. Ihre Zahl schien sich verringert zu haben.

Schnell überprüfte ich das. Verdammt, ich lag richtig! Das System überschüttete mich mit Warnungen und Alarmmeldungen.

Die Calteaner waren am Ende ihrer Kräfte. Die meisten ihrer Werte waren um mindestens 40 % gefallen. Wir waren jetzt 264. 26 Clanmitglieder weniger. Verflucht seien die Nocteaner!

Warum griffen sie nicht an? Erneut betrachtete ich ihre Positionierung. Soweit ich erkennen konnte, dachten die Nocteaner wohl, dass sie ihre Beute zum Schlachthof trieben. Sie waren sich sicher, dass die Calteaner es nicht wagen würden, die Verbotene Stadt zu betreten, sodass sie gezwungen wären, vor den Mauern anzuhalten und zu kämpfen.

Die hässlichen Visagen der Kannibalen verrieten ihre Ungeduld. Diese Gruppe schien nichts mit den Nocteanern gemeinsam zu haben, die von den uralten Wächtern der Stadt getötet worden waren.

Einer von ihnen hob sich von seinen haarigen Stammesangehörigen ab. Er ragte mindestens zwei Köpfe über den anderen auf. Sein Körper war mit zottigem, dunklem Fell bedeckt, das fast schwarz wirkte. Definitiv der Anführer des Rudels, so, wie die anderen um ihn herum liefen.

Und garantiert ein Werwolf.

Eine Gruppe aus etwa 50 mit Steinäxten bewaffneten Nocteanern umgaben ihn wie ein prähistorisches Analog zu Leibwächtern.

Ich flog näher heran. Der Zottige hatte mich schon bemerkt und folgte mir mit den Augen.

Unsere Blicke begegneten sich. Na! Dieser hier wirkte marginal schlauer als die anderen. In seinen schwarzen Augen glitzerte die Überlegenheit eines wilden Tieres – und vielleicht ein Hauch

Unbehagen. Nicht überraschend. Ein Zwerg auf einem fliegenden Tier konnte jeden irritieren.

Boris legte sich steil in die Kurve und flog zurück zur Gruppe der Calteaner. In ihrer Mitte entdeckte ich Laoshs hagere Gestalt. Er blickte nach oben und winkte mir zu.

Bald stand ich vor ihm. Der alte Mann war in einem schlechten Zustand, seine Augen vom Schlafmangel gerötet. Offenbar hatten die Nocteaner ihre Beute davon abgehalten, nachts Pause zu machen. Mit rauen Stimmen bejubelten die Calteaner meine Ankunft. Laosh umarmte mich ohne Scham. Von allen Seiten klopften mir Hände auf den Rücken und die Schultern.

„Ihr habt es geschafft", sagte ich, als sie mich endlich in Ruhe ließen.

„Nicht alle von uns, leider", entgegnete der Schamane. „Doch jetzt sind wir hier. Und Ihr?"

„Uns geht es gut", versicherte ich ihm. „Die Stadt gehört uns. Was ist mit denen?" Ich nickte in Richtung der Nocteaner.

„Sie haben uns mitten in der Nacht angegriffen", erwiderte Laosh knapp. „In dem Kampf haben wir fast 30 Krieger verloren. Seit drei Tagen folgen sie uns."

Ich biss die Zähne zusammen, um meinen Zorn zu unterdrücken. „Sie scheuchen euch vor sich her wie bei einer Treibjagd. Doch wenn wir es in die Stadt schaffen, kriegen sie euch nicht."

Laosh richtete die Augen wachsam auf mich. „Ich spüre eine mächtige Magie."

Anstelle einer Antwort zog ich die Sphäre aus der Tasche hervor.

Laosh schloss die Augen. „Zwei Wochen Schutz", flüsterte er erleichtert.

Ich stieg wieder in den Sattel. „Laosh!" Ich wandte mich dem Schamanen zu, als Boris abhob. „Ich versuche, euch etwas Zeit zu verschaffen. Aber beeilt euch!"

Der alte Mann nickte und bellte Befehle. Während Boris sich auf die Reihen der Nocteaner zubewegte, bemerkte ich, dass einige Calteaner lächelten. Ich sah mir ihre Werte an. Tatsächlich schien sich ihre Moral ein kleines bisschen verbessert zu haben.

Apropos ...

Möchten Sie die Die Hand des Verstoßenen aktivieren?

Unbedingt.

Herzlichen Glückwunsch! Sie erhalten +30 Punkte auf die Moral aller Clanmitglieder!

Dauer: 5 Std.

Mittlerweile hatte der ganze Stamm die guten Neuigkeiten vernommen. Die Verbotene Stadt war sicher und für die Nocteaner nicht betretbar!

Das in Kombination mit der Hand des Verstoßenen hatte den gewünschten Effekt. Die Calteaner kamen schneller voran. Die Frauen und Kinder wurden ruhiger, die Männer fassten ihre Waffen fester, und auf ihren Gesichtern leuchtete Entschlossenheit. Selbst die Tiere schienen zu merken, wie wichtig dieser Moment war.

Auch ich fühlte mich anders. Meine Gefühle waren intensiver geworden, mein Blut kochte vor Adrenalin. Was war das? Hatte das Personal der VR-Kapsel meinem leblosen Körper Amphetamine injiziert, nachdem ich Die Hand des Verstoßenen aktiviert hatte? Das musste ich in Erfahrung bringen, sobald ich wieder in der wirklichen Welt auftauchte.

Die veränderte Stimmung ihrer Beute war den Nocteanern nicht verborgen geblieben. Sie wurden unruhig. Ihr Anführer stieß ein mächtiges Knurren aus, um die anderen zu ermutigen.

Schlechtes Timing, verdammt! Dieses Mistvieh war schlauer, als gut für uns war. Nun, in ein paar Minuten würden wir ihm etwas zu tun geben.

Wobei ... das war leichter gesagt als getan. Was sollte ich tun? Der Horde mit meinem Insektentrupp entgegentreten? Aber hier handelte es sich nicht um ein paar Dutzend Werwölfe. Diese Jungs würden uns einfach niedertrampeln, Schluss, aus. Ich würde mein restliches Metall umsonst verschwenden.

Trotzdem musste ich Nägeln mit Köpfen machen. Zumal sich schon die erste Andeutung eines sehr einfachen Plans in meinem Kopf abzeichnete. Ich beschloss, den zotteligen Anführer anzugreifen. Warum nicht? Ich würde über ihn fliegen und ein paar Flöhe auf ihn ansetzen, das wäre doch was. Vielleicht ein paar Schüsse mit meiner Schleuder abfeuern, nur um ihn in Atem zu halten. Das würde ihm nicht gefallen. Und wenn die anderen sahen, wie ihr Anführer gedemütigt wurde, würden sie ihre Verfolgung nur widerwillig fortsetzen.

Der Anführer der Nocteaner war bereits direkt unter mir. Er blickte finster drein. Level 350! Gar nicht so ohne!

Die anderen Nocteaner fletschten die Zähne. Ich war mindestens 15 Meter über ihnen, und trotzdem sprangen sie in die Luft und versuchten, mich zu erwischen. Diese Kreaturen kamen ganz schön hoch rauf.

Der Zottige nahm nicht an diesem improvisierten Pogohüpfwettbewerb teil. Ihm war klar, dass er es nicht schaffen würde, also wozu sich in den Augen seiner eigenen Krieger lächerlich machen?

Ich hielt ein wachsames Auge auf meinen Clan. Sie legten ein gutes Tempo vor. Es war mir gelungen, die Nocteaner abzulenken. Jetzt waren sie damit beschäftigt, mich zu fangen.

Ich begegnete dem Blick des Zottigen. Dieses Mistvieh! Ihm war aufgefallen, dass die Calteaner entkamen, also wechselte er prompt die Prioritäten und verlor das Interesse an mir.

Der Anführer stieß ein bedrohliches Brüllen aus. Die graue, haarige Masse der Nocteaner bewegten sich wie ein Mann und schickte sich an, ihrer fliehenden Beute zu folgen. Das ergab Sinn. Ich hatte sie schließlich nicht aggro gemacht.

Dann würde ich das jetzt eben nachholen.

Sie haben die einfachste mechanische Kreatur gebaut: einen Schwarm Flöhe!

Level: 120

Anzahl der Schwarmmitglieder: 5

Der erste Schwarm kam für den Zottigen überraschend. Sie schafften es sogar, ihn jeder mindestens einmal zu beißen, bevor die Steinäxte seiner Leibwächter sie erwischten.

Der Zottige heulte vor Schmerz auf. Die Nocteaner erstarrten und eilten ihm dann zu Hilfe.

Die Hölle brach los. Alle sprangen wieder hoch und versuchten, an Boris und mich heranzugkommen. Während sie mit dieser äußerst nutzlosen Übung beschäftigt waren, begann das Gift der Sumpfmaki seine Wirkung zu entfalten. Der Zottige stürzte kreischend zu Boden.

Dann geschah etwas Seltsames. Ein riesenhafter, grauer Nocteaner glitt wie ein Schatten aus der Menge und ging knurrend auf ihren Anführer los. Bald hingen sich die beiden Nocteaner gegenseitig an der Kehle.

„Sieht aus, als hätten wir einen internen Machtkampf ausgelöst", flüsterte ich, während ich den Kampf der Titanen beobachtete.

Bald hatten sich die beiden Nocteaner in ihre Werwolfform verwandelt. Jetzt waren sie doppelt so groß wie vorher. Das Gift konnte den Anführer nicht töten, dessen Level und Regeneration nun deutlich höher waren. Offenbar hatte das sein Gegner ebenfalls erkannt. Mit unstetem Blick legte er die Ohren an. Scheinbar bereute er seinen Impuls, jedoch nicht genug, um aufzugeben.

Es war offensichtlich, dass er beschlossen hatte, bis zum bitteren Ende zu kämpfen. Selbst wenn er hätte fliehen wollen, wäre das nicht möglich gewesen. Die Nocteaner hatten die beiden Kämpfer umringt und feuerten sie in dieser prähistorischen Version eines Gladiatorenkampfes an.

Sie waren zu beschäftigt, um sich um uns zu kümmern.

Der graue Gegner des Anführers hätte sich keinen besseren Augenblick aussuchen können, um die Macht für sich zu beanspruchen. Leider war er dem Zottigen nicht gewachsen, der zehn Level über ihm lag.

Aber das war nicht mein Problem. Solange er es schaffte, den Anführer eine Weile abzulenken, war mir alles recht. Sollte ich noch ein paar Flöhe reinschicken? Eher sinnlos. Alles lief wunderbar ohne mich. Die zwei zerrissen sich gegenseitig in der Luft.

Die Calteaner hatten das Tal bemerkenswert schnell durchquert. Ihre ersten Schlitten erreichten die Stadtmauern, als der Zottige seinem Gegner den entscheidenden Schlag verpasste. Er warf den Kopf zurück und heulte in den Himmel, um die Welt von seinem Sieg wissen zu lassen. Sein unglückseliges Opfer lag mit herausgerissener Kehle zu seinen Füßen.

Der Zottige sah seine Stammesmitglieder mit einem langen, beinahe irren Blick zu, als wollte er den nächsten Kandidaten herausfordern, nach vorne zu treten. Erwartungsgemäß gab es keinen. In gemeinschaftlicher Unterordnung senkten alle die Köpfe. Keuchend drehte der Anführer den noch warmen Kadaver auf den Rücken und riss ihm mit einer einzigen kräftigen, geübten Bewegung das Herz heraus.

Igitt. Blut und Eingeweide waren noch nie mein Ding gewesen. Zeit, abzuhauen. Besonders, da die meisten Calteaner bereits in der Stadt waren.

Als Boris mich im Nu davontrug, spürte ich einen hasserfüllten Blick in meinem Rücken. Ich drehte mich um.

Der Zottige sah mir nach, während er auf dem noch zuckenden Herzen seines Rivalen herumkaute.

So schnell würden wir die Nocteaner nicht wieder loswerden.

Kapitel 4

ICH WARF EINEN ROUTINIERTEN BLICK auf die Uhr in der rechten oberen Ecke meines Interfaces. Es war zwei Uhr morgens.

Offenbar hatte ich neue Gewohnheiten entwickelt oder sogar neue Reflexe. Wenn man 30-mal am Tag nach der Uhrzeit und seinen Werten schauen musste, konnte das schon dazu führen, dass man es sich angewöhnte.

Auch im wirklichen Leben suchte ich mittlerweile ständig nach den blassblauen Schaltflächen, die meine Sicht behinderten. Es war eines der untrüglichen Zeichen, an denen man einen Gamer erkannte: Die Augen des Gegenübers wanderten ständig umher, um gewohnheitsmäßig seine Werte zu überprüfen.

Das Lager lag in tiefem Schlaf. Mit Ausnahme der Wachen und Laosh, mit dem ich eben gesprochen hatte. Zuerst hatte ich ihm alles über unsere Reise erzählen, dann seiner Geschichte über die Strapazen lauschen müssen, die der Stamm durchgemacht hatte. Mühsam hatte ich ihn schließlich dazu überreden können, etwas zu schlafen.

Die Augen des alten Mannes hatten vor jungenhafter Neugier geblitzt. Er hatte alles wissen wollen. Wort für Wort hatte ich meine Unterhaltung mit den Wächtern der Stadt wiederholen müssen. Er hatte den Schlüsselbund, den die alten Meister mir gegeben hatten, eingehend gemustert, die Schriftrolle mehrfach gelesen und die magische Sphäre inspiziert, wobei er überall auf der Oberfläche seine Fingerabdrücke hinterlassen hatte.

Wie gut ich ihn verstehen konnte. Er befand sich jetzt an dem ebenso heiligen wie entsetzlichen Ort, mit dem seine Eltern ihm als Kind immer Angst gemacht hatten. Kein Wunder, dass er zitterte.

Allerdings waren die Calteaner ein anpassungsfähiger Haufen. Zuerst hatten sie misstrauisch, wenn nicht gar furchtsam gewirkt, aber bald waren sie aufgetaut. Sie hatten sich daran gemacht, Feuer zu entfachen, Essen zu kochen und das Lager zu errichten, was sie einigermaßen abgelenkt hatte. Außerdem hatte die schnelle Folge anstrengender Ereignisse wohl eine Rolle gespielt. Nach dem übereilten Exodus durch das verschneite Tal, gefolgt vom Angriff der Nocteaner und ihrem knappen Entkommen in die Verbotenen Stadt, hatten die Calteaner das Gefühl, dass es nur noch wenig gab, was sie überraschen konnte. Sie waren jetzt in Sicherheit, das war das Wichtigste.

Die Nocteaner hatten uns nicht in die Stadt folgen können. Sie hatten an den Mauern angehalten, ihrer Enttäuschung mit theatralischem Heulen und Knurren Luft gemacht, und waren dann in Richtung der Hügel abgezogen. Trotzdem glaubte ich nicht, dass sie endgültig fort waren. Der bedeutungsschwere Blick, den ihr zottiger Anführer mir hinterhergeschickt hatte, sagte mir, dass wir sehr bald von ihnen hören würden.

Das machte mir nichts aus. Sollten sie nur kommen. Mit einer Einschränkung: Unser nächstes Treffen würde zu meinen Bedingungen stattfinden.

Ehrlich gesagt war ich mir alles andere als sicher gewesen, ob die magische Sphäre funktionieren würde. Aber glücklicherweise hatte sie das. Wie schade, dass wir nicht genug Zeit hatten, uns richtig vorzubereiten. Ohnehin glitt mir die Zeit durch die Finger wie Wüstensand.

Das Knistern des Holzes im Feuer wirkte beruhigend und versetzte mich gleichzeitig in Arbeitsstimmung.

Ich öffnete mein Steuerungs-Panel. Jetzt, da alle anwesend waren, standen mir die vollständigen Informationen über meine Clanmitglieder zur Verfügung.

Ich begann mit dem Schlimmsten. Verluste. Sechs Krieger und 20 Zivilisten. Und das schon so kurz, nachdem ich die Führung übernommen hatte!

Andererseits würde der Clan vielleicht gar nicht mehr existieren, wenn ich nicht gewesen wäre. Der Weg, den Laosh gewählt hatte, wäre fatal gewesen. Sie wären alle getötet worden, entweder durch Mobs oder durch Spieler. In dieser Hinsicht war mein Gewissen rein. Trotzdem fühlte ich mich unwohl.

Die nächsten schlechten Neuigkeiten: Uns ging das Essen aus. Wenn das noch eine Woche so weiterging, mussten wir vielleicht das Vieh schlachten, und das wollte ich vermeiden. Wir hatten mehrere Dutzend Zugtiere über Level 300, dazu Jungtiere, Schafe und Geflügel. Ich hatte einen ganzen Bauernhof unter meinem Kommando. Keine Ahnung, wie lange meine Überlegenheit in Sachen Reputation anhalten würde, aber die Möglichkeiten, die sich dadurch boten, waren eindrucksvoll.

Wenn man alle Zugtiere plus Wagen und Fahrer zusammennahm, würde das einen fertigen Karawanen-Dienst ergeben. Das war sicherlich eine Option. Mit den Leitenden Augen konnten wir allemal mithalten.

Vor meinem geistigen Auge sah ich schon das Schild: *Olgerd & Co., Versand- und Logistikservice – Euer Partner im Niemandsland!* Ich könnte eine astreine Route durch diesen Teil der Welt planen. Und als Wachen zur Verteidigung des Konvois waren ein paar Dutzend NPCs über Level 300 nicht zu verachten.

Falls es mir nicht gelang, den Zwielichtobelisken zu finden, konnte ich meinen Stamm immer noch anderswohin führen. Nicht, dass ich vorhatte, aufzugeben. Aber wenn all meine Versuche, ihn aufzuspüren, fehlschlugen, wollte ich meinen Clan nicht mit einem Kampf gegen einen übermächtigen Feind konfrontieren.

Apropos Konfrontation: Heute war auch für mich ein Moment der Wahrheit gekommen. Mir war klar geworden, dass ich mehr tun konnte, als nur nach jemandes Pfeife zu tanzen. Ich wusste natürlich, dass die Reflex-Bank an meinem Sieg beteiligt gewesen war, aber andererseits hätten sie ohne mich auch nicht viel erreicht. Und wenn ich mich richtig erinnerte, hatte Vicky gesagt, sie hätten in der Vergangenheit schon viele wie mich gehabt, aber ich schien der Einzige sein, der etwas vorzuweisen hatte.

Auch hier war meine oberste Priorität, den Clan der Roten Eulen zu schützen. Sie waren meine Trumpfkarte.

Was die Stadt anging ... wenn das nicht klappte, konnten wir uns immer noch einen anderen Ort zum Wohnen suchen. Im Niemandsland gab es jede Menge Platz für alle. Auch wenn die uralte Stadt der Ennan für unsere Entwicklung perfekt geeignet schien. Ich hatte das Gefühl, dass diese Ruinen voller Überraschungen steckten. Zumindest hoffte ich das.

Je intensiver ich mir die Clan-Steuerung ansah, desto mehr wurde mir klar, dass ein Karawanendienst nicht die einzige Möglichkeit war, die sich uns bot. Mir standen fast 300 NPCs zur Verfügung – Krieger ebenso wie gewöhnliche Arbeiter. Ihr System und ihr Interface unterschieden sich stark von denen der Spieler, aber das änderte ja nicht viel.

Zunächst sah ich mir die Grundlagen an. Wir hatten im ganzen Clan keinen einzigen „grünen" Gegenstand. Alle ihre Werkzeuge, Waffen, Kleider, Nahrung, sogar die Tiere waren „grau", wenn auch auf hohem Level.

Ich bekam den Eindruck, dass die Roten Eulen in ihrer Entwicklung kurz vor einem großen Durchbruch standen.

Zum Beispiel ihre Schmiede. Es gab nur zwei: den rothaarigen Zachary mit den Riesenfäusten und Prochorus, ein sehniger Typ mit einer hässlichen Narbe im Gesicht. Beide hatten je einen Lehrling. Alle anderen Schmiede waren gestorben. Einige unterwegs, andere am Fluss Lautlos, manche bei der Verteidigung ihres Stammesgebiets. Also arbeiteten diese zwei und ihre Lehrlinge rund um die Uhr, um alle Bedürfnisse des Clans zu erfüllen.

Jeder von ihnen hatte eine mobile Schmiede und ein paar Werkzeuge – jeweils in niedriger, „grauer" Qualität. Trotzdem waren sie recht effizient. Die Gegenstände, die sie herstellten, mochten einfach sein, aber sie waren robust und zuverlässig: Nägel, Nadeln, Hufeisen, Pfeilspitzen, Messer etc.

Doch darum ging es nicht. Mir war aufgefallen, dass die NPCs nicht dasselbe Rangsystem wie Spieler hatten. Einen Meister oder Experten gab es unter den NPCs nicht. Sie hatten nur für jede Fertigkeit eine Leiste. Diese zeigten mir an, dass Zachary ausgezeichnet Waffen herstellen konnte, während Prochorus gute landwirtschaftliche Werkzeuge produzierte.

Ich würde mir das genauer ansehen müssen. Das Lager lag sowieso in tiefem Schlaf. Laut Laosh waren wir sicher, solange wir die Sphäre hatten. Offenbar machten sogar wilde Tiere einen großen Bogen um uns. Trotzdem hatte Droy, typisch für ihn, Wachen auf der Stadtmauer positioniert. Er wollte auf Nummer Sicher gehen. Was ja nichts Schlechtes war.

Zurück zur Schmiede. Das Erste, was mir auffiel, war, dass die Qualität ihrer Arbeit sich keinen Deut verbesserte. Sie schien permanent festzustehen.

Und ich wusste auch, warum. Das Problem waren die technischen Zeichnungen. Beide Schmiede verfügten je über eine eindrucksvolle Liste Zeichnungen, die sie studiert hatten. Diese waren ebenfalls alle „grau". Gleiches galt für das Material, das sie nutzten: Eisenerz, Kohle etc.

Das bedeutete, dass es nicht reichte, ihnen einfach nur „grünes", „blaues" oder „purpurnes" Material zu verschaffen. Sie würden auch die entsprechenden Rezepte studieren müssen, um die neuen Materialien anwenden zu können.

Die Level der daraus entstehenden Gegenstände hingen vom Level des Schmieds ab, wenn ich das richtig verstanden hatte. Prochorus war auf 270, Zachary auf 290.

Beide waren auch recht anständige Lanciere. Nicht so gut wie Droy und seine Gang, aber wenn sie ihre Werkzeuge an den Nagel hängen und Krieger werden wollten, könnten sie das einfach tun. Das Klassen- und Berufssystem der NPCs schien wesentlich flexibler zu sein als das für Spieler. Vermutlich, weil NPCs nicht für Upgrades ihres Kontos zahlten.

Prochorus – der mit den landwirtschaftlichen Werkzeugen – gehörte zu den Roten Eulen, während Zachary ein ehemaliges Mitglied der Schwarzen Äxte war.

Was mir interessante Einblicke bot. Die Schwarzen Äxte hatten in den Bergen gelebt und waren gut in allem, was Bergbau und das Maurerhandwerk betraf. Im Hinblick auf bevorstehende Ereignisse waren diese Fertigkeiten ein Geschenk des Himmels. Die Roten Eulen ihrerseits waren spezialisiert auf Viehzucht und Ackerbau. Eine perfekte Symbiose.

Die in der Spiel-Engine aufgeführten sechs Militärtechniker interessierten mich besonders. Kurz träumte ich schon von all den Dingen, die wir zusammen schaffen konnten. Aber Pech gehabt. Mit „Militärtechniker" meinte das Spiel die Bemannung der Belagerungsmaschinen.

Jetzt hatten wir sogar unser eigenes Katapult, auch wenn uns das keineswegs nur Vorteile bot. Erstens hatte die Maschine in der letzten Schlacht sehr gelitten. Zweitens brauchte es nicht sechs, sondern zehn Männer, um sie zu bedienen. Und drittens sollte ich meine Vorfreude wohl zügeln, wenn ich mir die Materialien ansah, aus denen sie gefertigt war.

Aber selbst das spielte keine große Rolle. Die Hauptsache war, dass wir über eine mächtige Waffe verfügten, die in zukünftigen Konflikten ein gewichtiges Argument darstellen konnte.

Außerdem hatten wir einen Armbrustbauer und einen Bogenmacher. Dazu noch einen Typen, der ausschließlich Pfeile und Armbrustbolzen herstellte, sowie zwei Heilerinnen. Nicht besonders viel.

Die Kinder verfügten nicht über spezielle Fertigkeiten. Sie waren hauptsächlich Sammler, die man auf Botengänge schicken konnte, nahm ich an.

Ich machte mir nicht die Mühe, die Jugend des Stammes näher zu studieren. Alle ihre Fähigkeiten waren noch in der Entwicklung begriffen. Die Kinder mussten erst noch wachsen und lernen. Ein paar der Älteren sah ich mir an, dann schloss ich den Tab.

Hätte ich das bloß nicht getan.

FRÜH AM NÄCHSTEN MORGEN erwachte das Lager zu geschäftigem Leben. Die Luft war von Schreien, Gesang und Gelächter erfüllt. Unglaublich, wie wenig Zeit die Calteaner gebraucht hatten, um sich von dem Schock zu erholen.

Ich sah im Steuerungsfeld nach. Alles schien wie geschmiert zu laufen. Das Beste war, dass das System völlig autonom lief. Ich musste mich nicht einmischen. Laosh und Droy waren mehr als fähig, die nötigen Entscheidungen zu treffen.

Ich erinnerte mich daran, wie anhänglich Laosh zu sein pflegte, und mischte mich eilig unters Volk. Ich hatte schon einen Schlachtplan.

Als Erstes schaute ich bei den Technikern vorbei.

„Endlich!", begrüßte Pritus mich am Eingang zu seinem Zelt. „Bitte tretet ein!"

Neugierig musterten seine intelligenten, blassblauen Augen hinter seinem Zwicker mich. Sein kurzer, roter Bart war von grauen Haaren durchsetzt. Eine alte Brandnarbe verunzierte seine hohe Stirn.

Also hatte ich an jenem Abend am Feuer recht gehabt. Pritus war ein Intellektueller. Ein Nerd wie ich.

„Danke, Meister Pritus!" Ich lächelte zurück. „Wie konnte ich Euch nur vergessen? Es liegt nicht in meiner Natur, Clanmitglieder zu ignorieren, die so wertvoll sind wie eine ganze Armee!"

Pritus unterdrückte ein Schmunzeln. Offenbar fühlte er sich von meinem unbeholfenen Lob geschmeichelt. „Bitte, setzt Euch. Möchtet Ihr einen Kräutertee?"

„Ja, bitte", sagte ich, während ich mich an den Tisch setzte und erstaunt meine Umgebung musterte.

Das schlichte Zelt des Technikers wirkte mehr wie ein antikes Entwicklerbüro. Es war vollgestopft mit Bücherstapeln und Schriftrollen, provisorischen Reißbrettern auf hölzernen Stützböcken sowie allen Arten von Linealen, Kompassen, Schreibfedern, Tintenfässern und tonnenweise anderen Gegenständen, deren Zweck ich nur erraten konnte.

Pritus bemerkte mein Interesse und machte eine ausladende Geste durchs Zeltinnere. „Wir richten uns Stück für Stück hier ein. Euer Tee."

Schweigend genossen wir das heiße, aromatische Getränk und musterten einander. Selbst ohne Buff schmeckte der Tee großartig.

„Also", brach Pritus als Erster das Schweigen. „Was führt Euch in mein bescheidenes Heim?"

„Zunächst einmal wollte ich Euch besser kennenlernen", sagte ich, was ein ermutigendes Nicken seinerseits zur Folge hatte. „Und dann habe ich es durchaus so gemeint, als ich gesagt habe, dass Eure

Gruppe Ingenieure so viel wert ist wie eine ganze Armee. Artillerie ist ein wichtiges Argument in jeder Schlacht."

Er blickte überrascht zu mir auf. „Woher kennt Ihr diese Worte? ‚Artillerie', ‚Ingenieure' – habt Ihr das schon einmal irgendwo gehört?"

Ich nickte. „Ja. Ich erzähle Euch noch mehr: Ich bin selbst ein Techniker, wenn auch in einem anderen Bereich." Ich musste ihm ja nicht auf die Nase binden, dass ich selbst nicht wusste, welcher Bereich das war.

Er schien fassungslos ob dieser letzten Offenbarung. Während er damit beschäftigt war, den Mund wieder zuzuklappen, beschloss ich, aus diesem Effekt Kapital zu schlagen.

„Ich bin zu Euch gekommen, um herauszufinden, was Ihr benötigt, um das Katapult zu reparieren und zum Funktionieren zu bringen."

EINE STUNDE SPÄTER verließ ich das Technikerzelt mit der Liste aller benötigten Materialien. Es hatte sich herausgestellt, dass Pritus sich bereits vier neue Assistenten gesucht hatte, um die getöteten zu ersetzen. Jetzt brauchte er nur noch die Erlaubnis des Clananführers, um sie anzustellen. Und da ich dieser Clananführer war, hatte ich sie ihm umgehend erteilt.

Außerdem hatte ich ihm das Recht eingeräumt, meinen Namen zu verwenden, wann immer er Hilfe von einem anderen Handwerker einfordern musste. Und als Pritus herausgefunden hatte, dass ich ihm jedes Materialbesorgen konnte, das er brauchte, hatte er schnell eine umfassende Liste erstellt.

Sobald das erledigt war, hatten wir uns beim Tee noch etwas weiter unterhalten. Der rotbärtige Techniker hatte mir die traurige Geschichte ihres gescheiterten Sturms auf die Zitadelle erzählt. Von Laoshs nutzloser Führung. Vom Tod seiner Freunde. Und davon, wie sie zehn von elf Maschinen verloren hatten und die letzte nur durch die heldenhaften Anstrengungen seiner Kollegen hatte gerettet werden können. Ich hatte ihn trösten und beruhigen müssen.

Wenn die technischen Zeichnungen, die er mir gezeigt hatte, ein Gradmesser waren, ähnelte die erwähnte Maschine einem mittelalterlichen Katapult. Sie schien gut zu funktionieren, auch wenn sie laut Pritus ein paar Verbesserungen gebrauchen könnte.

Obwohl seine Ausrüstung und Werkzeuge „grau" waren, hatte ich gesehen, dass diese Person schon lange bereit war, auf das nächste Level aufzusteigen. Und ausgerechnet ich konnte ihm dabei helfen.

Auf dem Rückweg fiel mir die strukturierte Anordnung aller Zelte und Vordächer auf. Droy musste sich meinen Rat zu Herzen genommen und dafür gesorgt haben, dass das Lager nicht mehr einem unlogischen Irrgarten glich.

Die Klänge eines Hammers auf Stahl drangen aus Zacharys mobiler Schmiede. Ich wollte ihn gerade aufsuchen, als mein Blick an einem der Wagen hängenblieb.

Es war ein traditioneller calteanischer Karren, der sich in nichts von allen anderen unterschied, mit einer Ausnahme. Er war von oben bis unten mit einem eleganten, rankenartigen Muster bedeckt.

Ich ging hin. Bei näherer Betrachtung stellte sich heraus, dass das Muster mit gewöhnlicher, grüner Farbe gemalt war. Trotzdem war die Kunstfertigkeit der Malerei unglaublich.

Ich umrundete den Wagen mehrmals und folgte dabei dem Rankenmuster mit dem Blick. Je länger ich es ansah, desto mehr Details fielen mir auf. Kein Blatt, kein Zweig glich dem anderen. Jede Einzelheit schien ihre eigene Bedeutung und ihren eigenen Zweck zu haben.

Neugierig überprüfte ich die Werte des Gegenstands. Man stelle sich mein Erstaunen vor, als mir klar wurde, dass der anonyme Künstler sowohl den Schutz als auch die Haltbarkeit des Wagens beträchtlich verbessert hatte.

Ich öffnete das Steuerungsfeld des Clans und suchte nach dem Transport-Tab, wo ich die Haltbarkeit verschiedener Gefährte verglich. Der bemalte Wagen stand an der Spitze der Liste, weit vor allen anderen.

„Nett, was?", fragte eine krächzende, alte Stimme hinter mir. Hastig schloss ich die Fenster und drehte mich um.

Ein alter Calteaner stand keine fünf Schritte von mir entfernt, das Haar schneeweiß, die breite Stirn von Furchen durchzogen. Seine buschigen, weißen Augenbrauen standen ab wie die Flügel eines Vogels. Trotz seines hohen Alters waren seine Schultern breit und stark.

Eilig rief ich seine Werte auf. Sein Name war Crunch. Seine höchste Fertigkeit war Wagenbauer, dicht gefolgt von Wagenfahren und Zugtierpflege. So etwas in der Art hatte ich erwartet.

Ich sah nach, welche technischen Zeichnungen er studiert hatte. Das war ein sehr, sehr nützlicher Senior.

„Es ist umwerfend", stimmte ich ihm zu. „Und was für Haltbarkeit es bewirkt!"

Der Alte knetete seinen Bart und warf mir dann einen misstrauischen Blick zu. „Wir reden schon von dem Wagen, oder?"

Ich lächelte liebenswürdig. „Nicht ganz. Ich sprach von Euren Zeichnungen."

Er starrte mich verständnislos an.

Dann dämmerte es mir. Dieser alte NPC konnte die Vorteile seiner eigenen Arbeit gar nicht sehen. Wie war das möglich? Wie konnte er es mit diesen großen, rauen Händen, die wirkten wie zwei Baggerschaufeln, fertiggebracht haben, etwas so Schönes zu erschaffen?

„Habt Ihr nicht bemerkt, dass Euer Wagen stabiler geworden ist, nachdem Ihr ihn verziert habt?", fragte ich ihn.

Der Wagenbauer warf einen Blick auf seine Schöpfung, als sähe er sie zum ersten Mal. Er ging in die Hocke, musterte die Unterseite des Wagens und ruckte dann an den Rädern.

„Ich glaube, Ihr habt recht", sagte er schließlich. „Ich habe nicht verstanden, warum die Deichsel so lange hielt. Normalerweise hätte sie schon mehrfach brechen müssen. Und die Räder sind auch noch heil. Tatsächlich ist der letzte Unfall schon Ewigkeiten her." Liebevoll ließ er die Hand über die gemalten Verzierungen gleiten. „Danke, dass Ihr mir erklärt habt, woran das liegt, Olgerd. Ich habe die Leute sagen hören, dass Ihr Dinge seht, die niemand anders wahrnimmt. Jetzt durfte ich das selbst erleben."

Ich hätte liebend gern gewusst, was man sich sonst noch so über mich erzählte. Trotzdem begriff ich das Verhalten des Mannes nicht.

Das musste er von meinem Gesicht abgelesen haben, denn er lächelte breit. „Ihr müsst Euch fragen, wie das möglich ist. Wie kommt es, dass ein Künstler die Ergebnisse seiner Arbeit nicht wahrnimmt? Habe ich recht?"

Ich hob die Schultern. Da konnte ich ihm nicht widersprechen.

Sein nächster Satz verwirrte mich noch mehr. „Ich sage Euch etwas. Ihr habt wahrscheinlich recht. *Der Künstler* kann die Ergebnisse seiner eigenen Arbeit sehen. Aber *ich* kann es nicht." Er lächelte verträumt und in Gedanken versunken.

Na toll. Ein NPC mit gespaltener Persönlichkeit.

„Werter Meister Crunch", sagte ich, langsam zurückweichend, „vielen Dank für Eure Zeit. Es war schön, mit Euch zu reden. Leider habe ich viel zu tun ..."

„Wartet", entgegnete er. „Ich bin nicht verrückt, wenn es das ist, was Ihr denkt. Ich sagte, der Künstler kann die Ergebnisse seiner eigenen Arbeit sehen. Ich glaube, sie kann es wirklich. Sie sagte mir, dass der Wagen viel besser fahren würde."

„Moment mal", stutzte ich. „Jetzt bin ich vollends verwirrt. Wer ist sie? Was ist mit dem Künstler?"

„Meine Enkelin! Meine Kleine! Sie ist der Künstler! Sie hat den Wagen für mich bemalt. Und sie hat mir gesagt, dass er eine Weile lang nicht repariert werden müsste. Ich habe ihr nicht geglaubt. Ich habe ihr erlaubt, den Wagen anzumalen, warum auch nicht? Schadet ja nicht. Sie ist meine einzige lebende Verwandte. Ihre Eltern sind vor zwei Jahren an der Schwitzkrankheit gestorben. Und jetzt das ... Oh nein!"

Bei seinem plötzlichen Stimmungswechsel zuckte ich zusammen. Der alte Mann griff sich mit weit aufgerissenen Augen an den Kopf. „Sie hat alles angemalt, was wir besitzen! Das Zelt, die Kochtöpfe, sogar meine Werkzeuge. Sie wollte meine Kleider auch bemalen, aber ich habe es nicht erlaubt. Unsere Nachbarn lachen so schon über uns. Wie seltsam ..."

Das wurde ja immer kurioser. Dass er das nicht bemerkt hatte, war verständlich, aber ich? Wie hatte ich ein Mädchen übersehen können, das in der Lage war, den Schutz und die Haltbarkeit von Gegenständen zu verbessern? Sehr schlau, Herr Olgerd.

Dann musste ich diesen Fehler eben jetzt korrigieren.

„Werter Meister", sagte ich, „Ihr braucht Euch nicht zu sorgen. Ich schlage vor, wir beruhigen uns beide und reden darüber. Nichts davon ist Eure Schuld."

„Nein, aber ..."

Ich ließ ihn nicht ausreden. „Ihr habt nicht zufällig etwas mit Magie zu tun, oder?"

Die Frage erwischte ihn unvorbereitet. „Wer, ich?", hauchte er.

„Ja, Ihr."

„Ich glaube nicht ..."

„Dann müsst Ihr verstehen." Ich hob belehrend den Finger. „Wenn Ihr und Eure Nachbarn keine Begabung für Magie habt, wie hättet ihr dann die Fähigkeiten Eurer Enkelin bemerken können?"

Er starrte mich verständnislos an. Bevor er seine Gedanken sammeln konnte, fuhr ich fort: „Gar nicht. Nur ein Schamane oder dessen Lehrling sind dazu in der Lage. Aber wie Ihr ja wisst, hatten diese in letzter Zeit alle Hände voll mit anderen Dingen zu tun."

Er nickte. „Könnte man so sagen."

„Also solltet Ihr Euch keine Sorgen machen. Ich schlage vor, wir bringen dieses Versäumnis unsererseits in Ordnung."

„Wie bitte?"

„Na, wie wäre es denn für den Anfang, wenn ich Eure kleine Meisterin mal kennenlernen könnte?"

„Ja, ja, natürlich!" Der Alte wirbelte herum und zog mich mit sich. „Bitte hier entlang!"

Für sein Alter war er ziemlich schnell und behände. Während wir uns seinem sauberen Zelt näherten, stießen wir auf zahlreiche Beispiele für die Arbeit der jungen Künstlerin. Alles um mich herum war mit feinen, verschlungenen Mustern bedeckt. Die Zaunpfähle, an denen die großen, langsamen, Gras kauenden Büffel angebunden waren, waren über und über verziert. Ebenso alle Spaten und Heugabeln, Harken, Eimer und Tongefäße. Jeder Gegenstand verfügte über Boni auf Haltbarkeit und Schutz. Klasse!

Ich besah die rankenartigen Muster genauer. Sie waren identisch. Selbst bei der Farbe handelt es sich um dieselbe Grünschattierung. Aber ... nicht nur. Das Mädchen hatte auch schwarze und weiße Farbe verwendet.

Drei Farben. Ein einziges, meisterhaft gezeichnetes Muster. Das bedeutete, dass das Mädchen bereit war, auf das nächste Level aufzusteigen, es aber nicht konnte. Sie verfügte weder über das Wissen noch über die richtigen Materialien. Und wahrscheinlich auch nicht über die nötigen Werkzeuge.

„Na, was habe ich gesagt?" Mit einer ausladenden Geste zeigte Crunch mir seinen Haushalt. „Ihr seht es selbst, nicht wahr?"

„Allerdings", entgegnete ich mit einem Lächeln. „Ich sage Euch noch etwas: Es gefällt mir sehr gut. Eure Enkelin ist ein sehr wertvolles Mitglied des Clans. Eine Künstlerin wie sie sollte geehrt und wertgeschätzt werden."

Seine überraschten Augen füllten sich mit Freudentränen. Ich konnte ihn verstehen. All die Jahre hatte er den Spott seiner Nachbarn über das seltsame Kind ertragen müssen, das er unter seinem Dach aufgenommen hatte.

Wir fanden die Heldin der Aufregung tief schlafend im Zelt. Ohne zu zögern rief ich die Werte des Mädchens auf.

Name: Lia. Zehn Jahre alt. Ein winziges kleines Ding. Mit zerbrechlicher Gestalt und rabenschwarzem, vollem Haar. Ihre kindlichen Finger umklammerten einen feinen Pinsel. Ihr ganzes Gesicht war voller Farbe.

Mein Herz krampfte sich zusammen. Sie war meiner Christina so ähnlich. Ob es ihr gut ging?

Eine Hand berührte meine Schulter.

„Geht nur hinein", flüsterte Crunch. „Es bringt nichts, in der Tür stehen zu bleiben."

„Tut mir leid." Ich schüttelte die Erinnerung ab und wandte mich wieder Lias Werten zu.

Ihre Fertigkeiten bestanden aus einem Standard-Set. Das Mädchen war eine Sammlerin und Haushälterin. Ich scrollte durch die Liste.

Aha. Da war es! Magisches Zeichnen. Die Werte waren gut, viel besser als ihre anderen Fertigkeiten.

„Kleiner Frechdachs!", flüsterte der alte Mann. „Schaut Euch meine Werkzeuge an! Sie kann es einfach nicht lassen, was?"

Tatsächlich rankte sich das vertraute Muster um die Holzgriffe seiner bescheidenen Werkzeuge.

„Das ist etwas sehr Gutes", versicherte ich ihm. „Jetzt werden der Hammer, der Meißel und die Säge Euch ein Leben lang erhalten bleiben. Ich schlage vor, Ihr bittet sie, alles andere, was Ihr in Euren Haushalt habt, auch noch zu bemalen. Je früher Ihr es tut, desto besser. Wenn Eure Enkelin Objekte so bemalt, versieht sie sie mit magischen Kraftlinien."

Bei den Worten „magische Kraftlinien" warf er dem schlafenden Mädchen einen ehrfurchtsvollen Blick zu. „Warum die Eile?", fragte er mich.

„Weil, werter Meister", erwiderte ich flüsternd, „Lia sehr bald schon sehr viel zu tun haben könnte. Natürlich nur mit Eurer Erlaubnis."

Kapitel 5

DEN REST DES TAGES VERBRACHTE ich damit, durchs Lager zu spazieren und mit den Arbeitern zu sprechen. Schmiede, Sattler, Schäfer, Bergarbeiter, Steinmetze – ich ließ niemanden aus. Ich unterhielt mich mit jedem Einzelnen, stellte Fragen und hörte mir ihre Wünsche an. Als ich wieder bei Droys Zelt ankam, war ich zum Umfallen müde. Ich hatte rasende Kopfschmerzen. Trotzdem das war es wert gewesen.

Ich hatte die ganze Zeit recht gehabt. Der Clan der Roten Eulen stand kurz vor einer kleinen Revolution. Alles, was die Calteaner brauchten, war ein sanfter Schubs, um sie auf Stufe zwei ihrer gesellschaftlichen und kulturellen Entwicklung zu bringen. Ich musste nur die wissenschaftliche Basis dafür liefern – das hieß, neue Rezepte, neue technische Zeichnungen und Entwürfe für meine Meister in spe.

Leider funktionierte das teure Material, mit dem ich sie versorgt hatte, nicht. Das System konnte man nicht hereinlegen. Die Entwicklung des Clans musste nach seinen Regeln ablaufen. Zu schade.

Die Wärme des Feuers war wohltuend. Aus der knisternden Glut flogen Funken in den Nachthimmel auf. Im Kessel köchelte ein Eintopf vor sich hin und ließ mir das Wasser im Mund zusammenlaufen. Verlockende Düfte stiegen mir in die Nase.

Droy grinste mich an. „Müde?"

Ich seufzte. „Ihr habt ja keine Vorstellung. Trotzdem, es wird alles gut werden. Ihr werdet sehen."

„Nehmt Euch ihre Beschwerden nicht zu sehr zu Herzen", sagte Droy und rührte im Eintopf herum. „Sie lieben es, zu jammern. Wenn Ihr Euch um alles kümmern wollt, braucht Ihr ein ganzes Leben. Habt Ihr irgendetwas über die Stadt herausgefunden?"

Ich schüttelte den Kopf. „Nichts Neues. Die Schwarzen Äxte erzählen dieselben alten Legenden. Crym ist immer noch der Einzige, der den Ort gesehen hat, und das auch nur aus der Ferne. Alle anderen sind tot. Einige starben an den Mauern der Zitadelle, andere beim Fluss Lautlos."

„Ist schon gut", versicherte Droy mir. „Morgen berufen wir einen Rat ein. Wir müssen entscheiden, wie wir die Grotte säubern, auf die Ihr gestoßen seid."

„Ich würde Euch davon abraten", warf ich ein.

Droy blickte mich überrascht an und vergaß darüber seinen Eintopf. „Wie bitte? Ich dachte, ihr Jungs könntet es kaum erwarten, dorthin zurückzukehren. Und jetzt wollt Ihr uns *davon abraten?*"

Müde fuhr ich mir mit der Hand über die Stirn. „Ich habe das Gefühl, dass wir da nicht lebend rauskommen. Ich weiß auch nicht. Es ist nur eine Vorahnung."

Wie konnte ich es ihm erklären? Die Grotte wimmelte von Mobs auf hohem Level. Wie sollte ich ihm begreiflich machen, dass die Waffen und Ausrüstung der Calteaner dafür nicht ausreichten? Er würde mich nicht verstehen. Vielleicht würde er sich sogar beleidigt fühlen.

„Eine Vorahnung? Das ist etwas Ernstes." Droy wandte seine Aufmerksamkeit wieder dem Kessel zu. „Eine böse Vorahnung sollte man nie missachten."

„Das habe ich nicht vor", sagte ich. „Wir brauchen etwas Zeit. Wenn wir uns erst einmal hier eingerichtet haben, können wir uns Gedanken über diese Dinge machen."

„Es gefällt mir, wie Ihr denkt." Droy nickte und führte einen dampfenden Löffel zum Mund. Er schmatzte ein paarmal, hielt dann inne und überlegte offenbar, was seinem Eintopf noch fehlte. Doch das Ergebnis schien ihn zufriedenzustellen. „Fertig." Er tauchte die Kelle in die dampfende, blubbernde, dicke Suppe. „Essen wir."

Ich reichte ihm meine Schale. Mein Magen knurrte zustimmend. Das Leben war schön.

„Tim", rief Droy seinen Sohn. „Komm essen, bevor es kalt wird."

Der Junge kam aus dem Zelt gerannt. Er grinste mich an und ließ sich auf einen Stein beim Feuer fallen. Seine Schale war noch größer als meine. Er war erst 13 Jahre alt und schwer krank gewesen, hatte Gott weiß wie lange an der Schwelle des Todes gestanden und dann mit dem Rest des Stammes durchs ganze Niemandsland wandern müssen. Sein Körper brauchte Nährstoffe zum Wachsen.

Seinen Werten nach zu urteilen stand der Junge kurz davor, zum Krieger zu werden. Seine Jagdfertigkeit war solide, außerdem verfügte er über grundlegende Schwert- und Speerkenntnisse. Sein Vater musste ihn wohl ausgebildet haben. Bedachte man, wie viel Beute der Junge auf seinem Weg hierher erlegt hatte, erklärte das, warum sein Level beinahe an meines herankam.

„Wie steht es mit Pritus?", fragte Droy. „Kann er Euch nichts sagen?"

„Ich glaube nicht," erwiderte ich und stellte meine leere Schale beiseite. „Ich denke nicht, dass er etwas weiß."

„Nun ja, er war nicht der Beste unter den Äxten", bemerkte Droy mit einem herzhaften Rülpser. „Als die Lichtlinge sie angegriffen haben, haben sie zuerst die Katapulte zerstört, die führenden Techniker abgeschlachtet und sich dann erst den Fußsoldaten zugewandt. Zumindest hat Crym mir das erzählt. Ja, die Äxte hatten früher die beste Armee. Aber nach den Ereignissen am Fluss Lautlos überrascht mich nichts mehr. Und das war nur eine Vorhut! Ich mag mir nicht ausmalen, was passiert, wenn die Lichtlinge mit ihrer Hauptarmee hier anmarschieren."

Ich seufzte und starrte ins Feuer. Droy hatte den Nagel auf den Kopf getroffen. Doch unser Feind hatte auch Schwachpunkte.

„Droy, wisst Ihr was? Ich glaube nicht, dass unser Feind überhaupt eine Armee hat. In der Zitadelle gibt es eine Garnison und auch eine in der Hauptstadt, aber eine Armee? Ich bezweifle es."

„Ja, aber was ist mit ...?"

„Was ist mit was? Schaut Euch selbst an. Könnt Ihr die Calteaner ehrlich als vereinte Nation bezeichnen? Alles, was Ihr habt, sind ein paar Clans, die es selbst angesichts eines gemeinsamen Feindes nicht geschafft haben, sich zu vereinigen. Die Mächte des Lichts – und nebenbei auch die der Dunkelheit – sind auch nicht anders. Und falls – oder sollte ich sagen, wenn – sie hierherkommen, werden sie als militärischer Zusammenschluss aus verschiedenen Clans auftreten. Nicht als eine vereinte Armee unter einem einzigen Kommando. Und das verschafft uns definitiv einen Vorteil."

„Was für ein Vorteil ist das denn, Onkel Olgerd?", brachte der Junge – der uns bis dahin mit angehaltenem Atem gelauscht hatte – seine Neugier zum Ausdruck.

„Na, denk doch mal nach", forderte ich ihn auf. „Eine vereinte Armee unter der Führung eines einzigen Kommandanten kann man mit dem menschlichen Körper vergleichen. Sie bewegt sich aufeinander abgestimmt. Jede ihrer Truppen kennt ihre Aufgabe. Es gibt Bogenschützen, Fußsoldaten, die Kavallerie, die Artillerie und das Hilfskorps. Es gibt eine strenge Hierarchie, in der jeder seinen Platz kennt und weiß, von wem er direkte Befehle empfängt. Die Truppen sind gut ausgebildet und halten strenge Disziplin. Zu unserem Glück ist das nicht die Armee, der wir bald gegenüberstehen werden."

„Warum nicht?", wollte Tim wissen.

„Weil eine solche Armee in dieser Welt nicht existiert. Noch nicht. Die Mächte des Lichts, wie die der Dunkelheit, verfügen über einige sehr starke Krieger. Wenn sie sich zusammentun, stellen sie eine ernstzunehmende Macht dar. Und trotzdem sind sie keine richtige, ordentliche Armee, wie ich sie dir gerade beschrieben habe."

Ich hielt inne und konzentrierte mich. Wie sollte ich einem NPC erklären, dass all diese Superkrieger nur schicke Avatare waren, hinter denen sich gewöhnliche Menschen verbargen? Sie waren keine Berufssoldaten. Sie waren Lehrer, Ärzte, Programmierer, Bauarbeiter oder sogar Übersetzer wie ich. Sie zu organisieren, war mehr als ein Vollzeitjob. Sie gehorchten den Clananführern nur, wenn sie Lust dazu hatten und wenn sie es für die Mühe wert erachteten.

Sobald Spieler das Gefühl bekamen, dass ein Befehl des Anführers ihren Interessen zuwiderlief, konnte man die Disziplin vergessen. Jeder von ihnen erwartete, dass sich seine Investition ins Spiel auch für ihn lohnte. Nicht unbedingt finanziell – manche suchten auch den Adrenalin-Kick, während einige auf coole Beute aus waren, und wieder andere nur eine Auszeit von der wirklichen Welt brauchten. Und über all dem standen die Admins mit ihren Regeln und Vorschriften, von denen die wichtigste die Freiheit des Spielers war, zu tun, was er wollte, solange es das Spiel nicht behinderte.

Die Augen des Jungen verrieten sein Unverständnis.

„Weißt du, Tim, die Krieger des Lichts wie des Dunkels sind sehr freiheitsliebend. Sie mögen es nicht, wenn man ihnen sagt, was sie zu tun haben. Erst recht nicht von ihren großen Helden und Zauberern. Niemand kann sie zwingen, etwas gegen ihren Willen zu tun. Sie können die Befehle eines Kommandanten infrage stellen oder sich sogar weigern, ihm zu gehorchen."

„Onkel Olgerd hat recht", stimmte Droy zu. „Ich habe es selbst gesehen. Am Fluss Lautlos war dieser große Kerl, der auf unvorstellbare Art mit seinem eigenen Kommandanten gestritten hat, während seine Waffenbrüder damit beschäftigt waren, unsere Krieger abzuwehren. Er mag ein großer Held sein und all das, aber solche kann ich nicht gebrauchen. Nicht, wenn das Leben meiner Soldaten auf dem Spiel steht. Wenn jeder anfängt, meine Befehle in der Hitze des Gefechts anzuzweifeln ... Oh nein, danke vielmals! Auch wenn er *wirklich* ein großer Held war. Viele calteanische Krieger haben durch seinen schrecklichen Streitkolben den Tod gefunden."

„Ihr habt absolut recht", sagte ich. „Ein weiser Kommandant wüsste, wie er solchen Diven den Kopf wäscht. Ein gehorsamer, gut ausgebildeter Soldat ist das Rückgrat einer siegreichen Armee. Und zum Glück sind solche Soldaten nicht die Stärke unseres Gegners."

„Was Onkel Olgerd sagen will, mein Sohn, ist, dass wir dafür sorgen müssen, dass uns niemand auf den ersten Versuch aus dieser Stadt herausbekommt."

„Ich wette alles, was Ihr wollt, dass unser Feind eine lang andauernde Belagerung nicht durchhalten kann", bekräftigte ich.

„Gut", sagte Droy. „Ist es nicht Zeit, dass du ins Bett kommst, Junge? Morgen wird ein harter Tag. Schlaf dich gut aus. Onkel Olgerd und ich bleiben noch eine Weile hier."

Tim seufzte tief, stand auf und ging widerstrebend zurück ins Zelt.

Eine Weile lang saßen wir nur da und hingen jeder unseren eigenen Gedanken nach. Schließlich brach Droy das Schweigen.

„Mich dünkt, der erste Angriff wird entsetzlich", sagte er mit düsterem Gesichtsausdruck. „Aber wenn wir nicht nachgeben, wird der Rest vielleicht einfacher. Glaubt Ihr, sie würden sich vielleicht auf Verhandlungen einlassen?"

„Letztendlich ja", erwiderte ich. „Mein Großvater hat in einem schrecklichen Krieg gekämpft. Er sagte immer, zuerst wollte der Feind sehen, aus welchem Holz wir geschnitzt waren. Aber wenn wir, wie Ihr richtig bemerkt habt, unseren Mann stehen, dann verhandeln sie vielleicht. Denn wer auch immer als Erstes hierherkommt, sein Hauptziel wird es sein, die Stadt einzunehmen, bevor die nächste Gruppe eintrifft."

Droy lachte dröhnend. „Die Lichtlinge und die Dunklen bekämpfen einander vor unseren Stadtmauern! Hätte nie gedacht, dass ich das mal erlebe!"

Ich lächelte bei der Vorstellung. „Vergesst nicht, dass die Nocteaner noch in der Gegend herumstreunen. Zumindest werden sie den Besuchern die Party verhageln."

Wir verfielen in Schweigen. Keine Ahnung, was Droy dachte, aber sein Gesicht nahm einen träumerischen Ausdruck an. Ich konnte nicht anders, als über die Mächte des Lichts und der Dunkelheit nachzudenken. Ich stellte mir vor, wie sie sich vor den Stadttoren gegenseitig an die Kehle gingen, während wir gemütlich oben auf den Mauern standen und dabei zusahen, wie sie sich gegenseitig killten.

Wobei „Stadtmauern" eine Übertreibung war. Die mussten wir ja erst noch bauen. Alles in allem glaubte ich nicht, dass der Zufall so weit gehen würde, nur um uns entgegenzukommen.

Na ja. Etwas Hoffnung konnte nie schaden. Trotzdem sollten wir nicht den Kopf in den Wolken tragen, sonst würde die Rückkehr in die Realität sich traumatisch gestalten.

Droys Stimme riss mich aus meinen unzusammenhängenden Gedanken. „Wie wäre es, wenn wir morgen anfangen, die Mauer wieder auf zu bauen?"

„Gute Idee. Ich habe bereits mit den Steinmetzen gesprochen. Sie haben sich schon Gedanken dazu gemacht."

„Steinmetze? Wie viele gibt es denn davon?"

„Drei, wenn man nur die zählt, die sich wirklich mit ihrem Geschäft auskennen."

„Das ist nicht viel", bemerkte Droy missmutig.

„Stimmt. Aber immerhin hat jeder einen Lehrling. Außerdem habe ich ihnen die Erlaubnis erteilt, sich mehr Helfer zu suchen."

Tatsächlich hatte ich mir die Clanwerte angesehen und dann den Steinmetzen gesagt, wen sie einstellen sollten.

Droy schüttelte den Kopf. „Das reicht trotzdem noch nicht."

Ich zuckte mit den Schultern. „Wir müssen mit dem arbeiten, was wir haben."

„Ich habe gehört, dass Pritus den ganzen Morgen über wie ein kopfloses Huhn durchs Lager gelaufen ist. Habt Ihr etwas zu ihm gesagt?"

Ich nickte. „Morgen früh fangen sie an, ein Katapult zu bauen."

„Das ist gut. Es wird einige Zeit dauern, es zu bauen und zu testen. Und dann müssen sie Leute ausbilden, die es bedienen. Und Ihr, was habt Ihr vor?"

„Wenn ich damit fertig bin, mit Euch zu plauschen, gehe ich vielleicht noch mal auf Erkundung."

„Ihr solltet versuchen, etwas zu schlafen", machte Droy einen halbherzigen Versuch, mich aufzuhalten.

„Wie mein Großvater zu sagen pflegte: ‚Schlafen kann ich, wenn ich tot bin'."

Der Mond war heute Abend besonders hell, groß und voll. Er stand so tief am Himmel, dass ich ihn fast berühren konnte. Von Wind und Schnee war keine Spur. Perfektes Flugwetter.

Boris breitete die Schwingen aus und schwebte auf Luftströmungen dahin, die nur für ihn sichtbar waren. Seine aschgrauen Federn zitterten im Wind und wirkten im Mondlicht fast silbern.

Wir hatten einige Zeit damit verbracht, die Umgebung und nahegelegene Orte zu erkunden. Nicht gut. Der reinen Anzahl nocteanischer Stämme nach zu urteilen, die hier umherstreiften, waren menschliche Spieler nicht unser Problem. Vielleicht bildete ich es mir ein, aber ich hatte das Gefühl, dass all diese Kreaturen nur unseretwegen hier waren. Bei den Admins konnte man sich nie sicher sein. Sie schienen Überraschungen zu lieben.

Nachdem ich meine Inspektion der Raureifwälder aus der Luft abgeschlossen hatte, befahl ich Boris, in Richtung der Lande des Lichts zu fliegen.

NACH ALL DEM SCHNEE, den vereisten Bergen und düsteren Wäldern sehnte ich mich danach, ans Meer zu kommen. Ich brauchte einen Tapetenwechsel, sonst würde ich noch den Verstand verlieren.

Wir flogen jetzt über das Meer hinweg. Am Horizont links von uns war das Festland gerade noch zu erkennen. Zu unserer Rechten lag das grenzenlose Gewässer, zu dem ich immer noch keinen Zugang hatte. Momentan war ich zufrieden mit diesem Stück Meer, das mir einen der unglaublichsten Ausblicke in der Spiegelwelt bot.

Die frische Brise trug immer wieder Wasserspritzer von den Schaumkronen auf den klaren, blauen Wellen zu mir herauf. Das tat gut.

Ich hätte ewig die frische Seeluft einatmen und das Meer, die warme Sonne und den wolkenlosen Himmel feiern können. Hier fühlte ich mich endlich wieder lebendig.

In der Ferne tauchte eine kleine Insel auf. Laut Karte handelte es sich um das Verlassene Eiland. Ich hatte es während der ersten Testflüge mit Boris ausgespäht. Damals waren wir nur nachts geflogen und hatten jede nur mögliche Vorsichtsmaßnahme ergriffen – doch jetzt, da wir beide größer und mutiger waren, wollte ich wissen, was dort war.

In dem Augenblick, als wir die kleine, aber gemütliche Bucht der Insel erreichten, ließ der Wind wie von Zauberhand gestoppt nach. Das Tosen der Gischt, das von den Klippen herüberdrang, und das Knirschen der Kiesel unter Boris' Füßen waren die einzigen Geräusch, die die Stille störten.

Der Strand war glatt und völlig leer. Keine Systemnachrichten. Überall Ruhe und Frieden.

Ich aktivierte den Beschwörungs-Talisman. Strolch hüpfte auf den Sand hinab und sauste auf ein kleines Dickicht zu, um auf Erkundungstour zu gehen.

Inzwischen sahen Boris und ich uns den Strand auf der Suche nach Fußspuren näher an. Zwar war dieser Ort wunderbar, aber wir mussten wachsam bleiben.

Da wir nichts entdeckten, was unsere Alarmglocken klingeln ließ, beschloss ich, mir eine wohlverdiente Pause zu gönnen. Ich hatte Lust auf einen Spaziergang und eine Besichtigungstour, um mich endlich mal zu entspannen.

Laut Karte befand sich in der Mitte der Insel ein kleiner See.

Ich tätschelte Boris kräftigen Nacken. „Gehen wir mal da rüber."

Nachdem ich mir so lange Zeit meinen Weg durch Schneewehen hatte bahnen müssen, war es eine seltsame, wenn auch angenehme Erfahrung, auf grünem Gras zu laufen. Der Boden schien unter meinen Füßen zu federn. Ich war so glücklich, weit weg von eiskaltem Wind und schneebedeckten Ruinen zu sein, selbst wenn es nur für ein paar Stunden war.

Wir traten in den Wald hinein und folgten einem Pfad hinauf zu einem Felsplateau. Vorsichtig stieg ich über mit Büscheln niedrigen Grases überwachsene Steine und wich knorrigen, kleinen Kiefern aus, die aus dem Unterholz aufragten.

Der Pfad führte uns auf eine etwa 20 Meter hohe Klippe, die uns einen atemberaubenden Blick auf die über dem Meer untergehende Sonne bot.

Schließlich riss ich mich von dem Anblick los und konzentrierte mich auf die Insel unter mir.

Sie hatte die Form einer unregelmäßigen Ellipse von etwa 200 Hektar Größe. Der Großteil ihrer Oberfläche war mit Kiefern und Grasbüscheln bewachsen. In meiner Nähe glitzerte das Wasser des Sees.

„Was für ein Ort", sagte ich zu meinen beiden Tieren. „Es wäre schön, hier ein Haus zu bauen, meint ihr nicht auch? Meine Mädchen würden es lieben."

Boris streckte sich auf dem Gras aus und legte den massigen Kopf auf die Vorderpfoten, die Augen geschlossen, die Flügel weit ausgebreitet. Auch er schien diesen Ort zu lieben.

Strolch war zu beschäftigt damit, im Unterholz herumzuschnüffeln. Ihm war meine Sentimentalität piepegal. Er hatte Wichtigeres mit seiner Zeit anzufangen.

Ich blieb noch etwas, bis ich alles gesehen hatte, was ich sehen wollte, und begann dann meinen Abstieg zum See.

Das Wasser war überraschend klar. Gelegentlich tauchte ein Fisch auf, schnappte nach Luft und hinterließ kleine Kreise auf der spiegelglatten Wasseroberfläche. So viel Ruhe und Frieden.

„Es ist beschlossen. Ich baue mir hier ein Haus", murmelte ich, während ich am Ufer entlangspazierte.

Ich umrundete die gesamte Insel in unter einer Stunde, ohne auf einen Mob zu stoßen. Die Fische im See schienen die einzigen Bewohner hier zu sein.

Wie seltsam. Andererseits, nicht wirklich. Die Admins hatten momentan Wichtigeres zu tun, als sich um eine kleine, einsame Insel mitten im Meer zu kümmern. Sie hatten sie in die Software eingebaut und sogar etwas Flora und Fauna hinzugefügt, und sie auf diese Weise so gut es ging aufgewertet. Und da kein Spieler außer mir sie bis jetzt hatte erreichen können, hatten sie wohl beschlossen, es mit dem Worldbuilding nicht zu übertreiben. Die Insel war ein noch unfertiges Projekt.

Was mir nur recht war. Sie war ausreichend lebensecht.

„Wir sollten eines Tages hierher zurückkehren", beschloss ich mir selbst, während ich mich an Boris' breiten Rücken klammerte und zusah, wie das Verlassene Eiland am Horizont verschwand.

Die zweite Hälfte meiner Reise war nicht so angenehm wie die erste, aber auch nicht allzu schlecht. Etwa eine halbe Stunde, nachdem wir vom Verlassene Eiland aus aufgebrochen waren, stießen wir auf eine weitere Insel, diesmal eine namenlose. Das bestätigte meine Theorie, dass das Worldbuilding hier noch nicht abgeschlossen war. Die Insel war praktisch nur ein hässlicher Felsen, der aus dem Meer ragte. Ein paar knorrige, vom Seewind verdorrte Bäume und einige stachelige, graue Büsche, mehr hatte sie nicht vorzuweisen.

Dann tauchte ein Mob aus dem Meer auf. Er schien aus mehreren Meeresbewohnern zusammengesetzt zu sein. Sein kräftiger Haifischkörper endete in vier Flossen und einem länglichen, flachen, aalartigen Schwanz. Sein Kopf an dem langen, starken Hals sah aus wie der eines Krokodils und war mit spitzen, dreieckigen Zähnen ausgestattet.

Er musste die Ursache sein, warum es sich um eine einsame Insel handelte. Ich musste an den monströsen Fisch denken, den ich in dem Fluss im Niemandsland gesehen hatte. Im Vergleich zu dem Mob, den ich jetzt vor mir sah, war er jedoch winzig gewesen.

Die Kreatur schwamm gemächlich, umkreiste die Insel und tauchte dann wieder in die Tiefe ab, wobei sie eine Kaskade aus Gischt aufspritzen ließ. Wahrscheinlich war es Essenszeit für den Mob.

Boris' gesträubte Federn verrieten mir, dass er von der Begegnung ebenso beeindruckt war wie ich.

... ES SIEHT AUS, ALS lege sich der Wirbel um deinen Namen so langsam. Ich habe den Eindruck, dass ich nicht mehr überwacht werde. Verdammte Sherlocks! Trotzdem habe ich es nicht eilig damit, ein paar der teureren Güter loszuwerden, die du mir geschickt hast. Besser auf Nummer Sicher gehen, wenn du weißt, was ich meine. Diese Gegenstände sind ziemlich verdächtig.

Jedenfalls habe ich die hübscheren schon verkauft. Ich glaube, das war die richtige Entscheidung. Wenn du diesen Brief liest, musst du schon in der Auktion gewesen sein. Dort gibt es alles, was du für ein selbst gebasteltes Nocteaner-Kriegerset brauchst. Die Zähne, das Fell, die Prügel. Die Gegenstände, die die nocteanischen Werwölfe gedroppt haben, sind besonders beliebt. Verstehst du, worauf ich hinauswill? LOL.

Ich habe das Geld auf dein Konto überwiesen. Außerdem habe ich dir das Material für deine Insekten geschickt: die besten Metalle und Toxine, die es für Geld zu kaufen gibt. Ich glaube, ich habe den gesamten Vorrat an Stahlschuppen aufgekauft, den es in der Spiegelwelt gibt.

Außerdem habe ich auf deinen Wunsch in Schmuck mit Boni auf Aufmerksamkeit, Wahrnehmung, Wachsamkeit etc. investiert. Was hast du vor? Auf Schatzsuche gehen? Gute Idee. Da bin ich sofort dabei!

Also schlage ich vor, du siehst dir den Anhang an. Ich bin sicher, der gefällt dir.

Ah, und noch etwas. Ich bin vielleicht eine Weile nicht zu erreichen. Die Ärzte schicken mich zur Ergotherapie an die See. Meine Gesundheit ist nicht mehr das, was sie mal war.

Max kann es kaum erwarten, dich zu treffen, aber ich habe ihm gesagt, er soll langsam machen, bis sich alles ein bisschen beruhigt hat. Ich will nicht, dass er getötet wird. Das verstehst du doch, oder?

Wenn du etwas von der hübschen Beute verkaufen willst, halte dich nicht zurück. Momentan kommt ein steter Fluss an Gegenständen aus dem Niemandsland rein, also fallen deine Sachen vermutlich gar nicht auf. Und heb das interessante Zeug für mich auf, ja?

Was wollte ich denn noch sagen? Ach ja. Die Updates. Ich schlage vor, du siehst sie dir genau an. Vielleicht findest du da nützliche Infos.

Das war's, Mann. Bis bald!

Wir saßen auf einem Hügel an der Küste und genossen die warme Nacht, den Duft der Seeluft und das leise Geräusch der Brandung. Ich war mehr als glücklich gewesen, meine Rüstung und den Pelzmantel ablegen zu können und meinen Körper der Brise auszusetzen.

Guter Platz. Ruhig und warm. Nach der unwirtlichen, eisigen Weite des Niemandslands geradezu himmlisch.

Meine beiden Haustiere lümmelten auf dem Gras in der Nähe herum und schnarchten vor sich hin. Was für eine Idylle.

In dem Augenblick, als wir die Grenze zum Land des Lichts überquert hatten, hatte sich mein Posteingang gemeldet und mich mit Nachrichten überschüttet. Mittlerweile waren Einzeiler wie *Wo hast du die Ausrüstung her* und *Ich will auch so'n Tier wie deins* allerdings spärlicher geworden. Gut.

Auch Tanor hatte aufgehört, mich mit Nachrichten zuzumüllen. Zwar hatte ich das erwartet, doch es beunruhigte mich auch.

Von meinen Freunden war auch nichts da, außer von Rrhorgus, dessen Mail ich gerade zu Ende gelesen hatte. Ich hoffte, dass es um seine Gesundheit nicht allzu schlimm bestellt war, denn ich hatte noch große Pläne mit ihm.

Nun zu den Updates, die er erwähnt hatte. Tatsächlich hatte ich eine Menge davon erhalten. Einige schienen sich in der Tat um das Niemandsland zu drehen. Eines hatte sogar einen öffentlichen Aufschrei in den Foren ausgelöst, besonders von Spielern auf hohem

Level. Kein Wunder. Wann hatten die Spielentwickler jemals die Interessen der Spieler im Blick?

Das Update hatte auch auf mich Auswirkungen. Einerseits verstand ich den Ärger der Spieler und war auf ihrer Seite. Andererseits freute ich mich wie der sprichwörtliche Schneekönig.

Das Update betraf das Respawn-Protokoll. Sobald es live ging, würden die Spieler ihr Recht verlieren, ihren Respawn-Punkt ins Niemandsland zu legen. Immer, wenn sie starben, würden sie zu einem Obelisken ihrer Wahl umgeleitet werden, der im Territorium ihrer jeweiligen Seite lag. Wer bereits einen individuellen Respawn-Punkt festgelegt hatte, konnte ihn nur einmal verwenden.

Mit anderen Worten, ich konnte nur ein einziges Mal in meiner kleinen, geheimen Höhle respawnen. Danach würde ich immer, wenn ich starb, zurück in die Lande des Lichts geschickt werden.

Zuerst ärgerte ich mich auch über die Neuigkeiten. Dass die Admins sich schamlos derartige Freiheiten herausnahmen, war unerfreulich, um es mal vorsichtig auszudrücken. Sie hatten es geschafft, den Frieden zu zerstören, den das Wissen mir geboten hatte, dort in der Ferne einen sicheren Respawn-Punkt zu haben. Jetzt fühlte ich mich exponiert, was zum Aus-der-Haut-Fahren war.

Aber sobald ich mich beruhigt und etwas darüber nachgedacht hatte, kam ich zu dem Schluss, dass ich in gewisser Weise davon profitierte.

Erstens musste ich nicht laufen. Ich brauchte nur Minuten, um hunderte von Meilen zu fliegen, die andere Spieler zu Fuß zurücklegen mussten. So seltsam es klingen mochte, ich konnte es mir leisten, im Niemandsland zu sterben und prompt an einem schönen, warmen Platz wie dieser Insel zu respawnen, da ich dank Boris innerhalb kürzester Zeit ins Niemandsland zurückkehren konnte.

Andere Spieler würden es da schwerer haben. Falls ihre Charaktere starben, mussten sie bei null anfangen, nachdem sie eine wochenlange, komplizierte und sehr anstrengende Reise hinter sich hatten.

Und das war nicht alles.

Nach dem Update würden Spieler auch nicht mehr sofort respawnen. Abhängig vom Aggro-Level der Mobs an dem Ort, an dem sie gestorben waren, würden sie eine Weile gesperrt sein.

Der Ort auf dieser Insel war zum Beispiel auf der Karte als grün und damit sicher markiert. Wenn ich zufällig hier sterben sollte, konnte ich innerhalb einer halben Stunde respawnen. Aber in unsicheren, roten Zonen konnte die Dauer der Sperre je nach Aggro-Level der Mobs zwischen zwölf und 24 Stunden betragen.

In den Foren brodelte es. Überraschenderweise hatten die Admins – die die Kritik der Spieler normalerweise schweigend über sich ergehen ließen – eine Antwort veröffentlicht, in der es hieß, sie hätten sich aufgrund des Drucks der allgemeinen Öffentlichkeit dazu gezwungen gesehen. Offenbar hatte es eine Menge Protest von sozialen Gruppen gegeben, die den Hersteller dafür kritisierten, dass er es den Leuten ermöglichte, mehrere Wochen am Stück in VR-Kapseln zu verbringen. So konnten sie wenigstens einmal Spielpausen einlegen.

Wozu sollte man auch 24 Stunden lang in einem virtuellen Sarg rumliegen, wenn man diese Zeit auch im echten Leben verbringen konnte?

Die Welt war im Wandel begriffen. Die virtuelle Realität war in unser Leben getreten und hatte es an ihre eigenen Bedürfnisse angepasst. Ich hatte das Gefühl, dass die Spiegelwelt nur der erste Vorbote für die bevorstehenden Veränderungen war. Neue, virtuelle Projekte sprossen überall aus dem Boden und verbanden sich untrennbar mit dem Leben von Millionen von Menschen.

Einerseits war es spannend, solche gewaltigen Änderungen mitzuerleben, andererseits war es auch beängstigend.

Ich war mir sicher, dass die Regierungen nicht bei den Spielen haltmachen würden. Nichts hielt sie davon ab, virtuelle Gefängnisse, psychiatrische Kliniken und Seniorenheime zu erschaffen. Nur um soziale Spannungen in der Welt zu deeskalieren, schon klar.

Die Frage war, ob sie damit durchkommen konnten. Schwer zu sagen. Derartige Vorhersagen waren selten zutreffend. Zu vieles hing von zu vielen winzigen, leicht zu übersehenden Details ab. Im Moment waren das alles sowieso nur theoretische Überlegungen.

Zurück zum Upgrade. Trotz des Drucks der mysteriösen „allgemeinen Öffentlichkeit" (deren Eingreifen ich bezweifelte) hatten die Spielentwickler für die Spieler ein potenzielles Schlupfloch gelassen.

Feldaltare.

Dieses spezielle Artefakt hatte ich bereits während unserer Schlacht mit Sub Zero kennengelernt. Nach dem Update konnte man Feldaltare zwar nicht auf freundlichem Territorium nutzen, sehr wohl jedoch auf dem Gebiet des Feindes. Jeder Altar öffnete ein Portal, das man dann nutzen konnte, um woanders hinzureisen.

Trotzdem hatte selbst diese kleine Lücke in den Regeln einen Haken. Feldaltare hatten Energieeinschränkungen. Je nach Kapazität brauchten sie zehn bis 24 Stunden, um sich wieder aufzuladen.

Außerdem konnte man sie nicht verwenden, solange sie aufluden. Man konnte sie erst wieder aktivieren, wenn ihre Energie auf 100 % war.

Aber wie kam man eigentlich an die Dinger ran?

Laut Wiki-Eintrag war das ein Kinderspiel. Jeder Altar bestand aus fünf Teilen. Man musste alle fünf finden und dann auf „errichten" drücken. Stinkeinfach. Zumindest theoretisch.

Wie alles andere in der Spiegelwelt gab es Altarportale in verschiedenen Farben von „grau" bis „rot". Es verstand sich von selbst, dass die Preise für Altare und ihre Teile in den Himmel gestiegen waren.

Altarteile zu erwerben, war noch mal eine andere Nummer. Die Entwickler hatten sicher einen Riesenspaß dabei gehabt, sich die vielen neuen Regeln auszudenken. Die Teile konnten von jedem Mob gedroppt werden, egal ob Level-1-Kaninchen oder Höhlendrache. Je höher das Level des Mobs, desto höher die Chance des Spielers, eine höhere Stufe des jeweiligen Teils in die Finger zu kriegen. Das hieß, ein Kaninchen und ein Drachen konnten beide jeweils dasselbe Teil droppen, nur von unterschiedlicher Farbe.

Schnell stellte ich in der Auktion etwas Marktforschung an. Für ein einzelnes Altarteil konnte man im wirklichen Leben einen Kleinwagen kaufen. Nur recht und billig. Seltene Beute kostete eben mehr. Besonders im Hinblick auf die bevorstehende Kolonialisierung des Niemandslands.

Ich lachte leise, während ich einen Bericht über ein paar Level-3-Spieler las, die einen Braunbären auf Level 5 getötet hatten, nur um festzustellen, dass er ein „graues" Altarteil droppte. Glück für sie. Sie hatten Grund zum Feiern. Ich konnte mir ihre ungezügelte Freude vorstellen, als ihnen klar geworden war, worum es sich handelte.

Zweifellos hielten die Verkaufsabteilungen jedes Clans Ausschau nach solchen Gegenständen.

Sollten sie ihren Spaß haben. Fortuna war eine launische Göttin. Man konnte sich darauf verlassen, dass sie andere Spieler ihres wohlverdienten Glücksmoments beraubte.

Für uns funktionierten die neuesten Updates allerdings gut. Wenn man diesen Typen nahm ... Wie hieß er noch? Dimax, der riesige Horrud, der die Reihen der Calteaner am Fluss so dezimiert hatte, und sich vorstellte, dass er getötet wurde, während der Feldaltar nicht geladen war. Wenn er respawnte, würde er sich dort wiederfinden, wo er hergekommen war. Die 24-Stunden-Sperrzeit plus die erschöpfende, wochenlange Wanderung zurück zu unseren Burgmauern ... Der wäre eine ganze Zeit raus aus dem Spiel.

Ernsthaft, ich liebte dieses neue Update. Es verbesserte unsere Chancen um ein Hundertfaches. Jetzt würden die Spieler zweimal darüber nachdenken müssen, bevor sie einen Selbstmordangriff auf uns starteten. Sie mussten sowohl mit ihrer Zeit als auch mit ihren Altären sparsamer umgehen.

Laut Rrhorgus' Nachricht hatte er das bereits alles unter Kontrolle. Wie musste er gelacht haben, als er die Mail geschrieben und sich meinen Gesichtsausdruck vorgestellt hatte. Garantiert! Er hatte die guten Neuigkeiten einfach weitergeben müssen.

„Also dann, Herr Olgerd", sagte ich und öffnete die Auktion. „Zeit fürs Geschäft."

Ich scrollte bis zu *Technische Zeichnungen, Entwürfe und Rezepte* herunter und suchte nach „grünen" Gegenständen.

Gar nicht schlecht. Die Vielfalt und die schiere Anzahl der Gegenstände – und besonders ihre niedrigen Preise – waren eine Augenweide. Es war logisch: „Grüne" Zeichnungen und Rezepte waren Standardbeute, die Mobs auf niedrigem Level droppten.

Ich sah mir die Berufsliste meiner neuen Clanmitglieder an. Da sah es noch besser aus! Ich konnte jeden von ihnen leicht mit zehn bis 15 Gegenständen ausstatten.

Eilig füllte ich meinen Einkaufskorb. Es war nicht einmal so teuer.

Weiter. Materialien zur Fertigung. Ich führte eine neue Suche durch. Metall, Holz, Leder, Pergament, Farben und Nähsachen – kein Problem. Sie kosteten so gut wie nichts.

Ich kaufte von jedem Material ein bisschen. Ich durfte nicht zu gierig sein, sonst würde ich nicht alles in meine Tasche unterbringen können.

Jetzt zu den Werkzeugen. Das war nicht so einfach wie gedacht. Auf den meisten Gegenständen waren Runen angebracht. Manche waren sogar mit einem Zauber belegt. Ich sah eine Spitzhacke, fast identisch mit der, die ich zu Beginn meiner Spiegelweltkarriere verwendet hatte.

Die Werkzeuge waren nicht billig. Trotzdem waren sie ihr Geld wert. Es war eine Investition in die Zukunft meines Clans. Und ich hatte ja das Geld.

Die Werkzeuge für Lia stellten sich als die teuersten von allen heraus. Der Verkäufer bot sie als Gesamtpaket an. Man sah, dass er seinen Beruf ernst nahm. Jeder Gegenstand hatte eine Rune und ein paar magische Extras.

Ich verbrachte mehr Zeit damit, Mitbringsel für die kleine Malerin auszusuchen, als für alle anderen Clanmitglieder. Vielleicht, weil sie mich an meine kleine Christina erinnerte.

Fünf Pinsel und eine Palette aus Alven-Eiche. Ein Spatel, einen Schaber und drei Malmesser in verschiedenen Formen und Größen, alle aus feinstem Zwergenstahl. Und schließlich noch sieben Tuben verzauberte Farbe.

Leider gelang es mir nicht, mehr als fünf „grüne" Zeichnungen für sie zu zuaufzutreiben. Offenbar war ihr Beruf selten. Laut den Werten der Zeichnungen konnte sie nur sieben Farben verwenden. Sobald Rrhorgus wieder da war, würde ich ihn bitten, ihr noch mehr zu besorgen. Der Mann war ein Marktgenie.

Das war's, was die Berufe anging. Jetzt musste ich nur noch Nahrung besorgen.

Und da kam die schlechte Nachricht. Es waren nicht einmal die Preise, die waren in Ordnung. Das Problem war, dass ich nicht genug Platz in meinem Rucksack hatte. Um nur einen Sack Mehl zu transportieren, hätte ich zuerst meine gesamte Tasche ausleeren müssen.

Auf gewisse Weise war das schlau. So stellten sie sicher, dass Frachtfahrer auch ihren Lebensunterhalt verdienen konnten.

Aber es war ja nicht so, dass wir verhungerten. Droy hatte mir versprochen, ein spezielles Team aus Jägern und Fischern zusammenzustellen. Trotzdem mussten wir das Problem so schnell wie möglich angehen, allein schon, um Futter für das Vieh zu besorgen.

Wer hätte gedacht, dass ich eingefleischter Städter, der Kühe bis jetzt nur aus dem Fernsehen gekannt hatte, mal von Null auf einen Bauernhof würde einrichten müssen?

Apropos Tiere. Ich sah auf die Uhr. Fast vier Uhr morgens. Ich musste los. Es gab nur noch ein letztes Problem.

Kapitel 6

DAS DORF TIKOS lag praktischerweise am Fuß des Berges, auf dem ich vor ein paar Stunden gelandet war. Vor mir erstreckte sich der Große Ozean. Hinter mir das Tallianische Grasland. Hier hatte ich meine ersten Reitstunden genommen.

Trotz der frühen Stunde herrschte im Dorf reger Betrieb. Kein Wunder: In Europa mochte es Nacht sein, aber jenseits des Atlantiks war der Tag noch in vollem Gange.

Diesmal hatte ich beschlossen, mir nicht die Mühe zu machen, mich zu tarnen. Ich hielt mich bedeckt und zog nur gelegentlich neugierige Blicke auf mich. Eine Alvin auf Level 50 hing an der Tür eines Zauberladens herum. In ihrem erstaunten Blick zeichnete sich Erkennen ab.

Das war schon ein komisches Gefühl. Vermutlich sahen sie mich als so etwas wie einen legendären, hochstufigen Spieler an. Auf meinem Weg zur Reithalle traf ich keinen einzigen Spieler, dessen Level höher war als meines. Das war schmeichelhaft, doch ich sollte mir besser nichts darauf einbilden. Es machte auch keiner von ihnen Anstalten, mit mir zu sprechen. Was mir nur recht war. Alles, was ich wollte, war, die Reithalle ohne weitere Überraschungen zu erreichen.

Bei einem Gasthaus überquerte ich schnell die Straße. Sie war nur schwach beleuchtet, da zwei der Straßenlaternen nicht funktionierten. Ich nahm eine Abkürzung durch eine dunkle

Seitengasse, in der es nach verrottetem Gemüse und Katzenpisse stank.

Vor mir lag ein öffentlicher Park, auf den ich eilig zustrebte. Ausrüstung von hoher Qualität war etwas Tolles. Sie verlieh einem ein Gefühl von Unbesiegbarkeit.

In kurzen Sprints bewegte ich mich durch den Park und suchte im Schatten der Bäume Schutz. Mein Herz klopfte so heftig, dass es mir fast den Brustkorb sprengte.

Schließlich zwängte ich mich durch die Hecke und blieb vor einem kleinen Platz stehen. Auf der gegenüberliegenden Seite war das Tor der Reithalle zu sehen.

Ich beobachtete, wie jemand Kleines, Stämmiges – konnte ein Zwerg oder Dwand sein – durchs Tor schlich. Ein hochgewachsener, blonder Alven-Bogenschütze mit einem Köcher voller Pfeile auf dem Rücken folgte ihm.

Das schien es gewesen zu sein. Alles war ruhig. Na, dann los.

In Windeseile überquerte ich den Platz.

Jetzt schnell durchs Tor hinein.

Endlich konnte ich Atem holen. Niemand hatte mich angegriffen. Und ich wusste, dass in der Reitschule Kämpfen strikt verboten war.

„Ah-ha", erklang eine vertraute Stimme hinter mir. „Wen haben wir denn hier?"

Ich drehte mich um.

Meister Rotim hatte sich nicht verändert. Dieselbe gebräunte Haut und das glattrasierte Kinn, dieselben schräg gestellten Augen, die mich unter demselben kurz geschnittenen Haar eingehend musterten.

„Seid gegrüßt, Meister", sagte ich. „Ich freue mich, Euch zu sehen. Es ist schmeichelhaft, dass Ihr Euch an mich erinnert."

„Wie könnte ich Euch je vergessen! Einen Minenarbeiter, der das Reiten erlernen wollte!" Er verzog den Mund zu einem sarkastischen

Lächeln. „Oder sollte ich sagen, ein abtrünniger Krieger, der von den Behörden Mellenvilles gesucht wird?"

Ich war sprachlos. So wirkte sich die Abwesenheit von Reputation also aus.

Meister Rotim hatte mein Zögern wohl bemerkt. Er wedelte nonchalant mit der Hand. „Ich würde das nicht allzu ernst nehmen. Mir ist es egal, wenn Ihr Probleme mit den Bürohengsten habt. Ich habe da selbst so meine Erfahrungen. Sie wissen nicht, was sie wollen, die Schweine!"

Das hatte ich übersehen. Ich hätte vorher seine Geschichte im Wiki nachlesen sollen. Er klang wie jemand mit bewegter Vergangenheit.

Ich nickte verständnisvoll. „Da wette ich drauf. Heute überschütten sie uns mit Privilegien, und morgen ..."

„Und morgen befördern sie uns mit einem Fußtritt in eine gottverlassene Prärie, um Möchtegern-Cowboys beizubringen, wo beim Pferd der Kopf und wo der Hintern ist", beendete er meinen Satz.

Er war mit den derzeitigen Machthabern also nicht gerade glücklich.

Tatsächlich war er einer der wenigen NPCs, die ich außerhalb von Mellenville oder der Zitadelle angetroffen hatte. Auf seine Weise war er selbst ein Verstoßener. Genau wie ich.

Er winkte ab. „Erzählt mir lieber, was Euch diesmal hierherführt. Werde ich endlich Euer Reittier zu Gesicht bekommen?" Ein listiges Lächeln breitete sich auf seinem sonnengebräunten Gesicht aus.

Er musste die ganze Zeit gewusst haben, dass ich ein Reittier besaß, er war nur zu taktvoll gewesen, in mich zu dringen. Andererseits, was hatte ich gedacht? Natürlich wusste er es. Er war nur ein Stück Programmcode und gehörte damit zum System der Spiegelwelt.

Statt einer Antwort aktivierte ich beide Beschwörungs-Talismane. Zuerst Strolch, dann Boris.

Rotims bisher schmale Augen nahmen die Form zweier Untertassen an. Er stand zur Salzsäule erstarrt und sah aus, als hätte er aufgehört, zu atmen.

Strolch ignorierte den versteinerten Reitlehrer und sauste los, um seine neue Umgebung zu erkunden. Er hatte jetzt die Größe eines jungen Panthers, der von Kopf bis Fuß in Rüstung gekleidet war. Kein Wunder, dass Rotim beeindruckt aussah.

Ein paar Spieler kamen eilig auf uns zu. Das war mir egal. Sollten sie ruhig schauen.

Boris, der meine Gedanken zu erraten schien, richtete sich auf die Hinterbeine auf und präsentierte die volle Spannweite seiner aschgrauen Schwingen. Seine prächtige Rüstung glänzte im Licht. Ich mochte voreingenommen sein, aber er sah wirklich gut aus.

Die Spieler, die um uns herumstanden, betrachteten ihn bewundernd. Gegenüber von mir bedeckte ein dunkelhaariges Mädchen in einer kindlichen Geste ihren Mund mit der Hand. Das waren eben keine gewöhnlichen Feld-Wald-und-Wiesen-Haustiere. Sie waren Relikt-Kreaturen. Ich konnte mein Glück immer noch nicht fassen.

Meister Rotim war der Erste, der wieder zur Besinnung kam. Er schluckte, wandte den Blick von Boris ab und sah sich um. Allzu glücklich wirkte er nicht.

„Was starrt ihr denn so?", schrie er die Spieler an. „Ich dachte, ihr hättet zu tun? Oder glaubt ihr, der Mist verschwindet von selbst, während ihr hier Blödsinn macht?"

Eilig machten sich die Spieler rar. Was für ein bemerkenswerter Gehorsam. Er musste ihnen ein paar wichtige Quests aufgetragen haben. Das war die Antwort auf meine Frage, wie sie es schafften, dass es hier so sauber war.

Mein Chat klingelte. Jemand versuchte, mich zu kontaktieren – höchstwahrscheinlich einer der Spieler, den ich gerade gesehen hatte. Sorry, Leute, um euch würde ich mich später kümmern müssen.

„Olgerd." Meister Rotims Stimme bebte vor Gefühlen. „Sehe ich hier, was ich zu sehen glaube? Ein Nachtjäger! Und ein Schwarzer Grison! Wie ist das möglich?"

„Ihr steckt voller Überraschungen, Meister Rotim", sagte ich. „Ich hatte keine Ahnung, dass Ihr diese Rassen kennt. Eure Belesenheit ist beeindruckend."

„Danke", sagte er mit einer kleinen Verbeugung.

Ich sah an seinem Gesichtsausdruck, dass meine Schmeichelei ihm gefiel.

„Darf ich ihn anfassen?", fragte er mit von Ehrfurcht erfüllter Stimme. Er war ernsthaft beeindruckt.

„Sehr gern", sagte ich und schickte Boris mental den Befehl, näher zu kommen.

Gehorsam blieb Boris ein paar Schritte vom Reitlehrer entfernt stehen.

Rotims zitternde Hand lag auf dem Hals des Tieres. Mit den Fingern streichelte er seine silbrigen Federn. „Ihr könnt nicht ermessen, was es für mich bedeutet, ihn zu sehen." In seiner Stimme schwang Bedauern mit. „Ich bin mit den Legenden über die großen Nachtjäger und ihre Reiter aufgewachsen. Mein Großvater hat sie mir als Gute-Nacht-Geschichten erzählt."

Ich lächelte. „Und jetzt entdeckt Ihr, dass einer dieser Reiter Euer Schüler ist.".

Rotim lachte leise, um das bewegungslose Tier nicht zu verschrecken. Schließlich wischte er sich die Tränen weg und sagte: „Ich weiß, es geht mich nichts an, aber würdet Ihr mir eine Frage beantworten?"

„Kommt darauf an, welche."

„Seid Ihr ein Nachfahre des Der-Swyor-Clans?"

Verblüfft erstarrte ich. „Woher wisst Ihr ...?"

Er lachte. „Auch Ihr steckt voller Überraschungen. Ihr müsst meine Frage nicht beantworten. Ich weiß es bereits. Und was meine *Belesenheit* angeht, wie Ihr es nennt - auch das war der Einfluss meines Großvaters."

Ich konnte es nicht glauben. Offenbar war ich endlich doch einmal über einen Hinweis gestolpert. Und das ausgerechnet in Rotims Stall!

„Würdet Ihr gern eine der Geschichten meines Großvaters hören?", fragte Rotim.

„Ehrlich gesagt wollte ich Euch gerade danach fragen. Erzählt sie mir bitte." Ich hustete, um meinen rauen Hals freizukriegen.

„Sie ist nicht sehr lang", versicherte Rotim mir.

„Hoch im Gebirge in uralter Zeit
Inmitten von Erz und Gestein
Schuf ein Meisterschmied, bekannt weit und breit
Ein Kunstwerk, das Herz zu erfreu'n.

Erstaunt betrachtet der Meister sein Werk
Stahl und Magie, in Vollendung vereint
Doch Gier erfüllte den König vom Berg
Er wollte es für sich allein.

Zum Schmied schickte seine Wachen er aus
Ihm das kostbare Stück zu entreißen
Sie begaben sich zu des Meisters Haus
Und taten, wie ihnen geheißen.

Da legten die Lehrlinge wie ein Mann
Die Werkzeuge aus der Hand
Zu den Waffen griffen sie sodann
Zu vereiteln den schändlichen Plan ..."

Er hielt inne und flüsterte mit geschlossenen Augen etwas, als versuchte er, sich zu erinnern, was als Nächstes kam. Es sah nicht so aus, als würde es ihm gelingen.

„Schade", seufzte er. „Ich kannte die ganze Ballade einmal auswendig. Ich werde wohl alt."

„Könnt Ihr mir erzählen, was als Nächstes geschehen ist?", fragte ich.

„Um es kurz zu machen, die Lehrlinge des Meisters waren nicht die Einzigen, die seine Partei ergriffen. Der Anführer des Clans der Der-Swyor bot dem alten Mann Schutz an. Seine Krieger waren als die Schwingen des Todes bekannt. Sie ritten auf Nachtjägern."

Ich schluckte. Die Gürtelschnalle in meiner Tasche! Offenbar hatte sie ihre eigene Geschichte.

„Leider", fuhr Rotim fort, „erlitten die Truppen der Der-Swyor eine vernichtende Niederlage. Der König unter dem Berg war so erzürnt, dass er seinen Männern befahl, jeden einzelnen von ihnen zu töten. Und da war noch etwas, das ich als Kind nicht verstand. Mein Großvater sagte, der König wäre so wütend gewesen, dass er auch alle Grisons ausrotten ließ. Warum sollte er so etwas tun? Es sind so wunderschöne Tiere!"

„Da habt Ihr Glück", sagte ich. „Ich kann Euch sagen, warum. Sie haben die Grisons getötet – wenn auch, wie Ihr seht, nicht komplett ausgerottet – weil sie als stumme Erinnerung an das Verbrechen dienten, das sie begangen hatten."

„Ich verstehe es immer noch nicht. Warum Grisons?"

„Sie hatten das Pech, Bestandteil des Wappens der Der-Swyor zu sein."

„Verstehe", sagte Rotim düster. „Wisst Ihr, manchmal frage ich mich, warum Tiere nicht einfach ohne die Einmischung von Menschen in Ruhe leben können. Das würde die Welt zu einem besseren Ort machen." Er seufzte tief auf und fuhr dann in fröhlicherem Ton fort: „Wie auch immer! Genug der Traurigkeit. Ihr habt mir noch nicht gesagt, warum Ihr hier seid. Andererseits ... lasst es. Ich glaube, ich weiß es schon."

Er besah sich meine Tiere und fällte ein Urteil: „Euer Hugger hat sich sehr stark weiterentwickelt. Seine magischen Fähigkeiten brauchen etwas Feinabstimmung. Ich kann seine Flugfähigkeit auf Level 3 bringen. Das würde seine Reichweite verdoppeln. Außerdem kann er dann vier weitere Gegenstände tragen. Und am wichtigsten: Er ist jetzt stark genug, um zwei Reiter zu tragen."

„Ausgezeichnet!" Unfähig, meine Freude zu unterdrücken, streichelte ich Boris den Kopf.

Rotim lächelte. „Das ist noch nicht alles. Seine Fähigkeit, den Feind vorübergehend zu betäuben ..."

„Ja, der Triumphschrei!"

„Den kann ich auf Level 2 bringen. Das würde die Betäubungszeit verdoppeln."

„Hervorragend."

„Jetzt zu Eurem Grison. Dieses Tier ist dazu geboren, seinen Herrn zu verteidigen. Seine Fähigkeit, einen Teil des Schadens abzuwehren, den sein Besitzer erleidet, verdient es, verdoppelt zu werden. Seine Heilungsfähigkeiten können verdreifacht werden. Und noch etwas kann ich tun: Ich kann ihn lehren, eine andere Person Eurer Wahl zu heilen. Das alles biete ich euch zu einem reduzierten Preis von 400 Gold an. Was sagt Ihr dazu?"

„Oh ja, bitte!"

Die nächste Viertelstunde war Rotim damit beschäftigt, seine Magie auf meine Tiere zu wirken. Er fuhr ihnen mit den Händen über die Köpfe und flüsterte etwas. Die beiden Kreaturen ließen das seltsame Ritual stumm über sich ergehen. Selbst der rastlose Strolch machte keine Versuche, davonzulaufen.

Ich las die Systemnachrichten, die mich über ihren Fortschritt informierten. Als die letzte davon auftauchte und mir mitteilte, dass Strolchs Fähigkeit Reflexion Level 3 erreicht hatte, öffnete Rotim schließlich die Augen.

Wir verbrachten noch ein paar Minuten damit, die zukünftigen Wandlungen meiner Haustiere zu besprechen. Dies schien jedoch das Standardverkaufsgespräch zu sein, das er mit jedem Kunden führte. Er klang zu gestelzt, genau wie an meinem ersten Tag in seinem Stall.

Verglichen mit seiner anfänglichen, emotionalen Reaktion auf meinen Zoo wirkte der Rest unseres Gesprächs trocken und banal. Zugegebenermaßen war ich von der Wandlung seines Verhaltens perplex. Doch was erwartete ich von einem NPC?

Droy und seine Steinzeit-Gang empfand ich aber auch sehr real. Bei ihnen vergaß ich häufig völlig, dass ich mich in einem Spiel befand.

Nachdem ich Rotim für seine Dienste bezahlt hatte, ging ich gemächlich auf den Ausgang zu. Ich legte gerade die Hand auf die Klinke, als ich wieder das nervige Geräusch meines Chatfensters vernahm. Jemand schickte mir wiederholt eine PN.

Während ich die Vordertür aufdrückte und nach draußen trat, öffnete ich das Chatfenster. Mehrere identische Zeilen wiederholten sich untereinander in Großbuchstaben.

PASST AUF! SIE ERWARTEN EUCH!

Ich kam nicht dazu, nach dem Namen des Absenders zu schauen. Jemand griff mich an.

Warnung! Spieler Regron (112) hat Eisiger Windstoß auf Sie gewirkt!

Herzlichen Glückwunsch! Sie sind dem Angriff Ihres Gegners erfolgreich ausgewichen!

Ach ja? Wie hatte ich das gemacht? Der Typ war kein Nekromant, oder?

Aber Moment mal. Was war mit der Errungenschaft, die ich für den Sieg über den Lich erhalten hatte? Hatte da nicht etwas von verbesserten Chancen auf Ausweichen bei magischen Angriffen gestanden?

Diese Gedanken schossen mir innerhalb eines Augenblicks durch den Kopf. Ich war nie dafür bekannt gewesen, unter Stress besonders schnell zu denken. Das war eine neue Entwicklung. So konnte es kommen, wenn man ständig mit Mobs und hochstufigen Spielern zu tun hatte.

Automatisch, fast ohne hinzusehen, ließ ich einen Schwarm Flöhe auf meinen Angreifer los.

Sie haben die einfachste mechanische Kreatur gebaut: einen Schwarm Flöhe!

Level: 170

Anzahl der Schwarmmitglieder: 8

Diesmal waren es acht! Level 170! Dieser Regron, oder wie auch immer er hieß, tat mir leid. Er war nur auf Level 112.

Der Zauberer fluchte und legte all sein Erstaunen in ein paar gewählte Worte. Und das war nur der Anfang.

Ich rollte mich zur Wand und erstarrte in geduckter Stellung, während ich die Situation erfasste.

Es waren fünf auf Level 100 bis 130. Aus dieser Entfernung konnte ich ihre Nicknamen nicht erkennen. Der Aufmachung nach zu urteilen waren zwei von ihnen Zauberer, die anderen drei Schwertkämpfer. Ihre Ausrüstung war „blau", aber nicht auf höchstem Level.

Vor allem der Alven-Spieler in der Mitte sah malerisch aus. Seine Rüstung glänzte in den Strahlen der untergehenden Sonne. Seine Beinschienen und Handschuhe waren „purpurn". Ein ansehnlicher Anblick. Ich hatte das Gefühl, irgendwo schon mal etwas Ähnliches gesehen zu haben.

Mit meiner Rechten umklammerte ich den Portalkristall, aktivierte ihn und scrollte dann durch die umfangreiche Liste verfügbarer Zielorte. Ja! Die Stadt der Ennans.

Möchten Sie an den gewählten Ort teleportiert werden? Ja/Nein

Gerade wollte ich *Ja* drücken, als eine boshafte Stimme meine Gedanken unterbrach.

„Schnappt euch den Mistkerl! Lasst ihn nicht entkommen!"

Wie könnte ich diese Stimme je vergessen! So ein Pech. Es war Schantarski Junior, auch bekannt als Lord Melwas, in voller Lebensgröße.

Was hatte sein Daddy, der millionenschwere Banker, über seinen geschätzten Sohn gesagt?

„Er ist zu jung und zu heißblütig. Für ihn sind Sie ein Nichts."

Und was hatte er noch gesagt?

„Macht ist die einzige Sprache, die er versteht. Sie könnten sagen, dass Sie ein Mensch sind – aber das reicht ihm nicht. Ich habe ihn zu einem Anführer erzogen, stolz und stark. Ich habe ihm beigebracht, niemals vor Hinz und Kunz nachzugeben."

Nun gut. Ich mochte ein gewöhnlicher Hinz oder Kunz sein, aber diesmal würde ich nicht vor ihm weglaufen. Ich war nicht mehr seine Beute.

Erst jetzt wurde mir klar, dass ich die ganze Zeit auf diesen Augenblick gewartet hatte.

Ich sah mich um. Spieler, die nichts zu tun hatten, erschienen auf dem Parkett. Rotims Vordertür öffnete sich erneut und ließ sie alle hindurch. Sie hatten es jedoch nicht eilig, einzugreifen, sondern waren eher neugierig, wie diese Vorführung für mich ausgehen würde.

Ich steckte den Portalkristall zurück in die Tasche, hielt aber die Beschwörungs-Talismane weiter bereit. Dann trat ich zurück an die Mauer, um mich gegen übereifrige Zuschauer zu schützen, die vielleicht beschlossen, sich für Schantarski Jr. einzusetzen.

Ich fand es seltsam, dass keine der hiesigen Clanmitglieder zu sehen waren. Das hier geschah auf ihrem Territorium, doch es schien ihnen egal zu sein. Wie hießen sie noch gleich – die Stahlfäuste? Sie hatten wohl beschlossen, wegzusehen. Offenbar musste ein neutraler Clan selbst auf eigenem Gebiet neutral bleiben.

Ich hörte Schreie, als die Flöhe schließlich Regron erreicht hatten. Das war ja schnell gegangen! Weniger als 15 Sekunden.

Der andere Zauberer versuchte, seinem Kollegen zu helfen. Er schoss einige Feuerbälle auf die Flöhe ab, während die Schwertkämpfer mit gezogenen Waffen versuchten, in meine Flanke zu gelangen.

Leider erreichte der Zauberer damit nur, dass er die Aufmerksamkeit des Schwarms auf sich lenkte. Einige der Flöhe ließen von ihrem Opfer ab und stürzten sich umso heftiger auf ihn.

Eine neue Systemnachricht informierte mich prompt über alle Details. Der andere Zauberer hieß Zarlog. Level 104. Seine Chancen standen noch schlechter.

Melwas jedoch steckte voller Überraschungen. Er zog sein Schwert und eilte dem Zauberer zu Hilfe.

Tatsächlich war er ein ziemlich guter Kämpfer. Einen der Flöhe brachte er beinahe um – kein Wunder, auf seinem Level 130. Mit etwas mehr Haltbarkeit wären meine Hübschen unbezahlbar.

Während diese drei mit Schädlingsbekämpfung beschäftigt waren, konnte ich meine Aufmerksamkeit den Schwertkämpfern widmen.

Sie waren schon fast bei mir. Der zur Rechten war ein Rhoggh. Name: Armadan. Level: 128. Der links war ein Mensch auf Level 100 namens Ridd. Sie bewegten sich schnell, aber vorsichtig. Ihre Gesichter verrieten Sorge wegen des seltsamen Verhaltens der anderen drei.

Ich war nicht überrascht. An ihrer Stelle wäre ich auch besorgt gewesen. Es war wohl nicht so gelaufen, wie ihr minderjähriger Anführer es geplant hatte.

Sie nahmen Haltung an und machten sich bereit, mich anzugreifen. Sorry, Leute.

Sie haben die einfachste mechanische Kreatur gebaut: einen Skorpion!

Level: 150

Keiner von ihnen hatte ein stählernes Level-150-Insekt von der Größe eines SUVs erwartet, das aus dem Nichts erschien. Selbst ich hielt sprachlos inne und starrte seine riesenhaften Zangen und seinen langen, stachelbewehrten Schwanz an.

Alle Zuschauer keuchten gleichzeitig auf und wichen zurück. Der Enthusiasmus wich aus den Gesichtern der Schwertkämpfer.

Zarlog schrie, offenbar um sein Missfallen über das Gift der Sumpfmakis auszudrücken. Das war mein letztes Fläschchen gewesen. Zu schade. Es war die perfekte psychologische Waffe.

Meine kleinen Babys hatten ebenfalls Verluste erlitten. Schantarski Jr. hatte es geschafft, zwei von ihnen zu killen. So langsam schien er es rauszuhaben. Nicht, dass das lange anhalten würde. Sehr bald mussten die Flöhe das neue Ziel entdecken.

Die Schwertkämpfer kippten Elixiere hinunter und änderten ihre Taktik. Sie standen Schulter an Schulter, bereit, sich zu verteidigen – oder sollte ich sagen, auf Zeit zu spielen?

Ich konnte sie lesen wie ein offenes Buch, ein Fakt, der mich lächeln ließ. Sie hatten wohl hochstufige Kollegen kontaktiert, die sie gebeten haben mussten, die Stellung zu halten, bis sie ankamen.

Der Gedanke gefiel mir nicht. Im Moment war ich meinen Gegnern etwas überlegen. Bis jetzt war ich nur ein passiver Zuschauer gewesen. Aber das würde nicht so bleiben. Die schadenfrohen, erwartungsvollen Gesichter der beiden Schwertkämpfer verrieten mir, dass bald schwere Kavallerie eintreffen würde. Und eine Begegnung mit denen konnte es mir noch nicht leisten.

So ungeduldig ich auch war, ihren „hochwohlgeborenen Lord Melwas" zu erwischen, ich würde es auf einen anderen Zeitpunkt verschieben müssen. Nach dem, was ich gerade gesehen hatte, schien es keine gute Idee zu sein, hierzubleiben. Vielmehr schämte ich mich jetzt ein bisschen. Hatte ich mich wirklich an dem Jungen rächen wollen?

Ich aktivierte beide Beschwörungs-Talismane.

Beim Anblick meiner beiden Tiere ging ein bewunderndes Raunen durch die Zuschauer. Ich sprang in den Sattel, während Melwas sich bemühte, den Kampflärm zu übertönen.

„Mein Clan garantiert jedem, der ihn aufhält, Schutz und eine faire Belohnung!"

Die Menge kam in Bewegung. Genau das, was ich hatte vermeiden wollen. Eilig gab ich Kommandos aus, befahl Boris, abzuheben, Strolch, seinen Schild zu wirken, und dem Skorpion, unseren Rückzug zu sichern.

Zischend und mit klappernden Scheren wich der Skorpion langsam zurück. Ich spürte, wie Boris' Körper sich in Vorbereitung auf den Abflug anspannte.

Da schoss ein feuriger Schaft aus der Menge. Nicht der allerschnellste Zauber, aber andererseits schien mir nach Furius und seinen Pfeilen nichts mehr schnell genug.

Der Schaft streifte uns kaum, während wir abhoben, und wurde von Strolchs Schild absorbiert. Ich machte mir nicht die Mühe, zurückzuschlagen, da ich fürchtete, unsere Unterstützer in der Menge zu treffen. Trotzdem merkte ich mir den Namen des Zaubernden. Nur für den Fall.

Kapitel 7

KURZ BEVOR WIR in den Wolken verschwanden, informierte das System mich über den Tod der beiden Zauberer. Trotz des Abzugs, den ich für meine Flucht vom Schlachtfeld erhielt, hatte ich es damit auf Level 98 geschafft. Mein Team und ich entwickelten uns weiter.

Unter mir fluchte und tobte Schantarski Jr. und schwor, er würde mich „ausstopfen lassen" und „Hackfleisch aus mir machen". Ja, klar doch. Offenbar hatten die Flöhe ihm jetzt ihre Aufmerksamkeit zugewandt. Vermutlich hatte er Wichtigeres mit seiner Zeit anzufangen, als mir hinterherzujagen. Ich glaubte nicht, dass seine Kavallerie rechtzeitig eintreffen würde, um ihm zu helfen.

Im Chatfenster blitzten immer neue Nachrichten auf. Ich öffnete es.

Das war cool, Alter.

Total abgefahren!

Voll gut!

Es gab noch mindestens 30 Nachrichten, die in dieselbe Kerbe schlugen, sowie einige Freundschaftsanfragen. Natürlich erhielt ich auch ein paar Drohungen von den heutigen Gegnern und eine lange, komplett in Großbuchstaben geschriebene Nachricht von Schantarski Jr.

Ich verschob alles in den Papierkorb. Obwohl ... Ein Nickname kam mir bekannt vor. Das war derjenige, der mich vor dem drohenden Hinterhalt gewarnt hatte.

In ihrem Briefkopf stand eine kurze Beschreibung des Charakters. Ich nutzte diese Option normalerweise nicht. Meine Freunde wussten schon alles, was sie über mich wissen mussten. Trotzdem war es eine nette Geste.

Ich überflog die Information, die freundlicherweise angegeben worden war. Name: Elrica. Level 37. Rasse: Mensch. Das war's auch schon. Nicht, dass ich mehr hätte wissen müssen. Außerdem gab es einen Screenshot von einem strahlenden, blauhaarigen Mädchen auf einem rosa Panther. Ihrer leichten Rüstung und dem vornehmen Stab auf ihrem Rücken nach zu urteilen, gehörte sie zu einer der Magierklassen.

Sie hatte sich eine Antwort verdient.

Hi Elrica,

Vielen Dank für den Tipp. Schade, dass ich ihn erst zu spät gelesen habe.

Ich drückte auf *Senden.* Eine Weile tat sich nichts. Gerade wollte ich das Chatfenster schließen, als sie doch noch antwortete.

Hi,

Ihr habt auf meine Nachricht geantwortet! Das muss ein Traum sein!

Ihre Nachricht war gespickt mit verschiedenen fröhlichen Emoticons, die ich nicht verstand. Für die meisten Leute war das hier ein Spiel. Anders als ich waren sie dabei, um einfach nur Spaß zu haben.

Natürlich habe ich geantwortet! Ich musste mich doch bedanken. Ihr wart die Einzige, die mich gewarnt hat.

Gern geschehen! Es war so cool! Was für ein Kampf! Ein Riesenskorpion! Eure Tiere sind überirdisch gut. Und Eure Flöhe!

Wow, diese Flöhe! Wisst Ihr, wie sie diese Idioten von der Goldenen Gilde im Forum jetzt nennen? ‚Sackflöhe' und ‚Flohschleudern'! LOL!!!

Die war ja 'ne Nummer. Mir wurde ganz schwummrig vor Augen bei all den kleinen Grinsegesichtern.

Dann dämmerte es ihr wohl. *Moment mal. Was heißt das, ich war die Einzige? Wollt Ihr damit sagen, dass kein anderer Euch gewarnt hat?*

Genau das, schrieb ich zurück. *Ihr wart die Einzige, die das getan hat.*

Aber das kann doch nicht sein! Sie fügte ein Dutzend ihrer knopfäugigen Emoticons mit heruntergeklapptem Kiefer hinzu. *Ich habe gehört, wie ein paar Leute in meiner Gruppe über die Ankunft der Krieger der Goldenen Gilde gesprochen haben. Offenbar war es Drox, der ihnen einen Tipp gegeben hat. Ich kann nicht glauben, dass sie Euch nicht gewarnt haben!*

Drox ... Den Namen hatte ich doch schon mal gehört.

Aber natürlich. Er hatte das Feuerding nach uns geschleudert. Trotzdem kam mir der Name noch von irgendwo anders bekannt vor.

Drox ist der, der Euch mit einem Feuerwirbel angegriffen hat! Elender Schamane! Was für ein lausiger Dwand!

Ja, natürlich! Drox! Das war der komische Typ mit den vielen Talismanen und Bändern gewesen, der mich das letzte Mal, als ich hier gewesen war, mit seinen Fragen genervt hatte.

Ist er ein Spion der Goldenen Gilde?, tippte ich.

Ja, ich glaub schon. Irgendwie. Im Grunde ist er ein großer Arschkriecher, der sich bei Melwas einschleimen will. Unser Millionärssöhnchen Melwas, auch bekannt als Flohschleuder! Ganz großes Kino! Ihr wisst, dass Eure Flöhe ihn zerlegt haben, oder? Armadan und Ridd hatten echt Glück. Die Nerzul-Gruppe hat sie gerade noch rechtzeitig gerettet. Gut, dass Ihr zum richtigen Zeitpunkt abgehauen seid. Nerzuls Krieger sind alle auf Level 200 oder höher. Sie sind die Elite.

Ach ja? Interessant. *Wie lange haben sie gebraucht, um meinen Skorpion zu töten?*

Nicht sehr lange. Aber er hat sie ganz schön herumgescheucht, LOL. Eine Menge Leute haben jetzt etwas mehr Respekt vor Euch.

Wirklich? Warum?

Versteht Ihr nicht? Ihr seid kein Top-Level-Spieler und habt es trotzdem geschafft, mehrere davon zu erledigen! Sie mussten Hilfe von einer hochstufigen Gruppe anfordern, weil sie mit einem einzelnen Spieler nicht fertig geworden sind! Ihr seid ein Held!

Ich verzog das Gesicht. Ein Held! Das war das Letzte, was ich sein wollte.

Darf ich Euch etwas fragen?

Verdammt. Jetzt kam's. Sie würde alles über mich wissen wollen. Das „Wie" und „Warum".

Unter einer Bedingung.

Und die wäre?

Ihr müsst versprechen, nicht böse zu sein, wenn ich lieber nicht antworte.

Natürlich! Ich meine, natürlich nicht! Ich verstehe!

Okay, tippte ich. *Dann schießt mal los.*

Also, ich studiere Journalismus.

Freut mich für Euch.

Danke! Die Sache ist die, ich betreibe nebenher einen Vlog…

Zu welchem Thema?

Im Grunde berichte ich über alles, was hier im Glashaus so passiert. Ich nenne es Elricas kleiner Spiegel. *Da halte ich meine Abonnenten über alle lokalen Neuigkeiten auf dem Laufenden.*

Würde ich mir liebend gern mal ansehen, aber leider bin ich ziemlich beschäftigt.

Das verstehe ich! Ich habe mich nur gefragt, ob Ihr vielleicht irgendwann mal eine Stunde oder so Zeit finden könntet ...

Wofür?

Damit ich Euch interviewen kann.

Mehr Emoticons, diesmal schüchtern und verlegen.

Mich interviewen? Wer bin ich? Der Präsident? Oder ein Filmstar?

Ich glaube, Ihr habt keine Ahnung, wie beliebt Ihr seid.

Tatsächlich habe ich keine Ahnung. Und außerdem bin ich noch nie interviewt worden. Nicht, dass ich mich darauf freuen würde.

Dann machen wir es so: Ich bestehe nicht darauf, wenn Ihr versprecht, nicht nein zu sagen. Merken wir uns diese Unterhaltung einfach für die Zukunft, okay? Wenn Ihr es Euch eines Tages überlegt, besprechen wir alles Weitere. Abgemacht?

Abgemacht, erwiderte ich. Es gefiel mir, dass sie taktvoll und nicht aufdringlich war. Sie musste erkannt haben, dass meine derzeitige Lage etwas heikel war.

Ja!! Sie überschüttete mich mit einer weiteren Ladung glücklicher Grinsegesichter. *Schreibt mir einfach, wann immer Ihr wollt. Ich füge Euch zu meinen Favoriten hinzu.*

Mache ich auch. Danke. Ihr könnt mich gern jederzeit anschreiben. Es gibt allerdings ein Problem. Ich bin vielleicht nicht immer in der Lage, prompt zu antworten.

Ist in Ordnung! Das verstehe ich! Oh, und ... wenn Ihr zufällig die Gelegenheit habt, ein paar kurze Videos über das Niemandsland zu drehen, wäre das fantastisch. Ich könnte sie auf meinem Kanal posten. Das würde meine Abonnentenzahl definitiv in die Höhe treiben! Solche Videos sind sehr selten und irre beliebt. Und ein Kampfvideo würde garantiert Millionen von Klicks einbringen!

Na ja. Warum nicht? Das Mädchen wirkte nett. Von der frisch-fröhlichen Sorte à la Doris Day. Und sie war die Einzige gewesen, die mich vor der Gefahr gewarnt hatte.

Auf Bitten meiner Frau hatte ich schon viel gefilmt. Die schönsten Videos schickte ich ihr immer, damit sie sie unserer kleinen Christina zeigen konnte. Es würde wohl in Ordnung gehen, wenn ich Elrica eins davon weitergeben würde. Vielleicht das, das ich von Boris' Rücken aus gedreht hatte, als wir über den Fluss geflogen waren. Das mit den vielen großen, springenden Fischen? Das würde ihr bestimmt gefallen.

Ich glaube, ich hätte etwas, das Ihr verwenden könntet, tippte ich. *Gibt's ja nicht! Danke!*

Ich ignorierte den neuen Emoticon-Überfall, drückte auf „Datei anhängen", wählte das zehnminütige Flussvideo aus und schickte es ihr. *Bitte schön!*

Mehr Danksagungen und ein neuer Schwall Emoticons, die von einem Ohr zum anderen grinsten. Konnte sie ohne die überhaupt kommunizieren?

Mit diesem freundlichen Austausch beendeten wir unser Gespräch, wobei ich nochmals versprach, über das Interview nachzudenken. Als ich das Chatfenster schließlich schloss, fühlte ich mich ausgelaugt.

„Das war's, Junge. Ab nach Hause."

Boris – der die ganze Zeit über majestätisch über den Wolken dahingeschwebt war – beschrieb eine elegante Kurve und tauchte mit einem einzigen Flügelschlag seiner großen Schwingen nach unten ab.

Wir waren nur noch wenige Minuten vom Niemandsland entfernt, als mein Posteingang klingelte. Wer konnte das sein?

Oh. Wieder Elrica.

Ich machte mich auf eine neue Emoji-Attacke gefasst. Und da kam sie auch schon. Die Frau blieb sich treu. Sie beendete jeden Satz mit lustigen Grinsegesichtern.

Offenbar hatte ich jetzt meinen persönlichen, eigenen Spion. Wie es schien, hatte Schantarski Senior gerade das Schlachtfeld besichtigt. Ihrem Bericht nach war er alles andere als zufrieden. Er hatte die überlebenden Schwertkämpfer angebrüllt. Das Mädchen hatte zu weit entfernt gestanden, um alles zu hören – aber was sie gehört hatte, war „Haufen Idioten", „Dieser elende Noob!" und „Ihr habt ihn entkommen lassen!" Sie wirkte empört darüber, dass er mich Noob genannt hatte. Viele andere auch, wenn man ihr glauben durfte.

Kein Noob wäre jemals in der Lage, zu tun, was Ihr heute vollbracht habt, schrieb sie.

Schön, dass sie so eine hohe Meinung von Newbs hatte. Andererseits war ich ja tatsächlich nicht mehr der ahnungslose Tollpatsch, der das Glashaus zum ersten Mal betreten und zu Fuß zur nächsten Stadt gegangen war, um ein paar Energiepunkte zu gewinnen.

In einem kurzen Nachsatz lobte sie mein Video und versprach, es noch am selben Abend auf ihren Kanal hochzuladen.

Sollte sie nur. Wenn es sie glücklich machte.

Kapitel 8

„WIR HABEN BESUCH", verkündete Droy, sobald Boris auf dem Boden aufsetzte.

Es war deutlich zu sehen, dass er seine Aufregung nur mühsam unterdrückte. Orman und Crym standen bei ihm, beide gleichermaßen aufgewühlt. Was für Besucher meinten sie wohl?

Die Sonne würde gleich untergehen. Ich war nicht direkt in die Ennan-Stadt zurückgekehrt, da ich mir erst noch ein paar Orte in der Nähe hatte ansehen wollen. Ehrlich gesagt hatte mir das, was ich dort gesehen hatte, gar nicht gefallen. Jetzt war ich wirklich entnervt. Das Letzte, was ich brauchte, waren mysteriöse Gäste, deren Ankunft selbst den normalerweise gelassenen Droy nervös machte.

„Wen meint Ihr?", fragte ich und sprang von Boris' Rücken.

„Die Wölfe", antworteten die drei Männer im Chor.

Ich runzelte die Stirn. „Welche Wölfe? Tiere, meint Ihr?"

„Könnte man so sagen", entgegnete Orman grimmig, und die anderen stimmten ihm zu.

Himmel. Was war denn das wieder?

„Die Nordwölfe", erklärte Droy. „Ein calteanischer Clan."

„Wölfe? Das sind Kojoten!", knurrte Crym ungehalten.

Die anderen nickten.

„Du hast recht."

„Das sind sie."

„Verräter!"

„Sie waren es, die uns davor gewarnt haben, dass die Horden der Nocteaner auf dem Weg waren, um das Silberbergtal in Besitz zu nehmen", erklärte Droy. „Aber als sie dann angegriffen haben, beschlossen die Wölfe, zur Ryanischen Steppe aufzubrechen. Sie haben sich geweigert, zu kämpfen."

„Sie sind mit eingeklemmtem Schwanz vom Schlachtfeld geflohen", fügte Orman hinzu. „Sie sind Pferdehändler, was will man da erwarten? Feiglinge."

„Sie sind Nomaden", erklärte Crym. „Ziehen von Ort zu Ort und lassen sich nirgends nieder. Wie soll man denen vertrauen?"

„Sind sie Freunde oder Feinde?", wollte ich wissen.

„Weder noch", erwiderte Droy und kratzte sich den Bart. „Wir betrachten sie nicht als unsere Brüder. Sie sind Calteaner, ja, aber trotzdem sind sie anders als wir. Wir waren nie Feinde, aber Freunde waren wir auch nie."

Ich nickte. „Nun gut. Aber wie haben sie uns gefunden?"

„Wir haben es ihnen gesagt", entgegnete Droy ruhig.

Ich konnte nicht glauben, was ich da hörte. Es war eine Sache, zufällig von den Spähern eines anderen Clans aufgespürt zu werden, die zu weit nach Norden gewandert und auf die Verbotenen Stadt gestoßen waren. Aber sie einzuladen, war eine ganz andere Nummer.

Wie hatten sie miteinander kommuniziert? Es war ja nicht so, als hätten die Calteaner ihr eigenes Postsystem.

„Wie habt Ihr das gemacht?", fragte ich.

„Sie sind meinen magischen Zeichen gefolgt", antwortete Laosh hinter mir.

Ich drehte mich um.

„Eure Augen verraten mir, dass Ihr besorgt seid." Der alte Mann gesellte sich zu uns. „Dazu gibt es keinen Grund. Nur calteanische Schamanen können diese Geheimzeichen lesen. Die Späher der

Wölfe hatten Amai bei sich. Er ist ihr junger Schamane und der Anführer des Clans. Er mag ein Hitzkopf sein, aber er ist nicht so stur wie ihr voriger Häuptling."

„Wollt Ihr damit sagen", hob ich an, „dass Ihr auf Eurer gesamten Reise hierher magische Nachrichten hinterlassen habt?"

Er nickte. „Ja."

„Und was besagen diese Nachrichten?"

„Die Verbotenen Stadt gehört den Roten Eulen."

Der hatte ja Nerven! Hatte er diese Nachrichten etwa schon hinterlassen, bevor wir die Stadt in Besitz genommen hatten? Wie sollte man diese Jungs nur unter Kontrolle halten?

„Seid Ihr sicher, dass niemand anders diese Zeichen lesen kann?", fragte ich und rang darum, ruhig zu klingen.

Der alte Mann lächelte. „Absolut."

Ich seufzte tief und versuchte, diese Neuigkeiten von der philosophischen Seite zu betrachten. Früher wäre ich vielleicht ausgerastet, aber mittlerweile hatte ich mich an die Kapriolen meiner neuen Freunde gewöhnt. Trotzdem gab es keine Garantie, dass nicht doch irgendein Spieler in der Lage sein könnte, diese Zeichen zu entziffern.

Andererseits, warum sollte ich mir darüber groß den Kopf zerbrechen? Dann würde er eben die Zeichen entziffern, was war schon dabei? Mit der Information konnte er zunächst trotzdem nicht viel anfangen.

Ich musste mich zusammenreißen. Die Männer standen da und erwarteten meine Anweisungen. „Nun gut. Bringt mich zu diesen Wölfen."

Die Späher der Wölfe hatten ihr Lager in den aufragenden Ruinen des eingestürzten Stadttors errichtet. Aus Angst vor unerwünschter Aufmerksamkeit hatten sie kein Feuer entzündet.

Sie erwarteten sie uns bereits, als wir den Berg hinab liefen. Ihre Wächter verstanden ihr Geschäft. Dennoch hatte ich sie bemerkt, bevor sie mich entdeckt hatten. Ich hatte da ein kleines Ass im Ärmel. Buchstäblich.

Das Armband von Thai Kho – ein dünnes, mit winzigen Smaragden besetztes Band aus Gold, das momentan um mein Handgelenk lag – verlieh mir 30 zusätzliche Punkte auf die Fertigkeit Wahrnehmung. Rrhorgus hatte es mir zusammen mit zwei aus Drukharm-Knochen – was auch immer das sein mochte – gefertigten Ringen geschickt, die mir weitere 25 Punkte brachten. Und schließlich war da noch das Tayman-Halsband, eine unauffällige Kette, die meinem Instinkt 55 Punkte hinzufügte. Alle diese Werte wurden als separate Zeilen in meiner Statistik angezeigt, auch wenn sie dieselben Funktionen erfüllten wie mein Überlebensinstinkt. Wenn man sie zusammenzählte, verdreifachten sie meine Beobachtungsgabe. Weshalb ich die Wächter der Wölfe, die hinter riesigen Brocken der eingestürzten Mauer lauerten, sofort bemerkt hatte.

Laoshs ungerührtem Gesichtsausdruck nach zu urteilen wusste er ebenfalls über sie Bescheid. Ich musste mir seine Werte mal genauer anschauen. Bisher war ich nicht dazu gekommen.

Die Späher waren von derselben Statur wie die Roten Eulen. Ihre braunen Pferde waren kräftig gebaut, aber klein und dickbäuchig.

„Ihr habt nicht viele Pferde, oder?", wandte ich mich an Droy.

„Früher schon", knurrte Orman.

„Bevor die Epidemie sie dahingerafft hat", fügte Droy hinzu. „Und als die Nocteaner kamen ..."

„Wir hatten nie allzu viele", mischte Seet sich ein. „Sie sind zu gebrechlich. Büffel sind viel besser. Sie sind zäh und stark. Und auch noch einfach zu lenken. Sie können lange ohne Futter und Wasser auskommen."

„Sie fürchten die Kälte nicht", fügte Laosh hinzu.

So viel Enthusiasmus! Die Roten Eulen schienen ihr Vieh sehr gern zu haben.

„Und diese Büffelfellmäntel! Ich bin so froh, dass ich einen habe!", beteiligte ich mich und erntete zustimmendes Nicken.

Leise sprechend erreichten wir unsere „Besucher". Mit ihrem stämmigen Körperbau und ihren schräg gestellten Augen sahen sie den Roten Eulen sehr ähnlich. Ihre Haare und Bärte waren schwarz, doch ihre Haut wirkte etwas heller als die der Eulen. Sie waren mit Hornbögen und Krummsäbeln bewaffnet. An ihren Sätteln waren Speere befestigt. Auch ihre Waffen waren alle „grau".

Die Krieger standen mit weit ausgebreiteten Armen und nach oben gedrehten Handflächen da. Ihre müden Gesichter waren zu unsicherem Lächeln erstarrt.

„Was hat das zu bedeuten?", flüsterte ich Laosh zu.

„Schaut Euch ihre Hände an", erklärte er mit gesenkter Stimme. „Seht Ihr die grünen Bänder, die sie um die Handgelenke gebunden haben? Das heißt, sie kommen in Frieden."

Orman grinste. „Oder, dass sie sich ergeben."

Wir hielten ein paar Meter von den Neuankömmlingen entfernt an. Sie blieben stehen, ohne die Arme zu senken, und starrten uns an.

Der größte, am verlottertsten aussehende von ihnen durchbohrte mich förmlich mit seinem Blick. Seine struppige Mähne und sein Bart waren von Grau durchzogen. Sein zerfurchtes Gesicht wirkte reif, aber nicht alt. Er hatte etwas von einem wilden Tier an sich. Sein Name war Pike, Level 270. Auf dem Rücken trug er einen riesigen Bogen sowie einen Köcher, der mit kräftigen Pfeilen gefüllt war. Seinen Gürtel zierten gleich zwei Krummsäbel.

Er musterte meine Ausrüstung, warf dann einen schnellen Blick auf Boris hinter mir und verengte, offenbar beeindruckt, die Augen.

Ein junger Calteaner stand in der Mitte der Gruppe. Er war ebenso stämmig wie die anderen, aber sein Bart war etwas dünner. Amai, der Schamane und Anführer der Nordwölfe. Trotz seines jugendlichen Alters hatte er das höchste Level der Gruppe vorzuweisen: 293. Ein verdammt starker, gefährlicher NPC.

Anders als seine Clanmitglieder wirkte Amai entspannt. Seine Augen blickten freundlich drein, sein Lächeln war aufrichtig.

Okay, Zeit, die unangenehme Stille zu brechen.

„Ich bin Olgerd, Hüter des Zwielichtschlosses", sagte ich ruhig und würdevoll. „Was führt Euch ins Land meiner Vorfahren?"

Ihre Gesichter verrieten Überraschung. Sie schienen nicht erwartet zu haben, dass ausgerechnet ich der Hüter der Stadt war.

Der junge Schamane erholte sich schnell von seinem Schock. „Ich bin Amai, der Anführer der Nordwölfe. Als ich die Nachrichten sah, die der ehrenwerte Laosh hinterlassen hat, beschloss ich, meine besten Krieger zu mir zu rufen und mit ihnen unsere guten Freunde zu besuchen."

Den grimmigen Gesichtern der Männer nach zu urteilen hielten sie nicht viel von diesen Freundschaftsbezeugungen. Wie auch immer, da wir uns nicht im Krieg miteinander befanden, waren wir verpflichtet, sie hereinzulassen. Bestimmt hatten sie Neuigkeiten für uns. Vielleicht erfuhren wir sogar etwas Nützliches, man wusste ja nie. Jedenfalls konnten wir hier nicht den ganzen Tag herumstehen, während die Späher der Nocteaner unterwegs waren.

„Nun denn", sagte ich, ohne zu lächeln. „Alte Freunde sind immer willkommen."

Meine Einladung wurde unterschiedlich aufgenommen. Die Roten Eulen knurrten unzufrieden, während Amai und seine Wölfe triumphierend grinsten.

Grins du nur, Kumpel.

Das System wollte meine Bestätigung, um eine Gruppe von zehn Reitern einzulassen. Ich drückte auf *Ja*.

Amai nickte seinen Mannen zu. Ihre Pferde am Zügel führend beeilten sie sich, auf die sichere Seite hinüberzukommen. Auf dem Weg hierher hatten sie wohl mehr als genug unangenehme Begegnungen gehabt.

Mit jedem Schritt, den sie machten, verschwand das Grinsen aus ihren Gesichtern. Mit offenen Mündern blickten die Steppennomaden sich an dem Ort um, der seit Urzeiten der Stoff ihrer Kindheitsalbträume war.

Die Roten Eulen ließen sich davon anstecken, blickten sich ebenfalls misstrauisch um und spähten in die Düsternis zwischen den alten Ruinen.

WÄHREND ORMAN UND CRYM Quartiere für die Krieger der Wölfe auftrieben, zogen sich Laosh, Droy, Amai und ich für das Ritual des geteilten Brotes in Laoshs Zelt zurück. Gemeinsam Brot zu essen war für die Calteaner ein Zeichen der Freundschaft, also hatten unsere Gäste jetzt keinen Grund mehr, um ihr Leben zu fürchten.

Sobald wir die Formalitäten erledigt hatten, kam Laosh zum Geschäft. „Also, was führt unsere tapferen Brüder aus der Steppe in unsere Lande?"

Laosh war heute voll in Fahrt. Er schaffte es, im Wort „tapfer" eine saftige Portion Sarkasmus mitschwingen zu lassen – und wie er „unsere Lande" aussprach, hätte man meinen können, dass dieser Ort seit Menschengedenken den Roten Eulen gehörte.

Falls Amai sich beleidigt fühlte, ließ er sich nichts anmerken. Vielleicht ignorierte er den kleinlichen Sarkasmus des Schamanen absichtlich. Warum sollte der Anführer der Wölfe auch auf so etwas reagieren? Anders als alle anderen Anführer der Calteaner, die ihre wertvolle Zeit mit Streiten verschwendet hatten, hatte er ihren Rat verlassen und seinen Clan durch den Rückzug in die Steppe gerettet. Laut Crym verfügten die Wölfe immer noch über fast 400 Krieger.

Trotz all seiner Erfahrung schien Laosh naiverweise zu glauben, dass dieser junge Anführer, der für sein Alter über große Weisheit verfügte, seine kindischen Seitenhiebe ernst nehmen würde. Doch wer war Laosh in Amais Augen schon? Ein störrischer, alter Narr, der seinen Clan beinahe in den Tod geführt hätte.

Noch wollte ich mich nicht einmischen. Ich hatte vor, mich erst einmal im Hintergrund zu halten und den jungen Amai sowie seinen stämmigen Freund Pike zu beobachteten, der wie eine Klette an ihm klebte. Auch jetzt saß er in respektvollem Abstand von uns und lächelte schlau in seinen struppigen Bart, offenbar amüsiert vom pompösen Auftreten des alten Mannes.

„Wir sind Euren Zeichen gefolgt, oh, weiser Schamane", entgegnete Amai ruhig. „Bitte versteht unsere Absichten nicht falsch. Man erfährt schließlich nicht jeden Tag, dass einer der, ähm, *calteanischen Clans* so feudal in der Verbotenen Stadt haust. Ich wollte es mit eigenen Augen sehen."

Sein „ähm" war bedeutungsschwanger, als hätte er beinahe etwas wenig Schmeichelhaftes gesagt.

Laosh schluckte die Anspielung herunter und ignorierte sie, um dann seinen Angriff wieder aufzunehmen. „Und wie gefällt euch unser Land?"

„Ehrlich gesagt hätte ich mehr erwartet", erwiderte Amai mit einem schiefen Lächeln.

Diesmal hatte er es übertrieben. Seine Antwort klang wie eine kindische Stichelei in einem Streit zwischen Erwachsenen. Selbst Pike verzog das Gesicht. Die Verbotene Stadt war die calteanische Version von Eldorado. Wer behauptete, er wäre davon nicht schwer beeindruckt, war entweder ein aufgeblasener Idiot oder ein Lügner.

Laosh unterdrückte ein Lächeln. Er schien zufrieden mit dem Ergebnis.

Amais Gesicht blieb unbewegt. Doch seine Augen verrieten seinen Ärger darüber, dass er die erste Runde an einen erfahreneren Ränkeschmied verloren hatte. „Ich spüre hier einen mächtigen Schutzzauber."

„Das stimmt." Stolz reckte Laosh das Kinn. „Die Stadt wird durch große Zauberer geschützt."

„Aha." Nachdenklich rieb Amai seinen spärlichen Bart. „Mein Mentor hat mir immer gesagt, dass Magie wie ein Feuer ist. Wenn man will, dass sie lange und stark brennt, sollte man nicht alles Feuerholz auf einmal hineinwerfen. Man sollte es Stück für Stück nachlegen."

„Dein Mentor muss ein weiser Calteaner gewesen sein", entgegnete Laosh feierlich. „Trotzdem gibt es keinen Grund, neben einer schwachen Flamme zu zittern, wenn man Feuerholz im Überfluss besitzt. Dann wäre es besser, sich an einem starken Feuer zu wärmen, oder nicht?"

Oho. Der Alte bluffte meisterhaft. Das musste er auch. Niemand anders durfte von der zweiwöchigen Begrenzung der magischen Sphäre wissen. Auch wenn die Wölfe nicht direkt unsere Feinde waren, sollten wir sie nicht in Versuchung führen.

„Nun, wenn das so ist, dann müsst ihr euch nicht sorgen." Amai lächelte. „Die uralte Magie wird euch schützen."

„Uns schützen?", fragte ich. „Wovor? Mir ist klar, dass in diesen Landen zahllose Gefahren lauern. Ich frage mich nur, ob Ihr etwas Genaueres wisst."

„Wie ist das möglich?", rief Amai theatralisch aus. „Habt Ihr es denn noch nicht mitbekommen?"

Laosh, Droy und ich tauschten Blicke. Kalter Schweiß lief mir den Rücken hinunter. „Was nicht mitbekommen?"

Jetzt war es an Amai, mit Pike Blicke zu tauschen. Sie schienen ehrlich überrascht zu sein.

„Die Horde ist unterwegs hierher."

Das war es also gewesen! Das war das Schreckgespenst, das mir die ganze Zeit keine Ruhe gelassen hatte. Alle meine Aufklärungsflüge fügten sich nun zu einem vollständigen Bild zusammen. Und zwar zu keinem positiven.

Die ganze Zeit hatte ich kleine Gruppen von nocteanischen Spähern beobachtet, die in der näheren Umgebung herumschnüffelten. Ich dachte, das wäre der Standard, weil ich im Dunkelwald und an anderen Orten Ähnliches gesehen hatte. Ich dachte, es wäre normal, dass NPC-Mobs an einem Ort blieben und dort respawnten, wo sie gekillt worden waren.

Das stellte sich nun als Irrtum heraus.

Nach einiger Zeit im Niemandsland konnte man in die Falle tappen, sich für einen Einheimischen zu halten. Man glaubte, alles zu wissen – bis man wie ein ungezogener Hundewelpe einen Nasenstüber bekam. Ein bisschen so, als würde man alle Anzeichen eines aufziehenden Gewitters bemerken und trotzdem den Regenschirm zu Hause lassen.

An der Uni hatten wir einen Soziologieprofessor namens Pjotr Alexandrowitsch gehabt. Wir hatten ihm den Spitznamen „Obrist" gegeben. Selbst mit seinen 56 Jahren hatte er sich seine stocksteife militärische Haltung bewahrt. Er war stets glattrasiert und gut angezogen. Seine Anzüge waren nicht teuer, saßen aber perfekt. Das war so ein Fall, bei dem ein Mann seiner Kleidung gerecht wurde und nicht umgekehrt.

Mein Mitstudent Sergej wohnte im selben Block wie er. Er erzählte uns von den morgendlichen Joggingläufen und dem anstrengenden sportlichen Trainingsprogramm des Obristen.

Der Obrist rauchte und trank nicht und aß auch kein Fast Food. Später erfuhren wir, dass er ein paar Ratgeberbücher zu gesundem Lebensstil geschrieben hatte. Er war einer dieser Gesundheitsfanatiker, deren einziges Lebensziel es war, „gesund zu sterben", wie wir in Russland sagten.

Ich erinnere mich noch gut an den Tag, als sie uns sagten, dass er gestorben wäre. Es war ein verregneter Dienstag im Oktober. Soziologie war unsere erste Stunde. Wir hatten schon geahnt, dass etwas nicht stimmte. Der Oberst war schon unglaubliche fünf

Minuten verspätet. Nichts dergleichen war jemals zuvor vorgekommen – zumindest nicht in unserem Jahrgang. Seine Pünktlichkeit war legendär. Man konnte buchstäblich die Uhr nach ihm stellen.

Fünf Minuten verspätet! Wir rieben uns erwartungsvoll die Hände und überlegten uns, was für Witze wir darüber reißen könnten. Denn der Obrist hatte einen guten Sinn für Humor. Seine häufig sarkastischen Sprüche waren immer witzig und treffend.

Dann wurde die Tür geöffnet und der Rektor trat mit ernstem Gesichtsausdruck ein. Er sagte uns, dass der Obrist von einem Auto überfahren worden wäre, als er auf dem Weg zur Universität die Straße überquert hätte.

Die Medien berichteten über die Geschichte. Sehr bald danach wurde der betreffende Fußgängerübergang mit einer Verkehrsschwelle ausgestattet – etwas, wofür der Obrist sich schon mehrere Jahre vor seinem Tod aktiv eingesetzt hatte.

Wir hatten uns dort versammelt und eine Gedenkfeier für ihn abgehalten. Die eilig errichtete Schwelle auf dem Teer war von Blumen bedeckt. Sie hatte ausgesehen wie ein Grab.

Warum musste ich denn jetzt daran denken? Wahrscheinlich, weil man nie auf alles vorbereitet sein konnte. Der Mann hatte ein gesundes Leben geführt und sich so gut er nur konnte gegen das Altern gewehrt. Aber der Tod hat seine eigenen, schmutzigen Tricks auf Lager. Selbst die ausgefeiltesten Pläne der Menschen kümmerten ihn nicht.

Bisher hatte ich den bevorstehenden Krieg mit den vereinten Mächten des Lichts und der Dunkelheit gefürchtet, aber jetzt sah es so aus, als wäre er das geringste meiner Probleme.

„Seid Ihr sicher, dass sie hierher unterwegs sind?", fragte Droy der Reißzahn grimmig.

„Leider ja", entgegnete Amai.

„Wie weit sind sie entfernt?"

„Sie werden vor dem Neumond hier sein", schätzte Amai.

Das war in drei Wochen. Ich hatte drei Wochen, um diesen elenden Zwielichtobelisken zu finden, verdammt.

Und dann? Selbst, wenn es mir gelänge, ihn zu aktivieren, wie sollte das die Calteaner retten? Ich erfüllte dann zwar meine Verpflichtungen der Bank gegenüber, aber was würde mit meinem Clan geschehen?

Was für eine verzwickte Lage. Ich musste den Obelisken unbedingt finden, aber wenn es mir nicht gelänge, würde ich meinen Clan an einen sichereren Ort bringen müssen.

Doch wohin?

Mein Kopf schwirrte wie ein umgekippter Bienenstock. In all der Zeit, die wir schon hier waren, hatte ich nie aufgehört, darüber nachzudenken. Jetzt war mein Kopf kurz davor, zu explodieren.

Ich schüttelte diese Gedanken ab und blickte erschrocken auf. Amai sagte etwas und starrte mich direkt an.

„... wenn der Hüter mit meinem Vorschlag einverstanden ist ..." Ich hatte nur seine letzten Worte mitbekommen.

Alle Blicke wandten sich mir zu.

Ich runzelte die Stirn, als würde ich darüber nachdenken, während ich eilig das Video zurückspulte, das ich aufgezeichnet hatte. Meine Frau Sveta hatte mich gebeten, jeden Augenblick in der Spiegelwelt zu dokumentieren, also tat ich das.

Aha. Amai hatte vorgeschlagen, dass wir die Verbotenen Stadt plündern und uns dann davonmachen sollten, bevor die nocteanische Horde hier eintraf.

Das klang vernünftig. Ich musste zugeben, dass Amai wie ein typischer, menschlicher Gamer dachte. Doch der grimmige Gesichtsausdruck meiner Clanmitglieder verriet mir, dass ihnen das nicht gefiel.

Außerdem gab es nichts zu plündern. Alles, was wir für unsere Mühen erhalten würden, waren jede Menge Schnee- und

Geröllhaufen. Das war alles, was die vorangegangenen Hüter der Stadt mir hinterlassen hatten.

Die Krieger erwarteten meine Entscheidung. Ich sah, dass meine Clanmitglieder bereit waren, ihren Standpunkt zu verteidigen. Die Wölfe wirkten ruhig, auch wenn ich in Pikes Augen Missfallen über die Unbesonnenheit seines jungen Anführers ablesen konnte.

Amai starrte vor sich hin. Das war wohl sein normales Verhalten beim Reden. Er dachte vermutlich – mit Recht – dass seine Wölfe stärker wären.

Ich hatte bereits nachgerechnet. Wenn man Crym glauben durfte, hatten die Wölfe doppelt so viele normale Clanmitglieder wie Krieger. Was bedeutete, sie waren insgesamt fast 15.000.

Kein gutes Kräfteverhältnis zu unseren spärlichen Reihen. Wenn der Status dieser NPCs von neutral zu feindlich wechselte, konnten sie uns eine Menge Probleme bereiten. Wir brauchten sie als Verbündete.

Zeit, diese Diskussion zu beenden. Laosh war bereits am Ende seiner Geduld angelangt, das war deutlich zu sehen. Für einen Schamanen war er leicht reizbar. Typisch, dass wir ausgerechnet so einen Schamanen erwischt hatten. Seine diplomatischen Fähigkeiten gingen gegen Null. Er nannte die Dinge lieber beim Namen. Was großartig war, wenn man einen Krieg mit jemandem beginnen wollte, aber nutzlos, wenn man hoffte, ein Bündnis zu schließen.

Das Problem war, dass Laosh Amai immer noch als grünen Jungen betrachtete, der nur dank seiner ursprünglichen Position als Schamane zum Anführer aufgestiegen war. Ich jedoch erkannte, was für ein Mann er wirklich war: ein zäher, wenn auch leicht mürrischer Anführer, weit über sein jugendliches Alter hinaus klug und gerissen. Wenigstens war er vernünftig genug, um auf seine Ratgeber zu hören.

Ich hatte mir Pike bereits näher angesehen und war zu dem Schluss gekommen, dass an ihm wesentlich mehr dran war, als es den Anschein hatte. Wer ihn lediglich als verlotterten Affen ansah, machte einen großen Fehler. Ich hätte alles darauf wetten können, dass der Clan der Wölfe tatsächlich von zwei Männern statt nur von einem angeführt wurde.

Weder Droy noch Laosh schien das klar zu sein. Kein Wunder, dass die Beliebtheit des Schamanen bei seinen Clanmitgliedern einen Tiefpunkt erreicht hatte.

„Ich habe Eure Worte vernommen, tapferer Amai!", verkündete ich, bevor Laosh die Chance hatte, allen mitzuteilen, was er von dem Anführer der Wölfe hielt. „Ich habe Euch gehört und verstehe Euren Standpunkt."

Die Gesichter meiner Clanmitglieder verrieten empörtes Unverständnis. Amai jedoch grinste mich an und seufzte unauffällig erleichtert auf. Kein Wunder: Er war hier nicht in seiner Steppenheimat, und er war definitiv einen Schritt zu weit gegangen. Er brauchte einen Konflikt ebenso wenig wie ich.

„Doch Ihr müsst auch mich verstehen", fuhr ich fort. „Diese Stadt gehörte meinen Vorfahren. Ich bin ihr Hüter. Und dann kommt ein calteanischer Fremder daher und bietet mir an, mein angestammtes Erbe zu plündern."

Das Lächeln der Wölfe gefror.

„Ich verstehe Euch gut, Amai, weshalb ich Euch nicht böse bin", betonte ich. „Da Ihr Nomaden seid, könnt Ihr unseren Respekt vor dem uns durch unsere Vorfahren vererbten Land nicht verstehen."

Amai knirschte mit den Zähnen. Pike ballte die Fäuste, dass seine Knöchel weiß wurden. Seine Augen funkelten unter seinen buschigen Augenbrauen.

Ah, das hat dir also nicht gefallen, was? Doch ich fürchte, du wirst es mit einem Lächeln ertragen müssen.

Droy wirkte entspannt, doch ich sah, dass er angespannt war wie eine Bogensehne, bereit, die Wölfe jeden Augenblick anzuspringen.

Laosh entblößte die gelben Stummel seiner Zähne zu einem Lächeln. Er genoss die Vorführung.

Ich hielt inne. Im Zelt herrschte eine drückende Stille. Amai und Pike durchbohrten mich mit Blicken.

„Wie Euch sicher klar ist", fuhr ich fort, „können wir Euren Vorschlag nicht akzeptieren."

Amai lachte leise. Pike rutschte unruhig auf seinem Platz umher, genau wie Droy – zumindest hatte ich den Eindruck. Laosh schnalzte mit den Fingern, als wollte er sagen: *Da habt ihr's!*

„Aber!" Ich hob bedeutungsschwer den Finger. „Ihr seid unsere Gäste. Und wie wir alle wissen, kann man einen Gast nicht mit einem schweren Herzen ziehen lassen. Lässt man das zu, kommt er vielleicht nie zurück, und das bringt Schande über seine Gastgeber."

Es war komisch, die Veränderung der Atmosphäre im Zelt zu beobachten. Jetzt starrten sowohl Wölfe als auch Eulen mich mit offenen Mündern an.

Feierlich erhob ich mich. „Im Namen meines Clans und in meinem eigenen Namen biete ich Euch und Eurem Volk unsere Freundschaft an! Besiegeln wir unser Bündnis mit einem Friedensabkommen! Von jetzt an gewähren wir Euren Clanmitgliedern Zuflucht, Nahrung und Schutz im Land unserer Vorfahren! Und um unser Bündnis zu feiern, möchte ich Euch und Eure Krieger einladen, an einem Raid in der uralten Grotte teilzunehmen, die wir vor einigen Tagen entdeckt haben."

So! Ein Friedensvertrag für den Anfang, das war doch was. Und dann würden wir weitersehen. Die Beute aus der Grotte würde ihnen unsere Ablehnung schön versüßen.

Jetzt waren sie am Zug.

Amai erhob sich von seinem Platz, wenn auch etwas zu hastig. Pikes tadelnder Gesichtsausdruck verriet mir, dass es ihm auch aufgefallen war.

„Ich, der Anführer der Nordwölfe, nehme die Freundschaft der Roten Eulen an! Ich schwöre, Euch ein verlässlicher Freund und guter Nachbar zu sein! Und ich nehme Euer Angebot an, gemeinsam nach den Schätzen Eurer Vorfahren zu suchen!"

Ein *guter Nachbar*, wow! Was für ein Glück! Und ich hatte gedacht, wir würden einfach getrennter Wege gehen.

Auch Laosh musste endlich gedämmert sein, was da gerade geschehen war, denn er fügte eilig hinzu: „Ich schlage vor, wir besiegeln unser Bündnis mit dem magischen Eid, den unsere Vorväter ersonnen haben!"

Amai und Pike nickten. Also hatten sie kein Problem damit.

Das Vorgehen für den magischen Eid stellte sich als profan heraus. Hier bot das System keine Überraschungen. Ich erhielt eine Standardnachricht, die mich über eine Friedensallianz zwischen den Roten Eulen und den Nordwölfen informierte.

Die nächste Nachricht überraschte mich allerdings doch. Ich erhielt 50 Punkte auf meine Reputation bei den Wölfen. Interessant.

Wir feierten unsere Übereinkunft noch eine Stunde lang und gingen dann auseinander – hauptsächlich, weil Laosh seine eigene Trinkfestigkeit überschätzt hatte und neben dem Feuer eingeschlafen war.

Droy nahm Pike mit, um ihm unser Lager zu zeigen. Es stellte sich als kluger Schachzug von Pike heraus, damit Amai und ich allein zurückblieben. Es war eine gute Gelegenheit, mal unter vier Augen mit ihm zu sprechen.

Wir verließen das Zelt und blieben an der eingestürzten Stadtmauer stehen. Teile davon waren bereits wieder aufgebaut. Meine Steinmetze verschwendeten keine Zeit.

„Ich wusste nicht, dass es noch überlebende Ennans gibt", sagte Amai, während er den Blick über die riesige Schneefläche am Fuß des Bergs schweifen ließ.

„Manche glauben, dass ein Tropfen ihres alten Blutes auch in den Adern der Calteaner fließt", sagte ich.

Amai lachte leise. „Ich glaube nicht, dass in unseren Adern noch viel davon übrig ist."

„Vielleicht nicht."

„Darf ich ganz ehrlich mit Euch sein?", fragte Amai unvermittelt.

„Das ist vermutlich das einzig Wahre, wenn wir Freunde bleiben wollen", entgegnete ich.

„Dann möchte ich Euch gern etwas erzählen, Hüter. Glaubt Ihr wirklich, Ihr könnt diesen Ort verteidigen? Mit einer Handvoll calteanischer Jäger? Ich glaube nicht, dass Ihr denen, die bald hier eintreffen werden, gewachsen seid."

„Sprecht Ihr von den Nocteanern?"

„Nicht unbedingt. Meine Brüder haben einige übereilte Entscheidungen getroffen, die alle ihre Clans in Schwierigkeiten gebracht haben." Amai nickte in Richtung von Laoshs Zelt. „Zuerst haben sie es nicht geschafft, sich gegen die Horden der Nocteaner zusammenzuschließen. Und dann haben sie im Süden in ein Hornissennest gestochen und ihre Krieger in einem unnötigen Kampf verloren."

„Hättet Ihr nicht etwas dagegen tun können?"

„Ich habe es versucht", entgegnete Amai traurig. „Aber wie Ihr sicherlich wisst, ist Laosh ein starrsinniger Dickkopf. Und er war der Schwächste unter denen, die über das Schicksal unserer Clans entschieden haben. Ich war der Jüngste. Niemand hat auf mich gehört. Sie meinten nur, ich hätte ihnen nichts zu sagen. Und als ich meinen Clan hinaus auf die Steppe führte, nannten sie mich einen Feigling!", fügte er mit zusammengebissenen Zähnen hinzu. Seinen geröteten Wangen nach zu urteilen, schmerzte diese Erinnerung immer noch.

„Und wo sind sie jetzt?", fragte ich. „Ihr habt Euch unter all den grauhaarigen Ältesten als der weiseste erwiesen. Ihr habt Euren Clan gerettet. Oder haben sie erwartet, dass Ihr ihren lächerlichen Befehlen demütig gehorcht?"

Der junge Schamane lachte. „Ihr klingt wie Pike."

„Und wahrscheinlich nicht nur er. Ich sehe es Euch an, dass Ihr das schon zu hören bekommen habt. Wisst Ihr, was mein Großvater mir immer gesagt hat? Er sagte, wenn ein Freund dir sagt, dass du betrunken bist, kannst du seine Worte missachten. Aber wenn fünf Freunde dir dasselbe sagen, gehst du besser nach Hause und schläfst deinen Rausch aus."

„Die Worte eines weisen Mannes. Das muss ich mir merken."

„Darf ich Euch etwas fragen?"

Er nickte. „Sprecht."

„Wisst Ihr etwas über das Schicksal der anderen Clans?"

„Nein", antwortete er. „Wir waren die Ersten, die das Tal verließen, als die Horde der Nocteaner gerade bei der Krummen Klamm angekommen war. Sie liegt einen Zwei-Tage-Marsch von den Silberbergen entfernt. Glaubt Ihr, dass sie die magischen Zeichen entdecken könnten, die Laosh hinterlassen hat?"

„Ich habe eben erst von ihnen erfahren", gab ich zu. „Aber da sie nun einmal da sind, könnten sie vielleicht anderen calteanischen Flüchtlingen helfen, den Weg hierher zu finden. Wir könnten ihnen Nahrung und Schutz bieten ..."

„Ihr macht Euch mehr Gedanken um sie als ihre eigenen Anführer", kommentierte Amai. „Ich bin nicht überrascht, dass die Eulen Euch gehorchen. Die Schwarzen Äxte haben sich ihnen bestimmt nur wegen Euch angeschlossen. Seht mich nicht so an. Glaubt Ihr wirklich, dass Crym oder Pritus so auf Laosh hören würden, wie sie auf Euch hören? Nicht sehr wahrscheinlich. Ich bin mir sicher, dass der alte Laosh nicht einmal gewusst hat, wo er sie hinführen sollte."

„Ihr solltet nicht übertreiben. Wenn Ihr Euch Droy anseht ..."

„Verzeiht mir, wenn ich Euch unterbreche." Amai hob beschwichtigend die Hände. „Ich habe nichts gegen Droy. Er ist ein mächtiger Krieger und ein guter Befehlshaber. Aber er kann nicht mehrere Züge vorausdenken. Lasst mich offen mit Euch sein. Ich weiß von Euren Gefechten mit den Dunklen. Bevor Ihr auf Eurem fliegenden Tier angekommen seid, habe ich die Gelegenheit genutzt, mit einigen Kriegern der Eulen zu sprechen. Was ich gehört habe, hat mir nicht gefallen. Zu Beginn der Schlacht waren sie dem Gegner zehn zu eins überlegen, wenn man Eulen und Schwarze Äxte zusammennimmt. Ich hätte erwartet, eine ruhmreiche Geschichte ihres Sieges zu hören. Stellt Euch meine Enttäuschung vor, als sie mir erzählten, dass es, wäre Euer schlauer Schachzug mit den Erezen nicht gewesen, sehr schlecht für sie ausgegangen wäre ..."

Wir unterhielten uns noch bis spät in die Nacht, hauptsächlich über unsere zukünftige Zusammenarbeit. Wie sich herausstellte, hatten die Wölfe keinerlei Probleme bezüglich Nahrung und Viehfutter. Beides hatten sie sogar im Überfluss. Was sie hingegen brauchten, waren Werkzeuge, besonders Waffen. Der Stamm war nicht gut darin, Stahl zu bearbeiten. Normalerweise kauften sie alles, was sie brauchten, von den Calteanern des Hochlandes. Aber jetzt, da ihr Lebensraum zerstört war, mussten sie nach einer neuen Lösung suchen.

Das Ergebnis unseres Gesprächs war eine Übereinkunft, Werkzeuge und Waffen gegen Nahrung und Futter einzutauschen.

Das konnte man für eine Kleinigkeit halten. Ich persönlich fand, dass wir einen sehr guten Anfang gemacht hatten.

Kapitel 9

NACHDEM WIR UNSERE GÄSTE am nächsten Morgen verabschiedet hatten, beschloss ich, die Gegenstände zu verteilen, die ich für meine Clanmitglieder gekauft hatte. Ehrlich gesagt war ich ruhelos. Was, wenn es nicht funktionierte? Es ging mir nicht ums Geld, ich konnte die Gegenstände ja immer noch in der Auktion verkaufen. Aber stimmte meine Theorie? Denn wenn nicht, konnten wir auch gleich einpacken und abreisen. Ohne die Option hochzuleveln, waren meine NPCs verloren. Früher oder später würden sie entweder von Spielern oder von Mobs ausgelöscht werden.

„Onkel Olgerd! Großvater sagt, Ihr habt ein Geschenk für mich!"

Hier kam meine erste Versuchsperson. Lia konnte es nicht abwarten, bis sie dran war.

Crunch stand hinter ihr und hob verlegen ob ihrer kindlichen Ungeduld die Schultern.

Die Hände und das Gesicht das Mädchens und sogar seine Kleider waren mit Farbe bedeckt. Ihre Stupsnase schien ein Eigenleben zu führen. Ihre smaragdgrünen Augen strahlten voller Hoffnung und Vorfreude.

Eilig holte ich meine Einkäufe aus der Tasche.

„Dein Großvater irrt sich." Ich grinste zurück. „Ich habe nicht ein Geschenk für dich. Sondern jede Menge."

Während ich sprach, wechselte ihr Gesichtsausdruck von Hoffnung zu Enttäuschung zu unbändiger Freude. Sie hüpfte vor Aufregung beinahe auf und ab.

„Bitte schön!" Ich zog nach und nach alle Kunstutensilien heraus, die ich für sie gekauft hatte.

Während der Geschenkestapel vor ihr wuchs, wurden Lias Augen immer größer. Der Farbkasten und das Paket Pinsel wurden mit einem glücklichen Quietschen begrüßt.

Schließlich beruhigte sich Lia etwas. „Vielen, vielen Dank, Onkel Olgerd!" Sie drückte die Farben und Pinsel an ihre Brust, als wären sie ein großer Schatz.

Dann sagte sie etwas, das auf den möglichen Erfolg meines Plans hindeutete. „Wie schade, dass ich das alles nicht benutzen kann."

Ein großer Seufzer der Erleichterung. „Warum nicht?", fragte ich, obwohl ich ihre Antwort zu kennen glaubte.

Sie senkte den Blick. „Weil ich noch nicht weiß, wie man damit umgeht."

Crunch stand reglos da und brachte keinen Ton heraus. Ich sah, dass er nicht verstand, was vor sich ging – doch er schien zu wissen, dass alles gut werden würde.

„Wie hast du denn bisher gemalt?", fragte ich.

Das Mädchen legte die Geschenke auf den Tisch und griff dann in ihre eigene kleine Tasche. „Ich hatte das hier."

„Was ist das?", fragte ich und spähte auf das kleine Pergamentstück.

„Meine Mama hat mir gezeigt, wie man eine Ranke malt. Sie hat auch aufgeschrieben, welche Farben und Pinsel ich verwenden soll. Und hier die Worte, die ich sagen soll, während ich male."

Das kam überraschend. „Worte? Was für Worte?"

Crunch mischte sich ein. „Es handelt sich um uralte Hexenkunst. Meine Frau hat sie von ihrer Großmutter gelernt. Sie brachte es ihrer Tochter bei, die es ihrerseits an Lia weitergab."

Aha, so war das also. Wie raffiniert. Offenbar war das ein zweigleisiger Beruf. Nur das Muster zu malen, reichte nicht. Man musste auch noch einen Zauber darauf wirken. Darüber hatte ich nicht nachgedacht. Doch es war nur logisch. Alle diese Berufe waren kompliziert, um es vorsichtig auszudrücken.

„Keine Sorge", sagte ich. „Der Händler, der mir die Farben verkauft hat, hat mir auch das hier gegeben." Ich zog fünf mit grünen Bändern zusammengebundene Schriftrollen hervor.

Lias Hände zitterten, als sie die Schriftrollen öffnete und las.

Jetzt kam der Moment der Wahrheit. Wahrscheinlich war ich der Aufgeregtere von uns beiden.

Nach einer gefühlten Ewigkeit blickte Lia zu mir auf.

„Was meinst du?", fragte ich und versuchte, dabei ruhig zu bleiben.

„Das sind Skizzen", entgegnete sie. „Sie sehen sehr ähnlich aus wie die, die meine Mama gemacht hat. Nur hübscher. Und besser. Sie sind leicht abzumalen. Ich kann sie jetzt zeichnen, kein Problem. Und die Reime sind auch leicht zu merken."

Jaaa! Jaaa!! Jaaa!!! Ich hätte schreien können vor Freude. Doch ich musste aufpassen, schließlich wollte ich das Mädchen nicht erschrecken.

Es funktionierte! Ich hatte es geschafft! Meine NPCs würden sich *weiterentwickeln*!

Moment mal. Was hatte sie da gerade gesagt?

„Welche Reime?", fragte ich.

„Sie sind ähnlich wie die, die Mama mir beigebracht hat. Wenn man sie aufsagt, macht die Zeichnung den Gegenstand stärker."

Großartig. Also wurden die Zeichnungen gemeinsam mit den entsprechenden Zaubersprüchen verkauft. Eine Sorge weniger.

„Diese Skizzen, wie sehen die aus?"

„Der hier", Lia deutete mit dem Finger auf eine der Zeichnungen, „wenn ich den auf Opas Wagen male, dann fährt er schneller."

Crunch riss die Augen auf.

„Wenn ich diese kleinen Blätter auf seinen Hammer male, trifft er nicht mehr daneben, wenn er Nägel einschlägt. Und diese Blumen, wenn ich die auf ein Zelt male, machen sie es in kalten Winternächten wärmer."

Oh. Wunderschön.

„Vielen Dank, Onkel Olgerd!" Lachend hüpfte das Mädchen aus dem Zelt, die Arme voll mit ihren Schätzen.

Ich musste daran denken, allen zu sagen, dass sie ihre künstlerischen Aktivitäten nicht stören sollten. Sie sollte malen dürfen, was sie wollte und wo sie wollte. Sie musste üben.

Da das jetzt erledigt war, wandte ich mich an Crunch. Er brauchte nicht viel Zeit. Ich überreichte ihm ein paar Werkzeuge, die ich ihm gekauft hatte, sowie ein paar technische Zeichnungen und einen kleinen Vorrat an Material. Er dankte mir überschwänglich, sowohl für sich selbst als auch für seine kleine Enkelin. Er schüttelte mir die Hand und eilte dann in seine Werkstatt, um sein neu erworbenes Wissen auszuprobieren.

Da war er, der erste Tropfen – von dem ich hoffte, er würde sich ausbreiten und weite Kreise ziehen.

Ich verbrachte den ganzen Abend damit, herumzulaufen und meine Waren zu verteilen. Das Lager summte vor Aufregung wie ein Bienenschwarm.

Bevor ich spät am Abend ins Bett ging, wickelte ich mich warm in meine Tierfelle ein und öffnete mein Clan-Steuerungsfenster. Ich glaube, ich schlief mit einem glücklichen Lächeln auf dem Gesicht ein, während ich beobachtete, wie das eintönige Grau der Besitztümer meiner Clanmitglieder vom fröhlichen Leuchten eines hoffnungsfrohen Grüns verdrängt wurde.

„JETZT SCHAUT HER." Zachary der Schmied rieb sich seinen roten Bart. „Das hier ist für Bogenschützen. Das für Schildträger, die die Ersten in der Abwehr gegen den Feind sind. Und das ist für Lanciere!"

Behutsam rückte er die Waffen und Rüstungen zurecht, die er auf einem großen, flachen Stein ausgebreitet hatte, der ihm als Ausstellungsfläche für seine neue Kollektion diente.

Droy, ich und alle anderen Krieger waren seine Jury. Beim Mustern ihrer neuen, „grünen" Ausrüstung machte sich Erstaunen in ihren Gesichtern breit. Der Anblick war eine reine Freude.

Ich sah die Gruppe an. „Ich habe einen Vorschlag."

Sie hörten auf, zu reden, und wandten sich mir zu.

„Diese drei Rüstungen wurden auf meine Bestellung für Droy, Crym und Seet maßgefertigt. Ihr fragt euch sicher, warum. Das erfahrt ihr gleich. Zachary, könnt Ihr es bitte erklären?"

„Da gibt es an sich nicht viel zu erklären", meinte der Schmied. „Ihr wisst alle, wie wichtig es ist, die Größe richtig zu treffen. Und da ich nicht bei jedem von euch Maß nehmen konnte, musste ich mit diesen drei vorliebnehmen. Das war auch schon alles."

Keiner schien daran Anstoß zu nehmen. Sie waren Krieger, keine Memmen.

„In diesem Fall schlage ich vor, dass sie sie anprobieren und wir uns das Ganze ansehen. Vielleicht finden wir noch Verbesserungsmöglichkeiten."

Die Krieger brummten zustimmend. Die drei „Versuchspersonen" gingen ins Zelt, um ihre Rüstung anzulegen.

Eine halbe Stunde später bekamen wir eine ganz andere Art von calteanischen Kriegern zu sehen. Sie hatten gerade den Sprung von der Urzeitlichkeit in die Eisenzeit geschafft.

Allzu originell waren die Spielentwickler allerdings nicht gewesen. Es handelte sich um eine recht eindrucksvoll aussehende Rüstung nach skandinavischer Art.

Die Krieger verstummten. Man konnte sich das Ganze als Gemälde vorstellen. *Die Wikinger kommen im Land der Wilden an.* Diese Helme, Kettenhemden, Arm- und Beinschienen ...

Besonders der grauhaarige Crym sah eindrucksvoll aus. Groß und gedrungen ragte er über seinen Waffenbrüdern auf wie ein Fels. Ein Schwert in einer mit Stahl geschmückten Scheide hing an seinem Gürtel. Neben den massiven Streben einer Armbrust glänzte eine Streitaxt bedrohlich hinter seinem Rücken. Die breiten Schulterstücke ließen ihn noch stärker und stämmiger wirken, als er war. In seiner Linken hielt er einen Schild mit einem großen Buckel in der Mitte, in der Rechten eine lange Mordaxt.

Die Stahlteile der Rüstung klirrten, während er vor uns auf und ab stampfte. Himmel, der Typ war eine Killermaschine.

Droys Ausrüstung war nur geringfügig leichter. Doch im Gegensatz zu Crym, der mit der Art seiner Rüstung mehr oder weniger vertraut war, verfügte Droys Rüstung über ein paar neue Eigenheiten. Sein Schild war breit, seine neue Axt ein gutes Stück länger als sein alter Speer. Er trug ein Kettenhemd, ein paar Schulterstücke und Beinschienen und eine mit kleinen Stahlplättchen bedeckte Brigantine. Auf seinem Kopf saß ein skandinavischer Helm, der die obere Hälfte seines Gesichts schützte und die untere freiließ.

Seet mochte nur ein Bogenschütze sein, doch auch er wirkte mit seinem neuen Hornbogen in der Hand, einem Köcher voller Pfeile, einer Stahlplattenweste und einem Lederhelm mit langem Nasenschutz aus Stahl angemessen beeindruckend.

Während die anderen Calteaner um sie herumstanden und aufgeregt durcheinanderredeten, rief ich die neuen Werte meiner Krieger auf.

Oh, wow! Das hatte ich mir in meinen kühnsten Träumen nicht vorgestellt. Ihre Abwehr- und Angriffswerte waren jeweils um 40 % gestiegen!

Außerdem gehörten sie jetzt etwas anderen Klassen an. Zuvor war Crym ein Leichter Legionär gewesen. Jetzt war er ein Schwerer Infanterist. Droy war zum Schweren Pikenier geworden. Seet, ehemals Bogenschütze, war jetzt ein Armbrustschütze.

Ich schloss freudig die Augen und malte mir meine mächtige zukünftige Armee aus. Apropos …

Ich wandte mich an den vor Stolz strahlenden Schmied und nahm ihn beiseite. „Was meint Ihr, wie viel Zeit Ihr braucht, um alle unsere Krieger auszustatten?"

Er musste schon darüber nachgedacht haben, weil er ohne zu zögern entgegnete: „Etwa vier Tage, denke ich."

„Und wenn wir Euch ein paar Helfer besorgen?"

„Die habe ich schon gefunden", erwiderte er. „Vier Tage."

Okay. Vier Tage sollten reichen. Ich wollte ihn nicht unter Druck setzen. Schließlich war es ein Spiel. Hier ging ohnehin alles irre schnell vonstatten. Ich mochte gar nicht darüber nachdenken, wie lange ein echter Schmied gebraucht hätte, um ganz allein einen Haufen Krieger auszurüsten. Monate? Oder sogar Jahre?

Sobald die Aufregung um den Schmied sich etwas gelegt hatte, kam Droy zu mir herüber.

„Ihr hört nie auf, Wunder zu wirken!", sagte er strahlend.

Die Halbmaske seines Helms verzerrte sein Lächeln und verwandelte es in ein raubtierhaftes Grinsen. Wenn ich beim Anblick meines vor Freude strahlenden Freundes schon Angst bekam, wie würde der Feind sich dann erst fühlen, wenn er sein wutverzerrtes Gesicht erblickte?

Ich hob die Schultern. „Ich sagte ja, ich würde mir etwas einfallen lassen. Das habe ich getan."

„Wie viele Handwerker des Clans haben ähnliche Geschenke von Euch erhalten?"

„Alle", erwiderte ich ehrlich.

Es stimmte. Ich hatte keinen einzigen vergessen, egal ob Koch, Händler oder Heiler. Jedoch gab es noch jemanden, dem ich einen Besuch abstatten musste.

„MIR IST STÄNDIG KALT", sagte Laosh mit schwacher Stimme.

Es ging ihm nicht gut. Ich traf ihn in Felle gewickelt vor einem lodernden Feuer sitzend an. Ab und zu streckte er die zitternden Hände nach dessen Wärme aus und schloss genussvoll die Augen.

Ich hingegen suchte mir einen Platz so weit wie möglich vom Feuer entfernt in der Nähe einer kleinen Belüftungsöffnung. Der kühle Luftzug auf meinem heißen Gesicht tat gut.

Draußen war eine Feier in vollem Gange. Musik, Gesang und Gelächter hingen in der Luft. Wer hätte gedacht, dass die Calteaner so viel Spaß an ihrer industriellen Minirevolution haben würden?

Ich seufzte, denn ich war nicht in Feierlaune. Dazu hatte ich zu viele Dinge mit dem Schamanen zu besprechen.

„Ihr hättet Amai nicht so leicht davonkommen lassen dürfen", grummelte Laosh.

Ich war anderer Meinung. „Er ist jung und unerfahren", sagte ich laut. „Vielleicht können wir seine Gedanken in die richtigen Bahnen lenken."

„Worauf wollt Ihr hinaus?"

„Ich mache keine Pläne", sagte ich. „Der Augenblick ist nicht der richtige. Aber wenn wir unsere Probleme mal für eine Sekunde vergessen könnten, würde ich Euch sagen, dass dieser Ort zur Hauptstadt der Calteaner werden könnte."

Er horchte auf. „Habt Ihr auch schon darüber nachgedacht?"

„Ich sehe keinen Grund, warum nicht. Solange wir die ersten Angriffe überstehen. Danach wird es bestimmt leichter."

Laoshs Augen waren plötzlich von Traurigkeit erfüllt. „Ihr glaubt, sie *werden* uns angreifen?"

„Absolut."

„Dann hättet Ihr Amai nicht gehen lassen sollen."

„Wer hat Euch gesagt, dass ich ihn habe gehen lassen? Er wird zurückkehren. Und zwar recht bald. Er bringt uns Nahrung und Futter für die Tiere. Eine Menge."

„Was will er dafür haben?"

„Zunächst mal einige Waffen und Werkzeuge."

Er wurde unruhig. „Ihr habt recht! Jetzt haben wir wirklich etwas anzubieten! Und das verdanken wir alles Eurer Magie! Kein Calteaner hat jemals solche Waffen und Werkzeuge besessen wie wir jetzt. Und auch noch von unseren eigenen Handwerkern gefertigt!"

„Genau. Wen hat Amai gestern gesehen? Ich sage es Euch. Er sah in uns einen Haufen Flüchtlinge, die vor der Gefahr davongelaufen sind. Seht Euch jetzt Euer Volk an! Das Blatt hat sich gewendet. Und ich sage Euch noch etwas: Das ist erst der Anfang."

Wir verfielen in Schweigen. Laosh blickte in die tanzenden Flammen und schauderte trotz der drückenden Hitze.

Ich atmete die frische Luft ein und hörte dem Lärm der Feier zu, die durch das kleine Belüftungsloch ins Zelt drang.

„Ihr wisst, dass ich auch für Euch Geschenke habe, oder?" Ich stand auf und reichte dem überraschten Schamanen zwei Schriftrollen.

„Was ist das?", fragte er, während er sie mit zitternden Händen entgegennahm.

„Der Händler, der sie mir verkauft hat, sagte, nur jemand, der über die richtige Macht verfügt, kann das herausfinden", bluffte ich mit Pokerface.

Es handelte sich um zwei Zaubersprüche. Ich wusste nicht einmal, welche. Alles, was mir wichtig gewesen war, war, dass sie keine Klasseneinschränkungen hatten.

Laosh entrollte das erste Pergament und las. Ich beschloss, mir inzwischen etwas die Beine zu vertreten und frische Luft zu schnappen.

Das Lager war erfüllt von den fröhlichen Klängen von Trommeln, Flöten, Psaltern und Dudelsäcken. Alle waren mit Feiern beschäftigt.

Das war schon ein gutes Gefühl. Sie brauchten mal eine Pause. Das hatten sie sich verdient.

Ich blieb eine Weile stehen und nahm die Feierstimmung in mich auf. Dann trat ich wieder ins Zelt.

Laosh hörte mich und hob den Kopf, den er über die Schriftrolle gesenkt hatte. „Danke, Olgerd! Das sind extrem nützliche Zauber."

Allzu glücklich wirkte er aber nicht. Sein Gesicht war säuerlich, als hätte er eben in eine Zitrone gebissen.

„Stimmt etwas nicht?", fragte ich.

Er winkte protestierend ab. „Nein, gar nicht! Wie könnt Ihr so etwas sagen?"

„Warum sind Eure Augen dann so traurig?"

„Ich bin traurig, weil ich wünschte, ich hätte einen dieser Zaubersprüche schon früher gehabt. Jetzt ist es zu spät."

„Was meint Ihr damit?"

„Erinnert Ihr Euch an die Magie, mit der Ihr Droys Sohn geheilt habt?"

„Natürlich." Ich nickte, während ich zu begreifen begann.

„Hätte ich das hier früher gehabt", Laosh hob eine der Schriftrollen hoch, „hätten viele Leute überlebt."

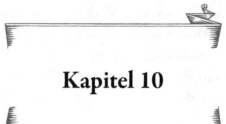

Kapitel 10

ICH ERWACHTE MITTEN in der Nacht durch das leise Klingeln einer Systemnachricht. Gähnend rieb ich mir die Augen. Was war denn jetzt los?

Herzlichen Glückwunsch! Ihre Krieger haben an Stärke gewonnen! Von heute an wird kein Feind es mehr wagen, sie einen unorganisierten Haufen Bauern zu nennen!

Belohnung:

Der Rang eines Oberbefehlshabers

Eine Schriftrolle „Schildwall", 1

Eine Schriftrolle „Auseinandergezogene Formation", 1

Eine Schriftrolle „Keilformation", 1

Sofort war ich hellwach. Eilig rief ich das Clan-Steuerungspanel auf.

Es gab keinen einzigen calteanischen Krieger mehr, der seine alte Ausrüstung trug. Die Schmiede hatten ihr Versprechen gehalten - und das einen Tag früher als geplant. Was für eine schöne Überraschung. Vermutlich hatten sie noch einige Boni erhalten und es so geschafft, die Aufgabe in drei Tagen statt in vier abzuschließen. Dem würde ich später vielleicht noch genauer auf den Grund gehen.

Ich zitterte. Ich wusste gar nicht, welche Werte ich mir zuerst ansehen sollte. Reiß dich zusammen, Olgerd. Tief durchatmen. Gut ...

Sahen wir uns erst mal meinen neuen Rang an. Ich unterdrückte ein Lächeln. Sveta würde sich schieflachen. Ich, ein Oberbefehlshaber!

Ich hatte ihr süßes, liebes Gesicht vor Augen. Ihre Wangen mit den Grübchen, ihre unergründlichen, topasfarbenen Augen, die eine goldene Haarsträhne, die ihr immer in die Stirn fiel ...

Ich hörte auf, zu zittern, als die Wärme dieser Erinnerung meinen Körper durchströmte. Mein Blick blieb an der Schaltfläche zum Ausloggen hängen.

Nein. Es ging nicht. Ich hatte noch so viel zu tun.

Wie ein Hund schüttelte ich den Kopf, um mich von der Erinnerung zu befreien. Einatmen. Ausatmen. Ich rieb mir die Schläfen und richtete mich auf. Auf mich wartete die Arbeit.

Herzlichen Glückwunsch! Sie sind zum Oberbefehlshaber befördert worden!

Ein denkwürdiger Tag: Ihr erster Schritt auf dem Weg zu Ruhm und Ehre! Besiegen Sie weiter Ihre Feinde und stärken Sie Ihre Armee, und Sie werden neue Erfolge erringen und Beförderungen erhalten!

Wichtig! Jetzt können Sie Hauptleute ernennen! Nehmen Sie sich bei der Auswahl Ihrer Assistenten Zeit. Ihre Wahl ist nicht rückgängig zu machen.

Belohnung:
+35 auf Moral
+20 auf Disziplin

Die zusätzlichen 35 Punkte auf Moral waren eine gute Sache, weil ich bereits wusste, wie dieser spezielle Wert funktionierte. Aber Disziplin?

Name: Disziplin

Beschreibung: Die zügige und effiziente Ausführung von Befehlen höherer Offiziere ist einer der Eckpfeiler der Militärwissenschaften. Die Steigerung dieser Eigenschaft führt zu verbesserter Disziplin der Soldaten gegenüber ihren Hauptleuten.

Das war extrem nützlich. Und kam genau zum richtigen Zeitpunkt. Bisher hatte ich Stunden damit verbracht, ihnen die einfachsten Dinge zu erklären.

Um ehrlich zu sein, machte ich mir immer noch große Sorgen wegen des Verhaltens der Calteaner in der Schlacht gegen die Dunklen. Meine Männer hatten die Tanks des Feindes wie hirnlose Mobs aggro gemacht, als wir uns eigentlich in zwei Fronten hätten aufteilen müssen. Hätten sie stattdessen die Magierunterstützung der dunklen Spieler angegriffen, wäre der Kampf anders ausgegangen.

Ich rechnete nicht mit absolutem Gehorsam. Auch hatte ich nicht den Wunsch, von willenlosen Maschinen wie meinen Skarabäen umgeben zu sein. Selbst wenn die Gefühle der Calteaner nur eine Illusion waren, halfen sie mir doch, bei geistiger Gesundheit zu bleiben. Andererseits war an diesen Spiegelseelen definitiv mehr dran, als man auf den ersten Blick sah.

Mehr Hauptleute zu ernennen, war auch eine ausgezeichnete Idee. Reputation war etwas Tolles, aber wenn ich wollte, dass mein Clan als gesundes System funktionierte, brauchte ich etwas Präziseres als den unbeständigen Reputations-Rang, der im einen Moment nach oben schießen und im nächsten wieder abstürzen konnte. Auch wenn meine Auswahl der Hauptleute nicht rückgängig zu machen war, war ich neugierig, wie sich das auf die Reputation der jeweiligen Clanmitglieder auswirken würde. Ein hoher Rang und eine niedrige Reputation? Ich wollte es mir gar nicht vorstellen. Wobei dieses Szenario ja auch im echten Leben gang und gäbe war. Dort konnten hochgestellte Persönlichkeiten auch oft nicht mit ihrer Beliebtheit bei den Massen protzen.

Jetzt zu den Schriftrollen. Sie waren „grau", also nichts Besonderes. Ich rückte näher ans Feuer und befühlte die Ecke einer der Schriftrollen. Leder, das mit Streifen groben, schmutziggrauen Stoffs zusammengebunden war. Ich zog an einem Ende und band die Schriftrolle auf. Nichts Ungewöhnliches geschah.

Ich entrollte sie. Sie war verdreckt und ihre ausgefransten Ränder waren stellenweise angesengt. Manche der Flecken sahen verdächtig nach getrocknetem Blut aus.

Mühsam entzifferte ich die ausgeblichenen Buchstaben. Die Spielentwickler hatten etwas übertrieben. Aber sobald ich auf die Schrift starrte, erschien eine Nachricht.

Grüße, Oberbefehlshaber! Sie halten das alte Schildwall-Traktat in Händen, das im Zeitalter des Schwarzen Regens von General Conceallo Eisenbart abgefasst wurde.

Wichtig! Um das Traktat zu studieren, müssen Sie ein Oberbefehlshaber sein.

Möchten Sie das Traktat studieren?

Ja/Nein

„Na, was glaubst du denn?", flüsterte ich. Welcher frischgebackene Oberbefehlshaber würde solch uraltes Wissen ablehnen?

Herzlichen Glückwunsch! Sie haben ein altes Traktat studiert: Schildwall! Von jetzt an sind Ihre Krieger in der Lage, Gefechtsformationen einzunehmen!

Achtung! Vergessen Sie nicht, Ihr neues Wissen an Ihre Untergebenen weiterzureichen!

Ich schloss die Nachricht und stopfte das schmutzige Stück Leder in meine Tasche. Daraufhin erschien ein neues Symbol in Form einer Reihe aus Schilden in der unteren rechten Ecke meines Interface.

Schildwall

Beschreibung:

Eine der ältesten Gefechtsformationen, zuerst durch die Huscarls von Conceallo Eisenbart im Krieg gegen die Sechsfußens im Zeitalter des Schwarzen Regens eingesetzt.

Effekt: +15 % auf Schutz Ihrer Krieger vor körperlichen Angriffen
+5 % auf Schutz Ihrer Krieger vor magischen Angriffen

+15 % auf Schaden Ihrer Handwaffen
Mindestanforderungen:
Schwerer Schildträger-Fußsoldat, 3
Bogenschütze, 2
Maximalanforderungen:
Schwerer Schildträger-Fußsoldat, 30
Lancier, 20
Bogenschütze oder Zauberer, 30

Ich öffnete den Tab „*Formation*". Er war selbsterklärend. Drei Rechtecke stellten die drei Truppenarten mit ihren jeweiligen Symbolen dar: drei dicht beieinanderstehende Schilde auf dem oberen, Lanzen auf dem mittleren und ein feuriger, gespannter Bogen auf dem unteren.

Ich klickte auf die Lanzen. Funktionierte nicht. Seltsam. Warum?

Bald schon fand ich die Antwort heraus. Ich musste erst Hauptleute ernennen, bevor ich die Truppen bewegen konnte. Sehr gut. Das machte es mir leichter.

Jetzt zur nächsten Schriftrolle.

Grüße, Oberbefehlshaber! Wenn Sie dieses alte Traktat studieren, erfahren Sie das Geheimnis von Dryx Steinherz, dem es gelungen ist, die Armee der Wüstenbewohner in der Schlucht der zwei Monde dauerhaft abzuwehren.

Wichtig! Um das Traktat zu studieren, müssen Sie ein Oberbefehlshaber sein.

Möchten Sie das Traktat studieren?

Ja/Nein

Na, dann studierten wir es mal.

Herzlichen Glückwunsch! Sie haben ein altes Traktat studiert: Auseinandergezogene Formation! Von jetzt an sind Ihre Krieger selbst mit leichtester Bewaffnung in der Lage, den Feind erfolgreich zu konfrontieren!

Ein neues Symbol mit einer Lanze und einem gespannten Bogen erschien in der unteren rechten Ecke meines Interface.

Auseinandergezogene Formation
Beschreibung:
Eine der alten Gefechtsformationen, die die Bogenschützen von Dryx Steinherz während der Schlacht mit den Wüstenbewohnern in der Schlucht der zwei Monde anwendeten.
Effekt:
+15 % auf die Geschwindigkeit Ihrer Krieger
+25 % auf den Schaden Ihrer leichten Waffen
+15 % auf den Schaden Ihrer Stichwaffen
+15 % auf den Schaden Ihrer magischen Angriffe
Mindestanforderungen:
Lancier, 3
Bogenschütze oder Zauberer, 2
Maximalanforderungen:
Lancier, 65
Bogenschütze oder Zauberer, 45
Und zu guter Letzt noch die Keilformation.

Oh. Sie wollte sich nicht öffnen lassen. Es war eine Kavallerie-Formation – und Kavallerie hatten wir keine, würden wir vermutlich leider niemals haben. Wir mussten eben mit dem arbeiten, was wir hatten. Und das war eine Menge. Bisher hatten meine Calteaner den Feind als zusammengewürfelter, unorganisierter Haufen angegriffen. Jetzt hatte ich die Chance, das zu ändern. Ich musste nur noch ein paar Hauptleute ernennen.

Aber zuerst brauchte ich frische Luft.

Leise, um niemanden aufzuwecken, schlüpfte ich aus dem Zelt.

Brrrrr! Es war eiskalt! Ich hätte den Pelzmantel anziehen sollen. Mein Körper fühlte sich wie gelähmt an.

Prustend rieb ich mir das Gesicht mit Schnee ab, eilte dann zurück ins Zelt und streckte meine zitternden Hände der angenehmen Wärme des Feuers entgegen. Schon viel besser.

„Okay, dann schauen wir uns das mal an", flüsterte ich und öffnete das Steuerungs-Panel.

Ich wäre nicht überrascht gewesen, wenn die Spielentwickler sich das Szenario mit den Truppen und Formationen spontan aus den Fingern gesaugt hätten. Es wäre scheußlich, ihr neues Versuchskaninchen zu sein.

Da war es. Ein neuer Tab namens Militärränge war erschienen.

Während ich mir die Tabelle ansah, musste ich an verschiedene Krimiserien im Fernsehen denken. Auch dort hefteten Polizisten das Bild des Verbrecherbosses und seiner Handlanger an eine Pinnwand, um sie zu studieren und zu diskutieren.

Das hier war ähnlich. Über der Übersicht befand sich ein Bild mit meinem Avatar. *Oberbefehlshaber* stand auf dem Schild darunter. Definitiv besser als Verbrecherkönig.

Die Kästchen darunter waren noch leer. Unter jedem war ein Schild, auf dem der Rang des jeweiligen Hauptmanns stand. Derjenige direkt unter mir war ein Oberst. Allerdings war er grau und inaktiv. Kein Wunder: Laut Infotext hatte ein Oberst den Befehl über 1.000 Krieger. Eine Armee dieser Größe mussten wir erst noch aufbauen.

Unter dem Oberst war der Hauptmann, der 100 Krieger befehligte. Das bekamen wir hin.

Unter dem Hauptmann waren freie Plätze für Feldwebel, die jeweils zehn Krieger befehligten.

In der Übersicht war kein Platz für gewöhnliche Soldaten. Offenbar sollte ich als Oberbefehlshaber mich nicht mit solchen Trivialitäten herumschlagen. Meine Aufgabe war es, Hauptleute zu ernennen, die dann jeweils ihre Untergebenen auswählten.

Als Erstes der Hauptmann. Wie erwartet bot das System mir zwei Kandidaten zur Auswahl an: Droy den Reißzahn und Laosh den Schamanen. Da musste ich nicht lange nachdenken.

Herzlichen Glückwunsch! Ihre Armee hat jetzt einen Hauptmann! Bringen Sie ihm alles bei, was Sie wissen, damit er auf Ihrem Weg zum Ruhm Ihr treuer Helfer werden kann!

Ich grinste vor Vergnügen, während ich das neue goldene Symbol mit den zwei gekreuzten Schwertern musterte, das neben Droys Namen aufgetaucht war.

Das war nur fair. Er verdiente diese Ehre wie keiner sonst. Bei allem Respekt Laosh gegenüber konnte ich ihm diesen Posten nicht anvertrauen. Um die Wahrheit zu sagen, würde er den vielleicht auch gar nicht wollen.

Gerade wollte ich zu den Feldwebeln übergehen, als ich hinter meinem Rücken Droys sarkastisches Flüstern vernahm.

„Zaubert Ihr schon wieder, anstatt zu schlafen?"

„Ja", antwortete ich automatisch und hielt dann nachdenklich inne. Was hatte in der Nachricht gestanden? Ich sollte Droy „alles beibringen, was ich wusste"?

Ich griff in meine Tasche und zog die drei Schriftrollen hervor. „Seht Ihr, die habe ich von einem Händler gekauft. Sie wirken sehr alt. Ich glaube nicht, dass er wusste, wie alt sie wirklich sind."

Ich reichte dem frischgebackenen Hauptmann Droy die Schriftrollen.

Er öffnete sie und studierte die Schrift, als gäbe es keinerlei Systemeinschränkungen.

Das System hatte dazu nichts zu sagen. Die Bandbreite an Gefühlen, die sich nacheinander auf dem Gesicht meines Freundes spiegelten, war der einzige Hinweis darauf, was da gerade vor sich ging. Droy runzelte die Stirn, ächzte, knetete seinen Bart und kratzte sich am Hinterkopf, alles Anzeichen ernsthafter, intellektueller Aktivität.

Schließlich waren alle drei Schriftrollen gelesen, studiert und sogar gekostet. Sobald er sie mir zurückreichte, verkündete das System sein Urteil.

Herzlichen Glückwunsch! Sie haben Wissen mit Ihrem Hauptmann geteilt!

„Was haltet Ihr davon?", fragte ich Droy.

Er hatte sich in der letzten Woche stark verändert. Er wirkte größer und auch fitter. Oder lag das an seiner neuen Rüstung? Ich konnte es nicht sagen.

„Seltsame Schriften", kommentierte er und blickte ins Feuer. „Die ersten beiden Schriftrollen können wir definitiv gebrauchen. Bei der dritten bin ich mir nicht sicher, aber ich weiß jemanden, der sich dafür interessieren könnte. Verstehe ich es recht, dass es sich dabei um geheimes Wissen handelt, das nicht mit Fremden geteilt werden darf?"

„Genau. Dieses Wissen ist das Eigentum unseres Clans."

„Schön gesagt." Er unterdrückte ein Lächeln. „Morgen früh werde ich anfangen, die Krieger zu trainieren."

„Gut", sagte ich, und mein Herz war von Freude erfüllt. Wobei ... „Da ist noch etwas, Hauptmann."

„Sagt es mir."

Sein neuer Titel schien ihn nicht im Geringsten aus dem Konzept zu bringen. Er hatte ihn einfach als das akzeptiert, was ihm zustand.

„Ihr werdet Assistenten brauchen, die euch bei all dem, was Ihr plant, unterstützen", sagte ich.

Er nickte. „Gleich morgen ernenne ich ein paar Feldwebel."

Sobald er das gesagt hatte, erschien eine neue Nachricht vor meinen Augen.

Warnung! Sind Sie sicher, dass Sie die Auswahl der Unteroffiziere dem Hauptmann überlassen wollen?
Ja/Nein

Jede Wette! Ich lernte schnell. Droy wusste es wirklich besser. Mit seinen Fähigkeiten und seinem Wissen über seine Leute (für die unsere kürzliche Unterhaltung über Jagen und Lagerführung Beweis genug war) kannte er sicherlich die besten Kandidaten.

Ich drückte auf *Ja*.

Das System antwortete prompt.

Funktion an den Hauptmann delegiert.

Und darauffolgend noch eine Nachricht.

Herzlichen Glückwunsch! Sie haben die Kommandoposten Ihrer Armee erfolgreich besetzt! Die Trupps aus 10 Kriegern werden automatisch gebildet.

Jetzt können Ihre Truppen militärische Manöver ausführen!

Was, jetzt schon? Das war ja schnell gegangen! Andererseits sollte mich das nicht überraschen. Um Entscheidungen zu treffen, brauchte Droy keine Tabellen oder ein Interface.

Ich überflog die Liste mit den Namen der Feldwebel.

Unser ganzes Team war da. Das war nur gut so. Ich hätte es genauso gemacht. Ein paar der Kandidaten waren mir noch unbekannt. Ich nahm mir vor, sie kennenzulernen. Droy musste einen guten Grund haben, sie zu befördern.

Und was war das mit den militärischen Manövern?

Eilig las ich die Beschreibung. Das funktionierte ähnlich wie eine wiederholbare Quest, die meine Truppen alle paar Tage ausführen konnten, und dafür 15 Punkte auf Disziplin erhielten.

Was für ein seltsames Gefühl. Auch wenn ich noch nicht ganz durchblickte, war ich doch voller Vorfreude und ungeduldig, zu sehen, was die Zukunft für uns bereithielt.

Kapitel 11

WARNUNG! DIE WESTGROTTE ist seit vielen Jahrhunderten von niemandem betreten worden. Jetzt beheimatet sie eine Kolonie Dornenratten.

Warnung! Dieser Ort kann für Spieler unter Level 290 zu gefährlich sein! Bitte kehren Sie um.

Ich wandte mich um und ließ einen zufriedenen Blick über unsere Reihen schweifen. „Na, dann hoffen wir mal, dass wir gut genug sind."

Mehrere Dutzend Krieger, die Droy persönlich ausgewählt hatte, starrten mich aufmerksam an. Sie zeigten keine Angst. Eher waren sie fokussiert. Wenn nicht gar ungeduldig.

Als Gerüchte des bevorstehenden Raids sich im Lager verbreitet hatten, hatten wir uns der Anwärter kaum erwehren können. Um ehrlich zu sein, hätte ich beinahe zugestimmt, eine größere Gruppe zu bilden. Doch nachdem ich das mit Droy, Laosh und den Feldwebeln besprochen hatte, hatten wir beschlossen, besser zuerst einen kleinen Aufklärungstrupp zu schicken, um herauszufinden, womit wir es zu tun hatten. Dann würden wir weitersehen.

Wir hatten sorgfältig das Für und Wider erwogen, bis wir uns auf die Zahl 30 geeinigt hatten. 30 unserer hervorragendsten Krieger, die Elite des Clans, alle mindestens auf Level 280.

Was unsere Formation betraf ... Das allererste militärische Manöver hatte gezeigt, dass die großartige neue Ausrüstung nicht reichte, um die Calteaner zu einer Armee zu machen. Trotzdem hatten sie es geschafft, die erste Runde der Quest zu absolvieren – hauptsächlich dank Droys unumstrittener Autorität als Hauptmann.

Die Quest selbst ... Zuerst hatte ich gedacht, dass es sich um etwas wahrhaft Besonderes handeln würde, wie zum Beispiel eine Kampagne gegen eine vereinzelte Gruppe Nocteaner. Aber wie sich herausgestellt hatte, war sie wesentlich banaler gewesen. Alles, was die Calteaner hatten tun müssen, war, sich in zwei Gruppen aufzuteilen und einander nach Strich und Faden zu vermöbeln, jedoch in den Formationen, die sie studiert hatten.

Am Ende hatten sie sich ihre 15 Punkte Disziplin verdient, aber zu einem hohen Preis! Es gab keinen Krieger, der nicht mindestens eine leichte Verletzung erlitten hatte. Einige hatten sich sogar etwas gebrochen. Trotzdem sah ich am Ende keinen Hauch von Zweifel oder Verstimmung in ihren Gesichtern.

Lustigerweise waren Amai und seine Leibwächter gerade rechtzeitig eingetroffen, um die letzten paar Minuten unseres ersten Militärmanövers mit anzusehen. Sie hatten die versprochenen Vorräte im Tausch gegen unsere „grauen" Waffen und Werkzeuge geliefert und den Roten Eulen von einem nahegelegenen Hügel aus beim Training zugesehen.

Ihre Gesichter waren ein Anblick für Götter gewesen. Amai und seinem Alter Ego Pike war es halbwegs gelungen, einen neutralen Gesichtsausdruck zu wahren – doch die anderen hatten erst gar nicht versucht, ihre Aufregung zu verbergen.

Ich konnte sie verstehen. Ich war immer noch schwer beeindruckt von unserem Schildwall-Training. Besonders die letzte Keilerei zwischen meinen Jungs war imposant gewesen. Man stelle sich vor, 50 schwere Soldaten im Gleichschritt, die Erde stöhnte unter ihren Füßen, Stahl klirrte, Hörner erschallten, Schilde rasselten, Streitäxte blitzten blutgierig in der blendenden Sonne auf, Bogensehnen sirrten, zahllose Pfeile zischten durch die Luft. Und das alles völlig synchron, als würden sie von einer unsichtbaren Hand gelenkt. Imposant? So könnte man es nennen!

Amais Augen waren voll kindlicher Bewunderung gewesen – und einem Hauch Unsicherheit, der nur wenige Momente anhielt, bevor er Unwillen wich. Ein stolzer Clananführer konnte sich keinen Augenblick der Schwäche leisten.

Bei aller Bescheidenheit war ich mehr als zufrieden mit der Darbietung meiner neuen Roten Eulen vor dem arroganten Anführer der Nordwölfe. Dass er sie als „Handvoll calteanischer Jäger" bezeichnet hatte, ärgerte mich immer noch. Die Gesichter der Wölfe bei dieser Vorführung zu sehen, hatte das mehr als wettgemacht.

Nun zitterte Amai vor Aufregung. Kein Wunder. In die Grotte der Verbotenen Stadt hinabzusteigen, war ein Abenteuer, von dem jeder Krieger nur träumen konnte. Das war der Stoff, aus dem Legenden und Balladen gemacht wurden.

Ich freute mich ebenfalls, weil das bedeutete, dass wir einen starken Schamanen dabei hatten. Auch wenn sein Trupp nicht unter unserem Befehl stand, konnten wir seine Hilfe gut gebrauchen.

Pike hatte eine handverlesene Gruppe seiner besten Krieger mitgebracht. Einer der Wölfe musste das mit dem bevorstehenden Raid ausgeplaudert haben, denn der gesamte Clan der Wölfe hatte darum gewetteifert, ihren Anführer in die Grotte zu begleiten. Was für eine Vorstellung: 15.000 Leute, die alle wild darauf waren, sich einer Gruppe von ein paar Dutzend anzuschließen, nur weil sie den Gedanken, zurückzubleiben, nicht ausstehen konnten. Hatten wir wirklich erwartet, dass sie mit den Frauen und Kindern in unserem Lager herumsitzen und abwarten würden, während ihr Anführer die uralte Grotte erkundete? Keine Chance!

Schließlich hatten sie sich mit 30 Kriegern unserem Raid angeschlossen, Amai und Pike selbst nicht mitgerechnet. Dem listigen Grinsen und dem gierigen Funkeln in ihren Augen nach zu schließen, war es nicht die Sicherheit ihres Anführers, um die sie besorgt waren. Sie konnten es nicht erwarten, die sagenhaften Schätze der Verbotenen Stadt in die Finger zu kriegen.

Man hätte sagen können, dass das dumm von mir war. Dass ich die legendären Reichtümer nicht verschwenden sollte, indem ich sie mit unseren widerspenstigen neuen Freunden teilte. Aber ich sah das anders. Ein gemeinsamer Raid würde unsere widerstrebende neue Allianz zementieren.

Ein Problem dabei war jedoch Disziplin. Und damit meinte ich nicht den Spielwert.

Ich musste Amais Männern nur zehn Minuten zusehen, um zu dem Schluss zu kommen, dass sie zwangsläufig in Schwierigkeiten geraten würden.

Es war nicht so, dass sie Befehlen nicht gehorchten. Pike führte sein Team mit eiserner Hand. Es war ihre Fähigkeit, Befehle auszuführen, die mir Sorgen bereitete.

Was geschah, wenn der Vorarbeiter in einer Fabrik einem Hausmeister auftrug, die Arbeit eines Maschinisten auszuführen? Der Hausmeister mochte ein gut organisierter Mensch sein, diszipliniert und fleißig. Er würde die Aufgabe mit vollem Ernst angehen und vielleicht sogar lernen, wie man die komplexe Maschine einschaltete. Mit der Zeit würde er seine Aufgabe vielleicht sogar meistern – aber definitiv nicht sofort. Seine ersten Ergebnisse wären vermutlich erbärmlich. Ohne das richtige Wissen, die nötige Erfahrung und entsprechende Qualifikationen würde der Mann es zwangsläufig übel vermasseln.

Hier war es genau dasselbe. Die Wölfe waren alle sehr disziplinierte und verantwortungsvolle Leute – doch sie hatten keine Ahnung von richtiger Kriegsführung. Erst durch das Zusehen bei unserem Training hatten sie überhaupt etwas über Gefechtsformationen gelernt.

Deswegen hatte ich kein gutes Gefühl bei Amais Gruppe. Außerdem hatten sie in Sachen Ausrüstung auch nicht viel vorzuweisen. Neben meinen gut ausgestatteten Kriegern wirkten sie erst recht heruntergekommen.

Ich hatte Droy meine Besorgnis mitgeteilt. Seine Antwort war ruhig und schlicht gewesen. Wir müssten uns um unsere eigenen Krieger sorgen, hatte er gesagt, und es dem Kommandanten der Wölfe überlassen, sich um sie zu kümmern.

Dagegen konnte man nichts einwenden, aber trotzdem … Wenn Amai – Gott behüte – etwas zustieße, würde unser Bündnis mit den Wölfen in die Binsen gehen. Ich musste alles dafür tun, dass er lebendig und in einem Stück aus der Grotte herauskam.

WEGEN DES FORMATIONS-Bonus beschlossen wir, den Schildwall zu verwenden. So wären wir vor körperlichen und magischen Angriffen geschützt und unsere Handwaffen würden außerdem mehr Schaden verursachen.

Cryms Trupp ging voran. Seine Jungs waren am schwersten zu knacken. Sie waren alle ehemalige Schwarze Äxte. Der graubärtige Riese hatte die gesamte Stärke seines alten Clans um sich versammelt. Allein ihr Anblick ließ es einem kalt den Rücken hinunterlaufen.

Die zweite Linie bildete der Trupp von Orman dem Bären. Auf den ersten Blick unterschieden sie sich nicht sehr von Cryms Männern, doch ihre Level waren marginal niedriger und ihre mächtigen Gestalten etwas weniger stämmig.

Ihnen folgten zehn von Seet dem Stattlichen angeführte Bogenschützen mit Droy als unserem Hauptmann. Und zu guter

Letzt seine erlauchte Hoheit, der Oberbefehlshaber, alias meine Wenigkeit samt meinem kleinen Zoo.

Arrum Rotbart hatte sich vollständig von der Pfeilwunde erholt, die er am Fluss Lautlos erlitten hatte, und war ungeduldig, endlich wieder am Kampf teilzunehmen. Obwohl er eine eigene Truppe zugeteilt bekommen hatte, war er begierig darauf, sich uns als gewöhnlicher Bogenschütze anzuschließen, solange er den Rest seiner Freunde in die Grotte begleiten durfte.

Horm die Schildkröte war ebenfalls zum Feldwebel befördert worden, aber da er eher der besonnene Typ war, hatte er auf Droys persönlichen Wunsch gehört und blieb im Lager zurück.

Calteaner! Kein militärischer Rang der Welt konnte die Bande der Verwandtschaft zwischen ihnen trennen. Befehlen gehorchen war ja schön und gut, aber ihre Beziehung mit demjenigen, der sie ausgab, war ihnen wesentlich wichtiger. Außerdem war mir bereits aufgefallen, dass Droy dazu neigte, Horm den anderen vorzuziehen, und jede Gelegenheit nutzte, ihm die Verantwortung zu übertragen. Wenn ich unsere Reputationsränge zugrunde legte, konnte ich mit Sicherheit behaupten, dass wir hier unseren nächsten Hauptmann vor uns hatten. Vorausgesetzt, dass unsere Reihen auf wundersame Weise wachsen würden.

Shorve der Eilfertige, der seine Chance, an unserer Schlacht mit den Werwölfen teilzunehmen, verpasst hatte, scharrte vor Ungeduld mit den Hufen, sich in den Kampf zu stürzen. Er war immer noch wütend auf uns und fand, wir hätten ihn um seinen wohlverdienten Ruhm gebracht. Wir unsererseits waren von seinem Heldenmut überwältigt. Er war mehrere Nächte lang durch die Raureifwälder gewandert, um Laosh eine Nachricht zu überbringen – und er hatte überlebt!

Seine Werte für Beobachtungsgabe, Tarnung, Orientierung und Jagd waren alle auf Maximum: die perfekte Kombination für einen Späher. Außerdem war er der Einzige, der bisher keine Truppe befehligte. Vielleicht war das auch besser so. Ich wusste nicht, was Droy darüber dachte, aber ich persönlich hatte weitreichende Pläne für diesen speziellen Calteaner.

Bis dahin hatte ich ihn Seets Trupp zugeteilt. Später würde ich mir etwas einfallen lassen müssen, wie ich ihn zu unserem Vorteil einsetzen konnte.

Droys Stimme riss mich aus meinen Gedanken. „Es ist Zeit."

Immer noch nachdenklich wandte ich mich ihm zu und nickte.

Die Formation war bereit. Jetzt konnte der Raid beginnen.

Droy der Reißzahn stand neben mir und musterte die Feldwebel. Auch wenn er selbst bereits Hauptmann war, hätte er sich diesen Raid um nichts in der Welt entgehen lassen. Was mich sehr zufrieden stimmte.

Ich sah die chaotische Menge Calteaner an, die sich versammelt hatten, um die Kämpfer zu verabschieden. Es war keine einzige Frau unter ihnen.

„Wo sind eure Frauen?", fragte ich Droy leise. „Wollen sie ihren Männern und Söhnen nicht auf Wiedersehen sagen?"

Amai, der zu meiner Linken stand, antwortete an Droys Stelle: „So ist es bei uns Brauch. Nur Männer sollten dem Aufbruch von Kriegern beiwohnen."

„Sie müssen die ganzen Tränen und so Zeug nicht sehen", fügte Droy hinzu. „Gestern Abend hatten sie genug Zeit, ihren Weibern beim Weinen zuzuschauen. Aber nicht, wenn sie aufbrechen. Am Morgen ist es an ihren Großvätern, Vätern, Brüdern und Kameraden, ihnen eine gute Reise und einen ruhmreichen Kampf zu wünschen. Sie bei ihrer Rückkehr willkommen zu heißen jedoch ist die Aufgabe der Frauen. Die Herzen der Krieger frohlocken, wenn sie ihre Lieben wiedersehen."

Da könnte etwas dran sein. Aber was mich anging ... Wenn ich nur das Gesicht meiner Geliebten erblickte, war ich schon glücklich.

Und so wie ich Sveta kannte, würde sie auch nichts dagegen haben, dass ich auf den Raid ging.

Wer auch immer die Geschichte der Calteaner verfasst hatte, hatte die menschliche Natur schwer unterschätzt. Was schade war.

Einen kurzen Moment lang verstummte die Menge. Der alte Laosh hob die Hände zum Himmel und flehte die Geister an, unseren Raid zu segnen und uns heil wieder nach Hause zu führen.

Während er betete, krampfte sich mein Herz zusammen. Ich erinnerte mich an das letzte Mal, dass ich mich von meinen Mädchen hatte verabschieden müssen. Svetas Tränen, Christinas glückliche Augen ... Auch ich hatte ihnen versprochen, heil zurückzukehren.

Was war in letzter Zeit nur mit mir los?

Verstohlen ballte ich die Hände zu Fäusten und atmete tief durch. Einatmen. Ausatmen. Danach fühlte ich mich etwas besser.

Sobald Laosh sein Gebet beendet hatte, erhielt ich eine Systemnachricht, die mich über einen vierstündigen Schutz-Buff für den Raid informierte. Gut gemacht, alter Mann. Heute brauchten wir alle Hilfe, die wir kriegen konnten.

Es war Zeit, sich zu verabschieden. Die Raid-Mitglieder grinsten und rissen Witze, als würden wir nicht zu einer gefahrvollen Reise aufbrechen. So fiel es ihnen leichter. Die zurückbleibenden Calteaner winkten, wünschten uns Glück und viel Beute. Die Krieger winkten zurück und baten die anderen, auf ihre Familien aufzupassen.

Laosh umarmte mich zum Abschied überraschend kräftig für sein Alter. „Es ist Eure Pflicht, zurückzukommen!", sagte er mit einem zuversichtlichen Lächeln in seinem wettergegerbten, faltigen Gesicht. „Und das werdet Ihr auch!"

Er trat beiseite. Einer nach dem anderen kamen meine Clanmitglieder zu mir, wünschten mir Glück und eine sichere Wiederkehr, umarmten mich ungestüm und brachten mich erneut fast zum Weinen. Himmel, das war doch nur ein Raid einer Instanz, kein Abstieg in die Tiefen der Hölle!

„Kehrt heil nach Hause zurück", wiederholte Laosh. Bildete ich mir das ein, oder hatte ich Tränen in den Winkeln seiner intelligenten, stets ernsthaften Augen gesehen?

Ich lächelte zurück. „Ich fürchte, mir bleibt nichts anderes übrig."

Kapitel 12

„DREI MOBS", meldete Shorve die Ergebnisse seiner kurzen Aufklärungsmission.

Er war nur fünf Minuten weg gewesen. Das hieß, die Mobs waren sehr nah.

„Was kannst du uns über sie sagen?", fragte Droy.

„Sie sind mehr als einen Kopf kleiner als ich", erwiderte Shorve. „Höllisch dürr. Aber die Zähne, die sie im Maul tragen!"

„Gehen sie auf zwei Beinen?", fragte ich.

„Ja … mehr oder weniger."

„Haben sie Waffen?"

„Nein. Nur Zähne und Klauen."

„Was sonst noch?", fragte Droy.

Shorve stockte.

„Sprecht", forderte ich ihn auf.

Er warf mir einen Seitenblick zu. „Ich bin mir nicht sicher. Ihr habt gesagt, ich soll nicht zu nahe rangehen."

Ich nickte. Er hatte es richtig gemacht. Ich wollte nicht, dass er ihre Aggro auf sich zog. Wir brauchten nicht gleich zu Beginn des Raids Verluste.

„Ich hatte den Eindruck, als hätten sie keine Augen", sagte Shorve.

Wir wechselten Blicke.

„Das ist normal", sagte Crym. „Die meisten unterirdisch lebenden Mobs sind taub und blind. Trotzdem bemerken sie es, wenn Beute in der Nähe ist."

„Wie machen sie das?", fragte Amai erstaunt.

„Sie spüren die Erschütterungen der Felsen", entgegnete Crym. „Ich bin mir ziemlich sicher, dass sie bereits von unserer Ankunft wissen."

Ich war anderer Meinung. Denn dann hätte Shorve einen netten kleinen Rattenschwanz an Mobs hierhergeführt.

„Macht euch kampfbereit!", befahl Droy.

Die Roten Eulen brachten ihre Schilde in Formation und hielten ihre Speere bereit. Die Schützen hoben ihre Bögen.

Auch die Wölfe kamen in Bewegung. Amai schloss die Augen und flüsterte etwas. Pike trat mit einem Scimitar in jeder Hand vor seinen Herrn, um ihn zu schützen.

Von Anfang an hatten sich die Wölfe geweigert, im Gefolge unserer Tanks zu laufen, und bewegten sich demonstrativ in einer großen, ungeordneten Gruppe neben ihnen her, da der breite Tunnel einer derartig unorthodoxen Formation genug Platz bot.

Das verursachte mir Bauchschmerzen. Sie würden für uns zum Risiko werden, da war ich mir sicher.

Droy bewahrte jedoch seinen gewohnt kühlen Kopf. Bei unserem Gespräch gestern Abend hatte er klipp und klar gesagt, dass er seine eigenen Männer weder gefährden noch opfern würde, falls es Probleme gäbe. Wenn Amai den Helden spielen wollte, sollte er nur, solange wir uns da raushalten konnten.

Auch ich war bereit. Längst hatte ich beide Beschwörungs-Talismane aktiviert. Strolch sauste zwischen den Füßen der Krieger hin und her wie eine Quecksilberkugel, bereit, jeden zu heilen, auf den ich deutete. Boris wartete neben den dicht geschlossenen Reihen. Sein Triumphschrei konnte uns nützlich werden, falls der Feind unseren Schildwall durchbrach.

Außerdem hatte ich beim Betreten der Grotte drei 5-Stunden-Buffs auf unsere Gruppe gewirkt. Die Roten Eulen begrüßten ihre Aktivierung mit lautem Jubeln, was uns einige fragende Blicke von den Wölfen einbrachte, die über keinerlei Buffs verfügten.

Für mich selbst hatte ich mir in der Auktion jede Menge Lebens- und Energiesteine sowie ein paar Lebens- und Geschwindigkeitselixiere besorgt. Ich war hochgerüstet, wie man im Glashaus so schön sagte. Behangen mit allen möglichen Buffs und anderen Sachen sah ich aus wie ein wandelnder Weihnachtsbaum.

„Vorrücken", befahl Droy leise.

Die Krieger bewegten sich vorwärts.

Würden die Mobs tatsächlich auf Erschütterungen des Felsens reagieren, wären sie schon lange über uns hergefallen. Unsere Tanks stampften mit ihren schweren Stiefeln so heftig auf, dass man sie wahrscheinlich sogar über der Erde hören konnte. Ganz ohne Erschütterungen zu spüren.

Während wir marschierten, hatte ich Zeit, mich umzusehen. Der Tunnel war breit – viel Platz, damit wir uns bei Bedarf neu gruppieren konnten. Seine Wände und die Decke waren voller Flecken einer schimmernden Substanz, die wie einer Art Moos wirkte, auch wenn das System mir keine Info dazu lieferte.

Wir hatten unsere Fackeln gelöscht. Droy hatte uns jedoch gesagt, wir sollten sie bei der Hand halten. Man wusste nie, was uns bevorstand.

Gewohnheitsmäßig suchte ich mit den Blicken alle dunklen Nischen und Winkel ab. Mit meiner Beobachtungsfähigkeit hatte ich gute Chancen, etwas Nützliches zu entdecken. Leider war der Tunnel blitzblank sauber, als wäre er unmittelbar vor unserer Ankunft gekehrt, gewischt und poliert worden. Sehr seltsam, wenn man den blutrünstigen Ruf dieses Ortes bedachte. Hier sah es nicht so aus, als wäre dies der Schauplatz heftiger Schlachten gewesen, wie im Wiki behauptet wurde.

Auf die ersten Mobs stießen wir weniger als 50 Meter weiter. Die Dornenratten mussten unsere Ankunft gespürt haben und beeilten sich, uns auf ihre Weise zu begrüßen.

Ich wollte nicht leugnen, dass sie beeindruckend waren. Auch wenn ich in der Spiegelwelt schon schlimmere Mobs gesehen hatte.

Sie waren etwa so groß wie ich und hatten bleiche, menschenähnliche Körper. Ihre unter der Haut hervorstechenden Wirbel, kantigen Ellenbogen und knotigen Knie waren mit spitzen Dornen besetzt. Sie hatten kleine, längliche Schädel, die statt mit Haaren mit noch mehr Dornen bedeckt waren.

Genau wie Shorve berichtet hatte, hatten sie weder Augen noch Ohren. Dieser Mangel wurde durch ihre großzügig mit spitzen Zähnen gespickten Mäuler mehr als wettgemacht.

„Angriff!" Droys Stimme hallte durch den uralten Tunnel.

Achtung, Oberbefehlshaber!

Ihre Gruppe wurde von einer Wächter-Dornenratte (270) angegriffen!

Der erste Eindruck konnte täuschen, so viel war klar. Es war den Dornenratten doch gelungen, mich zu überraschen. So schnelle Mobs hatte ich noch nie zuvor gesehen. Sie bewegten sich sprunghaft vorwärts, als würden sie sich immer wieder teleportieren.

Alle unsere Bogenschützen trafen daneben. Von meiner bescheidenen Schleuder ganz zu schweigen.

Die erste Ratte zischte durch die Luft wie der Blitz und rammte unseren Schildwall mit ihrem Körper. Doch trotz ihrer Geschwindigkeit wichen unsere Tanks keinen Zentimeter zurück.

Diese Mobs waren also nicht besonders stark. Ihre Werte schienen sich ausschließlich auf Geschwindigkeit und Gewandtheit zu konzentrieren.

Ein gewandter Mob hatte wenig Chancen gegen einen Tank. Zumindest hieß das in den Foren immer so. Die Biester hatten nur eine Chance, wenn sie uns in großer Anzahl angriffen.

Bevor der durch den Aufprall benommene Mob wusste, wie ihm geschah, war sein dürrer Körper bereits von Pfeilen durchbohrt und von mehreren Speeren aufgespießt.

Die übrigen Ratten ereilte dasselbe Schicksal. Der Tod des ersten Angreifers hatte sie nicht gelehrt, ihre Taktik zu ändern, die darin bestand, einen blitzschnellen Angriff auszuführen, gefolgt von einem ebenso schnellen Tod.

Eine Systemnachricht erschien und informierte mich über unseren ersten Sieg sowie die erhaltenen EP. Außerdem hatten wir 3 Punkte Disziplin gewonnen – einen pro Ratte, nahm ich an. Sehr nett von ihnen.

Alles war so schnell vor sich gegangen und war uns so banal vorgekommen, dass meine Calteaner jetzt verwirrte Blicke wechselten. Während sie neugierig die hässlichen, kleinen Kadaver musterten, nahm Crym uns beiseite.

„Habt Ihr das gesehen?", fragte er grimmig und hielt uns seinen Schild hin. Seine stahlgefasste, hölzerne Oberfläche war voller nicht besonders tiefer Kratzer von den Klauen der Mobs.

Während die anderen ihn ernst musterten, musste ich mit Mühe ein Lächeln unterdrücken. Lia! Die kleine Künstlerin musste unsere neue Ausrüstung in die Finger bekommen haben. Sowohl Cryms Schild als auch seine gesamte Rüstung waren von zierlichen Mustern bedeckt. Ich sah mir die anderen Krieger an – dasselbe. Mann, war die schnell!

„Sie sehen nicht nach viel aus, aber ihre Krallen sind nicht zu vernachlässigen", kommentierte Orman mit einem Blick auf Cryms Schild.

Ich fand nicht, dass dieser sehr gelitten hatte. Seine Haltbarkeit war immer noch hoch. Der Schild war weit davon entfernt, auseinanderzufallen, aber sollten sich diese Angriffe häufen, liefen unsere Tanks irgendwann Gefahr, ihre Schilde zu verlieren.

„Schnell und aggressiv, aber völlig wehrlos", fasste Seet zusammen und trat nach dem Kadaver der Ratte.

„Das ist es nicht, was mir Sorgen macht", murmelte Droy und nickte bedeutungsvoll in Richtung der Wölfe. „Wenn diese Mobs an unsere Pferdehändler rankommen, stecken sie in Schwierigkeiten."

Orman hob die Schultern. „Das war es doch, was sie wollten, oder? Wir haben ihnen angeboten, sich unserer Formation anzuschließen."

„Dazu sind sie sich zu gut", spöttelte Seet.

Ich stand nur da und bewunderte ihre Selbstsicherheit. Wer hätte gedacht, dass meine Calteaner – die vor Kurzem noch selbst nicht mehr als wilde „Pferdehändler" gewesen waren – sich in eine voll funktionierende Kampfeinheit verwandeln würden? Jetzt kritisierten sie ihre Verbündeten für das, was sie selbst vor weniger als drei Tagen noch gewesen waren.

Bevor ich es vergaß, ging ich schnell von Kadaver zu Kadaver und sammelte die Beute ein.

Nur ein paar Zähne und Klauen, nicht viel. Aber immerhin war es ein Anfang. Außerdem wusste man ja nie, was sie auf dem Festland einbringen würden.

„Bleibt konzentriert!" Droys Knurren ließ alle zusammenzucken. „Das waren nur Wachtposten. Weitergehen! Haltet die Augen offen!"

Wir waren kaum 15 Meter weitergekommen, als ich ein seltsames Geräusch aus dem Tunnel vernahm.

Ich sah mich nach meinen Kriegern um. Sie hatten die Ohren gespitzt.

„Klingt wie das Rascheln von Blättern", meinte Shorve.

Wer ihn gehört hatte, nickte zustimmend.

„Schildwall!", rief Droy.

„Schildwall! Schildwall!", gaben die Feldwebel seinen Befehl bellend weiter.

Auch die Befehlshaber der Wölfe riefen durcheinander und gaben Befehle aus. Amais Leute drängten sich zu einem dichten, vor Schwertern und Speeren strotzenden Pulk zusammen.

Das war immerhin besser als nichts.

Das seltsame Geräusch kam mit jedem Augenblick näher und wurde deutlicher. Ich wusste bereits, woher es kam. Als die ersten bleichen Mobs aus der Dunkelheit auftauchten, bestätigte sich mein Verdacht.

Das unheimliche Rascheln wurde von Hunderten von Rattenkrallen verursacht, die über den Steinboden kratzten.

Das beklemmende Geräusch in Kombination mit dem Anblick der Ratten, die aus der dunklen Mündung des Tunnels quollen, ließ mir das Blut in den Adern gefrieren.

„Bogenschützen!", bellte Droy.

Der Klang seiner Stimme, das Sirren der Bogensehnen, das Zischen der Pfeile durch die Luft und die Anfeuerungsrufe der Feldwebel – all das weckte mich aus meiner Erstarrung. Schnell schaute ich mich um. Niemand schien meinen kurzen Konzentrationsverlust bemerkt zu haben. So viel zu ihrem großen Befehlshaber.

In der Tat stellte sich heraus, dass die Mobs praktisch wehrlos waren. Ein paar Pfeile reichten, um ihnen den Garaus zu machen. Systemnachrichten über ihren Tod blitzten vor meinen Augen auf.

Diesmal gab es zwei Arten von ihnen: Wachtposten und Gardisten. Bis auf ihre Level sahen sie gleich aus. Rattengardisten waren auf Level 280 – aber trotz dieses eindrucksvollen Levelunterschieds brauchte es auch für sie nur maximal drei Pfeile.

Obwohl die Mobs heftig angriffen, hatten wir bis jetzt keine Verluste. Wie gut, dass ich die Ausrüstung meiner Männer so

verbessert hatte! Hätten sie die Grotte in ihrer alten, „grauen"
Rüstung betreten, wären die Dinge vermutlich anders gelaufen.

Bis jetzt hatten die Wölfe Glück gehabt: Meine Krieger hatten
die gesamte Aggro auf sich gezogen. Alles, was den Wölfen zu tun
blieb, war, ihre Pfeile aus sicherer Distanz abzufeuern.

An der Schießerei beteiligte ich mich nicht. Schließlich war ich
ihr Befehlshaber. Die Aufgabe eines Befehlshabers war es, den
Gesamtüberblick zu behalten. Keiner meiner Männer war
verwundet, auch wenn Strolch bereit war, seine medizinischen
Dienste anzubieten, wann immer es nötig wurde.

Wenn ich darüber nachdachte, waren Buffs wirklich wichtig.
Besonders auf niedrigem Level waren sie nützlich – all die Segen und
Leistungssteigerungen, deren Effekte sich auf hohem Level nicht
wirklich bemerkbar machten. Sie konnten einen gewöhnlichen
Charakter in einen epischen Superhelden à la Hulk verwandeln. Der
Körper platzte beinahe vor Kraft, und in solchen Momenten konnte
man es mit der ganzen Welt aufnehmen.

Allerdings gab es eine Sache, die mir Sorgen bereitete. Was
würde mit mir geschehen, wenn ich einmal aus meiner VR-Kapsel
stieg und in meinen alten, menschlichen Körper zurückkehrte?
Schritt für Schritt verwandelte ich mich in Olgerd, gewöhnte mich
an seine Geschwindigkeit, seine Gewandtheit und ausgezeichnete
Sehkraft. Seine Gelenke schmerzten an Regentagen nicht. Er
brauchte keine Brille. Sein Blutdruck machte keine Mätzchen. Er
hatte morgens keine Kopfschmerzen.

Kein Wunder, dass die Leute lieber den Großteil ihres Lebens
in VR-Modulen verbrachten, die ihnen Freiheit von Schmerz und
Hilflosigkeit versprachen. Nur logisch. Anders konnte es nicht sein.

Als ich jetzt so von meinen Kriegern abgeschirmt dastand und
ihnen zusah, wie sie aus den angreifenden Mobs Hackfleisch
machten, wurde mir klar, dass mein Leben sich unumkehrbar
verändert hatte. Auch ich selbst hatte mich verändert.

Meine EP-Leiste füllte sich. Das System überschüttete mich mit Nachrichten über neue Level. Die Augen meiner Krieger verrieten Enthusiasmus und das Bewusstsein ihrer eigenen Überlegenheit über den Feind. Und das war keineswegs unbegründet. Sie waren tatsächlich stärker geworden – härter.

Wenn man den Logs glauben durfte, hatte der Kampf 9 Minuten und 23 Sekunden gedauert. Siegesgebrüll erschütterte den Tunnel, als die Männer den Tod des letzten Mobs feierten. Die bärtigen Gesichter der Calteaner verrieten ihren Unglauben über den blitzschnellen Sieg.

Insgesamt zählte ich 85 Mobs. Das war auch die Anzahl der Disziplin-Punkte, die wir erhalten hatten. Ich konnte es selbst kaum glauben.

Kapitel 13

„ALSO, WAS MEINT IHR?", fragte Droy, während er vorsichtig hinter einem Felsen hervor spähte.

Ich öffnete den Raid-Tab. Die Buffs würden noch eineinhalb Stunden halten.

„Wir könnten es gerade so schaffen", erwiderte ich.

„Möglich", stimmte Amai zu und schlug dann vor: „Können wir sie nicht einfach umzingeln?"

Umzingeln! Keine Chance, Genosse Schamane.

„Wenn wir die Formation verlassen, sterben wir", blaffte Droy.

Aus dem Augenwinkel beobachtete ich Pikes Reaktion. Er nickte unauffällig, als würde er unserem Hauptmann zustimmen. Er hatte viel Zeit gehabt, die Überlegenheit unserer Waffen wie auch unserer Formationen zu beobachten.

Amai jedoch verzog schmollend die Lippen.

Was war mit ihm los? Er war nicht wiederzuerkennen. Das war nicht der konzentrierte, besonnene Anführer, der er gewesen war, bevor wir die Grotte betreten hatten.

Hatte er noch nicht genug Verluste erlitten? Die Wölfe hatten bereits 13 Krieger verloren. Das war fast die Hälfte der Gruppe! Und nur, weil ihr tapferer Anführer der Meinung war, hinter unseren Tanks in Deckung zu gehen, bedeutete einen Gesichtsverlust!

Alles war zu schnell geschehen. Während eines Angriffs der Ratten hatten die Bogenschützen der Wölfe diese mit Pfeilen überschüttet. Wie zu erwarten, hatten sie das ganze Rudel aggro gemacht, sodass es sich prompt auf die durch keinerlei Rüstung geschützten Wölfe gestürzt hatte.

Das Ergebnis waren 13 Tote und zehn Verletzte.

Wäre sein treuer, riesenhafter Leibwächter nicht gewesen, wäre selbst Amai jetzt bei seinen Vorfahren im calteanischen Jenseits. Zwar war er ein mächtiger Schamane, der uns auf unserem Weg hierher sehr geholfen hatte. Aber manchmal war er so ein Blödmann. Schlimmer als ein dämlicher, hyperaktiver Teenager.

Oder versuchte er, mit irgendeinem persönlichen Problem fertigzuwerden? Hatte er mir nicht erzählt, dass jemand ihn einen Feigling genannt hatte, als er seinen Clan in die Steppe hinausgeführt hatte? Gut möglich, dass er das jetzt auszugleichen suchte. Aber 13 Tote! Zudem hatten wir sie auch noch gebeten, nicht ohne unsere Erlaubnis zu schießen! Der Adrenalinkick beim Anblick der so leicht zu tötenden Ratten hatte ihn wohl zu dem Entschluss bewogen, uns zu zeigen, dass die Wölfe genauso gut waren wie die Roten Eulen.

Schon wahr, sie mochten genauso tapfer sein, aber was alles andere anging, hinkten sie meinen Kriegern meilenweit hinterher. Sobald die Ratten nahe genug an sie herangekommen waren, hatten die Biester ihnen eine Lektion in Demut erteilt. Der Anblick der zerfleischten Körper der Wölfe war Übelkeit erregend.

Pike hatte es allerdings geschafft, mich zu überraschen. Ich hatte ihn für einen Calteaner wie jeden anderen gehalten, nur auf höherem Level, die perfekte Entsprechung zu unserem Droy, Crym oder Orman. Aber sobald seine Krummsäbel im Kampf zu glühen begonnen hatten, war mir die Kinnlade runtergefallen. Er war viel schneller als alle Ratten und brachte jede von ihnen mit einem einzigen, gut gezielten Schlag um. Von ihm hatte ich so etwas nicht erwartet.

Wie schade, dass ich nicht genug Reputation bei ihnen hatte, um mir ihre Werte oder die ihrer Waffen anzusehen. Pike steckt voller Überraschungen. Doch mit der Zeit würde ich schon Genaueres erfahren.

Der letzte Kampf hatte sich als der härteste herausgestellt. Wir hatten uns Zugang zur hintersten Höhle der Grotte verschaffen müssen. Die Kreaturen waren so zahlreich gewesen, dass sich einige Dutzend von ihnen durch unsere Reihen hatten kämpfen können. Ich hatte schon gedacht, das wäre mein Ende, aber meine Männer hatten mich nicht im Stich gelassen.

Mit jedem Kampf wuchs ihre Erfahrung – ebenso wie ihre Disziplin. Die Wichtigkeit dieses kleinen Wertes war kaum zu überschätzen. Er beeinflusste praktisch alles, besonders das Tempo, mit dem sie ihre Formation einnahmen, wie gut sie sich aufeinander abstimmten und wie prompt sie Befehle befolgten. Die Calteaner kämpften wie ein Mann: ein einziger Schildwall, gespickt mit Speeren, Hämmern und Streitäxten, der durch jeden angreifenden Feind hindurch preschte.

Ich beneidete die Ratten nicht. Sie hatten etwa 1.500 ihrer Kämpfer verloren. Unglaublich.

Klauen und Zähne waren die einzige Beute, die sie droppten. Sonst nichts. Weigner hatte mir von dieser Art von Instanzen erzählt. Sie belohnten einen hauptsächlich mit EP, sodass man schneller hochleveln konnte.

Die Sache war die: Wenn man gerade erst zu spielen angefangen hatte, überschüttete das System einen mit neuen Leveln. Aber mit jedem neu gewonnenen Level wuchs die EP-Leiste – und wenn man bis auf Level 300 gekommen war, wurde sie unendlich lang. Spieler auf hohem Level gingen auf anspruchsvolle Militärfeldzüge gegen die stärksten Mobs der Spiegelwelt und konnten dabei nur auf ein EP-Almosen hoffen.

Also hatte ich Grund zum Feiern: Ich war jetzt schon auf Level 140. Aber das war hauptsächlich wegen der Prozente, die ich erhielt, weil ich einen NPC-Raid anführte.

War ich zufrieden? Ich war überglücklich! Das Einzige, was mir die gute Laune verdarb, war der Tod von Amais Männern. Sie waren unsere Waffenbrüder. Der Tunnel hatte uns zusammengeschweißt und uns in ein Team verwandelt. Wenn Amai nur mit diesem Unsinn aufhören würde ...

Ich hoffte nur, dass Pike ihn zur Vernunft bringen würde, bevor sie all ihre Krieger verloren. Wir mussten es noch mit dem Boss der Grotte und seiner Armee aufnehmen.

Denn so, wie es aussah, waren wir endlich angekommen.

Die Haupthöhle war gigantisch groß. Eine Grotte? Was sich da vor uns ausbreitete, hatte eher die Ausmaße eines Raumschiff-Hangars. Sie war mindestens 700 mal 500 Meter lang und ein paar hundert Meter hoch. Man hätte leicht 50 Boeings darin parken können.

Dank des schimmernden Mooses konnten wir alles unter uns gut sehen. In die Wände war Terrasse um Terrasse geschlagen, die jeweils von oben bis unten aus wabenförmigen Vorsprüngen bestanden. Was um alles in der Welt konnte das darstellen?

„Das ist die größte Farm, die ich je gesehen habe!", flüsterte Crym neben mir bewundernd.

„Eine Farm?", fragte ich.

Droy nickte. „Ja. Wir nennen sie Pilzschulen. Wisst Ihr noch, der leckere Fleischeintopf, den Orman gekocht hat?

Wie könnte ich den je vergessen? Er war köstlich gewesen. Orman war ein ausgezeichneter Koch, und ich hatte seine Künste entsprechend gelobt.

„Da waren Höhlenpilze drin", erklärte Orman. „Gut, dass wir uns einen Vorrat davon angelegt haben, bevor wir aufgebrochen sind. Erinnert Ihr euch, von wem wir sie gekauft haben? Waren das die Äxte oder die Steinernen Fäuste?"

„Wir waren das", bestätigte Crym mit verträumtem Lächeln. „Es war ein ausgezeichnetes Pilzjahr. Wir hatten eine höllisch gute Ernte."

Mit wehmütigem Lächeln nickten die Calteaner zustimmend.

Plötzlich taten sie mir leid. Sie hatten fröhlich vor sich hin gelebt, ihre Kinder großgezogen und ihr Land beackert. Sie hatten Träume gehabt, Freundschaften geschlossen, geheiratet, Pilze gezüchtet. Dann, bevor sie wussten, wie ihnen geschehen war, hatte ein Feind ihnen all das genommen.

„Hattet ihr auch solche Farmen?", fragte ich Crym.

Er schüttelte den Kopf. „Nicht so große, nein."

„Eine solche Ernte würde dem gesamten calteanischen Volk mindestens drei Jahre lang reichen", meinte Orman. „Ich glaube nicht, dass Eure Vorfahren Hunger leiden mussten, Olgerd."

„Genug Gerede über Pilze", knurrte Droy. „Erledigen wir erst das, wozu wir hergekommen sind, dann können wir das weiter besprechen. Also, Olgerd, was denkt Ihr? Wie sollten wir diesen Mob angehen?"

Gute Frage. Das Nest des Rattenkönigs befand sich in der Mitte der Höhle. Dort saß er umgeben von Gardisten auf einem großen Felsbrocken.

Ein Riesenvieh. Selbst von meiner Position aus sah ich deutlich die großen Zähne und die langen Krallen sowie das passende Level: 400. Das würde eine Herausforderung werden.

Und er war nur die Hälfte unseres Problems. Mit seinen Wächtern, insgesamt etwa 100 an der Zahl, mussten wir ja auch noch fertigwerden. Sie waren viel größer als die Ratten, die wir bisher dutzendweise abgeschlachtet hatten. Jede von ihnen war auf Level 350.

Ich sah mir unsere Buffs an. Uns blieb noch knapp über eine Stunde. Das sollten wir schaffen.

„Der da drüben ist ihr König", sagte ich.

„Man sieht, dass er stark ist", murmelte Orman von Respekt erfüllt.

„Allerdings", stimmte ich ihm zu. „Der ist mit allen Wassern gewaschen. Und wie ihr sicher bemerkt habt, ist er nicht allein."

Crym nickte. „Das ist sein Gefolge."

„Ja, sozusagen. Auch sie sind sehr stark."

„Außerdem sind sie besser geschützt", bemerkte Shorve der Eilfertige, ohne die unter uns herumhuschenden Kreaturen aus seinen wachsamen, grauen Augen zu lassen. Widerstrebend hob er die Hand und deutete auf den nächststehenden Mob. „Schaut euch den hier an. Seht ihr die Knochenhöcker, die seine Brust, seinen Rücken und seinen Bauch bedecken? Wir müssen die Bogenschützen anweisen, genauer zu zielen."

„Wenn sie uns alle zusammen angreifen, können wir die Formation nicht halten", fasste Droy grimmig zusammen. „Und wenn sie uns umzingeln ..."

„Die Tunnelwände verschaffen uns einen Vorteil", sagte ich. „Was bedeutet, dass wir hier in Verteidigungsstellung gehen und sie herauslocken müssen."

„Ihr habt recht", stimmte Droy zu. „Die Tunnelwände sind unsere Verbündeten. Außerdem müssen die Ratten erst hier hochklettern, um an uns ranzukommen. Das wird unseren Bogenschützen viel Gelegenheit bieten, zu zeigen, was sie können."

Ich blickte zu Amai hoch. Seine magischen Fähigkeiten machten ihn zu einem unserer stärksten Mitstreiter – doch seine Ungeduld machte ihn gleichzeitig zu unserem schwächsten.

„Häuptling", sagte ich so liebenswürdig, wie ich nur konnte, „ich fürchte, wir werden all Eure magische Kunstfertigkeit brauchen. Ihr seid in dieser Schlacht unsere Trumpfkarte. Wir zählen alle auf Euch."

Er stand stolz mit verschränkten Armen da.

Genug der Schmeicheleien. Zeit für den Ernst des Lebens. „Aber damit wir Eure Magie wirksamer nutzen können, muss ich Euch bitten, Euch in die Mitte unserer Formation zu begeben. Euch und Eure Bogenschützen."

Amai setzte gerade an, etwas zu erwidern, als Pike ihm seine große Hand auf die Schulter legte.

„Niemand verlangt von Euch, sich wie ein Feigling zu verhalten", sagte Pike, nachdem Amai sich zu ihm umgedreht hatte. „Das ist nur eine Täuschung. Ihr seid unsere Waffe, und zwar eine, die wichtig für uns und tödlich für den Feind ist. Der Hüter der Stadt hat recht. Ihr seid unsere Trumpfkarte. Außerdem können unsere Krieger mit ihren Pfeilen mehr ausrichten als mit den Speeren."

„Nun gut", knurrte Amai, offensichtlich stinksauer über unsere Entscheidung. Er schüttelte Pikes Hand ab, wirbelte herum und stapfte missgelaunt davon, um hinter unseren Tanks in Deckung zu gehen.

Was für ein halsstarriger Dummkopf!

Pike warf mir einen ruhigen Blick zu. Er konnte wahrscheinlich in meinem Gesicht lesen wie in einem offenen Buch. Und nicht nur er: Auch die Gesichter meiner Feldwebel verrieten ihre wahren Gefühle.

„Er wird Euch nicht enttäuschen", versicherte Pike uns. Er klang nicht so, als würde er seinen Schützling verteidigen – nein, seine Stimme war kalt und emotionslos.

„Gut." Droy nickte. „Dann fangen wir an. Alles, was wir tun müssen, ist, sie herauszulocken. Und ich glaube, ich weiß, wer das erledigen wird." Er warf mir ein listiges Grinsen zu.

AM ENDE MUSSTEN WIR niemanden herauslocken. Die Ratten spürten unsere Anwesenheit.

„Sie sind ein bisschen träge, findet ihr nicht?", kommentierte Orman, während er beobachtete, wie die Mobs gemächlich auf uns zukamen.

„Sie kriechen voran wie Schildkröten auf dem Eis", stimmte Crym zu.

„Schaut euch an, wie groß die Biester sind!", rief Shorve staunend, als die Mobwelle die Hälfte der Entfernung zu uns zurückgelegt hatte.

„Sie überragen uns um mindestens zwei Köpfe", schätzte Orman grimmig. „Da kommt was auf uns zu."

Die massigen Körper der Mobs waren von Knochenrüstung bedeckt. Ihre Geschwindigkeit war langsam. Das mussten die Tanks des Feindes sein. Der Größe ihrer Zähne und Klauen nach zu urteilen, waren ihre Schadenswerte nicht zu vernachlässigen.

Eilig rief ich die Haltbarkeitswerte unserer Schilde auf. Sie waren bei weniger als der Hälfte angekommen. Wären Lias Zeichnungen nicht gewesen, hätten wir jetzt in ernsthaften Schwierigkeiten gesteckt.

Sie kamen immer näher, langsam, aber sicher: beinahe 100 Kreaturen auf Level 350.

Während sie heranrückten, wurde mir klar, dass unser Schildwall sie nicht aufhalten würde. Ich musste unsere Taktik ändern, wenn ich nicht alle meine Krieger verlieren wollte.

Ich fragte mich sogar, ob Amai nicht recht gehabt hatte, als er uns angeboten hatte, getrennt zu kämpfen. Doch dieser Moment des Zweifels verschwand so schnell, wie er gekommen war. Wir hätten nichts davon, uns aufzuteilen. Das würde nur dazu führen, dass wir schneller starben.

„Schilde in Position!", donnerte Droy. „Lasst nicht zu, dass die Stinker unsere Reihen durchbrechen!"

Unsere Blicke begegneten sich. Seine Augen verrieten, dass er dasselbe dachte wie ich gerade. Aber in ihnen glomm auch die Hoffnung, dass mir schon irgendetwas einfallen würde.

Wer war ich, ihn zu enttäuschen? Zeit, *meine* Trumpfkarten auszuspielen.

„Droy!", schrie ich und sprang in den Sattel. „Ich lenke sie ab! Ihr braucht viele Pfeile! Massenweise! Ihr müsst ohne Unterlass schießen, und das sehr zielgenau!"

Die Augen meines Hauptmanns hellten sich auf. Sein Gesicht verzog sich zu einem raubtierhaften Lächeln. „Ihr habt ihn gehört!", bellte er.

Mit einem langen Satz erhob Boris sich über die Köpfe unserer Tanks.

Ich wandte mich zu den Calteanern um, die ihre Waffen überprüften. Ha! Was war aus den in Pelze gewickelten Rentierhirten geworden? Sie waren fort. Vor mir stand eine Mauer aus bis an die Zähne bewaffneten Kriegern, deren Augen vor Begeisterung und Entschlossenheit brannten.

Ich hatte das Bedürfnis, vor der Schlacht ein paar Worte an sie zu richten.

„Brüder!" Ich erkannte meine eigene, vor Stärke und Zuversicht strotzende Stimme kaum. „Ihr wisst alle, warum wir hergekommen sind! Wer von euch hat nicht davon geträumt, die Verbotenen Stadt und ihre uralte Grotte mit eigenen Augen zu sehen? Wer von euch hat nicht von ihren unglaublichen Reichtümern gehört? Die Erzählungen über diesen Ort und seine Wunder wurden unter den Calteanern von einer Generation zur nächsten weitergegeben. Und jetzt sind wir hier! Niemand ist jemals so weit gekommen wie wir! Ihr habt eure Namen bereits bis in alle Ewigkeit mit Ruhm bedeckt! Sie werden Balladen über euer Abenteuer dichten! Alte Männer werden euren Ururenkeln Geschichten über die Tapferkeit ihrer Vorfahren erzählen. Diese Grotte gehört rechtmäßig uns! Wir müssen nur noch diese Kreaturen und ihren jämmerlichen König erschlagen! Seid ihr bereit, Spaß zu haben?"

Ein ohrenbetäubendes Geschrei hallte durch die Grotte. Ein Wald aus Schwertern, Speeren und Streitäxten erhob sich über der Menge. Einige Krieger schlugen mit ihren Waffen gegen ihre Schilde. Jemand blies sein Horn. Boris fühlte sich angeregt, den Lärm mit seinem markerschütternden Triumphschrei noch zu steigern.

In diesem Augenblick wären wir in der Lage gewesen, es mit dem Teufel persönlich aufzunehmen. Ehrlich gesagt hätte ich mir so eine Rede gar nicht zugetraut.

Ich warf einen letzten Blick auf meine Armee und überlegte, ob ich etwas übersehen hatte. 20 schwere Soldaten blockierten den Eingang zur Höhle. Hinter ihnen warteten die Bogenschützen. Amai wirkte bereits seine Magie. Mal sehen, ob er uns nicht noch überraschen konnte.

Ich hatte nur die besten unserer Krieger auf diesen Raid mitgenommen. Die Elite des Clans. Ich hatte alles in meiner Macht Stehende getan, um sie zu schützen und zu stärken: Kettenhemden, Helme, Rüstung, Beinschienen, Schwerter, Langspeere und mehrere tausend Pfeile und Armbrustbolzen. Unsere Schützen verfügten über die allerbesten Bögen und Armbrüste. Jeder einzelne Gegenstand war „grün".

Das hier war die stärkste Armee, über die die Calteaner jemals verfügt hatten – und dank unseres Vorrückens durch den Tunnel auch die hochstufigste. Ich sah keinen Krieger unter Level 320.

Diese kleine Armee würde ich gleich gegen ihren ersten echten Feind antreten lassen - gegen das Gefolge des Rattenkönigs.

„Seid ihr bereit?!", brüllte ich.

„Jaaaaaaaaa!", grölten die Krieger.

„Schießt erst auf meinen Befehl hin!", ermahnte ich sie, dann wendete ich Boris in Richtung der herannahenden Welle.

Die Mobs stürmten auf uns zu.

Weniger als 60 Meter von uns entfernt.

Ich konnte schon das unangenehme, kratzende Geräusch hören, das ihre Krallen auf dem Felsboden verursachten.

40 Meter. Jetzt sah ich die Knochenhöcker, von denen ihre Körper bedeckt waren, in allen Einzelheiten.

30 Meter. Ihre augenlosen Köpfe waren nach oben gewandt, als würden sie versuchen, den Feind zu erschnüffeln. Sabber troff aus ihren knochigen Mäulern.

25 Meter. Ich hob die Hand. Hinter mir knarrten die Bögen der Bogenschützen. Pfeile wurden aus Köchern gezogen.

Meine Krieger waren bereit.

Jetzt war ich dran.

Sie haben die einfachste mechanische Kreatur gebaut: einen Skarabäus mit Plattenpanzerung!

Aktuelles Level: 270

Sie haben die einfachste mechanische Kreatur gebaut: einen Skarabäus mit Plattenpanzerung!

Aktuelles Level: 270

Sie haben die einfachste mechanische Kreatur gebaut: einen Skarabäus mit Plattenpanzerung!

Aktuelles Level: 270

Sie haben die einfachste mechanische Kreatur gebaut: einen Skarabäus mit Plattenpanzerung!

Aktuelles Level: 270

Sie haben die einfachste mechanische Kreatur gebaut: einen Skarabäus mit Plattenpanzerung!

Aktuelles Level: 270

Ihre Ankunft wurde mit einem einstimmigen, bewundernden Raunen begrüßt. Ich konnte mir die Gesichter der Krieger vorstellen. Nur allzu verständlich. Ich war ja selbst etwas überwältigt.

Diesmal waren meine kleinen Tierchen rundum gelungen. Jeder hatte die Größe eines gepanzerten Polizeimannschaftswagens. Ihre stählernen Kämme glänzten. Ihre Panzer, Köpfe und Beine waren mit spitzen Zacken besetzt.

Die Skarabäen erstarrten. Mein Herz klopfte so heftig, dass es mir fast den Brustkorb sprengte. Jedes Haar an meinem Körper stellte sich auf. Hatte wirklich ich diese Ungeheuer erschaffen? Mein Hirn weigerte sich, zu glauben, was meine Augen sahen.

15 Meter. Zeit, es durchzuziehen.

Wie durch Zauberei bewegten sich die Skarabäen gleichzeitig vorwärts. Erst langsam, dann immer schneller.

Trotz ihres Gewichts waren ihre dicken Beine flink und behände. Das schwere Knirschen von Metall war das einzige Geräusch, das erahnen ließ, wie todbringend ihr Näherrücken war.

Etwa zehn Meter von unserer Formation entfernt prallten sie auf die Reihen der Ratten.

Ich hatte alles Mögliche erwartet, nur das nicht. Die Panzerwagen-Körper meiner Skarabäen teilten die Menge wie ein heißes Messer Butter durchschneidet. Ihr Angriff war furchterregend. Sie zerschmetterten, zerquetschten und zermalmten die Ratten und zogen blutrote Spuren hinter sich her.

Das Geräusch würde ich niemals vergessen. Das Brechen von Knochen und das Reißen von Fleisch. Die Mobs schrien, heulten auf und verendeten unter Todesqualen.

Dann machten die Skarabäen wie auf Befehl kehrt und pflügten sich zurück durch die hilflose Menge. Danach machten sie dasselbe noch mal.

„Feuer!", brüllte Droy hinter mir, sodass ich zusammenzuckte. Schließlich hatte ich die Hand gesenkt, oder nicht?

Mehrere Dutzend Bogensehnen sirrten einstimmig und ließen eine Wolke von Pfeilen fliegen, die auf die kreischende, blutige Masse herabregneten wie ein wütender Bienenschwarm.

Ihre stählernen Pfeilspitzen durchdrangen die knöcherne Rüstung der Ratten mit Leichtigkeit und bohrten sich in ihre bleichen Körper. Ihr Schutz war bei Weitem nicht so gut, wie wir vor der Schlacht vermutet hatten.

Noch zweimal wälzten sich die Skarabäen durch die Menge. Endlich ging die letzte Ratte zu Boden. Unsere Pfeile hatten erledigt, was die Beine und Kämme der Skarabäen nicht erwischt hatten.

Nach dem Ausgang der Schlacht hatten die Skarabäen 30 % ihrer Haltbarkeit verloren. Ich hatte 24 Level zugelegt.

Ungläubig sah ich auf die Uhr. Wir hatten das Gefolge des Rattenkönigs in gerade mal zehn Minuten besiegt. Zeit, sich ihrem Herrn zuzuwenden.

Kapitel 14

HERZLICHEN GLÜCKWUNSCH! Sie haben die Schlacht gegen den Rattenkönig (Level 400) gewonnen.

Sie haben Erfahrung erhalten!

Sie haben ein neues Level erreicht!

Sie haben ein neues Level erreicht!

Sie haben ein neues Level erreicht!

Aktuelles Level: 184

Der Boss hatte uns die Sache nicht sonderlich schwer gemacht. Trotz seines hohen Levels und einiger unangenehmer Fähigkeiten wie Verstärkter Schlag und Magischer Schild hatten wir kurzen Prozess mit ihm gemacht.

Wir hatten unsere bereits bewährte Technik eingesetzt. Die Skarabäen hatten die Aggro auf sich gezogen, während die anderen den Mob mit Pfeilen überschütteten. Amai hatte übrigens nicht einmal die Gelegenheit gehabt, seine Magie zu wirken, so schnell war alles vonstattengegangen. Nachdem die Skarabäen aufgetaucht waren, hatte Amai sich zurückgezogen und mir nur gelegentlich grimmige Blicke zugeworfen.

Auch seine Clanmitglieder waren angemessen beeindruckt. Doch anders als ihr schmollender Anführer starrten sie mich voll ehrerbietiger Bewunderung an. Ehrerbietig war das richtige Wort:

Ich hatte weitere 200 Reputationspunkte bei den Nordwölfen erhalten.

Pike überraschte mich erneut. Eine Systemnachricht informierte mich, dass unsere Beziehung sich von „neutral" zu „gegenseitiger Respekt" gewandelt hatte.

Was war denn mit ihm los? Selbst meine Beziehung zu Droy verblasste im Vergleich dazu. Ich hatte das Gefühl, dass es mit den Überraschungen noch nicht vorbei war.

Richtig. Da kam noch was.

Herzlichen Glückwunsch! Sie sind der erste Spieler in der Spiegelwelt, der den Rattenkönig besiegt hat!

Sie erhalten ein Upgrade auf Ihre Belohnung!

Belohnung:

Der knöcherne Brustpanzer des Rattenkönigs, 1

Die Kampfklauen des Rattenkönigs, 1

Eine große, magische Truhe, 1

Mit zitternder Hand kratzte ich mich am Kopf. Die ersten „purpurnen" Gegenstände, die ich im Kampf gewonnen hatte! Ich durfte nicht vergessen, einen Screenshot von Rrhorgus' Gesicht zu machen, wenn ich meine neueste Beute auf seinen Ladentisch kippte.

Mal sehen. Zuerst der Brustpanzer.

Name: Der knöcherne Brustpanzer des Rattenkönigs

Klasse des Gegenstands: Einzigartig

Effekt: +350 zu Schutz

Effekt: +255 zu Ausdauer

Effekt: +255 zu Gesundheit

Effekt: +345 zu Stärke

Haltbarkeit: 1.250/1.250

Einschränkung: Level 150.

Sammeln Sie das volle Kit, um einen Bonus zu erhalten!

Tatsächlich konnte ich ihn auf meinem aktuellen Level schon tragen. Ob ich ihn mal anprobieren sollte? Warum nicht?

Ich zog den Brustpanzer aus meinem Rucksack. Meinem Stil entsprach er nicht gerade. Außerdem sah er eher nach Schild aus als nach Rüstung. Dieser Gegenstand war für einen Tank bestimmt.

Mit den Klauen war es dasselbe. Beide würden mir ein schönes Sümmchen einbringen.

Was noch?

Die magische Truhe war „rot". Einschränkung: Level 100. Somit konnte ich sie öffnen.

Mit angehaltenem Atem drückte ich *Öffnen.*

Herzlichen Glückwunsch! Sie haben eine große, magische Truhe geöffnet!

Belohnung:

Goldmünzen, 5.000

Sprachlos sah ich zu, wie die Goldmünzen in einer kurzen Animation auf dem Steuerpanel nach oben hüpften und meinen Geldzähler erhöhten. Das war schon ein gutes Gefühl. Meine erste Geldbeute. Jetzt verstand ich, warum andere Spieler so scharf darauf waren, als Erste in jungfräuliche Instanzen vorzudringen.

Herzlichen Glückwunsch! Sie haben eine legendäre Errungenschaft erhalten: Königsmord! Sie sind eine Legende!

Belohnung: Der Orden des Zorns des Windes

Nicht noch eine Belohnung. Die Nachricht war bereits im allgemeinen Chat veröffentlicht worden. Ich konnte mir Tanors Reaktion lebhaft vorstellen. Und nicht nur seine. Das würde sie nicht glücklich machen. Ein Noob, der neue Instanzen raidete und alle Vorteile einheimste? Etwas sagte mir, dass sie meinen Erfolg nicht feiern würden.

Doch zurück zu meinem Loot. Eine weitere legendäre Errungenschaft in meiner Sammlung.

Name: Der Orden des Zorns des Windes

Beschreibung: +45 % auf mit kleinen Waffen und Geschossen verursachten Schaden. Gilt für alle Ihre Gruppen- oder Raid-Mitglieder.

Mein Rucksack-Symbol blinkte weiter. Noch mehr Überraschungen?

Ich wandte meine Aufmerksamkeit vom Menü ab, um mir das Schlachtfeld anzusehen. Meine Calteaner schienen ihre Erschöpfung vergessen zu haben und untersuchten eifrig die Grotte. Sie liefen allein oder in kleinen Gruppen herum und betrachteten die uralten Bauten. Ehrfurcht zeichnete sich auf ihren Gesichtern ab.

Crym ließ sich erschöpft ächzend auf einem Felsen neben mir nieder. „So etwas habe ich noch nie gesehen."

Ich wandte mich ihm zu. „Ich dachte, Ihr hättet gesagt, dass Ihr auch so etwas gehabt hättet?"

„Das stimmt! Aber das hier ... Das ist ..." Er beschrieb mit einer ausladenden Geste die Höhle in ihrer majestätischen Pracht und hob dann hilflos die Schultern. „Na ja, Ihr wisst schon, was ich meine."

Ich nickte, da ich es nachempfinden konnte.

„Mein Vater hat sein ganzes Leben damit verbracht, auf seiner Farm zu arbeiten." Crym seufzte. „Er wollte, dass ich in seine Fußstapfen trete, ha! Es hätte ihm hier gefallen. Schade, dass er das nicht mehr erleben kann."

„Haben die Nocteaner ihn getötet?", fragte ich.

„Oh, nein. Er starb in seinem Bett, umgeben von seiner Familie. Das war fünf Jahre, bevor die Horde kam."

„Tut mir leid", sagte ich.

„Mir auch." Crym seufzte erneut. „Damals war ich noch ein kleiner Junge. Ich half ihm oft in seiner Pilzschule."

So, so. Jetzt wurde es interessant. Ich wurde hellhörig.

„Ich musste gar nichts Besonderes tun", gab er zu, ohne mein Interesse zu bemerken. „Nur Sachen holen und so was. Aber ich weiß noch ein paar Dinge. Ich habe mir diesen Ort gründlich angesehen.

Eines, was ich Euch sagen kann, ist, dass das Bewässerungssystem nicht beschädigt ist. Seht Ihr diese Rinnen dort drüben?"

Ich blickte dorthin, wo er hinzeigte. „Ihr meint diese Mechanismen mit den Hebeln und so?"

Er nickte. „Genau. Sie scheinen einsatzbereit zu sein. Alles, was wir tun müssen, ist die Zellen und die Wasserkanäle reinigen, frische Erde hier runterschaffen, neue Pilze pflanzen und die Bewässerungsmaschinerie starten."

„Seid Ihr sicher?"

„Absolut", sagte er mit einem zuversichtlichen Lächeln. „Wenn wir ein Viertel dieser Höhle hier bepflanzen, müssen wir uns nie wieder Sorgen machen, Hunger zu leiden!"

Ich richtete mich auf wie ein Bluthund, der eine Spur gewittert hat. „Was genau benötigt Ihr?"

„Ihr wärt überrascht. Wir haben bereits alles. Jede Calteanerin, die etwas auf sich hält, hat Pilzsporen in ihrer Vorratskammer. Genug Erde hier herunterzubringen, könnte ein Problem sein, aber ich bin sicher, dass wir das schaffen."

„Wie viele Arbeiter braucht Ihr, um die Pilzschule zu bewirtschaften?", fragte ich und hielt den Atem an.

Er winkte ab. „Ach, nicht viele. Pilze wachsen praktisch von selbst. Wenn wir zurück sind, stelle ich Euch Peet den Husky vor. Er ist der Fachmann."

Ich erinnerte mich an einen dünnen, abgemagerten Mann, den die anderen Calteaner wegen seiner hellblauen Augenfarbe „Husky" nannten. Ich hatte ihn bereits getroffen, als ich neue landwirtschaftliche Werkzeuge verteilt hatte.

„Ich kenne ihn schon", erklärte ich Crym.

Er starrte mich verständnislos an und schlug sich dann gegen die Stirn. „Ihr kennt jeden, was? Jeden räudigen Hund im Lager wedelt mit dem Schwanz, wenn er Euch sieht! Ha, ha!"

Auch ich lachte.

Er machte natürlich Witze. Aber das wirklich Komische daran war, dass ich tatsächlich jeden Hund im Lager kannte, räudig oder nicht. Was er wohl dazu sagen würde? Und nicht nur jeden Hund, auch jede Katze, jedes Schwein und jedes Huhn. Wir hatten sogar einen Igel. Er war Lias neues Haustier.

Doch das war jetzt unwichtig. Ich konnte die Gelegenheit nutzen, ihn über andere Dinge auszufragen. Zum Beispiel über unsere Verbündeten.

Er hob die Schultern. „Wir haben Euch alles gesagt, was wir über sie wissen."

„Auch über Pike?"

„Hmm ..." Nachdenklich hielt Crym inne. „Wir nennen ihn Pike mit den vielen Händen. Wie er seine Schwerter führt, ist unglaublich. Ich habe noch nie einen anderen Schwertkämpfer gesehen, der so gut ist wie er."

„Da kann ich Euch nur zustimmen."

Das war ernst gemeint. Pikes Trick mit den glühenden Schwertern war mir im Gedächtnis geblieben. „Aber soweit ich sehen kann, ist er nicht nur ein großer Schwertkämpfer, sondern auch ein Anführer und weiser Berater."

Crym grinste. „Ihr habt recht. Wäre er nicht gewesen, wäre Amai im Tunnel gestorben wie der Idiot, der er ist. Ich schwöre Euch bei allen Göttern des Untergrunds, dass es Pike war, der Amai überredet hat, seinen Clan in die Steppe zu führen, bevor die Horde kam."

Das kam überraschend. „Meint Ihr?"

„Ich bin davon überzeugt."

„Denken die anderen das auch?"

„Eine Menge Leute."

„Aber Laosh ...", setzte ich an, doch Crym unterbrach mich.

„Laosh!", höhnte er. „Der sieht nicht weiter als bis zu seiner eigenen Nasenspitze. Wärt Ihr nicht gewesen, wären die Roten Eulen längst tot, und zwar wir alle."

„Na ja, der Clan schuldet sein Überleben vielen Leuten, nicht nur mir ..."

„Aha! Seht Ihr? Eure Bescheidenheit ist ein Zeichen Eurer Weisheit!"

„Eure Worte schmeicheln mir, mein Freund. Aber trotzdem irrt Ihr Euch. Bescheidenheit hat nichts damit zu tun. Ein Clan ist wie ein menschlicher Körper, der nicht ohne seine Organe leben kann. Sein Herz, seine Leber oder seine Nieren müssen harmonisch zusammenarbeiten wie ein einziger Mechanismus, ansonsten stirbt der Körper. Aber ich stimme Euch darin zu, was Ihr über einen guten Anführer gesagt habt. Davon hängt viel ab."

„Genau", sagte Crym und erhob sich. „Amai hätte niemals den Mut aufgebracht, sein Volk in die Steppe zu führen."

Seine letzten Worte über Pike und Amai waren die fehlenden Teile des Puzzles, das ich die letzten Tage so verzweifelt zu lösen versucht hatte.

Ich sah mich nach Pike um und entdeckte ihn hinter Amai, der auf einem Stein saß. Der alte Mann stand mit gekreuzten Armen da, kalt und ungerührt wie ein Eisblock, aber wachsam wie ein Schießhund auf mögliche neue Fehltritte seines jungen Anführers lauernd.

Ich starrte auf Cryms breiten Rücken, während er davonging. Dann wandte ich mich wieder aktuellen Dingen zu und drückte auf das blinkende Symbol des Rucksacks. Wahrscheinlich warteten noch mehr Punkte darauf, verteilt zu werden. Oder hatte ich 100 % Wissen erhalten?

Als ich den Grund für das ungeduldige Blinken des Symbols sah, traute ich meinen Augen kaum. Ich rieb sie mir sogar. Mein Herz setzte einen Schlag aus und erstarrte in meiner Brust wie ein ängstliches Kaninchen. Meine Lippen verzogen sich zu einem blödsinnigen Grinsen.

Endlich.

Das Symbol der Karte des Zwielichtschlosses war aktiv.

Ich hatte schon gedacht, es würde nie dazu kommen. Ich erinnerte mich an den Abend in der Herberge zum Müden Reisenden, als ich Pierrots App geöffnet hatte, die mir solche Angst eingejagt hatte. Damals waren mir all diese Karten, Pläne und Strategien so weit weg vorgekommen, als wären sie außer meiner Reichweite. Ein unmöglicher Traum.

Jetzt stand ich hier mitten in einer riesigen Pilzfarm, nur einen Schritt entfernt von einer neuen Entdeckung.

Mit angehaltenem Atem öffnete ich die Karte. Eine hellrote Markierung leuchtete in der Mitte.

Die Waffenkammer.

Kalter Schweiß lief mir den Rücken hinunter. War das wirklich möglich?

Diejenigen Calteaner, die sich an der gegenüberliegenden Wand zu schaffen gemacht hatten, riefen laut durcheinander. Ich blickte auf. Droy kam auf mich zu gerannt. Ich eilte ihm entgegen.

Erst als ich näher kam, sah ich sein glückliches Grinsen.

„Wir haben eine Tür gefunden!", rief er schon von Weitem. „Die Götter des Untergrunds scheinen Euch gewogen zu sein, Hüter!"

DIE FELSWÄNDE DER WAFFENKAMMER strahlten Wärme und Ruhe aus. Der Raum war trocken und wirkte im Fackellicht geradezu gemütlich. Das konnte aber auch an meiner Ennan-Natur liegen. In letzter Zeit fühlte ich mich immer sicher und geborgen, wenn ich mich in einer Felshöhle befand.

Die Fackeln warfen ihr orangefarbenes Licht auf die langen Gesichter und offen stehenden Münder der Calteaner. Einige von ihnen sahen ziemlich komisch aus. Ihre Augen glühten vor Erwartung auf mehr Beute. Wie ungeduldige Jugendliche warteten sie darauf, dass ich ihnen das Signal gab, um den Raum zu plündern.

Die Tür zur Waffenkammer sah genauso aus wie die Eingangstür der Grotte oben an der Oberfläche.

Ich hatte bereits nachgerechnet. Ein voll beladener, von zwei Büffeln gezogener Wagen würde leicht durch den Tunnel passen. Der Raum selbst war groß genug, dass ein solcher Wagen wenden konnte. Und dabei sah ich wahrscheinlich nur den kleinen Teil davon, der von den Fackeln beleuchtet wurde.

Als wir die Tür geöffnet hatten, war uns der vertraute Geruch nach Stahl, Holz und Öl entgegengeschlagen. Der Raum war vollgestellt mit Regalen, in denen sich alle Arten von Kisten und Truhen stapelten.

Ich sah große Fässer, eisenbeschlagene, hölzerne Truhen sowie Stoff- und Lederballen. Auf einem breiten Tisch bei der Tür lagen alle möglichen wertvollen Kisten.

„Also, was haltet Ihr davon, Hüter?", flüsterte Droy mir ungeduldig ins Ohr. „Ihr müsst Euch entscheiden. Alle warten."

Ich zwang mich, den Blick von der Szene abzuwenden und rieb mir erneut die Augen.

Ich lächelte alle an. „Sollen wir unsere Beute aufteilen?"

Ein dröhnendes „Jaaaaa!" schallte mir entgegen.

DA SOWOHL DIE GROTTE als auch die Waffenkammer jetzt rechtmäßiges Eigentum der Roten Eulen waren, beschlossen wir, unsere Beute hierzulassen.

Gerade sahen Droy und ich zu, wie die Wölfe mit Amais Anteil beladen aus der Höhle marschierten wie eine Ameisenstraße.

„Ich finde immer noch, ein Viertel der Beute ist zu viel für sie", sagte Droy missgestimmt.

„Ist schon gut."

„Diese sogenannten Krieger haben nicht ein Zehntel davon verdient. Wir haben die ganze Arbeit gemacht."

„Sie haben 13 Tote zu beklagen."

„Das ist noch so etwas", beschwerte er sich. „Warum musstet Ihr den Familien der Toten überhaupt etwas geben? Wie nennt man das noch? Eine Kop... Konp..."

„Kompensation", half ich aus.

„Genau. Meine ich doch, verdammt. Es ist eindeutig die Pflicht des Anführers, für sie vorzusorgen."

Ich blickte ihm fest in die Augen. „Ihr habt recht, mein Freund. Ein Clananführer ist verpflichtet, sich um seine Krieger und ihre Familien zu kümmern."

Er sah mich lange stirnrunzelnd an. Dann entspannte sich sein Gesicht allmählich, als ihm klar wurde, was ich meinte. „Wollt Ihr damit sagen, dass die Wölfe ...?"

„Warum nicht? Ich sehe nichts, was dem im Wege stehen würde."

Meine Zuversicht in unseren zukünftigen Zusammenschluss war in dem Moment entstanden, als ich die kleine, grüne Medaille erhalten hatte, die mir meine Reputation bei den Nordwölfen bescheinigt hatte.

Sollten sie sich ruhig so viel Beute nehmen, wie sie tragen konnten. Früher oder später würden sie sich uns ohnehin anschließen. Und was die Beute anging, die meisten Gegenstände, die wir in der Waffenkammer gefunden hatten, waren sowieso „blau". Alle Materialien, all das Leder, Holz, Metall und die Steine waren als selten markiert und hatten Einschränkungen auf bestimmte Handwerkskünste. Weder die Roten Eulen noch die Wölfe konnten bis jetzt irgendetwas davon gebrauchen. Bis die Wölfe etwas aus dem Stahl fertigen konnten, den sie so begeistert zum Ausgang der Höhle schleppten, würden wir bereits ein vereinigter Clan sein.

Ich hätte Amai sogar anbieten können, seinen Anteil in der Grotte zu lassen. Zur sicheren Verwahrung durch uns, sozusagen. Das hätte ihnen eine Menge Zeit gespart. Bei genauerem Nachdenken war ich jedoch davon abgekommen. Sie hätten denken können, dass wir versuchten, sie um ihren Anteil zu betrügen. Bis zum letzten Augenblick hatten sie geglaubt, dass wir ihnen nichts abgeben würden.

Meine Beziehung zu Pike hatte sich, nachdem ich diese Erwartungen enttäuscht und die Beute mit ihnen geteilt hatte, zu „Vertrauen" entwickelt. Nicht schlecht.

Seltsamerweise hatten alle die wertvollen Kisten und Truhen auf dem Tisch ignoriert. Es war, als könnten NPCs sie nicht sehen. Offenbar betrachtete das System dies als meinen persönlichen Anteil.

Ein paar der Kisten enthielten alle möglichen Reputations-Steine. Drei der Truhen waren vollgestopft mit verschiedenen Tränken und Elixieren. Außerdem gab es noch fünf Truhen mit jeweils 3.000 Gold.

Das musste ein Traum sein.

Während ich den Calteanern zusah, wie sie herumwuselten und Beute einsammelten, kamen mir allerlei merkwürdige Gedanken. Zum Beispiel, dass ich mir das auch alles selbst aneignen könnte, ohne es mit jemandem zu teilen. Ich stellte sogar eine schnelle Schätzung auf, wie viel mir das in der Auktion bringen würde. Die Antwort war: *einen Batzen.*

Doch mein anderes Selbst – das, das normalerweise freundlich, ehrlich und besonnen war – hatte dann doch die Oberhand gewonnen. Es argumentierte, dass die Summe bei Weitem nicht reichen würde, um mein Darlehen zu tilgen. Also hätte ich nicht viel gewonnen.

Aber einiges verloren. Nämlich das Vertrauen der Calteaner – und ohne sie würde ich niemals in der Lage sein, die Ennan-Stadt zu halten.

Doch das war nicht alles. Die Materialien, die Reputations-Steine und sogar das Gold verblassten im Vergleich zu dem, was wir in der hintersten Ecke der Waffenkammer entdeckt hatten.

Dort standen mehrere auseinandergebaute Kriegsmaschinen der Ennan. Mitsamt ihren technischen Zeichnungen.

Kapitel 15

ABGESEHEN VON AMAIS Nervosität war unser Abschied von den Wölfen ein herzlicher. Wir hatten Seite an Seite gekämpft. Wir hatten gemeinsam am Feuer gegessen. Wir hatten einander verteidigt. Wir hatten die Beute geteilt. Wir waren zu Brüdern geworden. Was uns allen viel bedeutete.

Amai machte es sichtbar unruhig, das zu beobachten. Er musste spüren, wie sehr seine Elitekrieger mich wertschätzten. Seine eigene Autorität nahm rapide ab. Pike war derjenige, der den Clan noch zusammenhielt.

Während ich den Wölfen hinterherblickte, wie sie in den Sonnenuntergang ritten, hatte ich das Gefühl, dass sie eines Tages ein Teil von uns werden würden, genau, wie ich es vorausgesagt hatte.

Doch ich hatte keine Zeit zum Grübeln. Auf uns wartete Arbeit. Jede Menge.

Wir zählten zehn lange, massive Kisten voller Maschinenteile. Plus sieben Glevenwerfer und drei Steinmörser. Zumindest stand das auf den technischen Zeichnungen in einer der Kisten. Es gab unzählige Schriftrollen, auch wenn es mir nur gelungen war, zwei davon zu lesen. Der Rest lag momentan noch außerhalb meiner Kompetenz.

Die Nachricht von den Ennan-Maschinen verbreitete sich bald im ganzen Lager. Alle kamen angerannt, um sich diese wundersamen

Gerätschaften anzusehen: Krieger und Handwerker, Frauen und alte Männer und die allgegenwärtigen Kinder.

Meister Pritus, unser Geschützexperte, war besonders aufgeregt. Dank ihm gelang es uns, genug Karren aufzutreiben, um unsere wertvolle Fracht zu transportieren. Außerdem kamen eine Menge Leute, um zu helfen.

Ohne groß darüber zu diskutieren, begannen wir einträchtig, einen Steinmörser zusammenzusetzen. Warum? Keine Ahnung. Wahrscheinlich, weil die vielen Teile ihn wesentlich stärker wirken ließen als einen Glevenwerfer. Unbewusst wünschten wir uns wohl etwas, was groß und stark genug war, um uns ein Gefühl der Sicherheit zu vermitteln.

Laut den technischen Zeichnungen mussten wir, um die als *Brocks* bezeichneten Mörser aufzustellen, erst eine Rampe mit 30 Grad-Neigung bauen. Eine Gruppe Gräber hatte sich bereits ans Schaufeln gemacht.

Während die anderen die Kisten öffneten und alle Teile auf dem Boden auslegten, las ich mir die ausführliche Anleitung durch. Es stellte sich heraus, dass der Erfinder der Brock niemand anders als mein eigener Meister Grilby war, mein erster Mentor, der in meinen Armen gestorben war.

Außerdem sah es so aus, als wäre diese Erfindung der Grund gewesen, warum die Ennan-Rasse zerstört und alle Schwarzen Grisons ausgerottet worden waren.

Mein Herz krampfte sich zusammen, als ich an den alten Mann dachte. Natürlich war er nur ein NPC, ein lebloses Stück Programmcode, aber die Erinnerungen an unsere Treffen war immer noch mehr als lebendig.

Pritus stand neben mir und starrte verständnislos, aber ehrfurchtsvoll auf die Zeichnung. Für ihn war das alles Kauderwelsch. Schade. Liebend gern hätte ich ihm die harte Arbeit des Zusammenbaus übertragen. Pech gehabt. Das würde ich wohl selbst tun müssen.

Wie mein Arzt immer gesagt hatte: *Gut begonnen ist halb gewonnen.*

Die Stimme von einem von Pritus' Helfern lenkte uns von den technischen Zeichnungen ab. „Es ist alles fertig. Die Rampe ist festgestampft."

Ich sah mir die kleine Lichtung an, die mit allen möglichen Maschinenteilen übersät war: Hebel, Flaschenzüge und Zahnräder. Sie war etwa zehn Meter von der Mauer entfernt. Das sollte für den Rückstoß reichen. Wenn nicht, konnten wir immer noch eine neue Rampe bauen.

„Machen wir uns an die Arbeit", sagte ich zu Pritus und ging neben den aufgereihten Stahlteilen in die Hocke.

Mit einem ungeduldigen Nicken kniete er sich neben mich.

„Meister", sagte ich, die in der Wintersonne glänzenden Teile musternd, „ich möchte Eure Aufmerksamkeit auf diese Symbole lenken, die sich auf jedem Bauteil befinden."

„Das sind Runen, wenn ich mich nicht irre", entgegnete Pritus.

„Genau", bestätigte ich. „Habt Ihr solche schon einmal gesehen?"

Unschlüssig ging er näher heran und starrte einige Zeit auf die eleganten, verschlungenen Symbole. Seine Augen weiteten sich. Schweißperlen erschienen auf seiner Stirn.

Auch ich konnte die Augen nicht von den Runen abwenden. Sie wanden sich ineinander wie Zweige einer Weinrebe zu einem ebenso schönen wie kryptischen Muster. Der unbekannte Künstler hatte sie um alle Stahlteile ranken lassen. Jetzt sprach diese schmucke Kette stumm zu uns und flüsterte unseren Herzen ihre Geheimnisse zu.

Mit einem tiefen Seufzer zwang Pritus sich, den Blick von dieser Anordnung abzuwenden.

„Tut mir leid", sagte er und rieb sich die Augen. „Diese Sprache habe ich noch nie gesehen. Die alten Runenschreiber haben ihre

Geheimnisse gut gehütet." Er schüttelte bedauernd den Kopf. „Ich kann sie nicht lesen."

„In der Zeichnung steht, dass jedes Teil nummeriert ist", erklärte ich Pritus. „Offenbar in der Reihenfolge des Zusammenbaus."

Er wusste sofort, was ich meinte. „In diesem Fall müssen wir sie der Reihe nach bereitlegen. Das wird den Zusammenbau vereinfachen.

Wir verbrachten ein paar Minuten damit, die Teile nach Nummern zu sortieren. Schließlich konnte ich mit dem Aufbau beginnen.

Ich legte meine Hand auf einen kleinen, oben rechts mit der Nummer 1 markierten Stahlblock.

Warnung! Sie sind im Begriff, Brock-Teil Nr. 1 zu aktivieren!

Benötigte Energie: 1.000

Akzeptieren: Ja/Nein

Unter Pritus' überraschtem Blick griff ich in meine Tasche nach einem Elixier und aktivierte einen „purpurnen" Ausdauerstein. So würde es klappen.

Ich drückte auf *Annehmen*.

Zuerst tat sich nichts. Die Runen blieben grau und leblos.

Dann spürte ich in der rechten Hand eine pulsierende Wärme, die von den Runen ausging, als würde etwas versuchen, sich aus unsichtbaren Fesseln zu befreien. Das kleine, graue Muster füllte sich mit einem matten, blauen Leuchten, das mit jedem Augenblick heller wurde, wie eine reifende Frucht.

Langsam saugte das uralte Artefakt mir nach und nach die Energie ab. Die Runenmuster nahmen ein intensives Blau an und wurden von dem glühenden Licht verschlungen. Ich konnte die Augen nicht von dem wundersamen Spektakel abwenden.

Ich warf Pritus einen Seitenblick zu. Auch er beobachtete den Vorgang fasziniert. Die anderen Calteaner sammelten sich schweigend um uns, um diesem wunderschönen Schauspiel beizuwohnen.

Herzlichen Glückwunsch! Sie haben Brock-Teil Nr. 1 aktiviert!

Ich wandte mich von unserem betörten Publikum ab und suchte nach dem nächsten Teil. Der stets wachsame Pritus rief einen kurzen Befehl, und seine Helfer brachten es uns.

Ich lächelte ihn an. Weiter im Text!

Warnung! Sie sind im Begriff, Brock-Teil Nr. 2 zu aktivieren!

Benötigte Energie: 1.000

Akzeptieren: Ja/Nein

Ja, unbedingt.

Die Menge keuchte auf, als das zweite Teil in blauem Licht erstrahlte.

Herzlichen Glückwunsch! Sie haben Brock-Teil Nr. 1 und 2 aktiviert!

Sie können Brock-Teil Nr. 1 und 2 jetzt zusammensetzen!

Benötigte Energie: 200

Akzeptieren: Ja/Nein

Ja, klar!

Und jetzt zu Teil Nr. 3 ... und Nr. 4 ... Und so weiter und so fort. Hebel, Seilzüge und Zahnräder folgten eins nach dem anderen.

Trotz all der Ausdauersteine und Elixiere fühlte ich mich bald wie gelähmt vor Erschöpfung. Meine Schläfen pochten, mein Nacken und mein Kreuz schmerzten höllisch. Ich fühlte mich wie ein Hundertjähriger, der sich sein ganzes Leben lang niemals ausgeruht hatte.

Doch die unersättlichen Runen verlangten immer mehr Energie.

Wenn man mit einer monotonen, langweiligen Aufgabe beschäftigt war, suchte der Geist sich Ablenkung. Gewöhnlich half Musik – ebenso wie die Konzentration auf das Endergebnis, die einem die nötige Energie für eine letzte Anstrengung verlieh. Für mich bot der Zusammenbauvorgang die nötige Ablenkung. Er erforderte weniger Energie und verschaffte mir eine kurze Pause, um zu Atem zu kommen und mir die entstehende Maschine anzusehen.

Jedes Teil hatte seine eigene, einzigartige Form, die sich in alle anderen einpasste wie Puzzlestücke in ein Gesamtbild. Doch selbst, als die Runenmuster sich in perfekter Harmonie verbanden, wirkte das entstehende Gerät mit jedem hinzugefügten Teil schwerfälliger und unförmiger.

Langsam machten sich in der neugierigen Zuschauermenge Langeweile und Enttäuschung breit. Sie rissen Witze und boten sarkastische Ratschläge an.

Endlich fügte ich dem Runenpuzzle das letzte Teil hinzu und sank dann ausgelaugt zu Boden.

Herzlichen Glückwunsch! Sie haben die Brock gebaut, eine Belagerungsmaschine der Ennan!

Belohnung: +350 auf Ihre Handwerkskunst.

Ich wischte mir mit dem Ärmel den Schweiß von der Stirn und sah mir meine Lebenswerte an. Dort schien alles okay zu sein. Was für eine Mammutaufgabe. Neun Maschinen hatte ich noch zu bauen. Immerhin bestand der Glevenwerfer aus weniger Teilen.

„Noch hässlicher hättet Ihr sie nicht machen können?"

Ich wandte mich der Stimme zu und erblickte Droys Stiefel neben mir. „Das war das Beste, was ich zustande gebracht habe."

Die unförmige, stählerne Monstrosität ragte auf der Rampe auf. An ihren Runenknoten pulsierte saphirblaues Licht.

„Wie funktioniert sie?" In Droys Stimme schwangen Zweifel mit.

Ächzend wie ein alter Mann rappelte ich mich auf und trat an die seltsame Gerätschaft heran.

Warnung! Die Brock befindet sich im Ruhemodus!

Möchten Sie sie laden? Ja/Nein.

Ja, wollte ich.

Die Maschine begann, zu vibrieren. Die Runeninschrift glühte heller. Die Brock schien sich zu freuen, mich zu sehen.

Eine kurze Sekunde lang tat sich nichts. Dann erwachte der unförmige Mechanismus zitternd zum Leben. Alle Blöcke, Zahnräder, Stahlstangen und Metallleisten gerieten in Bewegung, vibrierten und dehnten sich aus. Der amorphe Stahlhaufen wuchs mit jedem Herzschlag mehr zu einer erkennbaren Form mit einem Zweck heran.

Mit offenen Mündern und unwillig, uns zu bewegen, standen wir da, während diese unlogische, sinnlose Ansammlung scheinbar nicht zusammengehörender Teile sich in eine monströse Kreatur verwandelte. Die Runenschrift wand sich um ihren mächtigen Körper. Die Stahlstangen waren zu sechs Gliedmaßen geworden: vier Spinnenbeine und zwei Arme, die in großen Grabschaufeln endeten.

„Ich nehme alles zurück", ächzte Droy. „Sie ist noch hässlicher, als ich dachte."

Ich wandte meinen Blick von dieser erstaunlichen Kreation der alten Meister ab und sah ihn an. Droy stand mit offenem Mund da und glotzte das Stahlungetüm an. Sein Gesicht verriet dieselben Gefühle, die ich auch bei den anderen Calteanern um mich herum sah: eine Mischung aus Angst und respektvoller Ehrfurcht.

Droy räusperte sich und brach damit das tödliche Schweigen. „Beeindruckend. Was kann sie?"

„Einen Moment", sagte ich und öffnete die Einstellungen der Brock.

Oh, wow! Ihre Werte waren außerordentlich. Kurz gesagt hatten wir hier ein Wunderwerk der Technik von höchster Haltbarkeit mit einer Reichweite von 300 Metern vor uns, was einen enormen Flächenschaden verursachte.

Die Feuergeschwindigkeit sagte mir nichts. Trotzdem hatte ich das Gefühl, dass sie wohl wesentlich schneller sein würde als die calteanischen Katapulte. Ihr Abschussmechanismus ähnelte meiner guten alten Schleuder. Höchstwahrscheinlich hingen alle diese Werte vom Gewicht, der Größe und der Qualität der verwendeten Geschosse ab.

Ich blickte von den Werten auf. „Sollen wir es ausprobieren?"

„Bringt uns ein paar große Steine!", donnerte Droy.

Prompt schleiften zwei Krieger einen großen Steinbrocken zur rechten Schaufel der Brock. Sie mussten ihn mehrmals schwingen, bis es ihnen gelang, ihn in die offene „Hand" der Maschine zu legen.

Sobald der Stein in die Schaufel gefallen war, hob der Riese mühelos den Arm, als wollte er ausholen. Und dann ... hielt er inne.

Die Brock ist geladen!

Geschosstyp: ein Steinbrocken

Für den Zweck geeignet: Ja

Reichweite: +300 Meter

Feuergeschwindigkeit: +0,02

Flächenschaden: +18.000 ... +26.000

Mir rann ein Schauer den Rücken herunter. Wenn ein Steinbrocken wie dieser auf meiner Gruppe landete, wären wir platt. Ich würde an meinem Respawn-Punkt landen und meine Clanmitglieder bei ihren Göttern, welche auch immer sie verehren mochten.

Die Brock ist einsatzbereit!

Zum Abschuss des Geschosses nötige Energie: 250

Möchten Sie fortfahren? Ja/Nein

Nein, halt. Das war nicht gut. Ich meinte nicht die Energieanforderungen. Damit konnte ich leben. Das Problem war, dass die Maschine mich brauchte, um sie zu aktivieren. Sie hatte mir sogar eine Synchronisierungsoption ähnlich wie die angeboten, die ich mit meinen beiden Haustieren hatte, aber die hatte ich rundheraus abgelehnt. Dieses Ding würde mich ausbluten lassen wie ein Energievampir.

„Seid Ihr bereit?", fragte Droy.

Ich nickte. „Ja."

„Worauf warten wir dann?"

Statt zu antworten, drückte ich auf *Ja*.

Der riesige Arm der Brock schwang zurück wie eine Stahlfeder, verschlang die Energie, die ich ihm gab, und schleuderte den riesigen Steinbrocken in die Luft.

Sich langsam um sich selbst drehend flog der Stein auf die Mitte des Tals zu. Ein paar Sekunden später erblühte dort, wo er eingeschlagen war, eine riesige Schneeblume. Von unserem Beobachtungspunkt aus wirkte das unscheinbar, sogar hübsch, aber uns allen war die Natur dieser zerstörerischen Schönheit klar.

Dann brach die Menge in Beifall und Jubelgeschrei aus. Auch ich warf die Hände in die Luft und schrie vor Freude. Gerade hatten wir ein gewichtiges Argument in jeder potenziellen Konfrontation gewonnen. Es ragte wie eine unbeteiligte Klippe aus Stahl über den winzigen, intelligenten Lebewesen auf, die zu seinen Füßen herumwuselten, und verlieh uns allein durch seine Form eine Hoffnung, zu überleben.

Kapitel 16

DIE NÄCHSTEN ZWEI TAGE tat ich nichts anderes, als Ennan-Maschinen zusammenbauen. Ich verbrauchte fast alle meine Elixiere und Energiesteine. Doch das war es wert.

Wir hatten jetzt neue Wachtposten, die unsere schnell wachsende Stadtmauer sicherten: drei riesige Brocks, sieben Glevenwerfer und das Katapult der Calteaner, das neben den Wunderwerken der Ennan allerdings ziemlich alt aussah. Am frühen Abend hatte ich mir eine dreistündige Pause gegönnt, nach der ich den letzten Glevenwerfer zusammengebaut hatte.

Inzwischen hatte ich den Dreh raus. Nach den drei Brocks war der Aufbau der Glevenwerfer ein Kinderspiel. Insgesamt hatte ich für jeden etwa 2.000 Energiepunkte ausgegeben.

Bei der Erinnerung an meine Versuche, den ersten Glevenwerfer zu bauen, musste ich immer noch lächeln. Genau wie die Brock hatte er wie ein unförmiger Haufen zufällig zusammengewürfelter Teile gewirkt. Aber sobald er aktiviert war, hatte er sich in ein Harpunengeschütz auf einem großen Dreifuß verwandelt.

Zu jeder Maschine gab es eine Kiste voller Stahlbolzen, die zu 20-schüssigen Geschossen gebündelt waren. Ihre Facettenspitzen waren aus einem harten, schwarzen Metall hergestellt, das jedoch angenagt aussah, als hätte irgendetwas daran gekaut. Bei näherem

Hinsehen erkannte ich, dass die Spitzen über und über mit komplexen Runenmustern bedeckt waren.

Das Prinzip des Glevenwerfers unterschied sich beträchtlich von dem der Brock. Bei Letzterer war es simpel: Man füllte die enorme Schaufel voller Steine und richtete sie auf das Ziel. Der Nachteil war, dass ich der Einzige war, der sie bedienen konnte.

Die Glevenwerfer waren etwas anderes. Sie brauchten mich nicht, um Befehle zu empfangen. Sobald sie ihre nötige Menge Energie erhalten hatten, konnte jeder von Pritus' Helfern den Abzug betätigen.

Die Brocks hatten keinen Energiespeicher – im Gegensatz zu den Glevenwerfern, wobei dieser nur ausreichte, um eine Salve abzufeuern. Das war wohl besser als nichts.

Also benötigten meine Ennan-Maschinen auf die eine oder andere Art meine Unterstützung. Was nicht so gut war. Sobald es zum Kampf kam, würden diese Dinger mir alle Energie absaugen.

Es war meine Absicht gewesen, alle Maschinen zuerst aufzubauen und dann damit zu üben. Ich wollte mich nicht zu sehr verausgaben. Jetzt hatte sich der ganze Clan in Erwartung eines neuen Spektakels um mich versammelt.

Ehrlich gesagt hätte ich lieber erst etwas geschlafen und die Maschinen am nächsten Morgen getestet. Aber die erwartungsvoll strahlenden Gesichter der Calteaner brachten mich dazu, meine Meinung zu ändern. Ich sagte ihnen, sie sollten ein paar Ziele aufstellen, damit wir unsere neuen Waffen erproben konnten.

Sie bastelten ein Dutzend Strohpuppen zusammen und zogen ihnen alte Rüstungsteile an. Dann platzierten sie vor jeder einen Schild und setzten ihr einen Helm auf den Kopf.

Sie trugen die Strohkrieger nach draußen und stellten sie in etwa 150 Meter Entfernung zur Mauer auf. Von Weitem wirkten die Puppen martialisch.

Ich stellte den Feuermodus auf „Einzelschuss" und zielte. Mit angehaltenem Atem zog ich mit beiden Händen den Abzugshebel auf der Rückseite.

Der Rückstoß war eindrucksvoll. Ich spürte körperlich, wie die Maschine ihre aufgestaute Energie abgab. Der Bolzen traf den Schild einer der Puppen genau in der Mitte.

Was als Nächstes geschah, hatte ich nicht erwartet. Die Puppe wurde völlig zerfetzt. Stroh flog in alle Richtungen.

Die Menge keuchte auf.

„Großartiger Schuss", kommentierte Droy eine Stunde später, während er ein verbeultes Stück Stahl in den Händen drehte. Das war alles, was von dem Schild übrig war.

„Wie ist das möglich?", wollte Orman wissen und beäugte den Glevenwerfer argwöhnisch.

„Seht Euch die Spitzen der Bolzen an", sagte ich. „Sie sind voller Runen. Ich glaube, die sorgen dafür, dass die Spitze beim Aufschlag zersplittert und zum Schrapnell wird."

Das wusste ich genau. Schließlich hatte ich die Beschreibung gelesen.

„Und das war nur ein Bolzen!", sagte Crym mit glänzenden Augen. „Aber wenn man mehrere auf einmal abfeuert ... gleichzeitig ..."

Alle brummten zustimmend. Selbst ich war angemessen beeindruckt.

Eine kurze Salve aus sieben Schüssen hatte mit unserer selbst gebastelten Armee kurzen Prozess gemacht. Ihre Strohkörper waren wie eine Zehn-Tonnen-Bombe explodiert.

„Ich kann's kaum erwarten, zu sehen, was die mit den Nocteanern anstellen", fauchte Orman angriffslustig.

Ich seufzte. „Ich fürchte, Ihr werdet nur allzu bald Gelegenheit haben, das herauszufinden."

„Die magische Sphäre steht kurz davor, abzulaufen", fügte Droy mit grimmigem Blick hinzu.

Der langgezogene Ruf eines Horns der Roten Eulen übertönte unsere Stimmen. Was war denn jetzt los?

Eilig kletterten wir auf das Holzgerüst, das die Stadtmauer umgab. Unsere Baumeister hatten keine Zeit verschwendet. Die Mauer wuchs mit beeindruckender Geschwindigkeit. Bald würde sie über zwei Meter hoch sein.

Kein Wunder: Immerhin war das ja ein Spiel. Alles, was hier geschah, schien im Zeitraffer vor sich zu gehen. Außerdem hatte ich dafür gesorgt, dass alle meine Arbeiter bereits ihr nächstes Handwerkskunst-Level erreicht hatten.

Wir hatten beschlossen, die neue Mauer auf den Ruinen der alten zu errichten. So konnten wir das Fundament noch nutzen. Außerdem hatten wir, nachdem wir die Ruinen von Schnee befreit hatten, entdeckt, dass die Mauer abschnittsweise noch intakt und an diesen Stellen mindestens dreieinhalb Meter hoch waren.

Sie bildete einen Halbkreis, der zwei unbezwingbare Steilwände miteinander verband. Es sah aus, als wäre sie dort wie auf den Wink einer unsichtbaren Hand hin einfach grau und grimmig in die Höhe gewachsen. Ihre undurchdringliche Umarmung schützte die Oberstadt, in der einst der König und sein Gefolge gewohnt hatten.

An Baumaterial mangelte es uns jedenfalls nicht. Alles war voller Ruinen.

Auf der vom Licht hunderter Fackeln erhellten Baustelle wimmelte es wie in einem riesigen Ameisenhaufen, in dem alle geschäftig ihren Aufgaben nachgingen. Die Luft war erfüllt vom Klopfen der Hämmer, dem Kreischen der Seilwinden und dem Hacken der Äxte. Büffel brüllten, Bauarbeiter überschrien sich gegenseitig, Kinder rannten lachend herum ... Ja, hier erschufen sich die Calteaner eine neue Heimat.

Und die würden sie sich nicht so leicht wieder nehmen lassen.

Die Wachtposten, die Alarm geschlagen hatten, erwarteten uns bereits auf einer großen Plattform. Ich nutzte die Gelegenheit, um sie zu inspizieren, da ich wusste, dass hier bald einer unserer Türme entstehen würde. Vielleicht konnten wir morgen früh einen der Glevenwerfer hier heraufhieven. Einen weiteren konnten wir auf dem Ostturm aufstellen und die verbleibenden außen entlang der Mauer platzieren. Ganz zu schweigen von den Brocks, die bereits an der Mauer standen. Wir machten Fortschritte.

Solche schnellen Veränderungen hatte ich nicht erwartet. Anfangs war mir unsere Situation mehr als hoffnungslos erschienen – aber das lag daran, dass ich die Ruinen der Stadt aus der Sicht der realen Welt betrachtet hatte. Ich hätte von Anfang an wie ein Gamer denken sollen.

Bislang konnten wir es mit der Armee der Spieler nicht aufnehmen. Wir hatten noch eine Menge Schwachstellen. Um nur eine zu nennen: Unsere unbezwingbare Festung brauchte dringend ein Tor! Ein richtiges, meine ich, nicht das jämmerliche Ding, das momentan den einzigen Zugang in der zerstörten Mauer versperrte. Es bestand im Wesentlichen aus mehreren Karren und Wagen, die mit ein paar Brettern und grob zusammengezimmerten Holzklötzen verstärkt waren.

„WAS IST LOS?", FRAGTE Droy die Wachtposten.

„Da drüben." Ein untersetzter, rotbärtiger Calteaner deutete nach Süden. „Seht Ihr?"

„Was um alles in der Welt?", rief Orman aus. „Was ist das? Ein Fluss aus Feuer?"

Ich spähte in die Richtung, in die sie deuteten. Die Sonne war schon lange untergegangen, aber der Himmel war noch klar. Die große Scheibe des Mondes warf ein helles Licht auf das Tal und Teile der Hügel.

Eine sich windende Linie aus glitzernden Lichtern schlängelte sich durch das Tal. Orman hatte recht. Das wirkte wirklich wie ein Fluss aus Feuer, der auf uns zukam.

„Unsinn", entgegnete Droy. „Das ist kein Fluss. Das sind Fackeln. Sieht aus, als hätte Olgerd recht. Das sind die Armeen, von denen er uns erzählt hat. Sie haben es hierher geschafft."

Verdammt! Das war schnell gegangen! Gerade, als ich gedacht hatte, es könnte funktionieren.

Orman fluchte. Crym, der noch kein Wort gesprochen hatte, schlug mit der Faust auf eine steinerne Schießschartenöffnung.

Droy öffnete den Mund, um etwas zu sagen, als der mächtige Ruf eines Horns von dem feurigen Fluss aus erschallte.

„Das gibt es doch nicht!", flüsterte Orman ungläubig.

Die Calteaner blickten einander an, ihre Gesichter eine komplizierte Mischung aus Freude und Unglauben. Sie hatten die Augen aufgerissen und atmeten schwer.

Crym lachte dröhnend und klopfte einem der Wachtposten auf die Schulter.

„Wollt Ihr mir mal sagen, was hier vor sich geht?", fragte ich.

Droy legte mir die Hand auf die Schulter. „Der Klang dieses Horns, mein Freund, bedeutet, dass die Calteaner nicht so leicht totzukriegen sind!"

„Das ist Badwar der Donnerkrieger, der uns einen Besuch abstattet!", erklärte Orman.

„Und er ist nicht allein", fügte Crym hinzu. „Offenbar hat er alle seine Steinernen Fäuste mitgebracht!"

Wir begrüßten die Delegation der Steinernen Fäuste draußen, am selben Ort, wo wir Amai und seine Krieger vor ein paar Tagen empfangen hatten. Wir entzündeten für ihren Clan als Wegweiser durch die Dunkelheit ein großes Leuchtfeuer an der Stadtgrenze.

Ich hatte überlegt, ob ich einen Aufklärungsflug unternehmen sollte, um einen Blick auf unsere neuen Gäste zu werfen. Doch die anderen hatten mir das ausgeredet. Sie meinten, dass Badwar und seine Männer wahrscheinlich einiges mitgemacht hatten. Daher könnte es passieren, dass sie mich erst abschossen und dann Fragen stellten.

Unsere kleine Armee marschierte in voller Kampfmontur hinaus, um sie in Empfang zu nehmen. Droy meinte, wir müssten ihnen unsere Macht vor Augen führen. Badwar wäre ein eigensinniger Geselle. Er verstünde nur die Sprache des Stahls. Wir müssten eine gute Show hinlegen. Besonders, da wir es uns leisten könnten.

Reihe um Reihe an Kriegern in Rüstung stellte sich um das Feuer herum auf und blieb bewegungslos stehen.

Wir mussten nicht lange warten. Mehrere Gestalten tauchten gleichzeitig aus der Dunkelheit auf.

„Schildwall!", brüllte Droy.

Unter Holzgeklapper und Stahlgeklirr schlossen unsere Krieger ihre Reihen, aus denen ihre Speere hervorragten. Dann erstarrten sie erneut und erwarteten unsere Gäste.

Sie konnten nicht weit sein. Der Schnee knirschte und schattenhafte Silhouetten glitten durch die Nacht.

„Wenn das nicht die Roten Eulen sind! Ihr habt euch ganz schön verändert, was?", erklang eine rüde, sarkastische Stimme aus der Dunkelheit. „Kaum zu glauben!"

Das Dunkel teilte sich und spuckte eine untersetzte Gestalt aus, die einen runden Helm mit Visier trug. Ein breiter Schild ragte hinter dem Rücken des Kriegers hervor. In den Händen hielt er eine riesenhafte Axt.

„Das ist Badwar der Donnerkrieger", unterrichtete Laosh mich im Flüsterton.

Zwei weitere Krieger tauchten neben ihm auf. Einer war etwas größer und breiter als sein Anführer, der andere wirkte neben den beiden wie ein Jugendlicher. Wahrscheinlich war er der Schildknappe von einem der beiden.

„Der Große ist Gukhur die Schwarze Schlange vom Clan der Weißen Luchse", kommentierte Laosh weiter. „Und die neben ihm ist Lavena die Füchsin, rechte Hand von Bevan, dem Schamanen der Bergfalken."

Seine Stimme verriet seine Überraschung. Verwirrtes Geflüster ging durch unsere Reihen. Was erstaunte sie denn nur so?

Gerade wollte ich Laosh danach fragen, als Droy sich an unsere Besucher wandte. Da wartete ich besser ab, was als Nächstes geschah.

„Badwar der Donnerkrieger! Gukhur die Schwarze Schlange! Und Lavena die Füchsin!", verkündete Droy. „Dies ist auch für mich eine Überraschung! Die größten Krieger unseres Volkes haben beschlossen, uns mit ihrer Anwesenheit zu beehren! Und ebenso erstaunt bin ich, Euch hier Schulter an Schulter stehen zu sehen!"

Unsere Gäste zeigten unterschiedliche Reaktionen auf seine Worte. Badwar lächelte weiter, während Gukhur unbeteiligt ins Feuer starrte, als würden Droys Worte ihn nicht betreffen. Lavena wiederum ließ Anzeichen von Ungeduld und Ärger erkennen: Sie zog die Augenbrauen zusammen und fasste den Griff des Kurzschwertes an ihrem Gürtel so fest, dass ihre Knöchel weiß wurden.

„Als wir von unserer Stadtmauer aus die Fackeln erblickten, dachten wir, dass ein Fluss aus Feuer auf uns zukommt", fuhr Droy fort. „Doch als ich genauer hinsah, wurde mir klar, dass der Fluss wesentlich größer wäre, wenn alle Krieger bei Euch wären, die Eure Schamanen fortgelockt haben!"

Der Stahlwall aus Schilden bewegte sich, als unsere Krieger zustimmend brummten.

„Unsere Schamanen sind tot", spuckte die Schwarze Schlange aus. Seine Stimme klang wie das Zischen eines Reptils. „Ich habe sie alle getötet!"

Laosh zuckte neben mir zusammen. Ein tödliches Schweigen hing über der Lichtung, nur durchbrochen vom Knistern des Feuerholzes und dem Brüllen von in der Nähe weidenden Büffeln im Dunkeln.

„Warum seid Ihr dann noch am Leben?", rief Laosh rachedurstig. „Unseren alten Gesetzen nach hättet Ihr auf dem Scheiterhaufen verbrannt werden müssen!"

Lavena trat vor und schirmte Gukhur diskret mit der Schulter ab. Wäre die Situation nicht so ernst gewesen, hätte es witzig ausgesehen: eine winzige, weibliche Gestalt, geschmeidig und schlank, die diesen großen Trampel zu schützen versuchte.

„Wir haben ihn nicht verbrannt, weil er uns das Leben gerettet hat!", rief sie.

Ihr Tonfall, ihr wütendes Gesicht, die geballten Fäuste – ich war mir sicher, dass sie Laosh bei der ersten sich bietenden Gelegenheit liebend gern zur Liste der toten Schamanen hinzugefügt hätte.

Das Gesicht der Schwarzen Schlange wirkte unbeteiligt, seine weit geöffneten Augen betrachteten das Spiel der Flammen. Er hatte gesagt, was er zu sagen gehabt hatte, der Rest war ihm egal.

„Wir kennen die Gesetze, alter Mann", sagte Badwar beschwichtigend.

„Warum gehorcht Ihr ihnen dann nicht?", entgegnete Laosh.

„Weil Eure lieben Schamanenfreunde den Tod verdient haben!", fauchte Lavena.

Badwar legte ihr seine schwere Hand auf die Schulter. „Das ist eine gute Frage, Schamane. Doch bevor ich darauf antworte, möchte ich Euch auch etwas fragen. Euch alle! Wisst Ihr, wie man das Ritual der Verderbnis durchführt?"

Die Roten Eulen murrten unzufrieden. Jemand vor mir stieß einen Fluch aus. Ich wandte mich an Laosh. Er wirkte düster wie eine Gewitterwolke.

Inzwischen fuhr Badwar fort und musterte dabei die Gesichter jedes einzelnen unserer Krieger. „Offenbar wisst Ihr es! Jetzt werde ich Eure Frage beantworten. Es hat ihnen nicht genügt, uns zu der Festung der Dunklen zu führen, wo unsere besten Krieger ihr Leben verloren! Oh, nein! Sie wollten auch noch das Ritual der Verderbnis durchführen! Sie wollten unsere Frauen und Kinder opfern, um ihr eigenes, wertloses Leben zu retten! Ja, darum, sind *sie* tot! Und wenn ich sie noch einmal töten könnte, würde ich das bereitwillig wieder tun!"

DIE LETZTE NACHT HATTE ich nicht besonders viel Schlaf abbekommen. Wir hatten einen Rat abgehalten – Droy, Laosh, die Feldwebel und ich – um zu beschließen, was wir mit den vielen Flüchtlingen anstellen sollten.

Persönlich war ich längst zu einem Entschluss gekommen. Sobald ich davon gehört hatte, dass Laosh magische Zeichen hinterlassen hatte, hatte ich gewusst, dass das passieren würde. Wäre es also nur nach mir gegangen, würde ich schon lange in meinem Bett liegen. Stattdessen musste ich den Vorsitz über meine Clanmitglieder führen, die Rolle des Großen Hüters des Zwielichtschlosses spielen und mir ihre Diskussionen anhören.

Bei den Neuankömmlingen handelte es sich um die Überreste der drei stärksten Clans, die damals ihr Heimattal verlassen und sich in Richtung der Dunklen Zitadelle aufgemacht hatten. Aber wo der Schamane der Schwarzen Äxte angesichts der vernichtenden Niederlage ihrer Armee klugerweise kehrtgemacht hatte, hatten die Schamanen der anderen Clans beschlossen, weiterzuziehen.

Diese sogenannten Generäle hatten geglaubt, ein Angriff mit mächtiger Magie auf die Befestigung der Zitadelle würde es den Kriegern ermöglichen, die Mauern zu erstürmen und die Verteidiger abzuschlachten. Mehr als naiv. Hätte das wie geplant funktioniert, hätten die Spieler einen Riesenspaß gehabt.

Ein so mächtiger Schlag erforderte eine unsinnige Menge Energie, über die die Schamanen schlicht nicht verfügt hatten. Doch dafür hatten sie eine Lösung parat gehabt. Sie hatten geplant, das sogenannte Ritual der Verderbnis durchzuführen. Soweit ich aus Laoshs widerstrebenden Ausführungen verstanden hatte, war das nichts anderes als ein Massenopfer, das lebenden Wesen die Energie absaugte.

Laosh verzog das Gesicht, als er davon sprach. Ich sah ihm an, dass er so etwas nie zugestimmt hätte. Lieber würde er sein eigenes Leben opfern, um seine Clanmitglieder zu retten, als sie zu töten. Das hatte ich bei der Schlacht am Fluss bereits erlebt.

„Was haben sie sich nur dabei gedacht?", flüsterte er immer wieder. „Frauen und Kinder zu töten! Die Zukunft ihrer Clans! Und wozu? Sie müssen den Verstand verloren haben! Ich weiß, wessen Idee das war. Es muss Joddok gewesen sein. Der Anführer der Steinernen Fäuste. Der Großschamane! Der Stärkste unter uns. Es muss seine Schuld gewesen sein. Er hat schon immer mit verbotenem Wissen geliebäugelt."

„Und er hat den Preis dafür bezahlt!", knurrte Orman.

Die anderen nickten.

„Ja!"

„Allerdings!"

„Jedenfalls sind sie jetzt tot", fasste Droy zusammen.

Das konnte er laut sagen. Die Spielentwickler schienen sich verschworen zu haben, meiner Armee jede magische Unterstützung zu entziehen. Zuerst der Schamane der Schwarzen Äxte, raffiniert durch Furius getötet. Jetzt Gukhur, der die verbleibenden drei hingerichtet hatte. Zugegeben, es gab noch Amai, der durch die Wüste streifte, aber ich hatte genug Gelegenheit gehabt, zu erkennen, dass er mehr schadete als nützte.

Außerdem war ich mir alles andere als sicher, ob ich die Nordwölfe je wiedersehen würde. Sie wussten, dass die Horde der Nocteaner hierher unterwegs war. Solange wir gegen sie kämpften, war es unwahrscheinlich, dass sie ihre Steppe verlassen würden. Das konnte ich ihnen nicht vorwerfen.

„Deshalb müssen wir uns jetzt um die Lebenden kümmern", fasste Droy zusammen. Er wandte sich zu Shorve dem Eilfertigen: „Wie viele hast du gezählt?"

„Fast 200 Krieger", berichtete Shorve. „Der Rest sind alte Männer, Frauen und Kinder."

Ich rechnete schnell nach. Insgesamt machte das etwa 500 Neuankömmlinge.

„Viele von ihnen sind krank oder verletzt", fuhr Shorve fort. „Sie haben mir erzählt, dass sie unterwegs immer wieder angegriffen wurden. Es ist alles voll mit Mobs und Nocteanern."

Droy wandte sich mir zu. „Glaubt Ihr, Eure Magie könnte ihnen helfen?"

Die Roten Eulen wussten bereits, dass ich über Magie verfügte, die sie heilen und stärken konnte. Ich war mir sicher, dass Laosh etwas damit zu tun hatte. Er musste seinen Clanmitgliedern erzählt haben, dass der Hüter der Stadt im Grunde ein Heilartefakt auf zwei Beinen war.

Ich nickte. „Möglicherweise. Unter einer Bedingung. Ihr kennt sie, nicht wahr?"

„Ja." Droy strich sich nachdenklich über den Bart. „Um geheilt zu werden, müssen sie sich dem Clan anschließen."

Ich hob die Schultern. „Tut mir leid, aber nur so funktioniert es. Ansonsten könnt Ihr Eure weisen Frauen bitten, ihnen zu helfen. Sie haben in letzter Zeit so viel dazugelernt, meint Ihr nicht?"

„Dank Euch." Crym klopfte mir freundschaftlich auf die Schulter.

Dank all der neuen Rezepte und Materialien konnten die Medizinfrauen jetzt einfache Verletzungen ersten und zweiten Grades behandeln. Leider gab es keine Mobs im Niemandsland, die in der Lage waren, so geringfügigen Schaden zu verursachen. Die kleinsten Wunden, die sie einem zufügten, waren vom Typ „blau".

„Also, was glaubt Ihr, werden sie jetzt tun?", stellte ich die Frage, die uns in dieser Nacht alle am meisten beschäftigte.

Schweigen breitete sich im Zelt aus. Ich spähte in die Gesichter meiner Clanmitglieder und versuchte, zu erraten, was sie dachten.

Seet runzelte die Stirn und biss sich auf die Unterlippe.

Crym saß unbewegt da und polierte seine Streitaxt mit einem Ledertuch, als hätte er mit all dem nichts zu tun.

Orman musterte wie ich die Gesichter seiner Freunde. Ein skeptisches Lächeln umspielte seine Lippen. Er hatte sich wohl schon entschieden und wartete jetzt darauf, zu hören, was seine Kameraden zu sagen hatten.

Shorve war mit einer Nadel zugange und reparierte ein Stück Ausrüstung. Der hielt niemals still. Ständig war er mit irgendetwas beschäftigt. Um das Schicksal der Neuankömmlinge schien er sich nicht zu scheren.

Arrum Rotbart schnarchte mit vor der Brust gekreuzten Armen vor sich hin. Ebenso Horm die Schildkröte.

Droy schwieg. Ich wusste ohnehin, was er dachte. Bei Laosh war ich jedoch gespannt. Was hatte er zu sagen?

„Man kann die Zukunft nicht in allen Einzelheiten voraussehen", sagte der alte Mann, als hätte er meine Gedanken gelesen, die ihn zum Sprechen aufforderten. „Es gibt zu viele Variablen. Was wir jedoch sehen können, ist unsere Gegenwart. Wie wir unsere Gegenwart nutzen, entscheidet über unsere Zukunft."

Alle nickten.

„Also, was sehen wir in unserer Gegenwart?", fuhr Laosh fort. „Wir sehen die Überlebenden dreier Clans, die früher ziemlich mächtig waren. Die meisten sind Frauen und Kinder, ausgemergelt und krank. Um die Moral der Krieger steht es schlecht. Sie haben keinen gemeinsamen Anführer. Sie sind am Verhungern. Viele von ihnen sind ernsthaft krank. Ich fürchte, dass wir bereits am Morgen die ersten Feuerbestattungen sehen werden."

Laosh musste meinen Blick bemerkt haben. „Olgerd, ich weiß, Ihr wollt, dass wir sie in die Stadt lassen. Aber wir können uns das nicht leisten. Ja, sie sind Calteaner wie wir. Es stimmt, wir haben einen vorläufigen Waffenstillstand. Trotzdem sind sie uns zahlenmäßig überlegen. Anders als Ihr kennen wir ihre Anführer und wissen, wozu sie in der Lage sind. Wir können es nicht riskieren."

„Er hat recht", stimmte Droy zu. „Wir haben ohnehin schon sehr viel für sie getan. Wir haben unsere Nahrungsvorräte mit ihnen geteilt, auch wenn sie uns jetzt nicht mehr reichen werden. Unsere Heiler tun, was sie können. Und noch wichtiger, Ihr habt sie unter den Schutz der magischen Sphäre aufgenommen. Vertraut mir, das ist mehr als genug."

„Eine Nacht an einem sicheren Ort zu verbringen, ohne sich über einen Überraschungsangriff Gedanken machen zu müssen, ist viel wert", fügte Crym hinzu.

„Aber trotz allem, was Laosh gerade gesagt hat, glaube ich nicht, dass sie bei uns bleiben würden", meinte Orman.

„Das glaube ich auch." Shorve nickte, ohne von seiner Näharbeit aufzublicken. „Badwar ist zu stolz. Ich glaube nicht, dass er als demütiger Bittsteller vor eine Rote Eule treten wird. Außerdem wissen sie schon, dass die Horde kommt. Wenn sie sich gegen das Kämpfen entschieden haben, als alle ihre Krieger noch am Leben waren, warum sollten sie sich dann jetzt dafür entscheiden?"

Das war ein Totschlagargument. Dem konnte ich nicht widersprechen.

Droy wollte gerade etwas einwenden, als sein Sohn ins Zelt gestürzt kam. „Vater, du wirst auf der Mauer gebraucht."

Droy erhob sich. „Was ist denn los?"

„Der Botenjunge sagte, die Nordwölfe sind zurück."

DIE MORGENSONNE BEGRÜSSTE die Erde mit trübem, zähflüssigem Licht. Vielleicht würde es später noch schneien. Wir mussten uns beeilen. Trotz der frühen Stunde waren die Arbeiten im äußeren Burggraben, der sich wie die Spur einer Riesenschlange um die Festung schlängelte, bereits in vollem Gange.

In den offenen Bereichen außerhalb der Mauer war der Schnee weggeräumt worden. Feuer brannten überall entlang der Mauer, wärmten den Boden und tauten die alten Ruinen auf.

Dutzende Calteaner wuselten im Graben herum, schaufelten geschmolzenen Schneematsch heraus und hämmerten spitze Pfähle verschiedener Größen ein. Sie legten sich gemeinsam ins Zeug und wechselten sich rund um die Uhr in Schichten ab. Niemand drückte sich. Es ging ums Überleben.

Die Neuankömmlinge beobachteten sie, kommentierten leise untereinander und warfen Blicke auf die Mauer und die darauf aufgestellten Glevenwerfer.

Nun ja. Sollten sie ruhig schauen. Vielleicht würde das ihre Gedanken in die richtige Richtung lenken. Selbst in ihrer Arbeitskleidung wirkten die Roten Eulen jetzt drastisch zivilisierter als sie. Und die Mauer, die sie bauten, wuchs rasant. Die Calteaner hatten noch nie so etwas Gutes wie diese Mauer gebaut.

Trotzdem hatten wir momentan Wichtigeres zu tun, als uns darüber Gedanken zu machen, was die Neuankömmlinge dachten. Droys Sohn hatte recht gehabt. Die Nordwölfe standen vor unserer Tür. Kein kleiner Aufklärungstrupp. Diesmal handelte es sich um den gesamten Clan.

Die stolzen Steppenreiter kamen schweigend angetrottet und wirkten ziemlich mitgenommen. Es war kein einziger Krieger unter ihnen. Heilige Mutter Gottes, wie viele waren es?

Meine Krieger stellten sich am Ende des Radius der magischen Sphäre auf.

Und täglich grüßt das Murmeltier. Erst vor ein paar Stunden hatten wir hier genauso gestanden, als wir Badwar und seine Gruppe empfangen hatten.

Aber in diesem Fall hatten wir keinen Grund, allzu streng zu sein. Immerhin hatten wir ja ein Abkommen mit den Wölfen. Sie konnten kommen und gehen, wie sie wollten.

Die Roten Eulen hatten sich auf den Mauern versammelt und begrüßten die erschöpften Wölfe. Etwa 200 bewaffnete Männer bildeten die Nachhut. Das mussten die traurigen Überreste von Amais kleiner Armee sein.

Ihn selbst konnte ich nirgends entdecken. Pike schien das Kommando innezuhaben. Geschwächt und verwundet, den linken Arm in einer Schlinge, war er der Letzte, der die Grenze der magischen Schutzsphäre durchschritt.

Sein Pferd schnaubte, als es ein paar Schritte von uns entfernt stehen blieb. Würdevoll und ohne Eile stieg Pike ab.

„Seid gegrüßt, oh, Hüter!", ächzte er.

„Seid gegrüßt, tapferer Krieger", entgegnete ich und musterte ihn aufmerksam.

Er hatte ein eindrucksvolles blaues Auge. Seine Kleider waren mit Blut besudelt – dem von anderen sowie seinem eigenen. Man hatte ihm übel mitgespielt.

„Kühner Krieger, ich sehe Euren Anführer nicht", sagte ich.

Pike seufzte, ohne seine aufrechte Haltung aufzugeben. „Mein Anführer und 200 unserer besten Krieger haben im Kampf gegen die Nocteaner den Tod gefunden."

Die Admins waren doch nicht bei Trost. Jetzt hatte ich noch einen Schamanen verloren!

„Ich habe mich an unseren Vertrag erinnert", fuhr er fort. „Deshalb habe ich die Überlebenden hierhergebracht."

„Ihr habt das Richtige getan, Pike mit den vielen Händen." Ich machte eine einladende Geste. „Meine Eulen und ich halten unseren Vertrag in Ehren."

Kapitel 17

„ICH GLAUBE, ICH HABE etwas gefunden." Grinsend tätschelte Pritus das kräftige Bein der Brock.

Er hatte darum gebeten, mich zu sprechen, sobald unsere „Tafelrunde" mit allen Clananführern beendet war. Wie zu erwarten, hatte sie zu nichts geführt.

Einen fruchtloseren Zeitvertreib konnte man sich nicht vorstellen. Es erinnerte mich an die bekannte russische Fabel vom Schwan, dem Hecht und der Krabbe, die einen schweren Wagen zu ziehen versuchten. Da jeder in seine eigene Richtung zog, funktionierte es nicht.

Ich hatte mich an der Diskussion nicht beteiligt. Wozu auch? Die anderen Anführer der Calteaner erkannten meine Autorität nicht an. Ich hatte nicht genug Reputation bei ihnen. Andererseits hatte sich meine persönliche Beziehung zu Badwar von Misstrauisch zu Neutral verbessert. Dasselbe galt für die anderen beiden, Gukhur und Lavena.

Bei jeden von ihnen hatte ich ein ungutes Gefühl. Zuerst Pike, jetzt diese drei. Sie hatten einiges gemeinsam: Alle vier waren gefeierte Krieger, deren Namen jedem Calteaner Respekt einflößten. Ich hoffte nur, dass mich das nicht in Schwierigkeiten bringen würde.

So wie ich mich kannte, war das nicht gerade unwahrscheinlich.

Eine Hand legte sich auf meine Schulter. „Hört Ihr zu?"

„Was? Wie bitte?"

Pritus musterte mich. Ein sarkastisches Lächeln umspielte seine Lippen. „Seid Ihr noch da?"

„Tut mir leid", sagte ich und rieb mir die Augen. „Diese Ratssitzungen sind sehr anstrengend."

Pritus und ich hatten uns im Lauf der letzten paar Tage enger angefreundet. Konnte passieren, wenn man gemeinsam einen Haufen Ennan-Maschinen zusammenbauen musste.

„Sie wollen keine Eulen werden, oder?" Er grinste verständnisvoll. Die Gläser seines Zwickers blitzten auf. „Ist nicht das erste Mal."

Ich erinnerte mich an die Schwarzen Äxte. Sie hatten sich auch mit Händen und Füßen gewehrt. „Könnte man so sagen."

„Olgerd, wisst Ihr was? Von uns allen war ich derjenige, der am stärksten dagegen war, dass wir uns den Roten Eulen anschließen."

„Und was denkt Ihr jetzt darüber?"

„Jetzt finde ich, mich dem Clan anzuschließen, war das Beste, was ich je getan habe."

„Wirklich? Was hat Eure Meinung geändert?"

„Ihr. Unsere anderen Anführer haben uns in den sicheren Tod geschickt und uns mit ihren hehren Zielen und erfundenen Prophezeiungen getäuscht. Ihre aufgeblasenen Egos und ihre Angst, Macht einzubüßen, hat uns davon abgehalten, uns zusammenzutun, um unserem Feind entgegenzutreten. Ihre Feigheit hat uns gezwungen, unsere Heimat zu verlassen. Als unser Schamane starb, gefolgt von einigen der stärksten Krieger, die die Führung hätten beanspruchen können, fühlten wir uns zum ersten Mal frei. Könnt Ihr Euch das vorstellen? So etwas ist uns noch nie passiert. Zum ersten Mal in seiner Geschichte konnte der Ältestenrat tatsächlich etwas entscheiden. Alles davor waren nur leere Rituale gewesen. Und diesmal hing das Schicksal des Clans von unserer Entscheidung ab."

Trotz Pritus' Lob hatte ich immer noch Zweifel. Was, wenn ich genauso dumm war wie ihre früheren Anführer? Was, wenn es nicht funktionierte? Was, wenn *ich* sie in den sicheren Tod geführt hatte?

„Die Freiheit war berauschend", sagte Pritus. „Wir waren unsere eigenen Herren! Und wisst Ihr, was das Wichtigste war? Ja, wir wurden Teil der Roten Eulen, aber es war unsere eigene Wahl. Darf ich Euch einen Rat geben?"

„Guter Rat ist mir immer willkommen."

„Gebt ihnen etwas Raum. Lasst sie ihre Freiheit genießen. Lasst sie das ganze Ausmaß dieser Freiheit erleben. Wenn die Begeisterung einmal verklungen ist, bleibt ein großes Verantwortungsgefühl für das Leben der eigenen Clanmitglieder zurück. Dann brauchen sie jemanden, der weiß, was zu tun ist, ohne dass sie ihre kostbare Freiheit verlieren."

„Glaubt Ihr, ich kann das?"

Pritus lächelte. „Wir sind noch am Leben, oder nicht? Und ich glaube nicht, dass unsere Schamanen etwas damit zu tun haben."

„Das glaube ich auch nicht!"

Wir lachten. Schließlich fragte Pritus: „Also, Lust auf ein bisschen Arbeit?"

„Klar", erwiderte ich. „Worum geht's?"

„Ich habe alle Maschinen studiert", erklärte Pritus bereitwillig, „und ich habe etwas sehr Interessantes bemerkt. Alle Brocks und Glevenwerfer haben an derselben Stelle Einbuchtungen derselben Größe. Interessanterweise laufen von diesen Einbuchtungen aus Energiekanäle durch die gesamte Länge der Maschinen."

„Was denkt Ihr, was das ist?"

„Ich habe mich mit ein paar anderen Technikern unterhalten, und wir glauben, dass es sich bei diesen Einbuchtungen um eine Art Eingang für einen Energiespeicher handelt. Was bedeutet, dass diese Maschinen sich selbst versorgen können. Solange man sie mit einem Energiespeicher ausstattet, können sie ohne Pause arbeiten! Wir sind ins Lagerhaus gegangen und haben alles abgesucht, aber wir haben nichts gefunden, was auch nur annähernd nach so etwas aussieht."

„Zeigt es mir", bat ich neugierig.

Pritus winkte mich heran und deutete auf eine kleine Einbuchtung. „Das hier."

„Ihr habt recht", sagte ich. „Und Ihr sagt, alle Maschinen haben so etwas?"

„Ja", entgegnete Pritus. „Die Brocks haben sie am zweiten Bein rechts. Die Glevenwerfer direkt neben dem Abzug."

„Sie ist sechseckig", kommentierte ich.

Pritus nickte. „Genau. Ich wette um alles, was Ihr wollt, dass sie dazu da ist, Speicherkristalle einzustecken."

„Die können nicht groß sein. Könnt Ihr Euch das vorstellen, dass ein winziges Kristallstück etwas so Riesiges mit Kraft versorgen kann?"

Gerade wollte ich die Einbuchtung berühren, um zu sehen, wie tief sie war, als eine neue Systemnachricht vor meinen Augen erschien.

Möchten Sie den Talisman von Arakh einstecken? Ja/Nein

Überrascht zog ich schnell die Hand weg und las dann die Nachricht noch einmal.

Der Talisman von Arakh ... Der Talisman von Arakh ... Bei dem Namen klingelte etwas. Wo hatte ich davon schon gehört?

Moment mal ...

Mein Hirn war das reinste Sieb. Durch den Aufbau der Maschinen hatte ich auch meinen anderen Beruf weit hochgelevelt. Seitdem ich den Replikator gebaut hatte, hatte ich diese alten technischen Zeichnungen in meiner Tasche herumgetragen, wenn auch ausgegraut und inaktiv. Jetzt, da ich die Brock aufgebaut hatte, waren sie endlich verfügbar, also hatte ich sie für alle Fälle studiert und dann gleich wieder vergessen, da ich andere Dinge zu tun gehabt hatte.

„Spürt Ihr etwas?", fragte Pritus' Stimme direkt über meinem Ohr.

„Ich glaube schon", sagte ich und schloss theatralisch die Augen. „Ich muss mich konzentrieren."

„Verstanden. Ich bin still wie ein Grab."

Schnell öffnete ich den Tab „Studierte technische Zeichnungen". Der Unbearbeitete Talisman von Arakh. Das war kein Problem. Von den Dingern hatte ich 70 Stück in meiner Tasche.

Und ich hatte geglaubt, das wäre nur nutzloses Zeug.

Was für technische Zeichnungen hatte ich denn noch?

Name: Eine technische Zeichnung des Rahmens für den Talisman von Arakh.

Voraussetzungen:

Eine Rolle Stahldraht, 1

„Pritus", sagte ich, ohne die Augen zu öffnen, „ich brauche Stahldraht. Ein paar Rollen werden genügen. Fragt die Schmiede, die sollten haufenweise davon haben. Sie benutzen ihn ständig, um Kettenhemden herzustellen."

„Verstanden", bestätigte Pritus.

Der Klang seiner Schritte entfernte sich schnell.

Gut. Was noch?

Name: Eine technische Zeichnung des Talismans von Arakh

Voraussetzungen:

Ein Rahmen für den Talisman von Arakh, 1

Ein Unbearbeiteter Talisman von Arakh, 1

5.000 Energiepunkte

Ich überschlug das schnell im Kopf. Das war genug für 20 Schuss für die Brock und fünf für die Glevenwerfer.

Mein Herz schlug wie verrückt. Das bedeutete, ich war nicht mehr an die Maschinen gebunden!

Als ich die Augen öffnete, wieselte Pritus mit Zachary im Schlepptau auf mich zu.

„Hier! Ihr könnt es Euch aussuchen!" Er hielt mir mehrere Rollen Stahldraht verschiedener Stärken hin.

Ich probierte sie aus – doch das System lehnte sie alle ab.

Ich unterdrückte einen Fluch. Da war ich nur einen Schritt von einem Energiedurchbruch entfernt, und dann hakte es an einem elenden Stück Draht!

Verflucht seien diese technischen Zeichnungen! Vielleicht musste ich die Stadt jetzt wieder verlassen und aufs Festland reisen.

„Das ist alles Draht für Kettenhemden", informierte Zachary mich, der meinem Hantieren bis jetzt stumm zugesehen hatte. „Probiert diesen hier aus. Er ist dünner, aber genauso stark. Es ist Juwelierdraht. Ich benutze ihn für Ketten."

Ich nahm ihm den Draht ab.

Ja! Es funktionierte! Das System war zufrieden mit unserer Gabe!

Herzlichen Glückwunsch! Sie haben einen Rahmen für den Talisman von Arakh gebaut!

Ich griff in meinen Rucksack nach einem Blauen Eisfragment.

Möchten Sie einen Talisman von Arakh bauen?

Warnung! Der Bau eines Talismans von Arakh kostet Sie 5.000 Punkte reiner Energie!

Möchten Sie fortfahren?

Annehmen/Ablehnen

Im selben Augenblick, als ich *Annehmen* drückte, entwickelten meine Hände ein Eigenleben. Diesmal machte mir das keine Angst. Die Erfahrung war mir bereits vertraut.

Meine rechte Hand nahm den Rahmen, die linke den Unbearbeiteten Talisman. Mit einer einzigen, geschmeidigen Bewegung verband ich die beiden Teile. Es folgte ein Blitz, der mir 5.000 Energiepunkte abzog. Aus dem Augenwinkel beobachtete ich Pritus' und Zacharys verblüffte Gesichter.

Herzlichen Glückwunsch! Sie haben einen Talisman von Arakh gebaut!

Es war vollbracht!

„Ist es das, was ich denke, was es ist?", brachte Pritus hervor.

„Ich glaube schon, mein gelehrter Freund", entgegnete ich und ging hinüber zur Brock. „Alles, was wir jetzt tun müssen, ist, es zu testen."

Möchten Sie den Talisman von Arakh mit der Brock verbinden?

Ja/Nein

Der Moment der Wahrheit. Ich drückte auf *Ja* und steckte meine Schöpfung ein. Sie passte in die Einbuchtung wie angegossen.

Herzlichen Glückwunsch! Die Energieladung der Brock ist um 5.000 Punkte gestiegen!

Warnung! Der Verbrauch der Energieladung zerstört den Talisman.

Ein kleiner Griff erschien neben der Einbuchtung. Jetzt konnten Pritus und seine Helfer die Brock ohne mich bedienen. Ausgezeichnet.

Das einzige Problem war, dass die Talismane nach einer Anwendung verbraucht waren. Und ich hatte nur noch 69 Blaue Eisfragmente übrig. Keine Ahnung, wo ich mehr davon bekommen konnte.

Plötzlich hatte ich eine Eingebung. Was, wenn ...?

„Wenn du jetzt den Dienst verweigerst, kommst du auf den Müll, versprochen!", murmelte ich, während ich den Replikator hervorzog.

„Seid Ihr sicher, dass Ihr ein Techniker seid?" Pritus beobachtete mich lachend.

Ich lächelte ihn an. „Gute Frage."

In dem Augenblick, in dem ich den Talisman in das Schubfach des Replikators legte, vermeldete das System großzügig:

Möchten Sie mit dem Replikationsprozess starten?

Endlich war dieses merkwürdige Gerät, das aussah wie ein Schulmikroskop, zu etwas gut! Dann war es die Sache also doch wert gewesen, es durchs Niemandsland zu schleppen.

Ja, wollte ich! Ich wollte diesen verflixten Prozess nur zu gern starten!

Nachdem er meine Zustimmung hatte, erwachte der seltsame Apparat zum Leben. Seine winzigen Zahnräder, Federn und kleinen Spulen kamen in Bewegung.

Der Talisman in dem Schubfach löste sich auf.

Was war das denn jetzt wieder? Was, wenn das alles schiefging? Was, wenn ich die Bedeutung des Wortes „Replikation" falsch verstanden hatte? Was, wenn die Spielentwickler ihre ganz eigenen Ideen hatten, was das bedeuten sollte?

Die folgenden 20 Sekunden schienen mir wie 20 Stunden. Doch die kleine Maschine ließ mich nicht im Stich.

Herzlichen Glückwunsch! Der Replikationsprozess wurde erfolgreich abgeschlossen!

Replikationsergebnis:

Der Talisman von Arakh. 3

Zeit bis zur nächsten Replikation: 23:59:59

Kapitel 18

AM ABEND ZUVOR hatte ich Droy angekündigt, dass ich einen Erkundungsflug plante. Ich hatte sämtliche Ennan-Maschinen zusammengebaut. Das Leben im Lager war mehr oder weniger unter Kontrolle. Diesen Kram konnte ich getrost ihm überlassen. Wir hatten zu viele Gegner – die nocteanische Horde sowie die Spieler der Dunkelheit und des Lichts – und mussten wissen, wo sie sich befanden. Ich war der Einzige, der das herausfinden konnte. Ohne meine Aufklärungstätigkeit waren wir blind.

Es gab aber noch einen anderen Grund, den ich nicht allzu dringend verraten wollte. Und zwar die Frage, die ich mir schon tausendmal gestellt hatte: Was würde werden, wenn ich den Zwielichtobelisken nicht fand? Was würde dann geschehen?

Je mehr ich versuchte, die Lage zu analysieren, desto düsterer schien sie mir. So, wie die Dinge im Moment standen, war die Ennan-Stadt eine Falle. Ein Leckerbissen, dessen Aufgabe es war, alle Geier in der Gegend herzulocken.

Natürlich hoffte ich immer noch, dass der elende Obelisk sich eines Tages offenbaren würde, aber inzwischen schwand unser magischer Schutz – und nichts tat sich.

Ich war ernsthaft besorgt, wenn nicht gar kurz vor der Panik. In so einer Lage brauchte ich immer einen Notfallplan als Alternative.

Oder besser sogar zwei. Mit anderen Worten: Ich musste einen Plan B entwerfen.

Also beschloss ich, daran zu arbeiten, solange die Sphäre noch aktiv war.

Ich begann mit dem Silberbergtal, das im Süden lag, etwa zwei Wochen Fußmarsch von der Ennan-Stadt und einen Monat von den Gebieten der Spieler entfernt.

Es war die ursprüngliche Heimat der Calteaner, aus der sie vor der Horde hatten fliehen müssen. Ihren Erzählungen nach war es ein wundervoller Ort zum Leben gewesen. Viele Felder und Seen, Berge und Wiesen. Es schneite nur im Winter.

Das hatte die Frage aufgeworfen: Wenn die nocteanische Horde bereits auf dem Weg hierher war, was passierte dann beim Silberberg?

Deshalb wollte ich mir das ansehen.

Der dichte, zähe Nebel bedeckte den Boden wie eine riesenhafte, endlose Daunendecke. Im weißen Dunst unter mir, der einen nahenden Schneesturm versprach, war nichts zu erkennen. Ich musste landen.

Ein Felsvorsprung in der Nähe kam mir da gerade recht. Auf mein mentales Kommando hin ging Boris in den Sinkflug.

Die Felsen waren unglaublich. Fasziniert starrte ich auf ihre bizarren, von Mutter Natur geschaffenen Formen, wie gelähmt von dem Bewusstsein meiner eigenen Unbedeutsamkeit angesichts dieser Ungetüme.

Ihre mächtigen Gipfel schienen den Himmel durchbohren zu wollen. Die dichten Schneewolken blieben an ihren massiven, urtümlichen Gestalten hängen. Hier so ein Naturwunder zu entdecken, war für mich überraschend gekommen. In solchen Augenblicken wollte ich nicht daran denken, dass das nur von Programmierern und Spielentwicklern erstellte Requisiten waren.

Ich sah mich um. Der karge Boden war mit trockenen Büscheln eines Gewächses bedeckt, das aus jedem Riss und jedem Spalt spross. Nirgends war auch nur ein einziges Lebewesen zu sehen, das in seinen verschlungenen Zweigen Schutz suchte. Kein Vogelnest, kein Nagetier. Die Gegend wirkte tot. Wir waren noch zu hoch oben.

Eine sanfte Brise streifte mein Gesicht und wurde mit jeder Minute stärker. Sie wischte den Nebel fort und sorgte nach und nach für eine immer klarere Sicht. Bald hatte ich einen Blick auf ein wahrlich faszinierendes Bild.

Unter mir lag ein unermessliches, mit Felsgruppen durchsetztes Tal. Der Wind hatte den letzten Nebel fortgeweht und das Panorama in all seiner majestätischen Klarheit freigelegt.

Aber das war es nicht, was mein Herz einen Schlag aussetzen ließ. Unter mir graste eine aus unzähligen Tieren bestehende Herde. Sie wirkten täuschend nah.

Waren das Büffel? So viele? Ich verschluckte mich fast bei dieser Erkenntnis.

So eine große Herde musste unerwünschte Aufmerksamkeit auf sich ziehen. Ich war mir beinahe sicher, dass in der Nähe bereits irgendwelche Raubtiere lauerten.

Schnell sprang ich in den Sattel und befahl Boris, mich hinunterzufliegen.

Der Boden bestand aus einer Mischung aus Schneematsch und Tierexkrementen, die von Tausenden von Hufen festgetrampelt worden waren.

Bildete ich mir das ein, oder wurde alles um mich herum immer lebensechter, je tiefer ich ins Niemandsland eindrang?

Es waren Büffel. Sie waren etwas größer als die Zuchttiere der Calteaner, mit langen, kräftigen Beinen und breiten Hufen. Ihr langes Fell war grau mit schwarzen Flecken. Sie hatten kleine Ohren, und ihre massigen Köpfe waren von langen, nach vorn gerichteten Hörnern gekrönt.

Ohne sich zu weit von ihrer riesigen Herde zu entfernen, grasten die Büffel ruhig und scharrten mit den Hufen im Matsch, um an das blaue Moos zu gelangen, das den gefrorenen Boden bedeckte. In der Luft hing der Geruch nach Dung.

Die Herde ignorierte unsere Ankunft. Entweder wehte der Wind in unsere Richtung, oder sie waren zu kurzsichtig. Oder, am wahrscheinlichsten, sie sahen mein Flugtier nicht als Bedrohung an.

Das grenzenlose Tal erstreckte sich bis zum Horizont. Hier gab es genug blaues Moos, um Dutzende Herden wie diese zu ernähren. Die Büffel wogten gemächlich durch das Tal wie ein grauer Fluss, fressend, muhend, kackend, und hinter ihnen blieb den Boden wie von tausend Traktoren durchpflügt zurück.

Wir flogen weiter entlang des Felskliffs, das sich durch die gesamte Länge des Tals erstreckte. Ich bemerkte mehrere Ströme, die fröhlich zwischen den Klippen hindurch plätscherten. Ein paar Minuten später stieß ich auf eine Familie Wildschweine.

Ich beschloss, eine Weile Halt zu machen, um sie von oben zu beobachten. Wir landeten auf einem Felsvorsprung. Boris streckte auf den Steinen aus und räkelte sich glücklich.

Auch ich genoss die friedliche Pause und den Anblick der niedlichen Wildschweinfamilie. Papa Wildschwein war riesig, so groß wie ein ausgewachsenes Nashorn. Seine mächtigen, gelben Hauer ragten weit unter seiner Oberlippe hervor und verliehen ihm das Aussehen eines Gabelstaplers. Mit ihnen durchpflügte er den gefrorenen Boden mit Leichtigkeit und hinterließ tiefe Furchen darin. Er war ein Muskelberg auf dicken Stummelbeinen.

Ein paar kleinere Männchen fraßen in der Nähe und schnaubten zufrieden, während sie durch das Erdreich stöberten. Die stoßzahnlosen Weibchen folgten dicht hinter ihnen, die Rüssel auf den Boden gedrückt, und saugten alle Nahrungsreste in sich ein. Kleine Ferkel tollten herum, quiekten fröhlich und fügten dem Familienidyll eine zusätzliche Portion Niedlichkeit hinzu.

Ich lehnte mich an Boris' weichen Bauch und bewunderte das Schauspiel. Ich hatte Tiere schon immer geliebt und beobachtete sie gern. Und jetzt wurde mir mit jeder Stunde, die ich in diesem gefährlichen, beeindruckenden Land verbrachte, klarer, dass ich eins mit dem Wald wurde, mit diesen Felsen und diesem Tal zusammenwuchs.

Es gefiel mir hier definitiv, und nicht nur wegen der atemberaubenden Ausblicke. Ein Mob unter Level 50 hatte ich noch nicht entdeckt. Papa Wildschwein war über Level 600! Ein riesiges, dicht mit hochstufigen Mobs bevölkertes Gebiet war eine ausgezeichnete Ergänzung zu meinem Plan B.

Der Wald jenseits der Felswand sah völlig normal aus. Ich bemerkte sogar ein paar Nadelbäume, deren immergrüne Nadeln sich hell von den kahlen Bäumen abhoben, die erst noch aus ihrem Winterschlaf erwachen mussten.

Frühling lag in der Luft. Nach den leblosen, schweigenden Schneedünen kam mir das Tal wie eine Art Großstadt der Tierwelt vor.

Ein Schwarm Vögel kam vorbei und schwirrte mit zahllosen Stimmen zwitschernd und tirilierend hin und her.

Wir nahmen unseren Flug wieder auf und hielten uns, der Büffelherde folgend, rechts. Da brach eine große Gruppe schwarzer Tiere aus dem Wald hervor. Großkatzen, wie es aussah. Es wurde von einem Dutzend ausgewachsener Weibchen angeführt. Sie glitten durch das Tal wie unaufhaltsame, schwarze Torpedos und pirschten sich in einem bedrohlichen Halbkreis an die nichtsahnende Herde heran. Ihre Jungen folgten dem Rudel ruhelos und streitlustig. Der Anblick war atemberaubend.

Wie aus dem Nichts sprintete die riesige Anführerin der Katzen auf die Büffel los, die die Gefahr in diesem Augenblick registrierten. Das Fauchen der Katze ließ mir das Blut in den Adern gefrieren.

Die Büffel, die ihr am nächsten waren, erstarrten in Panik. Auch ich konnte mich nicht rühren.

Endlich drehte die Herde bei und strömte in dem Versuch davon, ihren Verfolgern zu entkommen. Doch sie hatten zu viel Zeit verloren. Schnell wie der Blitz erreichte die Anführerin der Katzen den Rand der Herde und kämpfte sich mit ihren Krallen in die Mitte der verängstigten Tiere. Trunken von ihrem Blut und ihrer Angst stand sie über ihren grauen Körpern.

Die anderen Katzen folgten, trampelten über die armen Büffel hinweg und zerfetzten sie. Als sie sahen, wie die Erwachsenen sich an ihrer Beute gütlich taten, schossen die Jungen nach vorne, um sich an dem Mahl zu beteiligen, und purzelten in die verstümmelte Herde wie ein fiependes, kämpferisches Wollknäuel.

„Ich glaube, wir haben genug gesehen, Boris", sagte ich. „Brechen wir auf."

Der Mittag umfing das Tal und die Klippen mit seinem warmen, sonnigen Schleier. Der Schnee hatte es nicht geschafft, den alles durchdringenden Sonnenstrahlen standzuhalten, und war zu hunderten kleiner Rinnsale geschmolzen, die von ihrem Ursprungsort aus zu neuen, unbekannten Horizonten hin flossen.

Die vom Winter müden Klippen boten ihre gefrorenen Flanken der Sonne dar. Der Frühling wanderte durch das Tal und erweckte mit jedem flüchtigen, grünen Schritt den kalten, unnachgiebigen Boden aus seiner scheinbaren Leblosigkeit.

Je mehr ich sah, desto besser gefiel mir diese Gegend. Zudem war es hier viel wärmer. Je weiter wir flogen, desto angenehmer wurde die Temperatur.

Wir hatten uns von der riesigen Büffelherde getrennt, die weiter tief ins Tal hineinströmte, während wir an seinem Rand entlang der Bergkette flogen.

Auch die Klippen schienen sich zu verändern. Mit niedrigem Gestrüpp und jungem Gras bewachsen erinnerten sie jetzt an flauschige, grüne Riesen. Vogelschwärme zeterten zwischen dem Grün und gingen ihren Geschäften nach.

Wir landeten auf einem Berggipfel. Ich sprang aus dem Sattel und streckte die Beine, dann griff ich in meinen Rucksack nach meinem Pelzmantel. Mit dem Rücken zum Tal faltete ich ihn aus, während ich den Blick geistesabwesend über den Wald zur anderen Seite des Gebirges schweifen ließ.

Ungläubig hielt ich inne. Eine dünne Rauchsäule stieg sich kräuselnd aus dem Dickicht des Waldes in den Himmel auf, gar nicht weit weg von der Stelle, an der wir standen.

Ich blinzelte, rieb mir die Augen und sah dann erneut hin. Die schwache, graue Spur war nicht verschwunden. Kerzengerade stieg sie in den Himmel auf, wo sie sich erst in großer Höhe auflöste.

Spieler? Andere Calteaner? Oder andere NPCs?

Ich überprüfte meine Kleidung und meine Waffen und sprang wieder in den Sattel.

Boris hob ab und flog in Richtung des Rauchs.

Während des Flugs dachte ich nach. Es wäre keine gute Idee, uns Hinz und Kunz zu offenbaren. Die Tatsache, dass sie nicht einmal versuchten, den Rauch zu verbergen, konnte zwei Dinge bedeuten: Entweder waren sie ahnungslose Anfänger oder es gab niemanden, vor dem sie sich verstecken wollten. In dieser Welt voller hungriger, scharfzahniger, zorniger Mobs, die einen als rechtmäßig zustehende Mahlzeit ansahen, musste man gut aufpassen. Was für ein Wesen konnte es sein, das Feuer beherrschte und sich nicht vor wilden Katzen oder Nocteaner-Horden fürchtete?

Wie sicher war ich mir, dass es sich freuen würde, mich zu sehen?

Viele Fragen, und die einzige Möglichkeit, Antworten darauf zu bekommen, war eine Aufklärungsmission. Nun gut, Herr Olgerd, los geht's!

Die Rauchsäule führte mich zu einem kleinen Hof, der von einer fadenscheinigen, niedrigen Umzäunung umgeben war. Teile davon waren eingefallen und gaben den Blick auf das noch schwelende Skelett dessen frei, was wohl einst eine Blockhütte gewesen war.

Die Umzäunung wirkte sehr alt. Die Holzbalken, aus denen sie gebaut war, waren mit dem Alter gedunkelt und getrocknet, grob zugespitzt und mit Flecken grünen Mooses bedeckt. Die Umzäunung, die vor dem Hintergrund eines knorrigen, grauen Waldes ihre krummen Zähne entblößte, wirkte wie eine Illustration aus Grimms Märchenbüchern.

Nachdem ich ein paar Kreise über dem Bauernhof gezogen hatte, ohne Anzeichen für Leben zu entdecken, beschloss ich, tiefer zu gehen.

Ich landete am Waldrand, sah mich um und horchte auf eventuelle Geräusche. Da bemerkte ich seltsame Pfotenabdrücke am Boden, die zur Einfriedung führten.

Zuerst waren sie groß mit scharfen Krallen. Nach ein paar Metern veränderten sie sich und wurden immer kleiner, bis sie sich in die Fußabdrücke eines kleinen Menschen verwandelt hatten.

Ich hatte den Eindruck, dass hier kürzlich etwas Riesenhaftes, der Größe seiner Klauen nach zu urteilen, Fleischfressendes aus dem Wald gekommen und auf den Bauernhof zu spaziert war – und dieses Etwas hatte sich währenddessen in einen Menschen von der Größe eines zehnjährigen Kindes verwandelt.

Ich konnte mich aber auch täuschen. Schließlich war ich kein Pfadfinder.

Ich folgte den Fußabdrücken bis zu einer Lücke in der Umfriedung. Hier hatten die dicken, schwarzen, in die lockere Erde getriebenen Pfähle Schlagseite bekommen, als wären sie von etwas sehr Großem, sehr Schwerem umgestoßen worden.

Wer auch immer auf dem Hof gelebt hatte, hatte einen hohen Preis für seine Fahrlässigkeit bezahlt. Er hätte die Umfriedung reparieren sollten, als noch Gelegenheit dazu war. Offenbar verzieh derjenige, der die Spuren im Schnee hinterlassen hatte, solcherlei Nachlässigkeit nicht.

Ich spähte durch die Lücke. Der Hof war in etwa einen Morgen groß. Alle seine Gebäude waren niedergebrannt. Überall waren braune Flecken getrockneten Bluts zu sehen. Im zertrampelten Schnee waren alle möglichen Fußspuren sichtbar, darunter auch die mit den Krallen.

Das sah aus wie eine dieser einsamen Calteaner-Siedlungen. Vielleicht eine Familie, die sich von ihrem Clan getrennt hatte. Der miserablen Qualität des Zauns und der Gebäude nach zu urteilen, war es ihnen wohl schlecht ergangen. Oder hatten sie sich ohne die Bedrohung durch einen äußeren Feind zu sehr entspannt?

Jedenfalls war dieser Hof tot.

Es war Zeit für uns, von hier zu verschwinden.

Kapitel 19

WENIGER ALS ZWEI STUNDEN SPÄTER brachte Boris uns zu einer endlos ausgedehnten Wasserfläche. Auf der Karte war sie als „Weißes Meer" gekennzeichnet. Mit ihrem schweren Wellengang, dem eiskalten Wind und den dunklen Wolken konnte man seine Küste nicht gerade als einladend bezeichnen.

Trotz des abscheulichen Wetters schwebte Boris auf seinen starken Schwingen mühelos unter den Wolken dahin. Tatsächlich wirkte er sogar zufrieden und genoss diese Herausforderung an seine Flugkünste.

Gerade wollte ich ihm sagen, dass er sich wieder in Richtung Inland wenden sollte, als ich ein paar dunkle, rechteckige Flecken am Ufer entdeckte. Von Weitem wirkten sie wie die Leichen gestrandeter Seehunde oder sehr großer Vögel.

Das wäre nicht so schlimm, wenn ihre Anordnung nicht gewesen wäre. Die Körper waren alle sauber aufgereiht, wie von der Hand eines intelligenten Wesens.

Als ich näherkam, wurde mir klar, dass ich nur halb recht hatte. Die dunklen, rechteckigen Objekte stellten sich als auf dem Kopf liegende Boote heraus. Sie wirkten sehr alt, die schwarzen Flanken verrottet und voller Risse und Löcher.

Was hatte das zu bedeuten? Das Erste, was mir einfiel, war, dass es in der Nähe eine Siedlung intelligenter Wesen geben musste. Sie hatten wohl ihre alten Boote hier am Strand abgeladen und dem Verfall überlassen. Das Spiel gab mir keine Infos, wenn ich mich auf die Boote fokussierte, was wohl bedeutete, dass sie einfach zum Hintergrund gehörten.

Moment mal. Jetzt wurde es interessant.

Im Sand neben dem letzten Boot lag eine fast schon skelettierte Leiche. Obwohl ihr Schädel so stark zertrümmert war, dass man kaum noch etwas davon erkennen konnte, hätte ich einen Nocteaner niemals mit einer anderen Rasse verwechseln können. Und auch die Steinaxt, die noch unter dem Boot lag, war ein sicherer Hinweis.

Die Fußabdrücke darum herum waren alt und kaum noch erkennbar. Sie stammten nicht von Nocteanern.

„Folgen wir ihnen mal, Junge", sagte ich zu Boris und sprang wieder in den Sattel.

Wir mussten nicht weit fliegen. Den nächsten Toten entdeckte ich etwa 150 Meter weiter.

Dieser Nocteaner lag unter einem Haufen großer Steinbrocken. Sein Kopf sah fürchterlich aus. Offenbar hatte er versucht, unter den Felsen hervorzukriechen. Das erkannte ich an den tiefen Krallenspuren auf der Oberfläche der Steine.

Warum kam mir das bekannt vor?

„Ich glaube, ich hatte recht", flüsterte ich und warf misstrauische Blicke um mich. „Landen wir mal dort drüben." Ich deutete auf einen breiten Felsvorsprung, der über den felsigen Pfad ragte.

Der Vorsprung war leicht zu erreichen und bot genug Platz, um versteckt zu warten und unerwünschte Gäste zu überraschen.

Da! Der Eingang zu einer Höhle, genau, wie ich gedacht hatte. Er war raffiniert hinter ein paar Büschen verborgen, die – da war ich mir sicher – nicht von selbst dort gewachsen waren.

Ich ließ Strolch heraus, damit er ein bisschen herumlaufen und sich umsehen konnte.

Sein geschmeidiger Raubtierschatten verschwand in dem dunklen Eingang. Schon ein paar Minuten später war er zurück. Entwarnung.

Ich tätschelte ihm den Nacken und trat ins Dunkel.

Der felsige Gang war nicht sehr lang. Schon bald hatte ich das andere Ende erreicht.

Ich ging hinter einem großen Felsbrocken in Deckung und blinzelte ins Sonnenlicht. In der Höhle war es nicht besonders dunkel gewesen, vor allem nicht für mein Ennan-Sehvermögen, doch die gleißenden Sonnenstrahlen blendeten mich kurzzeitig. Ich wartete, bis ich wieder etwas sah, und ging dann weiter.

Eine verlassene Siedlung, tot und stumm, tauchte unerwartet zwischen den Klippen auf.

Auf den ersten Blick unterschied sie sich drastisch von dem Bauernhof. Ihre Einfriedung war solide gebaut und mit Steinen befestigt, die bis zu ihrer halben Höhe aufgetürmt waren, um unerwünschte Gäste abzuschrecken.

Klippen schützten die Siedlung von beiden Seiten. Ein stabiles, von spitzen Stäben gekröntes Tor ragte in der Mitte auf. Das war ein gut geplantes, gut in Schuss gehaltenes Gelände. Auf manchen der Pfähle waren Schädel von mir unbekannten Tieren aufgespießt. Den eindrucksvollen Reißzähnen nach zu urteilen, hatte es sich um Raubtiere gehandelt.

Zwei hölzerne Wachtürme flankierten das Tor. Wachtposten oder Bogenschützen waren keine zu sehen. Die kleine, befestigte Siedlung schien ausgestorben zu sein.

Ein paar Nocteaner-Leichen lagen unter der Mauer, offenbar durch Pfeile oder andere Geschosse getötet. Die Waffen selbst schienen jedoch nicht mehr vorhanden zu sein. Jemand musste sie nach der Schlacht eingesammelt haben.

Das waren gute Neuigkeiten. Es hieß, dass vielleicht noch jemand am Leben war.

Ich konnte nicht anders, als diese eindrucksvolle, kleine Befestigungsanlage zu bewundern. Wohin immer ich sah, fanden sich Hinweise auf eine gnadenlos blutige Schlacht. Die Wände und das Tor waren voller dunkler Flecken, die das Holz durchdrungen hatten und auf den Steinen getrocknet waren. Sie verrieten mir, dass die Verteidiger der Siedlung ihren Feinden ehrenhaft entgegengetreten waren und dabei eine Menge gegnerisches Blut vergossen hatten.

Unter mir ertönte ein Knurren. Diesen Klang würde ich überall erkennen.

Behutsam trat ich an den Rand des Felsvorsprungs.

Nocteaner. Genau, wie ich gedacht hatte. Gleich fünf.

Taumelnd vor Erschöpfung schleppten sie sich dahin und knurrten sich gegenseitig an. Ihre Arme hingen schlaff herunter. Alle schienen verletzt zu sein.

Und da kamen die Verteidiger! Ein paar Wesen erschienen innerhalb der Einfriedung: Zwei auf den Mauern und jeweils eine auf jedem Wachturm.

Es waren definitiv Calteaner. Allerdings waren sie recht klein ... winzig ... ihre Rüstung war zu groß für sie.

Was war ich für ein Idiot! Das waren Kinder! Kleine Jungs!

Dem fröhlichen Knurren der Nocteaner nach zu urteilen, hatten auch sie sie bemerkt. So schnell sie konnten, hasteten sie auf die Siedlung zu.

Die ersten Pfeile flogen von den Mauern. Zu früh!

Was machten die überhaupt auf den Mauern? Wo waren die Erwachsenen? Warum ließen sie es zu, dass die Kinder die Siedlung verteidigten?

Das würde ich zu einem anderen Zeitpunkt herausfinden. Durchhalten, Kinder! Wir kommen ...

Auf meinen Befehl hin stieg Boris hoch in die Luft auf und schoss dann nach unten.

„Dein Auftritt, Stahlkrabbler!", schrie ich und ließ einen Skorpion frei.

„UND WANN WAR DAS?", fragte ich.

„Vor etwa zwei Wochen, vielleicht auch länger. Wir haben die Tage nicht gezählt", antwortete der calteanische Jugendliche. Sein Name war Unai.

„Seither ist niemand hierhergekommen?"

Es war zwei Stunden her, dass wir die Nocteaner erledigt hatten, die ohnehin schon arg mitgenommen gewesen waren. Ich hatte Glück gehabt: Ihre Energie war fast leer und ihre Lebensanzeige auf 20 % reduziert gewesen. Letzteres hatte wohl den Ausschlag für uns gegeben.

Zunächst hatten die Kinder mich misstrauisch empfangen. Doch sie schienen über eine unerklärliche Einsichtsfähigkeit zu verfügen, dank derer sie mich als Mitglied der Roten Eulen erkannt hatten. Ab da war ihr Misstrauen verflogen.

Jetzt saß ich auf dem breiten Festungswall und sprach mit den jungen Verteidigern.

„Nein, seither ist niemand gekommen." Unai schüttelte den Kopf.

Ungläubig blickte ich sie an. Es war kaum zu fassen, wie sehr sie in diesen zwei kurzen Wochen gelitten hatten.

Der Clan der Seetiger war von einem großen Nocteaner-Stamm angegriffen worden, der alle Erwachsenen in einer sehr einseitigen Schlacht umgebracht hatte. Nur ein paar Kinder hatten überlebt: vier Jungen und zwei Mädchen. Allerdings konnte man, wenn man sich Unai und den gedrungenen kleinen Torm genauer anschaute, wohl nicht mehr von Kindern sprechen.

Als alle Erwachsenen tot waren, hatten sie die Verantwortung für das Überleben der Siedlung übernommen.

„Wer von euch hat den Felsbrocken auf den Nocteaner geworfen, dessen Knochen ich bei den Booten gefunden habe?", fragte ich.

Torm und Unai wechselten überraschte Blicke.

„Ich habe einen Stein nach ihm geworfen, ja", entgegnete Tom.

„Hast du auch den anderen erledigt?"

Er nickte und fügte vage hinzu: „Mit demselben Stein."

„Demselben Felsbrocken, meinst du?"

„Ja. Das war der beste, den ich finden konnte. Hart und spitz. Ich habe eine Weile gebraucht, um den richtigen auszusuchen."

Ich lachte leise. „Verstehe."

Ein „Stein"! Der Junge war stark, so viel war sicher. Wahrscheinlich waren Crym und Orman als Kinder genauso gewesen.

Torm war ein echter Riese für sein Alter. Er hatte große Hände und Füße und breite Schultern. Er war beinahe so groß wie ich. Doch das war es nicht, was mir Sorgen bereitete. Es war der seltsame Blick in seinen Augen. Hart und grausam.

Aber was wusste ich schon? Der Kleine hatte gerade seine ganze Familie verloren, sie war vor seinen Augen getötet worden. Wie sonst sollte er wohl schauen?

Alles in allem beeindruckten die jungen Seetiger mich immens. Besonders Unai, der Älteste, der jetzt ihr Anführer war.

Auch seine Familie war vor seinen Augen von gefräßigen, nocteanischen Kannibalen getötet worden. Ihm war niemand anderes geblieben außer ein paar angstvollen Kindern wie er selbst. Trotzdem hatte ihn das nicht davon abgehalten, sich zusammenzureißen und die wenigen Überlebenden zu retten.

Ich konnte nicht anders, als mich mit dem Jungen vergleichen. Wäre ich an seiner Stelle in der Lage gewesen, mir meinen Mut und meinen Anstand zu bewahren?

„Woher wusstet Ihr das?", fragte Torm.

„Was denn?"

„Dass wir einen Stein auf ihn geworfen haben", erklärte Unai.

„Ich bin Torms Fußabdrücken gefolgt."

„Seinen Fußabdrücken?"

„Ja. Tatsächlich habe ich nur drei davon entdeckt. Zwei beim alten Boot und noch einen in dem Gang zwischen den Felsen. Zuerst dachte ich, sie wären von einem kleinen Mann gewesen, weil ich mir nicht vorstellen konnte, dass es so einen großen Jungen geben könnte." Ich nickte Torm zu, der sich stolz in die Brust warf.

Unai schenkte mir ein wissendes Lächeln.

„Das ist schon Tage her! Wie konntet Ihr sie noch erkennen?", wollte Torm wissen.

„Ich bin nur aufmerksam, das ist alles. Deine Fußstapfen waren die tiefsten, weil du etwas Schweres getragen hast – vermutlich den Stein. Wusstest du, dass es die einzige Möglichkeit ist, einem Nocteaner den Schädel einzuschlagen, etwas Schweres aus großer Höhe auf ihn zu werfen? Man braucht keine große Beobachtungsgabe, um die Klippen zu bemerken, die an der Stelle, wo es passiert ist, über den Strand hinausragen."

„Aber der Wind und der Regen sollten unsere Spuren nach so vielen Tagen doch schon verwischt haben?", bemerkte Unai.

„Da hast du recht. Das ist auch passiert. Deshalb habe ich nur drei Fußabdrücke entdeckt. Zwei davon waren noch da, weil sie direkt neben dem umgekehrten Boot waren, was sie vor dem Wind geschützt hat. Der dritte war auf dem Felspfad, das war noch einfacher. Torm muss versehentlich in das Blut des Nocteaners getreten sein und hat einen Abdruck auf den Kieselsteinen neben der Leiche hinterlassen. Das war auch schon alles."

Sie verfielen in Schweigen. Unai bewegte die Lippen, als würde er versuchen, auswendig zu lernen, was ich gerade gesagt habe. Torm inspizierte seine Füße, als ob er sie zum ersten Mal sähe.

„Wo kommt Ihr her?", wechselte Unai das Thema.

„Aus der Verbotenen Stadt", antwortete ich.

Sie rissen die Augen auf.

„Ich bin der Hüter der Verbotenen Stadt", erklärte ich. „Ich habe den überlebenden Clans der Calteaner, wie viele auch immer noch übrig sein mögen, dort Zuflucht angeboten."

„*Überlebende* Clans?", fragte Unai ungläubig.

„Jawohl", entgegnete ich. „Das Silberbergtal wurde von einer Nocteaner-Horde überfallen. Wusstet ihr das nicht?"

Sie wechselten Blicke und schüttelten dann alle die Köpfe.

„Aber warum sind die Clans in der Verbotenen Stadt?", fragte Unai. „Sie liegt im Norden, oder?"

„Aus mehreren Gründen. Ihre Schamanen konnten sich nicht einigen, also haben sie sich aufgeteilt und jeder ist seiner eigenen Wege gegangen."

Während ich sprach, wechselten sie verwirrte Blicke. Wenn Laosh nur die Reaktion der Jungen auf die „klugen" Entscheidungen seiner angeblich so weisen Kollegen sehen könnte!

Also musste ich ihnen alles von Anfang an erzählen: Wie die Calteaner ihrer getrennten Wege gegangen waren, von den Roten Eulen und den Schwarzen Äxten, von den Nocteanern und wie wir gegen sie gekämpft hatten. Von der Ankunft der anderen Clans – oder vielmehr dem, was von ihnen übrig war.

Als sie die Namen Badwar, Gukhur und Lavena hörten – und besonders, als ich ihnen erzählte, dass sie ihre Schamanen getötet hatten und warum – ballten die Jungen die Fäuste. Torm fluchte wie ein Bierkutscher.

Ich konnte sie verstehen. Ihre vertraute Welt stürzte vor ihren Augen in sich zusammen. Erst der Tod ihrer Familien und jetzt die Nachrichten über die nahende Horde. Für sie musste das der Apokalypse gleichkommen.

Wir sprachen über die Zukunft ihrer Siedlung. Ich bot ihnen an, in die Stadt umzuziehen. Überraschenderweise lehnten sie die Einladung ab. Es stellte sich heraus, dass sie die Siedlung voll im

Griff hatten. Sie verfügten über ausreichend Nahrung und Verbrauchsmaterial. Sogar ein paar Büffel waren ihnen geblieben. Für örtliche Verhältnisse waren sie geradezu reich. Auch ein großes Boot und ein Dutzend kleine standen ihnen zur Verfügung.

Trotz ihres Alters waren die Jungs alle über Level 200. Die beiden Mädchen lagen etwas darunter – aber beide hatten bereits einige sehr nützliche Fähigkeiten und Fertigkeiten erlernt. Besonders das jüngere, das eines Tages eine sehr mächtige Medizinfrau zu werden versprach.

Ich lud sie nicht ein, sich den Roten Eulen anzuschließen. Bei ihrem jugendlichen Clan hatte ich dafür noch nicht genug Reputation. Die kleine, graue Medaille, die ich mir verdient hatte, reichte nicht aus, um eine derartige Entscheidung zu beeinflussen. Doch zu unser aller Freude schlossen wir ein Bündnis.

Dann boten sie mir an, mit ihnen zu essen. Ich musste ihnen alles von der Verbotenen Stadt und der Grotte erzählen. Sie waren so begeistert von Boris und Strolch, dass sie mich allein ihretwegen nicht mehr weglassen wollten.

Doch ich musste zurück. Was für eine Schande, dass ich nichts für diese Kinder tun konnte – zumindest nicht im Moment. Doch ich ließ ihnen den Skorpion da, den ich zuvor im Kampf gegen die verwundeten Nocteaner eingesetzt hatte. Seine Haltbarkeit lag noch bei etwa 60 %. Er sollte am Tor stehenbleiben und sie bewachen. Jetzt, da wir Verbündete waren, identifizierte der Stahlkrabbler die Seetiger als Freunde.

Zu sagen, dass sie sich freuten, war schwer untertrieben. Wenn ich erst wieder in der Stadt war, musste ich zusammen mit den anderen überlegen, wie man diesen tapferen Kindern helfen konnte.

Boris drehte eine Abschiedsrunde über der Siedlung, bevor er mich schnell zurück zum Silberberg trug.

$$\times$$

DER FLUSS IN ALL SEINER Gelassenheit war eine ausgedehnte, graue, gläserne Fläche, die das Tal in zwei Hälften teilte. Tags zuvor noch war er rau und reißend gewesen. Jetzt leckte das Wasser nur mehr halbherzig am steinigen Ufer. Nebel trieb tief über seiner Oberfläche und verhieß einen sonnigen Tag.

Ich saß auf einem Felsen, der halb unter Wasser lag, beobachtete meine Umgebung und lauschte ihren Geräuschen. Der Fluss wirkte wie ein riesenhaftes Tier, das auf der Lauer lag, bevor es einen ansprang. Das Plätschern seiner Wellen wiegte seine Opfer in falsche Sicherheit.

Mit angehaltenem Atem bewunderte ich diese vergängliche Ruhe. Das Murmeln der Wellen half mir beim Nachdenken.

Ich hatte alles gesehen, was ich sehen musste.

Wir steckten mittendrin.

Eine 11.000 Mann starke Nocteaner-Horde bewegte sich direkt auf uns zu. Und das war nicht alles. Die Spieler der Dunklen kamen ebenfalls im Eiltempo auf uns zu. Sie hatten bereits den Schwarzen Strom überquert. Ich hatte einen unauffälligen Blick auf ihre Zahlen geworfen: mindestens 4.000. Und das ohne ihren Versorgungszug.

Doch das war immer noch nicht alles. Hinter der Gebirgskette stand die vereinte Armee der Clans des Lichts kurz davor, die Raureifwälder zu betreten.

Wir waren umzingelt. Die Nocteaner würden als Erste ankommen.

Da war wohl nichts zu machen. Es gab immer noch die kleine Chance, dass die zahllosen Armeen sich vor unseren Mauern gegenseitig an die Kehle gehen würden. Aber das wäre zu schön, um wahr zu sein.

Ein leises Rascheln hinter meinem Rücken unterbrach meine traurigen Grübeleien. Widerstrebend drehte ich mich um. Ich wusste bereits, wen ich sehen würde.

Eine schlanke, weibliche Gestalt stand erstarrt auf einem Felsen in der Nähe. Sie trug eine pechschwarze Rüstung, die sie, ihrem „purpurnen" Schimmer nach zu urteilen, ein Vermögen gekostet haben musste. Hinter ihrem Rücken schauten zwei Krummsäbel hervor. An ihrer Seite hing eine kleine Armbrust.

Vor ein paar Wochen hätte ihr Anblick mir meine eigene Hilflosigkeit bewusst gemacht. Doch das war vorbei. Ich war jetzt ein anderer.

„Guten Tag, Herr Olgerd", sagte die Alvin. „Ihr seid ja kaum wiederzuerkennen. Ich freue mich, Euch zu sehen."

„Hi, Liz." Ich lächelte zurück. „Schön, Euch zu sehen."

„Ihr seid verrückt, einfach so über die Clan-Armee zu fliegen. Was, wenn sie Euch bemerkt hätten?"

Ich lachte leise. „Hätten sie nicht. Ich fliege schließlich über den Wolken."

„Wie habt Ihr mich dann entdeckt?", fragte sie.

„Meine Freundesliste hat aufgeblinkt", erklärte ich. „Ich habe sie geöffnet und gesehen, dass Ihr im lokalen Chat seid. Also habe ich Euch eine Nachricht hinterlassen. War es schwer, den Wachturm zu finden?"

Sie hob die Schultern. „So war das also. Geht es Euch im Niemandsland gut?"

„So langsam entwickle ich mich hier zum Wilden", sagte ich mit einem schiefen Lächeln. „Wie läuft's auf dem Festland?"

Sie lachte. „Wie immer. Onkel Wanja hat mir gesagt, dass Ihr hier einen schönen Schlamassel angerichtet habt."

Ich seufzte. „Er hat recht. Doch ich hatte keine andere Wahl. Wie geht es ihm? Ich habe ihn da drüben nicht gesehen."

Sie winkte ab. „Die Karawanenleute haben ihre eigenen Regeln. Sie warten, bis das Gebiet vollständig zivilisiert ist, bevor sie herkommen. Onkel Wanja hat nichts dafür übrig, als Pionier neue

Routen zu erkunden. Das bringt keinen zusätzlichen Profit, also hat es keinen Sinn, gute Wagen und Tiere zuschanden zu fahren."

„Nur logisch", stimmte ich zu. „Wenigstens seid Ihr hier."

Sie nickte. „Klar. Und nicht nur ich. Jeder, der etwas Geld für gute Ausrüstung aufbringen konnte, hat sich hierher aufgemacht."

„Werdet Ihr in den Krieg gegen mich ziehen?"

Sie machte eine Geste in Richtung der Berge, von wo aus die Armee anrückte. „Die dort schon. Aber nicht meine Gruppe. Wir können nicht gegen Euch kämpfen. Das sagen auch alle Karawanenleute. Tatsächlich sagen das eine Menge Leute."

Ich lächelte. „Danke. Das ist schön, zu hören. Ihr solltet vielleicht wissen, dass Ihr in ein paar Tagen Gefahr lauft, auf eine Dunklen-Armee ähnlicher Größe zu treffen. Seid bitte vorsichtig."

Sie schüttelte den Kopf. „Sie werden nicht gegen uns kämpfen."

Das kam überraschend. „Warum nicht?"

„Die Anführer der Clans der Dunkelheit und des Lichts haben ein Abkommen getroffen. Sie haben einen temporären Waffenstillstand vereinbart."

Ich kratzte mich am Kopf. „Oh. Das ist keine gute Nachricht. Warum haben sie das getan?"

Sie lachte. „Gute Frage! Das gibt allen ein Rätsel auf. Unsere Anführer führen etwas im Schilde."

„Seltsam."

„Ich muss jetzt los", sagte sie. „Ich möchte nicht, dass meine Abwesenheit bemerkt wird. Passt auf Euch auf, ja?"

„Wiedersehen, Liz", sagte ich. „Liebe Grüße an alle!"

Als sie Boris erblickte, blieb ihr der Mund offen stehen. Wir kreisten ein paarmal über dem Ufer, damit sie uns beide gebührend bewundern konnte. Dann winkte ich zum Abschied, und wir machten uns auf in Richtung Wachturm.

Aus der Nähe sah er noch beeindruckender aus. Er war aus gut behauenen, vom Alter ergrauten Steinblöcken erbaut und wirkte wie ein hoher Burgfried, der auf eine kleine Gruppe Krieger wartete.

Alt mochte er sein, doch sicherlich nicht altersschwach. Er war eindeutig verlassen. Seit Jahrhunderten hatte sich niemand mehr um diese wundervolle Befestigungsanlage gekümmert. Gras wuchs aus den Spalten und drängte mit seinen Wurzeln das Mauerwerk auseinander. Einer der Clans würde sie unweigerlich bald für sich beanspruchen.

Sie ragte auf einem Felsplateau auf, dem höchsten in der Gegend. Um sie zu erreichen, musste man mindestens fünf Minuten lang einen recht steilen Pfad erklimmen.

Ich flog näher heran. Jetzt konnte ich die ordentlich aufgereihten Pfeilschießscharten erkennen. Es handelte sich hier um eine kompakte Festung, die von einer kleinen Gruppe Bogenschützen bis zum Eintreffen der Hauptstreitmächte gehalten werden konnte, vorausgesetzt, sie verfügte über genug Nahrung und Vorräte.

Der Turm bot ein hervorragendes Schussfeld. Ein Feind würde sich nicht die Mühe machen, Zeit und Ressourcen auf so ein triviales Ziel zu verschwenden. Dieser Ort war perfekt für eine kleine Gruppe, um Kämpfe auszusitzen. Die Sicht war ausgezeichnet, man konnte bei Bedarf also auch Signale geben.

„Gut! Ich glaube, wir haben genug gesehen! Zeit, nach Hause zurückzukehren."

Kapitel 20

WARNUNG! Erlöschen der Magischen Sphäre in:
 05:00 Minuten ...
 04:59 ...
 04:58 ...
 04:57 ...

Die letzten paar Tage des magischen Schutzes waren verflogen wie ein Schwarm Spatzen, in dessen Mitte eine Katze aufgetaucht war.

Ich stand auf der Burgmauer, biss mir auf die Lippe und beobachtete, wie der Timer die letzten Sekunden herunterzählte. Die Entwickler waren Mistkerle. Sie hätten mir ohne Weiteres einen Monat lang Schutz gewähren können, wenn sie gewollt hätten.

Man sollte meinen, ich wäre ein erwachsener Mann, aber ich fühlte mich so zittrig, als würde ich gleich eine Schularbeit schreiben. Es kam mir vor, als hätte ich irgendetwas Wichtiges vergessen, trotz all der Nächte, die ich mir - über Lehrbüchern brütend - um die Ohren geschlagen und mir Seite um langatmige Seite einverleibt hatte, obwohl mir klar war, dass es unmöglich war, sich das alles zu merken.

Meistens hatte es Panik und Wut auf mich selbst in mir ausgelöst – was mir immer den nötigen Antrieb fürs Handeln geliefert hatte. Man blickte zurück auf die letzten paar Tage, die man mit Lernen verbracht hatte, und schalt sich selbst dafür, neulich einen ganzen Abend im Kino verschwendet zu haben, anstatt zu lernen. Oder für den Ausflug zum Fluss vor einer Woche! Wozu hatte ich die Lehrbücher mitgeschleppt, wenn ich doch nichts tat, außer mit meinen Freunden rumzuhängen und Karten zu spielen? Schon wieder einen Tag verschwendet. Abends fühlte man sich wie jemand, der Diät hielt und ein schlechtes Gewissen hatte, weil er ein Stück Kuchen gegessen hatte.

Leider können wir die Zeit nicht steuern. Sie gleitet uns durch die Finger wie Wasser. Man kann die Hand zu einer noch so dichten Schale formen, doch das Wasser findet immer einen kleinen Spalt, durch den es entkommen kann.

Die Nacht zuvor war ruhig und bemerkenswert warm gewesen. Es sah aus, als hätte der Frühling das Niemandsland endlich erreicht und würde es jetzt langsam von den Schneestürmen der letzten Zeit zurückerobern. Der Schnee schmolz überall in der Stadt und im Tal, sodass die hässlichen Überreste der einst so majestätischen Ennan-Zivilisation zum Vorschein kamen.

Frühling. Meine Frau Sveta liebte ihn sehr. Das Zwitschern der Vögel bereitete ihr Freude. Es war ein Signal für sie, für uns Picknicks am Lagerfeuer zu organisieren. Sie war die treibende Kraft in unserer Familie und dachte sich alle möglichen Aktivitäten für draußen aus. Tanzen liebte sie ebenso. Oft platzte ich herein, wenn sie gerade in ihre Bürste sang. Oh ja, sie liebte den Frühling, den richtigen Frühling, nicht die Sorte, die wir hier hatten.

Meine Calteaner waren momentan nicht gerade ein Ausbund an Freude. In letzter Zeit hatte keine Stimmung zum Tanzen geherrscht.

Es war mir gelungen, meine Hauptleute davon zu überzeugen, die Neuankömmlinge in die Stadt zu lassen. Außerdem hatte Badwar verkündet, dass sie auch nach Ablauf des Schutzes bei uns bleiben würden. Weise Entscheidung. Sie könnten den Nocteanern sowieso nicht entkommen. Und selbst wenn, könnten sie doch nirgends hingehen. Selbst in seinem jetzigen, miserablen Zustand bot das Zwielichtschloss ihnen doch einen gewissen Schutz.

Pike und seine Nordwölfe waren ebenfalls geblieben, aus mehr oder weniger denselben Gründen.

Leider hatte keiner von ihnen die Absicht geäußert, sich unserem Clan anschließen zu wollen. Die Calteaner waren zu stolz, um ihre Zugehörigkeit zu wechseln. In der wirklichen Welt wäre das eine lobenswerte Eigenschaft – doch hier war die Reputation der Schlüssel zu allem, und meine Reputation bei den anderen Clans ließ einiges zu wünschen übrig.

Wir hatten die Mauer so gut es ging befestigt. Die Schmiede hatten zwei Wochen durchgearbeitet und das Tal mit dem Widerhall ihrer Hämmer erfüllt. Ich bemerkte den Lärm schon gar nicht mehr.

Andere gingen fleißig auf die Jagd und zum Fischen, um so unsere Nahrungsvorräte aufzustocken. Die Belagerung würde sich vielleicht lange hinziehen. Alle Männer waren bewaffnet. Wie wir bereits wussten, machten die Nocteaner keine Gefangenen.

Die Calteaner waren furchtbar stur. Von den Flüchtlingen hatte ich das mehr oder weniger erwartet, aber nicht von meinen eigenen Roten Eulen, die sich rundheraus weigerten, ihre „grünen" Waffen und Rüstungen zu teilen. Ich konnte nichts tun, obwohl ich derjenige gewesen war, der den Roten Eulen ursprünglich die revolutionären Werkzeuge überbracht hatte wie Prometheus das Feuer.

„Wir haben ihnen Nahrung und Unterschlupf gewährt", hatte Droy gestern Abend zu mir gesagt. „Das ist mehr als genug. Vergesst nicht, dass wir Badwar besser kennen als Ihr."

Egal, wie oft ich ihm sagte, dass wir alle im selben Boot saßen und die Invasion der Nocteaner gemeinsam überstehen mussten, ich konnte die dicke Ziegelmauer seiner Argumentation nicht durchdringen. Das war ein weiterer Beweis, dass man das Spielsystem nicht besiegen konnte. Egal, wie dumm Droys

Argumente auch im Gegensatz zu meiner eigenen, vernünftigen Logik klingen mochten, ich hatte keine Chance, die Maschine zu überzeugen. Die KI, die meinen Hauptmann steuerte, würde das vorgegebene Skript nie übergehen.

„Schaut!", erklang eine Kinderstimme.

Ich blickte auf. Ein Junge, der den Bauarbeitern auf der Mauer geholfen hatte, hatte sich aufgerichtet und deutete in die Ferne.

Nocteaner. Das war ja klar. Sobald der Schutz auslief, waren sie wie aufs Stichwort hier.

Der vertraute Klang des Horns erschallte vom Ostturm.

„Es geht los", flüsterte ich und spähte in die Ferne.

Es waren Legionen von Nocteanern. Wie ein reißender Fluss flutete die Horde das Tal und strömte die Hügel hinab auf die Stadt zu. Ihr Heulen und Brüllen übertönten jedes andere Geräusch. Kalter Schweiß lief mir den Rücken herunter.

„Pfeile! Schnell! Was starrt ihr denn so? Habt ihr euch schon in die Hosen gemacht? Auf eure Positionen!"

Das waren meine Feldwebel, die von der Nordmauer aus Befehle bellten. Die letzte Bastion, die zwischen den Calteanern und ihrem Tod stand.

Die Stadt hatte sich jetzt in einen wütenden, aufgescheuchten Bienenstock verwandelt, der bereit war, über den angreifenden Bären herzufallen.

Ich sah zu, wie die Verteidiger schnell, aber effizient ihre Posten auf den Mauern einnahmen. Pritus und seine Helfer machten sich an den Brocks und den Glevenwerfern zu schaffen. Er hatte ein paar Jungen und Mädchen für seine spezialisierten Artillerietruppen rekrutiert. Sie wirkten angemessen nervös und gespannt.

Ich beobachtete sie und unterdrückte meinen Wunsch, mich einzumischen. Pritus schien gut zurechtzukommen. Er hatte schon etwas Erfahrung darin, sie zu befehligen, und seine Unterweisung hatte sich in den kürzlich durchgeführten Übungen als nützlich herausgestellt. Jetzt versuchten die mit leichter, „grüner" Rüstung bekleideten Rekruten, alles zu tun, was ihnen beigebracht worden war, schleppten Glevengeschosse herbei und rollten die vorbereiteten Steinkugeln zu den Brocks.

Pritus ging zwischen ihnen umher und klopfte mit der Hand auf seine kleine Tasche, in der er die geladenen Talismane von Arakh aufbewahrte. Zusätzlich zu den 70, die ich schon besessen hatte, hatte ich es geschafft, weitere 22 zu replizieren. Zu mehr hatte die Zeit nicht gereicht, da die Abklingzeit des Replikators 12 Stunden betrug. Trotzdem war das besser als nichts.

Die calteanischen Krieger warteten beim Tor unter mir auf ihre große Stunde. Ihren Gesichtern nach zu urteilen konnten einige es kaum abwarten, dass der Feind endlich anrückte, und waren ungeduldig, zu erleben, was die Ennan-Maschinen konnten. Sie weckten auf jeden Fall Zuversicht.

Bei einem von Pritus' Teams, das mit einer Brock zugange war, entstand eine kurze Panik. Er selbst war auf der Mauer und überprüfte die Glevenwerfer. Ich nickte ihm zu und eilte hinunter, um nach seiner Gruppe zu sehen.

Einer der Jungen konnte den Abzugshebel nicht finden, weil sie den Talisman von Arakh nicht richtig eingesetzt hatten.

Schnell behob ich ihren Fehler. Der Junge sah mich an, das Gesicht knallrot vor Scham. Moment mal … das war ein Mädchen!

„Du machst deine Sache gut." Ich lächelte sie aufmunternd an. „Du bist nur etwas aufgeregt, das ist alles. Jetzt wird sie einwandfrei funktionieren."

Ich beschwor Boris und sprang in den Sattel. Ein geschmeidiger Flügelschlag, und schon flogen wir hoch über dem Lager.

Von oben wirkten die Nocteaner noch zahlreicher. Das gesamte Tal war bereits voll mit ihren grauen Körpern. Ein wahrer Erdrutsch des Todes, der unser winziges Lager jeden Augenblick zerquetschen würde.

Knurrend und mit gefletschten Zähnen preschten die Nocteaner auf die Mauer zu, die zur letzten Barriere geworden war, die uns von unserem sicheren Tod trennte.

Wie zu erwarten hatten die Ruinen der Unterstadt ihr Vorankommen verlangsamt. Dort war es nicht so einfach wie im ebenen Tal. Sie mussten sich zwischen eingestürzten Gebäuden hindurch ihren Weg bahnen oder darüber hinweg klettern.

Die ersten Schmerzensschreie erklangen, als die Nocteaner in unsere Fallen stolperten. Wir hatten erwartet, dass sie durch die Unterstadt vorrücken würden, weshalb wir ihnen dort ein paar böse Überraschungen hinterlassen hatten.

Der Schnee färbte sich blutrot, wo sie in die angespitzten Pfähle und Spieße unserer Fallen stürzten. Die ersten Systemnachrichten trudelten ein und meldeten pflichtschuldigst die Verluste der Feinde und die erhaltenen EP.

Als sie noch etwa 150 Meter von der Mauer entfernt waren, gab ich Pritus das Signal zum Anfangen.

Seine Befehle hallten unter mir wider. Die Brocks traten als Erste in Aktion. Wir hatten ihre Schaufeln bereits mit dicken Steinen von der Größe eines Hundekopfs gefüllt. Jetzt fielen sie über die anrückenden Mobs her wie ein Schwarm tödlicher Vögel.

Das Schreien und Jaulen, als die Steine ihre Ziele fanden, zerriss uns fast das Trommelfell.

Von der Mauer aus sah es so aus, als hätte jemand rote Farbe auf die weiße Leinwand des Tals verschüttet. Überall erblühten hellrote Flecken und brachten etlichen bereits demoralisierten Nocteanern den Tod.

Jetzt die zweite Salve.

Das war's. Wir hatten ihr Vorrücken im Keim erstickt. Die Anführer der Nocteaner brüllten vergeblich ihre Befehle: Ihre haarigen Soldaten flohen vor Angst kreischend vom Schlachtfeld.

Ein Sperrfeuer aus Pfeilen und noch mehr Steinen verdunkelte den Himmel und senkte sich auf die fliehenden Kannibalen herab wie Schwärme zorniger Bienen. In das Geheul und Geschrei mischten sich die Jubelschreie der Calteaner.

Geschafft. Die Nocteaner zogen sich zurück. Eins zu null.

Ich gab Droy zu verstehen, dass ich einen kurzen Aufklärungsflug unternehmen würde. Er nickte, und ich befahl Boris, abzuheben.

ICH HATTE BIS ZUM MITTAG die Gegend erkundet. Am Ende war ich erschöpft – aber wenigstens wusste ich jetzt, was wir vom Feind zu erwarten hatten.

Die Anführer aller fünf Clans erwarteten mich mit grimmigen Gesichtern am Tor und wollten wissen, was ich zu berichten hatte.

„Wie viele sind es?", fragte Laosh, sobald ich bei der Mauer gelandet war.

„Weniger als erwartet", antwortete ich. „Höchstens 2.000."

„Das heißt, die Horde ist noch auf dem Weg hierher", sagte Lavena überzeugt.

„Das denke ich auch", stimmte ich ihr zu.

„Diese Mistviecher vermehren sich wie die Karnickel", zischte Badwar.

Gukhur wandte sich an Pike. „Ich glaube, ihre Vorhut ist uns gefolgt."

Stirnrunzelnd nickte Pike. Er gab sich immer noch die Schuld für Amais Tod.

„Wenn das stimmt, waren das ihre Jungen", meinte Crym.

„Das wäre gut", mischte sich Droy ein. „Sie sind impulsiv und undiszipliniert. Gut für uns."

„Haben sie angegriffen, während ich fort war?", wollte ich wissen.

„Noch dreimal", informierte Orman mich. „Bei uns gab es keine Verluste, aber sie haben mindestens 150 Kämpfer verloren."

„Ihr habt Eure Maschinen gerade noch rechtzeitig erbaut, Hüter!", knurrte Badwar. „Ohne sie wären wir übel dran gewesen."

Alle anderen stimmten lautstark zu. Crym klopfte mir in seiner gewohnten Manier kräftig auf den Rücken.

Meine Beziehung zu Pike und den anderen Clananführern wechselte prompt zu „Freundschaft".

„Ich habe mir die gesamte Gegend angesehen", setzte ich meinen Bericht fort. „Außerhalb des Tals sind sie nirgends zu sehen. Aktuell sind sie damit beschäftigt, ihre Toten und Verwundeten zu verschlingen."

„Habt Ihr ihren Anführer gesehen?", fragte Lavena.

Bildete ich mir das ein oder zitterte ihre Stimme bei diesen Worten leicht?

„Ich glaube schon", gab ich widerstrebend zurück.

„Warum, wo liegt das Problem?"

Ich rieb mir die Stirn. „Er ist quasi mickrig. Ich hatte erwartet, meinen alten Freund, den Zottigen, wiederzusehen. Der war riesig. Aber er war nicht da."

„Und dieser, wie nanntet Ihr ihn, Mickrige? Er war nicht zufällig weiß, oder?", fragte Badwar.

Die anderen erstarrten.

Es traf zu. Die weiße Zeichnung des nocteanischen Anführers waren zwischen den grauen Massen auffällig gewesen.

Ich nickte. „Doch. Ihr habt recht."

„Verdammt!", knurrte Badwar.

„Er ist ein *Kerook*", fauchte Gukhur. „Er hat sie hergeführt!"

Auf eine Erklärung hoffend blickte ich zu Laosh.

„Wie Ihr sicher bemerkt habt, gibt es zwei Arten von Nocteanern", sagte der Schamane. „Die Gewöhnlichen und die Formwandler. Normalerweise wird das gesamte Rudel vom stärksten der Formwandler angeführt. Doch es gibt noch eine dritte Art. Sie werden *Kerooks* genannt. Sie können die Anführer der Rudel kontrollieren. Je stärker der Kerook, desto mehr Nocteaner-Rudel kann er seinem Willen unterwerfen."

„2.000 Soldaten, nicht schlecht", murmelte ich. „Was immer er ist, schwach ist er nicht."

IM VERLAUF DER NACHT griffen die Nocteaner uns ohne Unterlass immer wieder an. Erst am frühen Morgen hörten sie damit auf, um ihre Toten wegzuschleifen und zu verspeisen. Ich hatte sogar den Eindruck, dass die Anführer ihre Männer absichtlich in unsere Pfeile und Pfähle laufen ließen.

Sie wogten auf die Mauer zu wie Meeresbrandung auf Klippen und starben dabei dutzendweise, nahmen aber auch einigen Verteidigern das Leben. Mehrere Male war es ihnen gelungen, die Mauer zu erklimmen und uns vorübergehend zurückzudrängen, doch jedes Mal bewiesen unsere Krieger ihre Furchtlosigkeit und stürzten sie von der Mauer in die angespitzten Pfähle im Burggraben.

Unsere Verbündeten hatten in den letzten 24 Stunden 50 Krieger verloren. Die Roten Eulen selbst hatten bisher keine Verluste zu beklagen.

Die Verluste der Nocteaner hingegen waren ungleich höher. Trotzdem waren 50 Tote zu viel für unsere kleine, schlecht organisierte Armee.

Und das war erst der erste Tag der Belagerung! Wenn das so weiterging, würde nach einem Monat solcher Rund-um-die-Uhr-Angriffe kein Verteidiger mehr auf den Beinen stehen.

Das wäre noch nicht so schlimm. Was mich aber wirklich wahnsinnig machte, war die Weigerung der Calteaner, sich zu vereinigen. Jeder Clan hatte sein eigenes Lager, da wir eine Menge

Platz für alle hatten, einschließlich all der Flüchtlinge und ihren zahlreichen Tieren.

Dank meiner Lektionen, die Droy an die anderen Roten Eulen weitergegeben hatte, war ihr Lager geradezu perfekt. Die Neuankömmlinge hatten ihre Lager jedoch bereits in Schweineställe verwandelt. Das galt besonders für die Nordwölfe mit all ihren Schafen und Pferden.

Das allein wäre noch nicht so schlimm gewesen – doch in den letzten 24 Stunden war mir klar geworden, dass ich das Ausmaß der drohenden Katastrophe unterschätzt hatte. Worauf hatte ich gehofft? Dass die Roten Eulen die Stadt allein verteidigen könnten? Gegen die Nocteaner-Horde und die Spielerclans hatten sie nicht den Hauch einer Chance. Selbst mit unseren Neuzugängen, den Nordwölfen und den Hochlandclans, war es unwahrscheinlich, dass wir bis zum Ende der Woche durchhalten würden.

Das kam davon, wenn man jemandem, der keinen Schimmer von Kriegsführung hatte, eine Armee anvertraute.

Wie sehr ich mir doch wünschte, ich könnte alles zum Teufel schicken und einfach auf „Ausloggen" klicken. Nichts hätte ich lieber getan, als meine beiden Mädchen Sveta und Christina wiederzusehen. Ich hätte eine Dusche und ein leckeres Essen im Restaurant gut vertragen können. Wenn ich darüber nachdachte, wäre schon etwas Schlaf schön gewesen.

„Hüter! Herr Hüter!" Die dünne Stimme eines Kindes weckte mich aus meinen Gedanken.

„Wie?" Ich sah mich um. „Entschuldigung, was gibt es?"

Ein Mädchen von etwa sieben Jahren stand unter der Mauer und winkte mir zu. „Hüter! Mein Vater fragt, ob er Euch sprechen kann!"

„Wie ist sein Name?", wollte ich wissen.

„Er heißt Keaven!"

Keaven. Ich erinnerte mich an ihn. Er war einer der Steinmetze, die für das Wegschaffen des Gerölls zuständig waren. Ich war ihnen für die schnelle Wiederherstellung der Mauer dankbar.

Ich stieg zu ihr hinunter. „Okay, bring mich zu ihm."

Das Mädchen – ihr Name war Ula – lief vor mir her zum Lager der Roten Eulen. Bald standen wir vor einem beeindruckend aussehenden Haufen Steine.

Ihr Vater begrüßte mich und bat mich dann, mir das näher anzusehen.

„Wir haben diesen Haufen weggeräumt wie alle anderen auch", plapperte er hastig. „Gerade wollten wir mit einem anderen Haufen weitermachen, als Povel mit seinem Pickel auf Metall gestoßen ist. Wir haben die Erde beiseite geräumt und das hier gefunden." Er deutete mit dem Fuß auf den Boden.

Ich spähte in die Richtung, in die er zeigte. Eine Gänsehaut zog sich über meinen Rücken.

Ich trat auf ihre Entdeckung zu. Mein Kartensymbol begann zu blinken. Eine neue Markierung erschien auf der Karte des Zwielichtschlosses.

Es sah so aus, als hätten meine Steinmetze gerade den Eingang zum Thronsaal der Stadt freigelegt.

Konnte es wahr sein? Waren wir jetzt in Sicherheit?

MEISTER SATIS HATTE mit den Notizen von Arwein beinahe richtig gelegen. Der Thronsaal lag mitten im Herzen der Stadt. Der einzige Unterschied war, dass er sich unter der Erde befand, nicht darüber.

Die Tür, die Keaven entdeckt hatte, ließ sich mit Leichtigkeit öffnen. Nicht wirklich eine Tür, eher eine Luke. Die Spiel-Engine hob wie gewöhnlich den richtigen Schlüssel in dem Schlüsselbund hervor, den die alten Hüter der Stadt mir gegeben hatten.

Die Tür öffnete sich und gab den Blick auf einen tiefen Tunnel frei. Unter den Blicken der Menge, die sich um mich versammelt hatte, trat ich ein.

Da ich keine Warnung über hochstufige Mobs erhielt, die darin lauern könnten, beschloss ich, weiter vorzudringen. Der Tunnel war von dem grünen Moos, das die Ennans statt Lampen und Fackeln verwendet hatten, recht gut beleuchtet.

Ich stieg die letzten paar Treppenstufen hinab und trat durch eine breite Tür.

Hilfsbereit meldete sich das System:

Willkommen in den Hallen von Bruchheim!

Oh. Bedeutete das, der Thronsaal war mit den Hallen von Bruchheim identisch?

War er das? Mein von der Reflex-Bank festgelegter Bestimmungsort?

Mir schwirrte der Kopf. Ich mit meiner mickrigen Spielerfahrung und noch mickrigerem Selbstvertrauen?

Ich zitterte unkontrolliert. Mein ganzes Leben in der Spiegelwelt lief vor meinem inneren Auge ab.

Meine erste volle Immersion. Ich, wie ich hilflos und entgeistert in der Kapsel lag, kaum fähig, mich zu rühren, während die virtuelle Welt um mich herum voller Geräusche und Farben erblühte, ein wahres Wunder unseres Jahrhunderts.

Die Spinnengrotte. Die Stählerne Spinnenkönigin.

Der Turm des Zauberers in der Zitadelle. Boris' erster Kampf, der mir eine Riesenangst gemacht hatte.

Mein erster virtueller Tod auf den Namenlosen Inseln. Mein Sieg über den Lich. Wie ich Droy kennengelernt hatte. Die Kämpfe mit den Dunklen und wie die Calteaner mich aufgenommen hatten.

Und zu guter Letzt die Verbotene Stadt der Ennans.

Mühsam konzentrierte ich mich. So fantastisch das hier alles war, hatte ich doch noch eine letzte Sache zu erledigen. Ich musste den sagenhaften Zwielichtobelisken aktivieren, der bis jetzt nirgends zu sehen war.

Die Hallen von Bruchheim empfingen mich mit unheimlicher Stille. Ich musste Arwein zustimmen, der diesen Ort in seiner kurzen Notiz erwähnt hatte. Anders als jener berühmte Reisende aus alten Zeiten, war ich nicht an den Orten gewesen, die er so gelobt hatte: der smaragdene Palast des Alven-Prinzen, die braune Wüste der Narche oder das endlose Hochmoor der Dwande. Doch hatte ich in meinem Leben schon andere Orte gesehen, die ebenso majestätisch gewesen waren. Und ich musste ihm zustimmen: Hier hatte die Fantasie der Spieldesigner dem Wort *grandios* eine ganz neue Bedeutung verliehen.

Ich wandte den Kopf hierhin und dorthin, um die Pracht des Raumes zu bewundern. Die Decke war in Wirklichkeit viel höher, als es von außen den Anschein gehabt hatte. Ihre Bögen wurden von unzähligen Säulen mit ungewöhnlichen Mustern aus ineinander verschlungenen Buchstaben, Symbolen und Bildern gestützt.

Die alle paar Meter von der Decke hängenden Lampen verströmten das grünliche Licht des allgegenwärtigen Mooses, das an ihnen wuchs und ihre elegante Form verhüllte.

Ich ging durch die Halle und warf neugierige Blicke auf die Säulen. Jede hatte ihr eigenes, einzigartiges Muster, das eine komplexe Geschichte erzählte. Die unbekannten Kunsthandwerker hatten Unglaubliches geleistet, um Bruchstücke aus jemandes Leben zu erzählen. Seine Geburt ... Zwei Armeen, die im Kampf aufeinandertrafen ... Zwei kleine Gestalten auf der hintersten Säule hielten sich an den Händen und waren von einer jubelnden Menge umgeben ... Auf der nächsten Säule saßen die zwei Gestalten auf Thronen und streckten die Hände nach den Zuschauern aus. Es musste sich um eine königliche Hochzeit handeln, gefolgt von einer glücklichen Regierungszeit der frisch Vermählten.

Als ich die Halle durchquert hatte, gelangte ich zu zwei Thronen, die auf einem kleinen Podest standen. Sie waren unterschiedlich groß, aber mit denselben, eleganten Schnitzereien verziert. Das mussten die Throne aus dem Bild sein, auf denen einst das jungvermählte Königspaar gesessen hatte.

Unmittelbar vor den Thronen ragte ein riesiger, schmutziggrauer Kristall aus dem Boden auf. Er war recht groß und schmal, ein bisschen wie eine Speerspitze, die sich ihren Weg in die ersehnte Freiheit bohren wollte.

Ich sah mich um. Es schien, als wären die Hallen von Bruchheim um diesen uralten Kristall herum errichtet worden, der schon lange hier gewesen war, bevor die Erbauer der Burg angekommen waren.

Ich vergaß alles um mich herum und bewunderte seine urtümliche Schönheit.

„Und, wie gefällt dir der Zwielichtobelisk, mein liebes Enkelkind?"

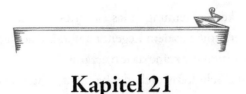

Kapitel 21

ICH FUHR HERUM, als ich das hörte.

Ein Ennan stand nur wenige Schritte von mir entfernt, die Arme gekreuzt, die rechte Schulter an den Obelisken gelehnt.

Seine grobe, gepolsterte Lederweste war voller Öl- und Brandflecken. Er trug Ärmelschoner mit vielen kleinen Taschen für alle möglichen Werkzeuge. Sein Gesicht war glattrasiert – was von seinen wild zerzausten Haaren mehr als wettgemacht wurde.

Ein listiges Lächeln erschien auf seinem schmalen Gesicht.

Ich sah hoch zu dem Tag über seinem Kopf. „Meister Brolgerd?" Ich war so verblüfft, dass ich nicht einmal daran dachte, ihn zu begrüßen.

„Ja, oder das, was von ihm übrig ist", entgegnete der Ennan mit einem sarkastischen Grinsen.

Ich sah genauer hin. Natürlich. Ich sprach mit einem Geist. Seine durchsichtige Gestalt war Beweis genug dafür.

Er nickte in Richtung des Obelisken. „Du hast nicht geantwortet. Wie gefällt er dir?"

Ich warf einen Blick auf den trüben, grauen Kristall und antwortete ehrlich: „Ich habe keine Ahnung, was ich davon halten soll."

„Hast du keine Meinung? Das ist eines der ältesten Artefakte, die es gibt. Der Stoff, aus dem Legenden und Balladen gemacht sind. Haben deine Eltern dir keine davon erzählt?"

Ich hob die Schultern. „Ich glaube nicht. Alles, was ich weiß, ist, dass dieser Gegenstand etwas mit den Göttern zu tun hat."

Brolgerd musterte mich. „Du bist hier, um ihn zu aktivieren, nicht wahr? Nicht, um ihn zu stehlen oder ein Stück davon abzubrechen? Nur zum Aktivieren?"

„Ihr müsst Euch keine Sorgen machen." Ich hob beschwichtigend die Hände. „Ich glaube nicht, dass Ihr jemanden finden werdet, der mehr daran interessiert ist, ihn zu aktivieren, als ich. Meister Adkhur hat mir gesagt ..."

„Adkhur?" Das zerfurchte Gesicht des Mannes hellte sich auf. „Ist er am Leben?"

„Ja, ich schätze schon. Ich hoffe es."

„Nein! Du verstehst nicht." Der Mann deutete auf seinen eigenen, durchscheinenden Körper. „Ist er *wirklich* am Leben?"

„Oh, verstehe. Ja, er ist wirklich am Leben. Hat sogar etwas zugenommen."

„Dieser Schlawiner!" Sein Gesicht verzog sich zu einem Lächeln. „Also hat er es geschafft, dem Massaker zu entkommen."

Ich sah mich um. „Seid Ihr dabei gestorben?"

Der Geist seufzte. „Ja. Irgendwer musste doch den Obelisken verteidigen."

„Was meint Ihr damit?", fragte ich verständnislos. „Ich dachte, es waren Meister Grilby und seine Maschinen, die zum Untergang der Der-Swyor geführt hat?"

Der Geist verzog die Lippen zu einem schiefen Lächeln. „Das könnte man wohl so sagen."

Was für eine machiavellistische Intrige war das hier?

„Ich sehe, du verstehst nicht", sagte Brolgerd. „Seltsam, dass Adkhur dir nichts erzählt hat. Er muss seine Gründe gehabt haben.

Na ja. Es hat keinen Zweck, die Wahrheit vor dir verbergen zu wollen. Weißt du, was ‚Der-Swyor‘ bedeutet?“

„Keine Ahnung.“

„Das stammt aus der alten Sprache der Unterirdischen. Wörtlich bedeutet es ‚die Hüter der Steine‘. Später wurde das zum offiziellen Namen unseres Clans. Seit dem Krieg der Götter waren wir die Wächter des Zwielichtobelisken. Jahrhundertelang haben die anderen Ennan-Clans unsere Aufgabe respektiert. Aber mit der Zeit vergaßen sie ihre Furcht vor den blutdürstigen Göttern der Vorzeit. Immer mehr Ennans sehnten sich nach der Rückkehr ihres Schutzgottes, der das unterirdische Volk behütete, denn es verlangte sie nach seinen magischen Kräften. Glücklicherweise wussten die Hüter der Steine um die Intriganz des Gottes und seine grausame Natur, also konnten sie eine neue Katastrophe verhindern. Doch in ihrer Gier und Arroganz beschlossen andere Ennans, die alten Gesetze zu missachten. Wie es so oft der Fall ist.“

„Heißt das, der ganze Kram mit dem ‚uralten Wissen‘ und Meister Grilbys Vermächtnis war nur ein Vorwand?“

„Das habe ich nicht gesagt“, entgegnete der Geist mit einem listigen Blick. „Der Bau der ersten Brock hat es ausgelöst. Soweit ich das mitbekommen habe, hattest du schon die Gelegenheit, ihre Effizienz zu testen.“

„Allerdings.“

„Dann bist du wahrscheinlich auch mit meinen kleinen Erfindungen vertraut.“

„Ja. Ich kann Euch gar nicht sagen, wie dankbar ich Euch bin ...“

Er winkte ab. „Ach, nicht doch. Besonders, da du bisher nur die ersten paar Seiten meines Notizbuchs studiert hast, oder?“

„Ich tue, was ich kann. Um die Wahrheit zu sagen, ist selbst dieser kleine Bruchteil Eures Wissens überwältigend.“

Der Geist lachte leise. „Ich würde dich zu gern sehen, wenn du in der Mitte des Buches anlangst.“

Und ich erst.

„Aber wenn wir schon über die Maschinen meines Mentors sprechen", Brolgerd blickte mir in die Augen und fügte hinzu: „Oder sollte ich sagen, *unseres* Mentors. Wie ich dir bereits gesagt habe, verhieß es für die Unterstützer der sogenannten ‚Rückkehr der Götter' nichts Gutes, dass wir eine so mächtige Waffe besaßen. Darüber hinaus wäre die Zukunft der Der-Swyor vielleicht eine andere gewesen, wenn wir mit dem Bau der Maschinen nicht so getrödelt hätten. Leider sind Trödler der Fluch und der Untergang jeder Gesellschaft. Wir waren da keine Ausnahme. Um es kurz zu machen, wir haben es nicht geschafft. Die Unterstützer der Rückkehr der Götter – darunter mehrere Dutzend Ennan-Clans – ergriffen ihre Chance. Sie stellten eine mächtige Armee auf und überfielen das Zwielichtschloss. Den Rest kennst du."

„Die Hüter wurden getötet."

„Und nicht nur sie", sagte Brolgerd mit einem raubtierhaften Lächeln.

„Wie bitte?"

„Das ist nicht dein Ernst? Adkhur hat es dir nicht gesagt?"

„Er hat mir von den Schwarzen Grisons erzählt, wenn Ihr das meint."

„Ha! Typisch Adkhur! Unser Tierliebhaber! Immer im Wolkenkuckucksheim."

„Was ist denn passiert?"

„Als der letzte Verteidiger der Hallen von Bruchheim fiel, ergriffen die Eindringlinge die Gelegenheit und deaktivierten den Obelisken."

„Warum?"

Meister Brolgerd seufzte tief. „Das war wohl teilweise meine Schuld. Zu der Zeit hatte ich einen Wünschelruten-Talisman für Erzsucher angefertigt. Wie alle meine Erfindungen sollte er einem friedlichen Zweck dienen. Der Talisman spürte neue Erzvorkommen auf. Man musste nur ein winziges Fragment frisch abgebauten Erzes hineinlegen, und er gab einem den exakten Standort der Ader."

„Was hat das mit dem Obelisken zu tun?"

„Auch der Obelisk ist ein Fragment. Ein Fragment des Götterportals."

„Der Spiegel des Ersten Gottes", flüsterte ich in Erinnerung an mein Gespräch mit Tronus.

„Aha! Du bist ja doch nicht so hoffnungslos, wie ich dachte!"

Ich lachte leise. „Was ist dann passiert?"

„Dann haben sie versucht, ein kleines Fragment des Obelisken abzuschlagen, was völlige Unwissenheit bewies. Indem sie einen voll aufgeladenen Obelisken beschädigten, führte das unmittelbar zum Tod von allen, die sich im Raum befanden. Alle Clananführer, frisch gebackenen Priester, Kriegsherren und ihre besten Krieger, ganz zu schweigen von allen anderen im Zwielichtschloss. Du hast ja gesehen, wie die Stadt jetzt aussieht, nicht?"

„Ja."

„Nachdem sie die Elite der Ennan-Gesellschaft in einem Rutsch vernichtet hatte, hielt die Magie des Obelisken die Seelen der Hüter davon ab, die Stadt zu verlassen. Jahrhundertelang haben Meister Satis, Meister Labrys und ich diesen Ort bewacht und die Ankunft unseres würdigen Nachfahren erwartet."

„Richtig", sagte ich. „Sie gaben mir die Schlüssel zur Stadt und die magische Sphäre, die beinahe verbraucht war. Dann verschwanden sie einfach, ohne mir irgendetwas zu erklären."

„Genau", sagte er todernst. „Das war ein Test, einer der vielen, die du auf deinem Weg bestehen musstest. Nur ein Hüter, der ein tapferer Verteidiger der Stadt ist, konnte den Weg in die Hallen von Bruchheim finden. Was bedeutet, dass du deines Titels würdig bist. Selbst als die magische Sphäre abgelaufen war, hast du die Stadt weiter verteidigt."

„Wir hatten schließlich keine andere Wahl, oder?"

Er spitzte die Lippen. „Mit ‚wir' meinst du die Nachkommen unserer Todfeinde? Sieh mich nicht so an. Die Calteaner sind die traurigen Überreste derjenigen, die versucht haben, den Obelisken und seine Magie unter ihre Kontrolle zu bringen. Nachdem sie ihre Elite verloren hatten, verfiel ihre Gesellschaft und entwickelte sich langsam zurück, bis sie in der Steinzeit angekommen war. Ohne deine Hilfe wären sie wahrscheinlich bald bei Steinäxten und Pfeilen mit Knochenspitzen gelandet."

„Das glaube ich nicht", murmelte ich. „Ihre Schamanen wollten sie nach Süden führen."

„Schamanen!", zischte er. „Das ist alles, was von ihren Priestern übrig ist! Wahrscheinlich haben sie keine Ahnung, wer sie einmal waren. Dachten sie wirklich, sie wären im Süden willkommen? Idioten!"

„Sie taten das nicht, weil sie es wollten", verteidigte ich meine Freunde. „Sie wurden aus ihrer Heimat vertrieben."

„Das ist nicht dein Ernst? Was kann sie dazu gebracht haben, das Silberbergtal zu verlassen?"

„Die Horde der Nocteaner", antwortete ich. „Die übrigens gerade eben die Stadt belagert. Keine Ahnung, wie lange wir das Zwielichtschloss noch werden halten können."

„Sie werden doch nicht vor einem Haufen wilder Tiere davongelaufen sein?" Unglaube schwang in seiner Stimme mit. „Ich hätte zu gern das Gesicht des Königs vom Silberberg gesehen, wenn jemand ihm die erbärmliche Zukunft seines Volkes vorausgesagt hätte!"

Jetzt wurde ich langsam sauer. „Sagt so etwas nicht."

Erstaunen machte sich auf dem Gesicht des Geistes breit. „Verteidigst du etwa unsere Feinde, Jungchen?"

Sein herablassender Ton gefiel mir nicht.

„Nein", entgegnete ich pointiert. „Sie sind nicht meine Feinde." Ich hielt inne und beruhigte mich. „Denkt doch einmal nach. Sie haben keine Ahnung, wie ihre Vorfahren waren. Sie sind nicht verantwortlich für die Sünden ihrer Väter. Und außerdem sind sie meine Freunde. Wir haben Seite an Seite gekämpft. Wir haben Essen und Unterkunft geteilt. Ich lasse nicht zu, dass jemand sie in meiner Gegenwart herabwürdigt. Nicht Ihr, und auch nicht irgendwer anders."

Der Geist lächelte sarkastisch. „Eine Antwort, die eines Hüters der Stadt würdig ist! Tut mir leid, aber du kannst sie trotzdem nicht retten."

Ich erstarrte. Meine Fingernägel gruben sich in meine Handflächen. „Was habt Ihr vor?", fragte ich. „Wenn Ihr ihnen etwas antut, werde ich diesen elenden Thronsaal und Euren kostbaren Obelisken zum Einsturz bringen, bis nichts davon übrigbleibt!"

Brolgerd warf den Kopf zurück und brach in dröhnendes Gelächter aus. „Warum glaubst du, dass ich so etwas kann?" Er wischte sich die Lachtränen weg. „Ich bin ein Geist, Menschenskind. Die Magie des Obelisken hat einen Teil meiner Identität bewahrt und hier zurückgelassen, damit ich einem würdigen Kandidaten zeigen kann, wie man das Artefakt benutzt. Ich sehe, du verstehst, was ich meine. Oh, ja, mein komischer Nachfahre, ich kann dich nur anleiten, sonst nichts. Die Arbeit musst du schon selbst machen."

„Ja, aber ..."

„Komm her und berühre den Obelisken", unterbrach er mich erneut. „Dann wirst du keine unnützen Fragen mehr stellen." Da er sah, wie ich zögerte, fügte er hinzu: „Na komm schon. Ich beiße nicht."

Widerstrebend machte ich einen Schritt nach vorn und streckte die Hand aus.

Sobald meine Rechte die harte Oberfläche des Obelisken berührte, erschien eine neue Systemnachricht vor meinen Augen:

Herzlichen Glückwunsch!
Sie haben den Zwielichtobelisken gefunden!

Warnung! Die Aktivierung des Obelisken kostet Sie 10.000.000 Energiepunkte!

Möchten Sie den Obelisken aktivieren? Ja/Nein

Wie viel?

Hastig zog ich meine Hand zurück. Zehn Millionen Energiepunkte?

Das war das Ende. Alle meine Hoffnungen waren zerstört.

Unmöglich. Das musste doch ein Fehler sein? Wahrscheinlich sah ich doppelt. Wie viele Nullen hatten da gestanden?

Von dem Schock noch immer zitternd legte ich meine Hand wieder auf den Obelisken.

Dieselbe Meldung.

Es stimmte. *Zehn Millionen Energiepunkte.*

Verdammt!

Aus reiner Gewohnheit verfiel ich in meinen Stress-Rechenmodus. Ich konnte alle 24 Stunden 20.000 Energiepunkte zusammenkratzen, nur um dieses bodenlose Loch zu füttern. Dabei waren die Notreserven noch nicht mitgerechnet, die ich immer vorhalten musste, um die Brocks und Glevenwerfer zu versorgen.

Also. Was ergab das? Nichts.

Das hier war ein absolutes Fiasko. Auf diese Weise würde ich eineinhalb Jahre brauchen, um das elende Ding aufzuladen.

„Aha. Siehst du jetzt, worauf du dich da eingelassen hast?", erklang Brolgerds sarkastische Stimme hinter mir.

Wie sehr ich mir wünschte, seinem selbstgefälligen Grinsen mit der Faust ein Ende zu bereiten!

Ich ließ mich zu Boden sinken. „Na, dann sagt es schon."

Sein Gesicht wurde ernst. „So ist es besser. Jetzt hör zu. Es ist sehr wichtig, dass du den Obelisken aktivierst."

Jetzt war ich es, der sarkastisch wurde. „Ach, wirklich?"

„Natürlich. Damit aktivierst du den erweiterten Schutz für die Stadt. Er funktioniert ähnlich wie die Sphäre, die Satis dir gegeben hat, ist aber wesentlich stärker und hält viel länger vor."

Er wusste, wie er mich kriegen konnte, der Mistkerl. Ich sagte nichts und ließ ihn fortfahren.

Ohne meine Reaktion zu beachten, sprach der Geist weiter: „Und nicht nur das. Der Hüter – also du – erhält Zugang zu allen geheimen Räumen und Gängen der Stadt. Du bekommst alle Karten und Pläne und damit das gesamte Wissen über diesen Ort. Wenn die Nachricht von der Wiederauferstehung des Zwielichtschlosses sich über die Welt verbreitet, werden die Nachfahren unseres Clans zu dir kommen. Du wirst Waffen für sie benötigen. Und mit Waffen meine ich nicht die dürftigen Almosen, die du in der Waffenkammer gefunden hast."

Was, sie hatten mehr Waffen? Ich wüsste zu gern, wo sie die aufbewahrten.

Brolgerd lachte leise. „Ich sehe, du bist interessiert. Vergiss es. Keine Aktivierung, keine Waffen. Ansonsten ist das Risiko zu groß, dass sie in die Hände des Feindes fallen. Entweder alles oder nichts. Verstanden?"

„Ja."

Er schwieg und durchbohrte mich mit seinem dunklen, gnadenlosen Blick.

„Was ist?", fragte ich schließlich.

„Ich denke nur nach."

„Worüber?"

„Ich frage mich, ob ich mein Geheimnis mit dir teilen soll, mein Calteaner-freundlicher Hüter der Stadt.

„Warum, habt Ihr denn eine Wahl?"

„Nun ja, ich könnte genauso gut noch weitere 1.000 Jahre hierbleiben."

„Ja, klar. Veräppeln kann ich mich selbst."

Sein durchscheinendes Gesicht hellte sich auf. „Vielleicht ist es ja gut, dass du sie hergebracht hast. Die Anwesenheit der Nachfahren unserer Feinde könnte unsere Aufgabe um einiges erleichtern."

Ich kam auf die Füße. „Denkt nicht einmal darüber nach."

Brolgerd ignorierte meinen drohenden Tonfall. „Wie oft muss ich es dir noch sagen, ich bin schon lange tot. Ich kann nichts tun, selbst wenn ich es wollte. Aber ich könnte dir helfen."

„Wie?"

Der Geist legte den Kopf schief und musterte mich forschend. „Was wisst Ihr über das Ritual der Verderbnis?"

„DU BIST EIN SCHWACHSINNIGER Narr!", schrie er mir hinterher. „Du musst ohnehin hierher zurückkehren! Du hast keine Wahl!"

„Halt die Klappe", knurrte ich und ging nach draußen. Der Typ hatte echt kranke Vorstellungen im Kopf!

Um es kurz zu machen, hatte dieses Ungeheuer vorgeschlagen, dass ich die meisten der Calteaner dem Obelisken opfern sollte. Die so freigesetzte Energie – ihre Lebensenergie – würde ausreichen, um das elende Ding zu aktivieren, hatte er gesagt.

„Denk an die, die auf dich warten!", hallte die Stimme des Geistes mir hinterher. „Es ist Zeit, dein Versprechen einzulösen!"

Ernsthaft? Die Admins wollten wirklich, dass ich all meine Freunde umbrachte? Ganz schön abgefahren, das musste ich schon sagen. Vielleicht für jemand anderen, aber nicht für mich. Nicht zu diesem Preis.

Meine innere Stimme mischte sich in den Konflikt ein, als wollte sie fragen: *Wo liegt das Problem, Alter? Aktiviere ihn doch einfach! Dann kannst du zurück nach Hause zu deiner Familie. Das sind nur NPCs, Himmel! Sie sind virtuell! Sie sind nur geistlose Stücke Binärcode!*

Schön wär's. Für mich waren sie real. Sie hatten mir oft genug den Hintern gerettet. Sie hatten mir Wärme und Freude geschenkt. Wir hatten Seite an Seite gearbeitet und gekämpft. Und was war mit ihren Kindern, die in dieser Stadt geboren worden waren? Wir hatten ihre Geburt gemeinsam gefeiert.

Es war mir nicht wichtig, was sie waren. Wichtig war meine eigene Integrität. Vorausgesetzt, ich war noch ein Mensch und kein herzloser Spieler, der sich nur um seine eigenen Vorteile wie Beute und Hochleveln kümmerte.

Und was meine Familie anging ... Ich war mir ziemlich sicher, dass Sveta und Christina das verstehen würden.

Über 1.000 fühlende Lebewesen töten, selbst wenn sie nur NPCs waren? Oh, nein, so war das nicht abgemacht. Es musste einen anderen Weg geben.

Und ich würde ihn finden.

Als ich die Hallen von Bruchheim verließ, hörte ich immer noch die gedämpfte Stimme Brolgerds, der mir hinterherrief. Er konnte es nicht sein lassen.

Ich eilte zurück durch den Tunnel und hastete die Stufen zur Luke empor. Zum ersten Mal fand ich es unangenehm, unter der Erde zu sein.

Ich trat nach draußen und kniff, geblendet vom hellen Licht, die Augen zusammen. Blinzelnd und mir die Augen reibend sah ich mich um.

Alle Calteaner standen um mich herum. Ich sah Droy den Reißzahn und seinen Sohn. Laosh, umgeben von seinen Anhängern. Badwar, Gukhur und Lavena.

Pritus blickte mich über seinen angeknacksten Zwicker hinweg an. Lia stand mit ihrem Großvater Crunch in der Menge. Er hatte ihr die Hände auf die Schultern gelegt und den Blick auf mich gerichtet. Und alle anderen, mit denen ich viele Meilen durchs Niemandsland gereist war, waren ebenfalls da.

Was ging hier vor sich?

Da er meine Verwirrung bemerkte, sprach Laosh: „Als Ihr in den Tunnel gesprungen seid, sind viele von uns Euch gefolgt. Droy und Lavena, Badwar und Pike ... Als der verhexte Geist des alten Hüters auftauchte, beschlossen sie, sich nicht zu offenbaren, und versteckten sich hinter den Säulen."

„Wir haben alles gehört, mein Freund", sagte Droy.

„Wir danken Euch dafür, dass Ihr Euren Eid gehalten und das Leben unserer Kinder gerettet habt", dröhnte Badwar. „Ebenso wie das unsere. Ihr habt Euch gegen Euer eigenes Volk gestellt, um uns zu retten! Gestattet uns, Euch zu folgen!"

Verständnislos blickte ich um mich. Als ich endlich den Mund aufbrachte, um etwas zu sagen, wurde meine Stimme von dem Schrei aus tausenden Kehlen übertönt.

„Hüter! Hüter!"

Eine neue Systemnachricht erschien vor meinen Augen und informierte mich über einen riesigen Zuwachs zum Clan der Roten Eulen.

Kapitel 22

INSGESAMT hatte die wunderbare Wiedervereinigung der Calteaner unsere Reihen auf knapp unter 700 Krieger vergrößert. Ich war jetzt ein richtiger mittelalterlicher Feudalherr mit eigenen Fußsoldaten, Kavallerie und Artillerie.

Ich hatte sogar meine eigenen Recken: Pike mit den vielen Händen, Badwar der Donnerkrieger, Gukhur die Schwarze Schlange und Lavena die Füchsin. All die seltsamen Systemnachrichten über die Veränderungen meiner Beziehung zu ihnen hatten ihre Erklärung gefunden. Das Wort *Hochachtung* leuchtete jetzt rot und stolz in meinem Interface.

Anders gesagt, war es unwahrscheinlich, dass diese Recken in absehbarer Zukunft von meiner Seite weichen würden.

Auch das Rätsel um Pikes glühende Krummsäbel hatte sich gelöst. Offenbar konnten einige NPCs sogenannte Superschläge ausführen. Das war ihr Analog zu Fertigkeiten, bei denen der letzte Schlag in einer bestimmten Kombo einen Superschlag auslösen konnte. Der von Pike hieß Zorn des Wolfes.

Oh, und noch etwas hatte sich für meine Recken verändert. Alle waren von oben bis unten behangen mit „purpurnen" Gegenständen. Von außen sah man ihnen das nicht an. Sie wirkten eher so, als wäre ihre Ausrüstung komplett „grau". Sobald die Spieler das herausbekamen, würden meine neuen Clanmitglieder für alle, die sich ein Paar „Pike-Krummsäbel" oder „den Hammer des Donnerkriegers" besorgen wollten, zu Freiwild werden.

Andererseits musste man so einen NPC erst mal besiegen. Ihre Level lagen alle über 350, und sie hatten entsprechende Werte – ganz zu schweigen von ihren Superschlägen. Außerdem würde ich mich nicht zurücklehnen und dabei zusehen, wie sie gekillt wurden.

Endlich hatten wir auch einen Oberst: Droy der Reißzahn. Wer sonst? Er hatte persönlich die sieben Hauptleute ernannt. Seltsamerweise waren unsere Recken nicht daran interessiert, Befehlsgewalt zu übernehmen. Die vier waren als mein persönliches Gefolge ständig an meiner Seite.

All diese Ernennungen und Umordnungen hatte ich in den kurzen Pausen zwischen den Angriffen der Nocteaner improvisieren müssen. Doch jetzt, da meine legendären Boni für das gesamte Volk der Calteaner galten, war es wesentlich einfacher geworden, den Feind zu bekämpfen.

Unser Wiederaufrüstungsrennen war in vollem Gange. Zachary und Prochorus verbrachten ihre gesamte Zeit damit, neue Waffen und Rüstungen zu schmieden. Zum Zeitpunkt, als die Clans sich vereinigt hatten, hatten sie bereits mehr als die Hälfte der Neuankömmlinge neu bewaffnet und gerüstet.

Die Ergebnisse unserer örtlichen „industriellen Revolution" waren besonders ermutigend. Jetzt verfügten wir über beinahe 2.000 Zivilisten mit fast 100 verschiedenen Berufen. Ich hatte darüber nachgedacht, eine Reise zu unternehmen, um ihnen mehr Rezepte und technische Zeichnungen zu besorgen, aber die brauchten sie gar nicht: Das gesamte Lager tauschte untereinander fleißig „grünes" Wissen. Schmiede bildeten mehr Schmiede aus. Heiler teilten ihr neu erworbenes Wissen mit ihren Lehrlingen. Und so weiter und so fort.

Die Werte und Tabellen in meinem Clan-Interface hatten ein Eigenleben entwickelt. Ihre Zahlen blinkten, blitzten und stiegen schneller an, als ich mitlesen konnte.

Der neue Clan brodelte vor Leben. Das Lager nahm langsam eine zivilisiertere Form an.

Ich beobachtete das alles und rieb mir vor Freude die Hände.

DAS TIERHAFTE GEBRÜLL aus tausend nocteanischen Kehlen donnerte hinter der Stadtmauer und vermischte sich mit den Kriegsrufen unserer Verteidiger.

„Laden!", schrie Pritus in der Hitze des Gefechts.

Feuer! Und noch mal!

Schmerzensschreie erklangen hinter der Mauer. Unsere Krieger auf den Türmen schüttelten ihre Waffen und feierten ihren Triumph.

So schnell, wie sich die Bogenschützen neu formierten, mussten die Nocteaner wohl die Mauer erreicht haben.

„Feuer!"

Bogensehen sirrten.

Die knurrenden Monster sprangen immer wieder hoch und versuchten, die Mauer zu erklimmen – nur um wie von Pfeilen gespickte Stachelschweine tot zu Boden zu fallen. Der Graben, dessen spitze Pfähle wie die Zähne eines riesigen Monsters aufragten, hatte eine üppige Zahl an Todesopfern gefordert.

Die Schreie. Das Gebrüll. Die Todesqualen.

Ich konnte den Blick nicht von den blutbefleckten Pfählen losreißen, an deren groben, dornigen Schäften die Gedärme hingen.

Das war nicht in Ordnung. Das war nicht normal. Das hier sollte ein Spiel sein.

Die Welt war erfüllt von der erdrückenden, boshaften Präsenz des Todes. Ich spürte ihn in jedem Knochen meines virtuellen Körpers.

„Alles in Ordnung?", fragte Droy leise. Seine Stimme drang über die Schmerzensschreie und den dröhnenden Jubel der Calteaner zu mir durch.

Ich brachte ein Nicken zustande. Mein Körper war von diesem Gemetzel wie gelähmt.

„Gleven!", rief Pritus.

„Steine!", echote sein junger calteanischer Helfer, der sich um die Brocks kümmerte.

Die Schaufeln der Brocks wurden neu gefüllt, die Glevenwerfer geladen.

„Feuer!"

Ein Hagel von Gleven flog über die Mauer, gefolgt von einer Kaskade Steine.

Eine neue Flut qualvoller Schreie dröhnte in meinen Ohren. Ich verzog das Gesicht und schloss die Augen. Das war ein bisschen besser. Ich wünschte nur, ich hätte etwas, um mir die Ohren zu verstopfen. Leider erlaubte mein Rang als Befehlshaber mir einen solchen Luxus nicht.

Der letzte Angriff der Nocteaner war der verzweifeltste – und der beängstigendste. Furcht ergriff mein Herz mit ihren beharrlichen, widerwärtigen Tentakeln.

Aus der Ferne erklang ein lautes Krachen.

Droy neben mir zuckte zusammen, als hätte er einen Stromschlag erhalten. „Die Tore! Alle verfügbaren Krieger zu den Toren!"

Seine Hauptleute rannten umher und erteilten Befehle.

„Zu den Toren, schnell!", brüllte Droy.

„Die Tore!", wiederholten seine Hauptleute seinen Befehl.

Doch die calteanischen Krieger auf den Mauern wussten bereits, dass etwas auf der anderen Seite sich geändert haben musste. Einige von ihnen fielen von der Mauer wie Lumpenpuppen und wurden nicht mehr gesehen. Einem von ihnen hatte sich eine Steinaxt in den Rücken gebohrt.

„Schildwall!", schrien die Kommandanten. „Schließt die Reihen!"

Zwei riesenhafte Hauptmänner, Crym und Orman, ragten über ihre Soldaten auf wie Felsen in der Brandung und wiederholten Droys Befehle. Ihre beiden Kompanien brachten ihre Schilde in Position, hoben ihre Speere und bildeten so etwa 30 Meter von den Toren entfernt eine Formation.

Hinter ihnen beeilten sich die Kompanien von Horm der Schildkröte und Seet dem Stattlichen, aufzuschließen, und machten ihre Bögen und Armbrüste bereit. Wer in unser Lager einfallen würde, würde keinen Spaß dabei haben.

Die Brocks setzten ihren tödlichen Beschuss über die Mauer fort. Die Glevenwerfer feuerten ununterbrochen.

Wenn das so weiterging, würde unsere Artillerie nicht mehr lange durchhalten. Pritus hatte noch etwas 40 Talismane übrig, ich noch weitere 20.

Wir musste unbedingt die nocteanische Vorhut loswerden, bevor sie uns mit ihren ständigen Angriffen zur Erschöpfung trieben. Wir brauchten mindestens drei Tage Pause, bevor die Haupt-Horde eintraf. Uns fehlte es an Energie. Sehr bald musste irgendetwas geschehen.

„Bereitmachen!" Droy gab weiter Befehle aus.

„Stellung halten!" Die Befehle seiner Hauptleute hallten über die geordneten Reihen hinweg.

Die Gesichter der Soldaten verrieten eine ruhige Entschlossenheit, zu sterben.

„Jeden Augenblick durchbrechen sie das Tor!", schrie jemand von der Mauer.

Die armseligen, behelfsmäßigen Konstruktionen, die wir so optimistisch „die Tore" nannten, zersplitterten nach und nach unter den Schlägen von Hunderten Steinäxten.

Schließlich gab sie mit einem donnernden Krachen nach. Durch die zersplitterten Lücken im Holz konnte ich bereits die gebleckten Zähne der Nocteaner sehen. Schaum troff aus ihren Mäulern. In ihren tierischen Augen glomm Wahnsinn.

Noch ein letzter Schlag.

Die notdürftig zusammengezimmerten Holzbretter, Steine und Metallstücke neigten sich nach vorne und bildeten eine Öffnung, durch die die Nocteaner hereinströmen konnten. Sie boten einen Anblick! In dieser letzten Schlacht hatten sie sehr gelitten.

Doch sie ignorierten ihre entsetzlichen Verletzungen und stürmten blind voran wie von einem unsichtbaren Puppenspieler gelenkte Marionetten. Bald füllte sich der Torgang mit einer Masse grauer Körper, die immer weiter voranströmten wie ein Fluss, der einen Damm durchbrochen hatte.

„Feuer!", bellte Droy.

Hunderte von Pfeilen prasselten auf den Durchgang nieder, gefolgt von den Steinen aus einer Brock, die Pritus eilig umgelenkt hatte.

Endlich sah ich die Mordmaschine der Ennan in Aktion. Die Flut an steinernen Geschossen blockierte den Durchgang und zermalmte die noch zuckenden Körper der Nocteaner zu Brei.

Das System überschüttete mich mit Nachrichten. Ich war bereits auf Level 230.

„Gleven, abwarten!", befahl Droy. „Weitere Brock bereithalten!"

„Mehr Steine!"

Das ließen sich die Brock-Helfer nicht zweimal sagen. Effizient und aufeinander abgestimmt füllten ihre Schaufeln bereits mit neuen Steinbrocken.

Heiler bahnten sich ihren Weg durch die Menge und versorgten die Verwundeten. Kleine Jungen und Mädchen eilten die Mauer entlang und schleppten armeweise Pfeile herbei.

Droy beobachtete, wie die Armee seine Befehle ausführte. „Wartet auf die zweite Welle!", donnerte er.

Die Nocteaner ließen nicht lange auf sich warten. Erneut füllte sich der Tordurchgang mit ihrer knurrenden Masse. Diese hier waren beträchtlich stärker und hochstufiger. Viele trugen Knüppel und Steinäxte bei sich.

„Aha", lachte Badwar blutdürstig. „Der Kerook schickt seine Elite."

„Er muss ganz in unserer Nähe sein", fügte Lavena hinzu.

Eine doppelte Salve der Brock machte mit ihrer sogenannten Elite kurzen Prozess.

Plötzlich dämmerte es mir.

Heureka!

Ich wandte mich an Droy und meine Recken. „Wir müssen ihren Anführer töten, sonst kämpfen wir immer noch gegen sie, wenn die Haupt-Horde eintrifft. Und dann haben wir keine Energie mehr übrig, um ihnen etwas entgegenzusetzen."

Ihrem Grinsen nach zu urteilen waren sie von der Idee begeistert.

„Euch ist klar", meinte Droy, „dass Ihr der Einzige seid, der sich an ihn anschleichen kann, nicht wahr?"

„Oh, ja", stimmte ich zu. „Das Problem ist, er ist schlau. Ich habe es bereits ein paarmal versucht, aber er hält sich im Hintergrund. Wenn wir ihn töten wollen, muss das schnell passieren. Allein schaffe ich das nicht. Ich habe nicht die richtigen Waffen."

„Was ist mit Euren Skarabäen?"

„Sie sind für diese Art von Aufgabe nicht geeignet. Die Leibwächter des Kerooks werden sie angreifen, und währenddessen kann ihr Herr verschwinden. Wir müssen ihn mit einem schnellen Schlag erwischen."

„Wie schade", bemerkte Badwar. „Wenn Ihr nur Lavenas Fertigkeiten hättet!"

Ich drehte mich um, um sie mir genauer anzusehen. Lavena die Füchsin hatte den Körper einer Profiturnerin, klein, aber kräftig und geschmeidig. Hinter ihrem Rücken schaute ein starker Hornbogen hervor.

Ich öffnete ihre Werte und sah mir ihren Superschlag an. Aha. Der Bergfalke, aktiviert nach jeweils 50 abgeschossenen Pfeilen.

Badwar hatte recht. Das war genau das, was wir brauchten, mit ausgezeichnetem Schaden und Boni auf Zielgenauigkeit. Und wenn man meine legendären Boni hinzurechnete ...

Droy lachte dröhnend. „Schaut euch seinen listigen Gesichtsausdruck an! Ich wette, er hat sich schon etwas einfallen lassen!"

„Los, sagt es uns", verlangte Badwar, der mit seiner Streitaxt spielte.

„Ich habe eine Idee", sagte ich. „Ich frage mich, ob ich meine Fähigkeiten auf sie übertragen kann?"

Ich ließ den Blick über ihre verwirrten Gesichter schweifen, bis er an Lavena hängenblieb. „Habt Ihr ein Problem damit, zu fliegen?"

MEIN PLAN WAR EINFACH. Lavena und ich würden versteckt in den geschlossenen Reihen unserer Krieger die Stadt verlassen, damit Kerook uns nicht aufspüren konnte. Er war ein raffinierter Mistkerl und schwer zu fassen. Das wusste ich bereits aus Erfahrung.

Doch sobald unsere Tank Aggro auf sich zogen, musste er das Kommando über den nocteanischen Angriff übernehmen. Und da kamen wir ins Spiel.

Boris' neue Fähigkeit erlaubte es ihm, zwei Reiter zu tragen. Und sobald unsere Tanks die Nocteaner ins Gefecht verwickelt hatten, würden Lavena und ich unser gemischtes Doppel durchziehen.

„Dir ist sicher schon langweilig, Junge", flüsterte ich Boris ins Ohr und streichelte ihm den Rücken. „Zeit, deine Flügel zu strecken."

Lavena streichelte in stummer Ehrfurcht seinen Nacken. Er nahm unsere Zuneigungsbezeugungen ruhig und huldvoll hin.

„Ihr müsst ihm vertrauen", sagte ich der sichtlich nervösen Kriegerin. „Fliegen ist großartig. Es wird Euch gefallen. Denkt daran: Ihr müsst so dicht wie möglich an den Feind herankommen und ihn dann aus nächster Nähe erschießen."

Sie nickte, während sie Boris' silbrig-graue Federn bewunderte.

„Vorwärts!", knurrte Droy. „Mischen wir sie auf!"

Die Luft erzitterte von dem Gebrüll hunderter Krieger, die ihre Schwerter, Streitäxte und Speere schwangen.

Wie eine einzige, große stählerne Masse setzten wir uns in Bewegung und steuerten auf das Tor zu. Lavena und ich liefen hinter den Tanks her. Ich hatte Boris wieder entlassen, da ich ihn nicht zu früh exponieren wollte.

Die Erde stöhnte unter dem Gleichschritt unserer gepanzerten Stiefel. Die Befehle der Feldwebel erschallten über dem Klirren und Klappern von Stahl und Holz.

Ein unheimliches Gefühl beschlich mich. Ich fühlte mich eins mit diesen Hunderten von Kriegern, meinen Waffenbrüdern, die ohne zu zögern ihr Leben für mich geben würden. Hatten die Entwickler eine so niedrige Meinung von mir, dass sie glaubten, ich wäre fähig, sie zu verraten? Wer von uns spielte also dieses Spiel?

Wir erreichten das Tor. Hier war kein einziger Nocteaner mehr am Leben. Ein Spiel, ja, klar doch.

Wir traten durch das Tor – oder das, was davon übrig war – und blieben stehen, um uns das Blutbad hinter der Mauer anzusehen. Einige Nocteaner rührten sich noch. Ihr klagendes Stöhnen hallte über das Schlachtfeld.

Die Elite der Nocteaner stand in einer einzigen Reihe 30 Meter von den Toren entfernt. Sie wirkten bemerkenswert ruhig, knurrten nur gelegentlich oder fletschten die Zähne.

Die calteanischen Krieger reihten sich auf, um den Eingang zu verteidigen.

„Warum greifen sie nicht an?", flüsterte ich.

„Der Kerook wartet darauf, dass mehr Futter herauskommt", antwortete Lavena ebenfalls flüsternd.

„Dann muss er hier in der Nähe sein", meinte ich. „Er muss sehr stark sein, dass er so viele Mobs auf einmal steuern kann. Wir müssen sie von ihm befreien."

„Der entkommt uns nicht", versprach Lavena. „Heute ist sein letzter Tag."

„Sobald der Nahkampf beginnt, müssen wir näher heran. Ich zähle darauf, dass Ihr ihn aufspürt."

Sie entblößte die Zähne zu einem raubtierhaften Grinsen. „Ich halte die Augen offen."

Ich öffnete mein Profil und aktivierte all meine legendären Boni. Die Calteaner begrüßten meine „Hütermagie" mit begeistertem Jubel.

Ich stürzte einen Trank hinunter und wandte mich an Lavena. „Los geht's."

NICHT WILLENS, ZEUGE eines weiteren Massakers zu werden, suchte die Sonne hinter den bleiernen Gewitterwolken Schutz in ihren himmlischen Hallen und überließ eine Handvoll kühner Narren der Gnade der kannibalischen Horden.

Die beiden Hauptarmeen machten nur 150 Meter voneinander entfernt Halt. Die geschlossenen Schildreihen der Calteaner wirkten wie eine Stahlmauer, die den Eingang zur Oberstadt versperrte. Ihre

Augen leuchteten voller Zorn unter ihren Helmen, ihre starken Hände umfassten ihre Speere fester.

Oben auf der Mauer standen die Bogenschützen aufgereiht, bereit zum Kampf. Ich erspähte Pritus in seiner schwarzen Robe, der zwischen den Glevenwerfern hin und her eilte. Vermutlich lud er sie gerade mit den verbliebenen Talismanen. Ich hatte ihm meine gegeben, bevor ich aufgebrochen war, und nur einen zum Replizieren zurückbehalten.

Die Krieger auf der Mauer feuerten uns mit Jubelrufen an. Badwar hob seine Streitaxt und löste damit eine weitere Welle Schlachtrufe aus.

„Feuer!", donnerte Droy.

Mehr Pfeile wurden aus Köchern gezogen. Bogensehen ächzten.

Die gefiederten Todesboten verließen die Grenzen der Stadtmauer, genossen ihren Flug und feierten ihre Freiheit. Dann zog Mutter Erde sie zurück nach unten. Ihrem Ruf gehorchend begannen Hunderte von Pfeilen ihren Sturzflug.

Von meinem sicheren Standort hinter unseren Tanks aus konnte ich nicht sehen, wie die Pfeile die Körper der Nocteaner durchbohrten. Ich war zu sehr auf einen einzelnen Punkt im Herzen der feindlichen Formation konzentriert. Dort glaubte ich, etwas erspäht zu haben.

„Er ist da drüben", flüsterte ich und deutete auf eine Gruppe Nocteaner, die meine Aufmerksamkeit erregt hatten.

Lavena nickte. „Ich glaube auch. Ich spüre seine Macht. Sie ist wie das Netz einer großen, schwarzen Spinne. Wie stark er ist! Es ist unsere Pflicht, ihn zu töten, bevor er noch mächtiger wird. Koste es, was es wolle! Selbst wenn wir sterben, ist es das wert."

Vor Angst lief es mir eiskalt den Rücken hinunter. Eine instinktive Urangst schnürte mir das Herz ab. Was um alles in der Welt war los mit mir?

Ich stand hinter den Soldaten, selbst angespannt wie eine Bogensehne, bereit, Boris zu beschwören und mich in die Lüfte aufzuschwingen. Meine Flickbox war bis zum Rand gefüllt, bereit, die Massen der Feinde mit jedem Stück Metall zu bombardieren, das ich hatte.

Der unsichtbare Puppenspieler gab seinen Truppen das Kommando zum Vorrücken. Ich spürte seinen Befehl mit jeder Faser meiner überreizten Psyche. Oder bildete ich mir das nur ein?

Jedenfalls setzte sich die Masse der Mobs in Bewegung. Heulend und brüllend stürmten sie auf unsere Reihen zu.

„Stellung halten!" Droys Stimme klang, als käme sie von weit weg.

Das anhaltende Sperrfeuer von der Mauer spickte zahllose weitere Nocteaner mit Pfeilen.

Die Calteaner machten sich bereit, mit ihren Speeren warmes Fleisch aufzuspießen.

Die erste Reihe der Nocteaner war fast bei uns. In ihren krallenbewehrten Klauen hielten sie riesige Knüppel. Ihre winzigen Augen glühten vor Zorn und wildem Hunger, ihre Reißzähne grinsten uns entgegen.

15 Meter.

„Stellung halten!"

Fünf.

Drei.

„Stellung hal-"

Droys Befehl wurde vom Klirren von Stahl und Schmerzensschreien übertönt.

Der erste Zusammenstoß war entsetzlich.

Ohne Rücksicht auf das eigene Leben preschten die Nocteaner ungebremst in unsere Reihen. Wie stumpfsinnige Zombies stürzten sie sich in unsere Speere und erschlugen in dem Versuch, unsere

Verteidigungslinie zu durchbrechen, unsere Krieger mit schweren Schlägen ihrer Knüppel und Klauen.

Die ersten zwei Reihen Calteaner starben fast sofort. Doch ihr Tod war nicht umsonst, da der Angriff der Nocteaner gebremst und ihr Vorrücken aufgehalten worden war. Mehr Pfeile hagelten von der Mauer auf die Mobs herab und säten Vernichtung.

Der Tod wütete auf dem Schlachtfeld. Der kleine Bereich vor den Stadttoren war von Todesschreien und dem gequälten Stöhnen der Verwundeten erfüllt. All das Geschrei, das Knurren und Stöhnen vergrößerten das Chaos nur.

Und irgendwo hier lauerte eine einzelne Kreatur, die diese grauenvolle Symphonie genoss.

Endlich erblickte ich ihn.

Das war also der Kerook. Winzig und niedlich war er, wie ein kuschliges Stofftier. Was ihn im Endeffekt verraten hatte.

Sein flauschiger, schneeweißer Pelz stach zwischen den grauen Körpern der nocteanischen Anführer hervor. Der Mistkerl beobachtete das Massaker, zog unsichtbare Fäden wie eine Spinne, die einer in ihrem Netz gefangenen Fliege zusah.

„Ich sehe ihn!", schrie ich Droy zu. „Er ist ganz in der Nähe!"

Droy signalisierte mir, dass er verstanden hatte, und gab neue Befehle aus. Eine neue Formation bildete sich inmitten unserer Reihen, gleich einer mit Streitäxten und Speeren gespickten Schildkröte, deren Panzer aus den Schilden der Krieger bestand.

Ein paar Armbrustschützen standen Schulter an Schulter in der Mitte dieser neuen Formation, bereit, uns mit einem Schwall Armbrustbolzen Feuerschutz zu geben.

Um unsere Anwesenheit nicht zu verraten, duckten Lavena und ich uns unter die Schilde. Ich warf der Kriegerin einen Blick zu. Sie war bereit.

„Vorwärts!", befahl Droy hinter uns.

„Rrrraaah!", brüllten die Krieger einstimmig und schritten voran. Sie drängten die letzte verbleibende Reihe der Nocteaner zurück und schlugen mit Speeren, Hämmern und Streitäxten auf ihre ungeschützten Körper ein.

Die breiten, „grünen" Schilde der Krieger fingen die Angriffe der Nocteaner ab. Unsere Soldaten ächzten und stöhnten vor Anstrengung, doch sie hielten die Bestien in Schach.

„Vorwärts!"

„Rrraah!"

„Vorwärts!"

„Rrraah!"

Unsere winzige, speergespickte Schildkröte schob sich durch das tobende Meer der Nocteaner Schritt für Schritt mühsam voran.

„Vorwärts!"

„Rrraah!"

Der Kerook war jetzt ganz nah. Ich schlich hinter dem breiten Rücken eines Kriegers her, aus Angst, dem Mob meine Anwesenheit zu verraten.

Auch Lavena musste es gespürt haben. Sie umklammerte ihren Bogen fest und machte sich bereit.

Schließlich wandte der Kerook seine Aufmerksamkeit von seiner Armee ab und ließ sich dazu herab, uns zu bemerken. Sofort bildeten mehrere riesige Nocteaner einen grauen Kokon um ihn herum, um ihn abzuschirmen. Das Sperrfeuer aus Pfeilen hielt an und durchbohrte die grauen Körper seiner Leibwächter, die schweigend zu Boden gingen, nur um sofort durch neue ersetzt zu werden.

Widerwärtiger, kleiner Hundesohn. Da saß er ganz gemütlich.

Wir waren bereits bis auf fünf Meter herangekommen, als er endlich nachgab und sich zurückzog.

Sein Fauchen bohrte sich in mein Gehirn wie eine Glasscherbe. Die Calteaner blieben stehen. Sie konnten sich nicht weiter vorwärtsbewegen, da sie in den Haufen verstümmelter Nocteaner-Kadaver steckenblieben.

Droy war von Kopf bis Fuß mit Blut besudelt. „Vorwärts!"

„Rrraah!"

Die Krieger machten den letzten und vermutlich schwersten Schritt ihres Lebens. Die erste Reihe Tanks ging in die Knie und lehnte sich auf ihre Speere.

Ich machte mich bereit. Lavena die Füchsin brachte sich neben mir in Stellung.

Die kräftigen Rücken der Krieger spannten sich an. Sie hoben die Schilde gleichzeitig in einer schwungvollen Aufwärtsbewegung und schleuderten die Nocteaner, die sich gegen sie drückten, zurück.

Die Kreaturen stürzten rückwärts gegen die Reihen ihrer Mitstreiter hinter sich. Es entstand ein wildes Durcheinander haariger, grauer Körper.

Ich nutzte das Chaos, um den Beschwörungs-Talisman zu aktivieren, und setzte dann alle meine Skarabäen frei.

Der Rest lief wie in Zeitlupe ab: Die wütenden, verständnislosen Nocteaner, die sich zurückziehenden Calteaner und fünf Stahl-Tanks, die ihre scharfen Beißwerkzeuge in die schreiende Masse der Mobs versenkten.

Boris schwang sich mühelos in die Lüfte. Für ihn machten zwei Reiter nicht den geringsten Unterschied.

Lavena saß Rücken an Rücken hinter mir. Sie zog ihren Hornbogen.

Ich befahl Boris, über dem Schlachtfeld zu kreisen.

„Ich sehe ihn!", schrie Lavena.

Ihre Bogensehne sirrte. In schneller Folge schoss sie vier Pfeile hintereinander ab, gefolgt von einem gemächlichen fünften. Bei dem hatte sie sich wohl mehr Zeit mit dem Zielen gelassen.

Die Pfeile flogen an den Körper der Leibwächter vorbei. Für sie gab es nur ein einziges Ziel.

Als würde er die Gefahr spüren, wich der Kerook nach links, dann nach rechts aus und duckte sich dann unter das große Bruchstück einer Säule.

Alle fünf Pfeile verfehlten ihn. Lavena fluchte wenig damenhaft.

„Kreist über ihm", blaffte sie.

Boris schlug mit seinen großen Schwingen und flog tief über dem Geröllhaufen, hinter dem der Kerook kauerte. Der kleine Mistkerl wagte es sogar, dahinter hervor zu spähen.

Als er uns erblickte, schoss er davon, offenbar in der Absicht, in den Ruinen eines Hauses Schutz zu suchen – wie ein verängstigter Präriehund, der sich vor dem Adler, der ihn jagte, in seinem Bau in Sicherheit bringen wollte.

Boris gab sein Bestes. Schließlich erreichte sein schneller Schatten den Kerook. Hinter mir machte sich Lavena bereit und spannte ihren mächtigen Bogen.

Der Kerook schrie auf, als ihm klar wurde, dass er es nicht schaffen würde.

Diesmal würden wir ihn nicht verfehlen.

„Boris, schrei!", rief ich.

Sein Triumphschrei erreichte unsere fliehende Beute. Der Kerook erstarrte zu einer pelzigen Salzsäule.

Fünf Pfeile durchbohrten seinen Körper nahezu gleichzeitig. Der Fünfte war vom Leuchten einer blassblauen Flamme umhüllt. Er traf den kleinen Mistkerl in den Hinterkopf und brachte seinen Schädel zum Bersten.

Tot.

Pflichtschuldigst meldete das System seinen Tod und die erhaltenen EP.

Dann geriet unter uns etwas Seltsames in Gang.

Die Nocteaner schienen aus einer hypnotischen Trance aufzuwachen. Sie blieben stehen und blickten sich angsterfüllt um.

Einige fuhren herum und flohen eilig vom Schlachtfeld, andere griffen ihre Kameraden an.

Das gut organisierte Nocteaner-Rudel hatte aufgehört, zu existieren, und sich in einen chaotischen Pöbel verwandelt.

„Rückzug!", schrie Droy in einem fort. „Schnell! Hinter die Mauer!"

Jetzt, da die Nocteaner uns nicht mehr angriffen, zogen sich unsere Krieger in ungebrochener Formation zurück.

Boris flog uns über die Mauer. Im nächsten Augenblick waren wir von Freunden umringt.

Die Krieger bejubelten unsere Ankunft, klopften uns auf den Rücken und schüttelten uns bei den Schultern. Wie ein Idiot grinsend nahm ich ihr Lob entgegen.

Lavena und ich schüttelten uns kräftig die Hände.

„Es war eine gute Idee, Euren Vogel singen zu lassen", krächzte sie. „Einen Augenblick dachte ich schon, er würde entkommen."

„Was, Euren Pfeilen entkommen?" Ich lachte. „Wollt Ihr mich hochnehmen? Er hatte keine Chance!"

Unsere Feierlaune war nicht von Dauer.

Ein einzelnes, markerschütterndes Heulen kam aus der Richtung der Hügel.

Ein weiteres erklang. Und noch eines. Und noch ein paar mehr.

Nicht schon wieder! Was ging hier vor sich?

Die Warnung einer Wache erschallte über der Stadtmauer.

„Werwölfe! Werwölfe!"

DER ZOTTIGE WAR ZURÜCK. Der traute sich was. Er hatte gewartet, bis wir uns gegenseitig zerfleischten, bevor er uns angriff. Im Grunde hatte er dasselbe abgezogen, was ich ihm zuvor angetan hatte.

Gerade, als ich gedacht hatte, wir hätten diese Runde gewonnen.

Ich erinnerte mich nur zu gut an die Taktik der Werwölfe. Ich wollte mir nicht vorstellen, was sie mit unseren Handwerkern, Frauen und Kindern anstellen würden, wenn sie in die Stadt einfielen.

Die beiden übrigen Skarabäen standen erstarrt auf dem Weg, den die Werwölfe entlangkommen würden, und machten sich bereit, sie zu rammen. Sie hatten nicht mehr viel Haltbarkeit – aber sie sollten uns etwas Zeit verschaffen.

Während ich sie in eine sinnvolle Verteidigungslinie brachte, gab Droy Befehle aus.

„Rückzug! Was starrt ihr so? Zieht euch hinter die Mauer zurück! Beeilung, Marsch! Ihr auf den Mauern! Macht euch kampfbereit!"

Die Feldwebel und Hauptleute taten es ihm gleich und dirigierten die entgeisterten Krieger zu einem organisierten Rückzug. Die Mischung aus Blut, Schneematsch und Schlamm am Boden behinderte ihr Vorankommen.

Während er seine Armee ununterbrochen anfeuerte, kam Droy zu mir.

„Beschwört keine Skarabäen mehr", warnte er mich eindringlich. „Die Tore sind zerborsten. Wir können die Werwölfe nicht draußen halten. Aber wir können sie in die Falle locken. Dazu benötigen wir eine Brock. Geht Ihr nach hinten. Die Kinder schaffen es nicht ohne Euch. Ich möchte, dass Ihr sie beaufsichtigt."

Ich nickte, auch wenn ich seine Absicht nicht ganz durchschaute. Als ich zu den Brocks eilte, hörte ich seine Stimme erneut.

„Wartet auf meinen Befehl zum Schießen!"

Die nächste der Brocks war auf die Tore gerichtet. Die Runeninschrift auf ihrem Gehäuse glühte und hüllte die Maschine in einen sanften Schimmer.

Auch ich erteilte Befehle. Wir hatten nicht genug Zeit, um die anderen beiden Maschinen auf das Tor auszurichten. Ich musste hoffen, dass eine reichen würde.

Das System meldete, dass die Brock bereit war.

Mein Herz flatterte in meiner Brust. Ich war zu nervös und fürchtete zu sehr um das Leben der anderen.

Als würde sie meinen Zustand spüren, vibrierte die Brock sanft.

„Steine! Holt mehr Steine!", brüllte Pritus aus einiger Entfernung.

„Die Werwölfe kommen! Da sind sie!", schrien die Bogenschützen von der Mauer.

Die ersten calteanischen Krieger erschienen im Tor. Sie zogen sich ordentlich in Reih und Glied laufend zurück. Lanciere rannten auf sie zu und machten ihre Waffen bereit. Einige schoben leere Wagen zum Tor, in der Hoffnung, es damit eine Weile verbarrikadieren zu können.

„Da sind sie!", schrien die Bogenschützen von der Mauer.

„Wie viele?", fragten die Krieger von unten.

„Mindestens drei Dutzend!"

„Was ist mit den anderen?"

„Sie fliehen!"

Also musste der Zottige beschlossen haben, uns auch mit seiner kleinen Anzahl Leute anzugreifen. Offenbar setzte er seine Hoffnung in die Stärke und Geschwindigkeit der Werwölfe und wollte uns in einer Blitzaktion vernichten.

„Olgerd, seid Ihr bereit? Wartet auf mein Signal", rief Droy und wandte sich dann an die anderen: „Schildwall!"

„Aufstellen!", dröhnte Badwar und schwang seine riesige Streitaxt.

„Rrraah!", erklang es einstimmig aus Hunderten von Kehlen.

Die Krieger brachten ihre Schilde in Position. Nur ihre Speere ragten aus ihrer Formation hervor. Sie verteidigten ihre Häuser, ihre

Frauen und Kinder, ihre Eltern, ihre Brüder und Schwestern. Sie würden dem Feind keinen Zoll ihrer Freiheit zugestehen.

„Sie sind am Tor!"

Die Stimme des Wachtpostens wurde von einer Kakofonie markerschütternder, tierischer Schreie übertönt.

Die Krieger auf den Mauern überschütteten den Feind mit Pfeilen und Armbrustbolzen. Die ersten Schmerzensschreie der Nocteaner wurden mit einem Fest glänzender Waffen begrüßt, als unsere Krieger den Feind mit zahllosen Flüchen bedachten.

Die riesigen Arme der Brock schwangen zurück, bereit, ihre tödlichen Geschosse loszulassen.

Der Zottige stürmte als Erster herein.

Er war gewaltig. Seine wilde, urtümliche Wut zog alle Augen auf sich. Sein Körper war massiv, aber geschmeidig. Sein Pelz war tiefbraun, beinahe schwarz, mit ein paar ergrauten Stellen am Kopf.

Und seine Augen! In ihnen glühte ein triumphierender Zorn.

Einen Augenblick hielt ich inne und bewunderte die gutaussehende Bestie. Sie blieb ein paar Herzschläge lang im Tor stehen und starrte mit stolzem Selbstbewusstsein auf ihre Opfer.

Dann schwärmten die Werwölfe zum Tor hinein. Nicht ganz so groß wie er, aber ebenso hungrig und verzweifelt.

Brüllend stürmten sie auf unseren Schildwall zu, ohne sich um die aufragenden Speere zu kümmern. Mit Lanzen und Pfeilen gespickt und vom eigenen scharlachroten Blut durchnässt ignorierten sie ihre tödlichen Wunden und warfen sich in die Schlacht.

Mit einem blitzschnellen Satz überholte der Zottige seine Vorhut und übernahm die Führung. Gleich würden sie gegen unseren Schildwall prallen.

Droys Stimme erreichte mich durch den dichten Nebel geronnener Zeit: „Olgerd! Jetzt!"

Die langen Arme der Brock setzten sich ruckhaft in Bewegung.

Krach!

Ich spürte den mörderischen Flug der todbringenden Steine mit jeder Faser meines Körpers.

Krach! Der andere Arm feuerte sein Geschoss ab.

Droys Berechnungen stimmten genau. Als die Brock abgefeuert worden war, hatte sich praktisch das gesamte Rudel schon durch den Torgang gedrängt.

Zwei Sekundenbruchteile später – die Zeit, die die Brock gebraucht hatte, um die Geschosse abzufeuern – hatten die Werwölfe aufgehört zu existieren. Das Sperrfeuer aus Steinen hatte sie buchstäblich zu Brei zermalmt. Ihre noch zuckenden Körper wurden sofort von Pfeilen durchbohrt.

Das war ein klarer Sieg.

Beim Anblick dieses blutrünstigen Albtraums fühlte ich mich dem Wahnsinn nahe. Mehr denn je wünschte ich mir, ich könnte lange und fest auf „Ausloggen" klicken.

Ich schüttelte den Kopf, um mich zusammenzureißen.

Es war besser, mich auf die anstehende Arbeit zu konzentrieren. Ich hatte weiß Gott eine Menge zu tun.

Mit stolzgeschwellter Brust beaufsichtigte Droy die Reparatur der Tore. Wir wechselten Blicke und nickten uns gleichzeitig zu.

Das Leben ging weiter. Wenn wir nur eine Mauer bauen könnten wie die um die Zitadelle! Komplett mit Stahltoren, die mindestens fünf Meter breit waren.

Klar doch. Träum weiter. Es war Zeit, dass ich wieder auf den Boden der Tatsachen zurückkehrte und mich an die Arbeit machte.

Doch ich hatte dringend eine kurze Pause nötig. Es konnte nicht schaden, mich kurz aufs Ohr zu hauen. Meinem Geisteszustand wäre das definitiv zuträglich.

Auf dem Weg zu Droys Zelt kam ich an einem baufälligen Schuppen vorbei. Ich war zu sehr damit beschäftigt, an mein warmes Bett zu denken, um zu bemerken, dass hier irgendetwas nicht stimmte. Ich musste erneut hinsehen – und blieb dann wie versteinert stehen.

Der Schuppen hatte eine Tür. Nicht einfach irgendeine Tür. Sie war weiß und aus Kunststoff. Gar nichts Ungewöhnliches.

Nur eine normale Bürotür.

Kapitel 23

ICH STARRTE AUF DIESES Objekt aus der wirklichen Welt, erstaunt über mein eigenes Zögern. Ich musste mich wirklich mit meiner Rolle identifizieren, wenn der Anblick eines einfachen Stücks Kunststoff mir so einen Kulturschock versetzte.

Wenn man darüber nachdachte, war das jedoch normal. Jeder würde an seinem Verstand zweifeln, wenn er mitten in einem blutbesudelten, mittelalterlichen Schlachtfeld eine schöne, saubere Bürotür sähe.

Meine calteanischen Freunde schienen sie allerdings überhaupt nicht zu bemerken. Sie liefen einfach daran vorbei.

Olgerd, Olgerd. Warum sollten sie auch? Komm schon, wirf endlich dein Hirn an! Diese Tür ist für dich. Drück die verdammte Klinke. Die Bosse der Spiegelwelt müssen dir etwas zu sagen haben.

Ich ging hinüber zur Tür.

Die Nummer darauf kam mir bekannt vor.

Richtig. Die gleiche Zahl, die 1, die ich beim letzten Mal gesehen hatte, glänzte auf dem dunkelblauen Schild.

Ich drückte sanft gegen die Tür und wusste bereits, was ich drinnen sehen würde.

Der Raum hatte sich nicht verändert. Dieselben, dunkelgrauen Aktenschränke. Die Kisten voller Papiere. Der Drucker. Der schwarze Computerbildschirm. Die Fensterrahmen aus Kunststoff.

Ich trat zum Fenster, neugierig, was dahinter lag.

Diesmal war es ein Hotel am Meer. Der goldene Strand dicht gedrängt mit sonnenbadenden Urlaubern. Bunte Sonnenschirme warfen Schattenflecken auf den Sand. Jetskis sausten durch die azurblauen Wellen. Weiter draußen schaukelten Boote unterschiedlicher Größe auf dem Wasser. Die Brandung am Ufer wimmelte vor Leuten, die schwammen, tauchten, herumspritzten und die Sonne genossen.

Ich schluckte. Wie gern hätte ich mich ihnen angeschlossen!

Die Tür öffnete sich hinter mir. Ich zwang mich, den Blick vom Fenster loszureißen, und drehte mich um.

Ein Mann stand vor mir. Sein kurz geschnittenes Haar war schneeweiß, obwohl er gar nicht so alt wirkte. Glattrasiert mit einem kräftigen Kinn und intelligenten Augen. Vielleicht um die 45. Er war mindestens 1,80 groß mit breiten Schultern und militärischer Haltung.

Er musterte mich mit scharfem Blick. „Herr Olgerd, schön, Sie hier zu sehen", sagte er endlich. „Sie können mich Sergei Sergejewitsch nennen. Ein schöner Tag, nicht wahr?"

„Für manche schon." Ich nickte in Richtung Fenster. „Nicht für mich, fürchte ich."

Er ignorierte meine Worte. „Bitte setzen Sie sich." Er deutete auf einen schwarzen Bürostuhl und nahm dann selbst Platz.

Mit klirrender Rüstung tat ich es ihm gleich.

„Herr Olgerd, ich möchte gleich zum Punkt kommen. Erstens muss ich Ihnen sagen, dass unser Team absolut begeistert von Ihrem Fortschritt ist. Für jemanden ohne das Fitness- und Survivaltraining, die für diese Art von Spielen nötig ist, haben Sie sich wacker geschlagen. Sehr zu unserer Überraschung."

„Danke", sagte ich. „Ganz ehrlich, ein solches Lob hätte ich nicht erwartet. Ich dachte, Sie würden mich tadeln."

Er starrte mich verständnislos an.

Aber jetzt war bei mir ein Damm gebrochen. Ich konnte nicht mehr länger an mich halten. „Was ich meine, ist die Situation um den Obelisken. Ich weiß, wir hatten eine Vereinbarung. Ich finde die Stadt und aktiviere den Kristall, und Sie finanzieren die Operation meiner Tochter. Tatsächlich habe ich mein Wort in fast allen Dingen gehalten. Ich habe beides gefunden: die Stadt und den Obelisken. Und jetzt reiße ich mir ein Bein aus, um sie zu verteidigen. Aber wenn es hier um meine Weigerung geht, ein Massenopfer darzubringen - sorry, das kann ich nicht tun. So ein Mensch bin ich nicht. Davon war bei der Abmachung keine Rede. Ich weiß, es sind nur Computercharaktere, aber ich bin keiner! Ich kann keine 2.000 Frauen, Kinder und alte Leute umbringen! Für mich sind sie echt. Sie sind meine Freunde. Sie vertrauen mir. Und es ist ja nicht so, als wäre ich mit meinen Ratenzahlungen im Rückstand. Außerdem liefere ich Ihnen gute Publicity. Die Armeen der Clans sind bereits unterwegs. Sie können sich wirklich nicht beschweren. Es ist schließlich Krieg und alles ..." Bei den letzten Worten erstarb meine Stimme.

Der Mann hatte mir unbewegt zugehört, ohne mich zu unterbrechen. Als ich fertig war, lehnte er sich in seinem Stuhl zurück und verschränkte die Finger ineinander. „Also wissen Sie noch nichts davon, was?", fragte er.

Mein Herz schien einen Schlag auszusetzen. „Wie bitte?"

„Die Leute, mit denen Sie die Vereinbarung getroffen hatten, arbeiten nicht mehr hier."

„Was soll das heißen? Ich dachte, diese Frau ... Diese Dame, Vicky, sie arbeitet doch für Sie?"

„Das hat sie in der Tat getan. Doch jetzt nicht mehr. Und auch ihre Vorgesetzten nicht mehr. Offen gesagt hat das gesamte Management der Spiegelwelt, wie Sie es kennen, aufgehört, zu existieren."

„Moment mal ... und die Bank ...?"

„Oh, nein, nein, nein, Sie haben mich falsch verstanden. Die Reflex-Bank ist noch aktiv und in bestem Zustand. Sie hat nur den Eigentümer gewechselt, das ist alles."

Ich lachte nervös. „Aber was ist mit ...?"

„Machen Sie sich keine Sorgen um Ihr Darlehen. Ihre Vereinbarung gilt noch. Die haben Sie ja mit der Reflex-Bank geschlossen, nicht wahr? Das ist doch korrekt?"

Gott sei Dank. „Korrekt", bestätigte ich. „Aber wenn ich fragen darf ... Wer leitet denn jetzt das Unternehmen?"

„Das müssen Sie nicht wissen. Ich kann nur sagen, dass der Versuch des alten Managements, aus der Aktivierung eines neuen Spielplans Kapital zu schlagen, der Grund für die eilige Übertragung der Aktienmehrheit an uns war. Und noch etwas: Es war einzig und allein Ihr Verdienst, dass diese kleine Intrige keinen Erfolg hatte."

„Könnten Sie mir das erklären?"

„Ihre Analysten haben Ihr psychologisches Profil völlig falsch eingeschätzt. Sie haben dafür gesorgt, dass Sie genug NPCs haben, um das Ritual durchzuführen. Was sie nicht erwartet haben, ist, dass Sie sich weigern könnten, das zu tun. Das hat zu einer kleinen Verzögerung geführt, die sich für uns als essenziell herausgestellt hat. Sie haben uns die Zeit verschafft, die wir brauchten. Dafür sind wir Ihnen dankbar."

Er erhob sich und streckte mir die Hand hin. „Es war schön, Sie kennenzulernen. Machen Sie sich keine Sorgen um das Darlehen. Zahlen Sie es einfach weiter ab. Ich hoffe, es wird nicht mehr allzu lange dauern. Ihr Körper ist im Modulzentrum absolut sicher. Als Zeichen unserer Dankbarkeit gewähren wir Ihnen außerdem einen beträchtlichen Rabatt auf unsere gesamten Dienstleistungen für die Dauer eines Jahres. Ihr Bruder arbeitet übrigens immer noch für uns. Er wird möglicherweise bald befördert. Ich glaube nicht, dass wir uns wiedersehen werden. Bedauerlicherweise. Ich wünsche Ihnen einen schönen Tag."

Ich öffnete die Tür und wollte gehen. „Moment mal." Endlich setzte mein Denken wieder ein. „Was soll ich jetzt tun?"

Er wandte sich wieder mir zu. „Sie sind ein freier Mann. Außer Ihrem Darlehen haben Sie keinerlei Verpflichtungen gegenüber der Reflex-Bank. Viel Spaß im Spiel."

Ich blieb am Fenster stehen, blickte aufs Meer und ging unsere Unterhaltung in Gedanken noch einmal durch.

Sie sind jetzt ein freier Mann ...

Sie sind jetzt ein freier Mann ...

Das war's. Mission erfüllt. Ich war frei. Ich konnte auf „Ausloggen" drücken, wann immer ich wollte. Ich konnte zu meiner Familie zurückkehren.

Allein der Gedanke wärmte mich von innen. Aber ...

Ich konnte die Roten Eulen nicht im Stich lassen. Das wäre genauso krank, wie sie zu opfern, nur auf andere Art.

Und über die Spieler musste ich mir auch keine Illusionen machen. Für sie hatte jeder calteanische Skalp einen Wert. Manche von ihnen waren fraglos in der Lage, calteanische Kinder massenweise abzuschlachten.

„Nun denn, Herr Olgerd", murmelte ich. „Dann also Plan B?"

SOBALD ICH DAS VIRTUELLE Büro verließ, bemerkte ich, dass es im Lager seltsam ruhig war. Es wirkte geradezu verlassen. Die Wachtposten befanden sich noch auf den Mauern, aber es war kein Kommandant in Sicht. Keine Feldwebel, keine Hauptleute, überhaupt keine Erwachsenen. Wo war Droy? Pritus? Was um alles in der Welt ging hier vor sich?

Mit einem schwachen Ruf kam ein junger Bogenschütze eine Leiter heruntergestürzt und zählte dabei jede einzelne Sprosse mit seiner Wirbelsäule. Er rappelte sich auf und schoss auf mich zu, die Augen schreckgeweitet.

Er rannte blindlings, stolperte und fiel wieder und wieder hin, bis er mich schließlich erreichte. Nach Luft schnappend öffnete er den Mund immer wieder wie ein Fisch auf dem Trockenen und bemühte sich, zu sprechen.

„Hüter! Sie ... wisst Ihr ... da drüben ... Es ist ..."

„Beruhig dich, Junge", sagte ich und versuchte, gefasst zu klingen. Ich war selbst kurz davor, auszuticken. „Tief durchatmen ... so ... gut so. Jetzt mach Meldung."

Er gehorchte meiner Anweisung und erklärte: „Alle Erwachsenen sind fort. Sie haben mir gesagt, ich soll Euch an ihrer Stelle Lebewohl sagen."

Kalter Schweiß lief mir den Rücken hinunter. „Wohin sind sie gegangen?"

„Dort drüben." Er deutete auf das ruhige Lager. „Sie sind mit dem toten Hüter sprechen gegangen."

Ich ließ ihn stehen und rannte zur Tür zu den Hallen von Bruchheim.

Ich betete, dass ich noch nicht zu spät kam.

Was zum Henker hatten sie vor?

Frauen und Kinder standen dicht gedrängt um die offene Luke. Manche weinten. Andere standen schweigend da wie zu Eis erstarrt. Als sie mich bemerkten, keimte Hoffnung in ihren Blicken auf.

Ich sprang in die Luke und hastete den Tunnel entlang. Wie ein Sektkorken schoss ich heraus und eilte durch die Halle. Wenn sie doch bloß keine Dummheit gemacht hatten! Schneller ... schneller ...

Die calteanischen Krieger standen mit dem Rücken zu mir. Sie hatten mich noch nicht bemerkt. Es sah aus, als wäre die gesamte calteanische Armee hier versammelt: erwachsene Krieger, junge Männer und auch einige Frauen.

Alle meine Kommandanten standen reglos neben dem Obelisken. Laosh war mit tief gesenktem Kopf erstarrt und hörte dem Geist des Hüters zu.

„Störe ich?", rief ich sarkastisch.

Alle Köpfe wandten sich mir zu.

Ich blickte in ihre Gesichter. Meine Freunde, meine Waffenbrüder. Sie verharrten in grimmigem Schweigen. Einige wandten den Blick ab, andere starrten trotzig zurück.

Ein Flüstern erhob sich.

„Ah, hier ist euer Hüter!" Brolgerd begrüßte mich mit einem falschen Lächeln.

„Schweigt!", fauchte ich und schritt durch die sich teilende Menge auf Droy zu. „Was ist hier los?"

„Seht Ihr das nicht?", erwiderte Droy ruhig. „Er sagte uns, dass unsere Leben ausreichen, den Kristall aufzuladen."

Ich verschränkte die Arme. „Aha."

„Olgerd, Ihr müsst verstehen", mischte sich Laosh ein. „Das ist die einzige Lösung. Die Horde ist fast schon hier. Die vereinten Armeen der Dunkelheit und des Lichts treffen jeden Augenblick ein. Wir können sie nicht schlagen. Was wir tun können, ist ein freiwilliges Opfer darzubringen. Wenn wir den Obelisken füttern, wird er die anderen schützen. Unsere Kinder werden überleben. Sonst haben wir keine Zukunft. Der alte Hüter hat uns versprochen …"

Ich sah mich um. „Ich würde gern hören, was die anderen dazu zu sagen haben."

„Bitte haltet uns nicht auf", sagte Pike ruhig. „Wir müssen das tun."

„Der Feind ist zu stark und zu zahlreich", knurrte Badwar. „Wir haben keine Chance, ihn zu besiegen. Wäre es nur die Horde, hätte niemand das in Betracht gezogen. Aber jeder menschliche Krieger, egal ob Licht oder Dunkel, kann es mit zehn Calteanern aufnehmen. Weder die Brocks noch die Stadtmauern können sie aufhalten. Ich würde so viel lieber in der Schlacht sterben, doch das ist zu einfach. Zu unverantwortlich meinen Kindern gegenüber."

„Wenn wir in der Schlacht sterben, retten wir niemanden", fügte Lavena hinzu. „Sterben wir jedoch hier, sorgen wir dafür, dass die anderen den Schutz erhalten, den sie brauchen. Wir schenken ihnen das Leben."

Der Geist grinste wie ein Honigkuchenpferd. Was für ein Wahnsinniger.

„Ist es das, was ihr alle glaubt?" Ich hob die Stimme und ließ den Blick über die Menge schweifen.

„Das glauben wir."

„Ja."

„Natürlich."

„Und ich meinerseits gebe euch mein Wort – das Wort des Hüters der Stadt – dass eure Familien überleben werden!", kreischte Meister Brolgerd mit leuchtenden Augen.

„Das Wort des Hüters der Stadt?", fauchte ich. „Von diesen Hütern habe ich schon einigen geglaubt. Einer wollte, dass ich hierher gerannt komme – aber es stellte sich heraus, dass er sehr sparsam mit der Wahrheit umgegangen ist! Zwei weitere haben uns in der verlassenen Stadt im Stich gelassen, und wir mussten uns in den Ruinen und der Einöde allein durchschlagen. Und jetzt Ihr – und was habt Ihr mir angeboten, sobald ich Euch getroffen haben? Ihr wolltet, dass ich meine Freunde opfere!"

Ich improvisierte wie wild. Ich stellte mir vor, dass die Admins gerade vor ihren Computern saßen und sich ratlos am Kopf kratzten.

„Meine Freunde!", rief ich und ließ etwas Reue in meiner Stimme mitschwingen. „Das ist alles meine Schuld! Ich habe euch in eine Falle geführt! Kein Wunder, dass eure Vorfahren diesen Ort die Verbotene Stadt genannt haben! Ich kann nur sagen, ich habe diesen sogenannten Hütern der Stadt vertraut! Ich dachte, ich könnte den Obelisken allein erwecken! Hätte ich das geschafft, wären wir jetzt alle in Sicherheit!"

„Macht Euch keine Vorwürfe, mein Freund", erwiderte Droy. „Wärt Ihr nicht gewesen, würden viele von uns schon lange unter der Erde verrotten! Ihr wart der Einzige, der uns eine Überlebenschance verschafft hat!"

Der Thronsaal hallte vor Jubel wider.

„Aber so wie ich Euch kenne", fügte Droy mit einem wissenden Augenzwinkern hinzu, „habt Ihr Euch bereits etwas einfallen lassen, oder?"

Verhaltenes Lachen lief durch die Menge. Ein hoffnungsfrohes Lächeln erschien auf manchen Gesichtern. Die Hoffnung, dass sie dem sicheren Tod vielleicht doch entgehen könnten.

„Könnte man so sagen", antwortete ich.

„Sprecht!"

„Sagt es uns."

In ihren Stimmen schwang neu erwachter Optimismus mit.

Das kam mir vor wie ein Déjà-vu. So hatten sie mir am Feuer zugejubelt, als ich erstmals vorgeschlagen hatte, dass wir zur Ennan-Stadt aufbrechen sollten.

Mit einem Unterschied. Heute gehorchte ich niemandes Anweisungen. Niemand soufflierte mir ein, wohin ich gehen sollte. Heute wählte ich meinen eigenen Weg.

„Schon gut, schon gut!" Ich hob beschwichtigend die Hände. „Ich habe einen Vorschlag. Aber ich sage euch gleich, es wird nicht einfach!"

„Ist es besser, als hier wie Vieh abgeschlachtet zu werden?", rief Orman.

„Oh, und wie!"

„Dann sagt es uns!"

„Sprecht!"

„Wie ihr alle wisst, habe ich Erkundungsflüge unternommen. Ich musste herausfinden, wie nahe unsere Feinde schon sind. Ich sah die Horde und die vereinigten Armeen! Doch das war nicht alles!"

„Was habt Ihr sonst noch gesehen?", fragte Laosh mit verzagter Stimme.

Ich sah ihn an. „Schamane, wir haben uns beide geirrt, Ihr und ich. Dieser Ort wird niemals die neue Heimat der Calteaner sein. Wenn überhaupt, wird er unser Grab werden. Aber ich kenne einen Ort, wo es keine Nocteaner mehr gibt! Weder die Krieger des Lichts noch der Dunkelheit können ihn erreichen! Und was noch besser ist, dort gibt es keine verrückten Hüter-Geister!"

„Immer her damit!", rief jemand. „Wo ist das?"

Das donnernde Lachen der Krieger ließ die Hallen von Bruchheim erzittern.

Ich blickte in ihre aufmerksamen Gesichter. Sie alle waren bereit, mir in die Hölle zu folgen, wenn nötig.

„Ich schlage vor, dass wir losziehen und eure alte Heimat zurückerobern! Wir gehen zurück ins Silberbergtal!"

Kapitel 24

ICH MUSSTE IMMER NOCH LÄCHELN, wenn ich an den Aufruhr dachte, der in der Menge ausgebrochen war, als ich das gesagt hatte.

Der Jubel! Erwartungsgemäß hatten die Calteaner ihren Plan zur Selbstaufopferung sofort vergessen. Ebenso den psychopathischen Geist. Sowohl der „Hüter" als auch der Eingang zu den Hallen von Bruchheim wurden umgehend dem Vergessen überantwortet.

Das Lager verwandelte sich in einen Wirbelwind der Packaktivitäten.

Wir räumten die Waffenkammer aus und luden ihren gesamten Inhalt auf Schlitten. Die Brocks, die Glevenwerfer und das Katapult würden wir zerlegen und in Kisten verpacken müssen. Diese letzte Sache mussten wir noch erledigen, bevor wir aufbrachen.

Der Tod des „Marionettenspielers" der Nocteaner hatte uns eine Auszeit verschafft. Nach meinen Berechnungen blieben uns weniger als 48 Stunden, bis die Horde eintreffen würde. Doch damit hatten wir genügend Vorsprung.

Die kleineren Nocteaner-Gruppen zogen wir nicht einmal in Betracht. Sie waren keine Gefahr für uns. Sie hatten uns zuvor bereits ein paarmal angegriffen, aber das war nichts im Vergleich zu dem, was wir schon erlitten hatten. Wir waren so gut, dass wir sowohl den Zottigen als auch den Kerook hatten töten können. Hätten die Nocteaner jetzt noch über einen halbwegs anständigen Anführer verfügt, hätten wir es nicht so leicht gehabt.

Droy hatte einen Kavalleriehauptmann ernannt: Bevan den Raben, einen sehnigen, schwarzbärtigen Kerl, einer von denen, die mit uns in die Westgrotte hinabgestiegen war, um den König der Dornenratten zu besiegen. Offenbar war Bevan einer der Besten unter den Wölfen. Droy musste ihn dort bereits ins Auge gefasst haben, also vertraute er ihm jetzt den Befehl über 200 Reiter an.

Endlich erwies sich meine dritte Schriftrolle als nützlich. Die Keilformation, die ich zusammen mit meinem Rang als Oberbefehlshaber erhalten hatte. Sie ermöglichte es mir, schwere berittene Truppen in eine, nun ja, Keilformation zu bringen. Sie würden den Gegner angreifen, gefolgt von leichten Berittenen – hauptsächlich Bogenschützen – die die Überlebenden der ersten Welle erledigen würden. Außerdem bekam die Formation einen Bonus auf Schaden, Stärke und Geschwindigkeit.

(Später würden wir die Chance haben, die Keilformation in Aktion zu erleben, als eine kleine Gruppe Nocteaner unsere heimkehrende Karawane angriff. Ein Anblick, den man nicht so schnell vergisst. Auch die Calteaner selbst trauten ihren Augen kaum.)

Jetzt, als sie mit Packen beschäftigt waren, durchstreifte ich alle noch unerforschten Winkel der Stadt in der Hoffnung, etwas Wertvolles zu finden. Pech gehabt. Die Admins hatten keine Freebies mehr für mich.

Doch ich war nicht allzu verstimmt darüber. Wir hatten so schon viel Zeug. Die Belagerungsmaschinen allein schon waren ein wahrer Schatz. Jetzt hatten wir genug Schutz, wohin auch immer wir gingen.

Früh am Morgen verließen wir die Stadt. Wir brachen unser Lager ab und gingen ohne Eile los, bewacht von der schweren

Eskorte unserer Reiter und Fußsoldaten. Ich hatte alle meine Buffs aktiviert. Nur für den Fall.

Ich verließ das Zwielichtschloss mit gemischten Gefühlen. Einerseits war es eine Schande, dass ich die Quest nicht abgeschlossen hatte. Den Obelisken zu aktivieren, hätte uns haufenweise verschiedener Boni verschafft. Und immer, wenn ich auf den langen Weg, den wir zurückgelegt hatten, zurückblickte, hätte ich mich am liebsten geohrfeigt.

Doch wenn ich auf die unfertige Mauer und die unförmige Masse aus Baumstämmen und Stahlstücken, die wir stolz Stadttor nannten, und auf die schwarzen Ruinen blickte, die aus dem Schnee aufragten wie faule Zähne, empfand ich eine Riesenerleichterung. Ich war es leid, ein Bauer auf dem Schachbrett eines anderen zu sein.

Wenigstens war ich jetzt mein eigener Herr.

Ich führte die Karawane entlang der Nordseite der Bergkette, die bis zum Silberbergtal führte. Ich nannte diese Route den Nordweg. Das bedeutete zwar, dass wir eine ziemliche Kurve machen mussten – aber das war es wert. Die Nocteaner-Horde bewegte sich entlang der Südseite des Gebirgszugs auf uns zu. Keiner von uns freute sich wirklich darauf, sie zu treffen.

Am zweiten Tag unserer Reise erhielt ich eine wichtigtuerische Systemnachricht, dass die Nocteaner das Zwielichtschloss eingenommen hätten, meine Mission deshalb fehlgeschlagen und mir mein stolzer Titel des Hüters der Stadt aberkannt worden wären. Die Schlüssel zur Stadt und die Seite aus Arweins Notizen verschwanden aus meiner Tasche.

Das war alles. Alle Taue waren gekappt.

Seltsamerweise behielt ich alle Karten der Handelsrouten und Stadtpläne. Offenbar waren sie nicht Teil der Quest.

Am zehnten Tag unserer Reise beschloss ich, auf Boris' Rücken einen kurzen Blick auf die Stadt zu werfen.

Was ich sah, machte mich sprachlos. Das Tal war dem Erdboden gleichgemacht worden. Es waren keine Nocteaner mehr dort. Offenbar hatten die Clans des Lichts und der Dunkelheit kurzen Prozess mit ihnen gemacht und waren jetzt damit beschäftigt, sich gegenseitig abzuschlachten. Ich hätte keine bessere Entscheidung treffen können.

Niemand hatte den Zwielichtobelisken aktiviert. Es sah aus, als würde dieser Ort noch lange Zeit gierige Blicke auf sich ziehen.

Gut. Ich hoffte nur, das würde so bleiben.

DER MITTAG UMFING DAS Tal und die Klippen mit seinem warmen, sonnigen Schleier. Seine Berührung schmolz den Schnee, der in Hunderten kleiner Rinnsale bergab floss, auf der Suche nach neuen, unentdeckten Ufern.

Die Klippen, die die Winterkälte leid waren, streckten ihre Flanken förmlich den warmen Sonnenstrahlen entgegen. Der Frühling marschierte durchs Tal, und seine sanften, grünen Schritte erweckten den gefrorenen Boden aus seinem Winterschlaf.

„Das Silberbergtal beginnt hinter diesem Wald dort drüben", sagte ich zu Droy, der neben mir stand. „Wir sind fast da."

„Oh, ja", entgegnete Droy und spähte in die dunklen Tiefen des Waldes. „Der Felswald. Ich habe ihn noch nie von so nah gesehen. Doch ich habe so viele Legenden und Balladen darüber gehört ..."

Ich lachte leise. „Ihr und eure Balladen! Wenn ich Euch zuhören würde, würden die Roten Eulen sie den ganzen Tag singen."

Er grinste und fuhr dann in viel ernsterem Ton fort: „Ich schlage vor, wir errichten hier unser Lager. Alle sind müde, sie brauchen eine Pause. Drei Tage Rast sollten ausreichen. Ihr könntet einen Ausflug mit Boris machen, um Euch in der Gegend umzusehen."

Ich nickte. „Gute Idee."

Es war 20 Tage her, dass wir die Ennan-Stadt verlassen hatten. Es war nicht gerade ein Spaziergang gewesen – eher im Gegenteil. Trotzdem hatte sich unser kleiner Exodus als sehr produktiv erwiesen.

Ab und an hatte unsere Karawane ein paar sehr beeindruckende Mobs aggro gemacht, die alle über Level 400 lagen. Ich war neugierig, zu sehen, was für Kreaturen den Norden des Niemandslands bevölkerten. Sobald wir im Silberbergtal angekommen waren und uns dort einzurichten begannen, konnte ich mit Boris einen Aufklärungsflug in diese Gegenden der Welt unternehmen.

Außer Mobs abzuwehren, war es uns auch gelungen, fünf Mini-Instanzen zu plündern. In der letzten hatte ich es auf Level 300 geschafft – eine schöne, runde Zahl.

Aus meiner aktuellen Ausrüstung war ich schon lange herausgewachsen. Meine Tasche war bis zum Rand voll mit Beute. Außerdem waren in meinem Buch mit technischen Zeichnungen neue Seiten verfügbar. Jetzt konnte ich eine 30-köpfige Ameisenkolonie und eine Spinne erschaffen, die Spinnweben-Fallen knüpfen konnte. Aber für all das brauchte ich mehr Material.

Die Eulen lagen nicht weit hinter mir zurück. Sie waren schon lange bereit für ihre nächste Entwicklungsstufe. Also konnte ich wirklich eine Pause vertragen. Es war Zeit, meinen alten Freund Rrhorgus mal wieder zu besuchen. Wahrscheinlich fragte er sich schon, was zum Teufel aus mir geworden war.

„UM DIE WAHRHEIT ZU sagen, bin ich sehr froh, dass alles so gekommen ist", sagte Rrhorgus nachdenklich, nachdem ich ihm meine Geschichte erzählt hatte. „Ich habe mir große Sorgen wegen deiner Beziehung zu den Spielerclans gemacht. Sowohl denen des

Lichts als auch der Dunkelheit. Und jetzt sieht es so aus, als hätten sie Wichtigeres zu tun."

„Könnte man so sagen. Ich habe dir Videos geschickt. Die zeigen, was sie aus dem Tal gemacht haben. Es sieht aus, als wäre dort eine Atombombe hochgegangen."

„Apropos hochgehen", ging er auf mein Stichwort ein. „Du weißt, dass deine Videos viral gehen, oder? Der Kanal dieses Mädchens hat es in die Top 100 geschafft."

„Ich habe ihr gerade mehr davon geschickt. Eine Menge interessantes Zeug. Du wirst sie lieben."

„Davon bin ich überzeugt. Sie muss sehr zufrieden sein."

Ich hob die Schultern. „Ich weiß nicht, wer zufriedener ist, sie oder ich."

Rrhorgus' grüne Dwand-Visage wurde vor Staunen ganz lang. „Warum?"

„Als ich bei meiner Rückkehr meine Mailbox geöffnet habe, waren darin ein paar Mails von ihr und einige Überweisungsbetätigungen. Offenbar hat sie mir immer meinen Anteil für ihre Klicks geschickt."

Rrhorgus kratzte sich am Kopf. „Ich werde wohl alt. Die kriegen Geld dafür, dass sie Sachen posten?"

„Offenbar. Apropos, ich muss dir auch etwas schicken." Ich leitete ihm seinen Anteil des Goldes weiter, das ich in der Grotte und in der städtischen Schatzkammer gewonnen hatte.

Er starrte mich mit offenem Mund an. „Wo hast du das her?"

„Hab nur die Stadt ein bisschen geplündert. Ich war schließlich der Hüter, das beinhaltet nicht nur gut aussehen und dumm rumstehen."

„So macht man's richtig!" Er rieb sich die Hände und fügte dann mit bedeutungsvoll erhobenem Zeigefinger hinzu: „Beute ist ein wichtiger Faktor für unsere emotionale Sicherheit!"

„Bleib mir weg mit deinem Seelenklempnergerede", wehrte ich ab.

„Komm schon, mach's nicht so spannend! Wo ist sie?"

„Genau hier, Mann!"

Als ich die Ausbeute des letzten Monats aus der Tasche holte, sah er aus, als bräuchte er gleich eine Herzmassage. All die Knochen, Reißzähne, Tierfelle, Waffen, Rüstungen, Kristalle, Materialien, Steine und Elixiere ... Ich hatte keine Ahnung, dass so viel in meine Tasche passte!

„Und zum Schluss noch das hier", verkündete ich triumphierend und zog einen kleinen Haufen Stahlteile hervor.

Klappernd fielen sie auf den Tisch, wo sie stumpf glänzten.

„Ist das das, wofür ich es halte?", keuchte Rrhorgus, einer Ohnmacht nahe.

Ich hätte vorsichtiger sein sollen. Ich hatte schließlich nur einen besten Freund. „Ja." Ich nickte. „Feldaltar-Fragmente. Vier ‚rote' und fünf ‚purpurne'. Einer der ‚purpurnen' ist schon zusammengebaut."

Es war der Kerook gewesen, der eins der „roten" Fragmente gedroppt hatte. Den Rest hatten wir in den Mini-Instanzen auf dem Weg zurück ins Silberbergtal gewonnen.

„Hast du eine Vorstellung, wie viel die wert sind?", flüsterte Rrhorgus, während er die Teile mit zitternden Fingern befühlte.

„Das ist nur der Anfang", sagte ich.

„Während die Spieler sich also an die Kehle gegangen sind, um die Ennan-Stadt zu erobern, bist du weitergezogen. Und? Was hast du dort vor?"

„Ach, dies und das. Eine neue Siedlung gründen. Eine Stadt. Vielleicht ein Land?"

Kapitel 25

✕

DER FRÜHLING WAR in vollem Gange. Die Sonne teilte ihre Hitze großzügig selbst mit den dunkelsten Ecken des Felswaldes. Die Vögel tauschten in Kaskaden fröhlichen Gezwitschers die neuesten Neuigkeiten aus. Die ersten Knospen bedeckten die Äste der Bäume und versprachen, sich bald zu sanft grünen Blättern zu entfalten.

Wer diesem Ort seinen Namen gegeben hatte, musste nicht bei Verstand gewesen sein. Nirgendwo in der Spiegelwelt hatte ich je so viel Vegetation gesehen.

Wir durchquerten den Felswald schon seit vier Tagen. Anders als die Raureifwälder mit ihren abgestorbenen Bäumen war dieser Wald völlig normal, wenn auch wild und unberührt und voller chaotisch wuchernder Ansammlungen von Nadel- und Laubbäumen. Er unterschied sich stark von den vom Menschen angebauten Wäldern der wirklichen Welt mit ihren disziplinierten Reihen sorgfältig ausgewählter Baumarten.

Wir kamen nur langsam voran, aber nicht, weil wir müde waren. Die Calteaner hatten sich während unserer dreitägigen Rast gut ausgeruht. Sie hatten viel geschlafen, sich satt gegessen und waren in Topform. Der Grund für unsere Langsamkeit war, dass Shorve und seine Männer ständig Streifzüge machten, um unseren Weg zu erkunden. Dank ihnen hatten wir bereits eine Begegnung mit einer kleinen, aber sehr aggressiven Gruppe riesiger Level-500-Pangolins vermeiden können. Wir waren gezwungen gewesen, einen Umweg zu machen, damit wir nicht auf ihre Kameraden stießen. Die dichten Baumwipfel machten mich als Späher nutzlos, weshalb ich die Fertigkeiten von Shorves Männern zu schätzen wusste.

Zwar konnten wir es mittlerweile mit solchen Mobs aufnehmen – jedoch nicht ohne Verluste.

Jedes Mal, wenn wir anhielten, machten wir als Erstes viele Feuer und postierten Wachen daneben. Die Stärke und Ausdauer der Calteaner hörte nie auf, mich in Erstaunen zu versetzen. Niemand beklagte sich. Es gab keine Nörgeleien oder Proteste, egal, wie hart es auch kam.

Die Calteaner gehorchten den Befehlen ihrer Kommandanten, ohne zu fragen oder darüber zu diskutieren. Sie blieben ruhig, obwohl die Wanderung durch den Wald nicht die einfachste war. Vermutlich schafften sie es, sich während der Aufklärungspausen etwas auszuruhen. Das und auch meine Buffs, die ich ständig aktivierte, halfen.

Unsere Recken waren besonders mutig und diszipliniert. Schon ihre Anwesenheit schien die Moral der anderen zu heben. Sie versuchten, überall gleichzeitig zu sein, und unterstützen ihre Clanmitglieder.

Auch ich wollte ihrem Beispiel folgen. Weshalb ich angeboten hatte, die Nachtwache zu übernehmen.

Ich hatte die halbe Nacht damit verbracht, am Feuer zu sitzen und darauf zu warten, dass Badwar und Lavena mich ablösten. Vor Müdigkeit noch zitternd rückten sie näher ans Feuer heran.

Auch wenn wir hier viel weiter südlich waren als die Ennan-Stadt, befanden wir uns noch nicht wirklich im Süden. Keine Palmen und sonnenbeschienenen Strände hier.

Ich blieb eine Weile beim Feuer, um sicherzugehen, dass die anderen beiden richtig wach waren, und bereitete mir dann in der Nähe ein Bett. Ich schloss die Augen und dachte über all die

Veränderungen nach, die mein Leben kürzlich erfahren hatte. Über meine Frau und meine Tochter und alles, was in letzter Zeit geschehen war.

Langsam umhüllte der Schlaf meinen Geist und fügte meinen Gedanken einen Hauch Surrealität hinzu. Im Lauf der letzten Wochen hatte ich gelernt, eine Balance zwischen Schlummern und Wachsein zu erreichen, ohne mich ganz dem Schlaf hinzugeben. So schliefen vermutlich wilde Tiere, immer auf der Hut.

Außerdem verhinderte ein seltsames, unruhiges Gefühl, dass ich richtig einschlief. Mein Großvater hatte das immer als „Bauchgefühl" bezeichnet.

Doch nach und nach forderte die Nacht ihren rechtmäßigen Tribut und unterdrückte meinen schwachen Impuls der Angst. Ich brauchte nur ein bisschen Ruhe und Frieden ...

Ich setzte mich auf und rieb mir die Augen. „Wer ist da?"

Diesen Anblick hatte ich nicht erwartet. Am Feuer saß ein junges Alven-Mädchen, ihr blondes Haar und ihre leichte Kleidung ein krasser Kontrast zu den schweren Rüstungen von Badwar und Lavena. Sie waren nur eine Armeslänge von ihr entfernt, doch sie ignorierten sie. Die beiden unterhielten sich in knappen Sätzen und hielten ein wachsames Auge auf den nächtlichen Wald gerichtet.

Das System weigerte sich, sie zu identifizieren. Das Mädchen schien weder Namen noch Level zu haben.

Sie saß seitwärts beim Feuer, hatte ihre Knie mit den Armen umschlungen und die schräg gestellten Augen auf die Flammen gerichtet. Das Feuer warf ein flackerndes Licht auf ihren Pferdeschwanz und ihr sommersprossiges Gesicht.

Es brachte mich aus dem Konzept. Wie war sie hierhergekommen? Warum sah sie außer mir keiner?

„Ich bin überrascht, dass Ihr mich bemerkt habt, Sterblicher."

Beim Klang ihrer sanften, ruhigen Stimme schrak ich zusammen. Sie wandte die Augen nicht vom Feuer ab. Sie bewegte sich nicht, drehte nicht einmal den Kopf.

Badwar und Lavena unterhielten sich weiter im Flüsterton. Sie hörten sie nicht, verdammt!

Sie hielt inne und wartete darauf, dass ich etwas sagte. Dann fuhr sie fort: „Ich habe in diesem Wald seit Jahrhunderten keine intelligenten Wesen mehr gesehen. Und jetzt Ihr – so viele!"

Einen kurzen Moment lang wirkte ihr Lächeln raubtierhaft – dann nahm ihr hellhäutiges Gesicht wieder seinen ruhigen, unbewegte Ausdruck an. „Gefällt euch unser Wald?"

Ich nickte nur.

Unser? Hieß das, sie war nicht allein hier?

„Bitte bleibt. Wir freuen uns, Euch hierzuhaben." Wieder dieses raubtierhafte Lächeln.

Ich wagte nicht, zu atmen, aus Angst, ihre Aufmerksamkeit auf mich zu ziehen. Und sie saß einfach da, hielt ihre Knie umschlungen und starrte ins Feuer.

„Wir haben hier so viel Platz. Es wird Euch gefallen."

Seltsam, dass sie sich nicht bewegte. Normalerweise wechselten die Leute ihre Position von Zeit zu Zeit. Sie konnten nicht so reglos dasitzen. Nur ihre Lippen bewegten sich.

Ich hörte einen frischen Zweig im Feuer knacken. Über uns rauschte es in den Wipfeln der Kiefern.

Ich wünschte mir nichts mehr, als aufzuwachen, aber es sah nicht so aus, als würde ich schlafen. Das hier wirkte zu echt. Das Feuer, die Nacht, die seltsame Besucherin, die arglosen Calteaner, die sie nicht wahrnahmen ...

Apropos, bald würde die Wachablösung kommen.

Als könnte sie meine Gedanken hören, sah sie endlich zu mir. Ihre blassblauen Augen richteten sich auf mich, ohne zu blinzeln, und es war, als blickten sie direkt in die Tiefen meiner Seele.

Ich versuchte, den Blick abzuwenden, doch es gelang mir nicht. Wollte sie mich hypnotisieren oder so? Was für ein Spiel trieben die Admins da?

Unmerklich veränderte sich ihre Stimme. Jetzt klang sie hart und eindringlich. „Wisst Ihr was? Ich habe es mir anders überlegt. Nein, es wird Euch hier nicht gefallen." Ihr Mund verzog sich zu einem unnatürlichen, blutdürstigen Grinsen. Der Rest ihres Gesichts blieb unbewegt, frei von Emotionen.

Immer noch unfähig, mich zu bewegen, bemerkte ich vier kleine Reißzähne, die zwischen ihren blassen, blutleeren Lippen hervorschauten.

Hier war etwas ganz und gar nicht in Ordnung. Mir lief es eiskalt den Rücken hinunter.

„Wisst Ihr, was ich denke?", fuhr sie fort. „Es könnte sein, dass Ihr sehr bald sterbt. Doch Ihr habt eine Wahl. Verlasst diese Sterblichen. Fliegt davon. Sie sind uns lästig."

Ich war wie gelähmt und nicht in der Lage, auch nur ein Glied zu rühren. Mein Atem verlangsamte sich. Jeder Atemzug wurde zum Kampf. Ich erstickte langsam. Mein Mund wurde trocken. Ich war furchtbar durstig.

Panik erfasste mich, lähmte meine Arme, meine Beine, meine Schultern. Meine Brust krampfte sich zusammen. Meine nach Sauerstoff lechzenden Lungen brannten.

Was ging hier vor sich? Was für Spezialeffekte waren das?

Jetzt mischte sich mit jedem Herzschlag mehr Wut in meine lähmende Panik. Ein heißer, rasender Zorn – und je mehr ich kochte, desto schwächer wurden meine unsichtbaren Fesseln. Klang der Effekt ab? War das eine Art Warnung der Admins?

Meine Atemnot ließ langsam nach. Das steinerne Gesicht der Kreatur verwandelte sich in eine Maske der Überraschung. Ihre rechte Augenbraue hob sich leicht, ihr Mund verzog sich verächtlich und entblößte zwei der Reißzähne.

„Offenbar seid Ihr stärker, als ich dachte, Sterblicher." Ihre Stimme klang verändert. Die Erscheinung begann, sich aufzulösen. Also hatte ich recht gehabt: Sie war nur ein vorübergehender, optischer Effekt.

Was für eine Erleichterung. Ich wäre beinahe in Panik verfallen. Mein Blut kochte noch vor Adrenalin.

Jetzt saß dort, wo das Alven-Mädchen gewesen war, eine seltsame, kleine Kreatur. Sie war von der Größe eines zehnjährigen Kindes, mit schwachen, ausgemergelten Gliedmaßen, die mit harter, grauer Haut bedeckt waren. Sie hockte in einer ungelenken Pose auf ihren X-Beinen da.

Der Kopf der Kreatur war klein und verrunzelt wie eine vertrocknete Kartoffel. Ihre Zähne waren spitz und die Reißzähne standen hervor. Ihr Körper war an vereinzelten Stellen von kurzem, mausgrauem Haar bedeckt.

Das Licht des Feuers spiegelte sich in den riesigen, pechschwarzen Augen der Kreatur, die mich, ohne zu blinzeln, anstarrten wie zwei Untertassen.

Jetzt fühlte ich mich etwas besser. Doch sobald ich versuchte, mich zu bewegen oder tief einzuatmen, legte sich das unsichtbare Gewicht wieder auf mich und fesselte meinen Körper mit derselben, schaurigen Benommenheit.

Diese verdammten Admins mit ihren Experimenten!

Nach ein paar weiteren erfolglosen Versuchen, mich zu befreien, entspannte und beruhigte ich mich.

„Schon besser", krächzte die Kreatur. Es klang, als würde sie jedes Wort aushusten. „Ich weiß, dass du verstehst, was ich sage. Ich habe dich schon seit einer Weile im Auge, Sterblicher." Sie lachte gehässig.

„Was willst du?"

Die Tatsache, dass meine Unbeweglichkeit nichts Gutes war, war selbsterklärend. Immerhin schien die Taubheit langsam nachzulassen. Ich musste auf Zeit spielen. Das war wahrscheinlich die beste Taktik für dieses kranke Szenario.

Die Kreatur schien meine Frage zu überhören. Sie streckte ihren runzligen Körper, als wäre sie gerade aus dem Schlaf erwacht. Dunkle, ledrige Flügel, die in spitze Knochenstacheln ausliefen, öffneten sich hinter ihrem Rücken. Die Schwingen waren dreimal so breit wie ihr Körper, was ihr das Aussehen einer übergroßen Fledermaus verlieh.

Der erste fliegende NPC. Keine Konkurrenz für meinen Boris.

„Erinnerst du dich an den Hof hinter der Einfriedung? Ich sehe, du weißt es noch. Ich habe beobachtet, wie du diesen Hugger gebändigt hast. Gut gemacht. Als ich meinen Schwestern von dir berichtet habe, haben sie mir nicht geglaubt. Sie haben mich ausgelacht."

Automatisch blickte ich mich in Erwartung weiterer Feinde um. Ich wollte mir nicht vorstellen, wozu die „Schwestern" dieser Scheußlichkeit in der Lage waren.

Ich erinnerte mich gut an den toten Bauernhof. Das verkrustete Blut. Die Asche. Und jetzt das Lager voller schlafender Calteaner.

Also war sie das gewesen.

Die Kreatur lachte krächzend. „Keine Sorge, Sterblicher. Meine Schwestern haben mir nicht geglaubt. Zu schade. Jetzt bekomme ich all deine Kraft für mich allein. Ich bin so hungrig. Und so froh, dass ich als Erste hier angekommen bin ... vor meinen Schwestern ..."

„Wie wäre es mit einem Handel?", spielte ich auf Zeit. Ich konnte mich jetzt frei bewegen, tat aber weiter so, als wäre ich gelähmt und keuchte, als bekäme ich keine Luft.

Eine Sache war mir nicht klar. Hier hielt ich einen Plausch mit einem Mob aus der Hölle – und meine Calteaner schliefen wie die Murmeltiere!

„Du bist dumm. Wie alle Sterblichen. Kann eine Spinne einen Handel mit einer Fliege eingehen?"

Nun, das war Ansichtssache.

Meine Beschwörungsamulette waren bereit. Die Flickbox war voll aufgeladen. Dank meiner neuen „purpurnen" Ausrüstung, die Rrhorgus mir besorgt hatte, war ich nicht mehr so nett und knuffig. Tatsächlich hatte er mir versprochen, für das Set, das ich auf den Inseln gewonnen hatte, eine geschlossene Auktion für mich zu organisieren. Er meinte, dass die Spieler sich um solche Gegenstände prügeln würden.

Ich war bereit zum Angriff. Doch ich brauchte die Calteaner als Unterstützung. Obwohl ich keine Systemnachricht erhalten hatte, müsste ich sehr dumm sein, um nicht zu erkennen, dass das hier ein höllisch starker Mob war.

„Du langweilst mich ... Und hast mir Appetit gemacht."

Das war mein Signal zum Angriff.

Wie ein geölter Blitz stürzte ich mich auf die Kreatur. Noch nie in meinem Leben hatte ich mich so schnell bewegt. Ich gab alles, was ich hatte.

Auch meine kleinen Flöhe sprangen auf sie wie silberne Pfeile und attackierten ihre verschrumpelte Brust.

Ihr qualvolles Kreischen ließ mir das Blut in den Adern gefrieren. Konnte passieren, wenn man 20 hochstufige Flöhe an sich dran hatte.

Kreischend und keuchend breitete die Kreatur ihre enormen Schwingen aus und schoss in die Luft. Dabei versuchte sie, die Flöhe mit ihren dürren, kleinen Pfoten abzustreifen. In ihrem Schmerz hatte sie ihre Umgebung vergessen und sich allen im Lager offenbart.

Das musste man meinen Freunden lassen. Sie zählten schnell zwei und zwei zusammen und sprangen kampfbereit auf die Füße. Lavena rollte sich vom Feuer weg und schoss bereits Pfeile in den Himmel.

Badwar eilte auf mich zu und schützte mich mit seinem Schild. Die übrigen drei calteanischen Späher spannten eilig ihre Bögen und taten es Lavena gleich.

Jetzt würden wir es der Kreatur zeigen!

Inzwischen ging etwas mit ihr vor sich. Ihr Körper wuchs. Vor ein paar Augenblicken noch hatte ihre eingesunkene, von mehreren Pfeilen durchbohrte Brust gezittert – und jetzt dehnte sie sich vor unseren Augen aus und wurde stark und breit.

Die schwachen Muskelstränge, die ihre dürren Gliedmaßen bedeckten, schwollen an und verwandelten sich in gewaltige Stahldrähte. Ihre krallenbewehrten Finger wuchsen, ihre kleinen Reißzähne wurden groß und stark.

Mit den Schlägen ihrer mächtigen Schwingen wirbelte sie Staub vom Boden auf. Eine Mischung aus trockenen Blättern, Zweigen und glühenden Kohlestückchen umhüllte uns.

Der Mob kreischte jetzt nicht mehr. Der nächtliche Wald erzitterte vielmehr von seinem mächtigen Gebrüll. Die riesigen, schwarzen Augen des Ungetüms suchten zwischen den unter ihm herumhuschenden Gestalten nach ihren Angreifern.

Meine Flöhe starben einer nach dem anderen, hinterließen jedoch beängstigend aussehende, giftige Wunden am Körper des Ungeheuers.

Der erste glühende Pfeil Lavenas durchbohrte die Schulter der Kreatur und entlockte ihrer Kehle ein weiteres ohrenzerfetzendes Brüllen. Wie aufs Stichwort flogen weitere Pfeile auf sie zu, durchbohrten ihre Beine und Rippen und durchlöcherten ihre Schwingen. Mit einem verzweifelten Flügelschlag gelang es der Bestie, dem letzten Pfeil auszuweichen.

Ich tat mein Bestes, um mit den Bogenschützen mitzuhalten. Ununterbrochen feuerte ich meine Schleuder ab. Nicht, dass das besonders viel half, aber trotzdem. Rrhorgus hatte mir versprochen, mit einem Handwerker zu reden, der meine berühmte „Schlichte

Taschenwaffe" angeblich verbessern konnte. Der Typ war ein Schmiedemeister, der nebenbei freiberuflich tätig war und darauf achtete, dass sein Clan nichts davon mitbekam. Das würde warten müssen. Dasselbe galt für meine „rote" Gürtelschnalle. Ich brauchte einen Meistersattler, um dafür einen Gürtel fertigen zu lassen, und das würde nicht leicht werden.

Schließlich tötete das Ungeheuer den letzten Floh. Es würde nichts bringen, mehr zu erschaffen, da die Kreatur sich zu weit oben in der Luft befand.

Sie bewegte sich schnell zwischen den Bäumen hindurch. Wenn sie nicht aus dem Wald heraus ins Freie flog, konnte mein Boris es nicht mit ihr aufnehmen. Es hatte also keinen Zweck, ihn oder auch Strolch zu beschwören. Beide waren jetzt fast auf demselben Level wie ich. Das letzte Mal, als ich auf dem Festland gewesen war, hatte ich Meister Rotim einen weiteren Besuch abgestattet, der ihre alten Fertigkeiten etwas hochgelevelt und ein paar neue eingeführt hatte. Billig war das nicht gewesen! Doch Boris verfügte jetzt über ein Zorniges Picken, während Strolch einen Geschwindigkeits-Buff auf mich wirken konnte.

Kreischend wie eine Todesfee stieg das Ungeheuer in den Himmel auf, bis es eine gewisse Höhe erreicht hatte. Dann legte es die Flügel an und stieß nach unten, wobei es seine Klauen vor sich ausstreckte wie ein Falke auf der Jagd nach Beute.

Ach du Schande. Es kam auf mich zu! Ich musste seine Aggro auf mich gezogen haben.

Doch das hieß auch, dass es landen würde.

Ich blieb stehen und hob den Kopf. Komm zu Papa, kleines Vögelchen. Ich habe eine Überraschung für dich.

„Bereitmachen! Es kommt runter!", schrie ich den Kriegern zu.

Meine Schläfen pochten vor Anstrengung. Doch das war nicht der rechte Augenblick, mir um mich selbst Sorgen zu machen. Ich stand bewegungslos mit gespreizten Beinen da und hielt den kleinen Spiegel mit der Rechten umklammert. Komm schon!

Das Ungeheuer stürzte auf mich herab wie ein riesiger Steinbrocken und genoss offensichtlich den süßen Moment der Rache.

Badwar der Donnerkrieger brüllte seinen Männern etwas zu. Nachdem ich seine Streitaxt in Aktion gesehen hatte, wusste ich, warum er so genannt wurde!

Lavena rief den Bogenschützen Befehle zu. Jetzt begann der Spaß.

Dann lag der riesige, schwarze Schatten des Mobs vollständig über mir.

Ich sprang zur Seite.

Sie haben den Zauberspiegel von Ishood aktiviert!

Wo ich eben noch gestanden hatte, befand sich jetzt ein genaues Ebenbild von mir. Mir blieb keine Zeit, die Ähnlichkeit zu bewundern. Die Bestie ging mitten hindurch und traf mit voller Wucht auf dem Boden auf.

Warnung! Ihr Spiegelbild wurde vernichtet!
Erneute Nutzung des Spiegels möglich in 01:59 ...

Der Angriff des Ungeheuers war niederschmetternd gewesen – buchstäblich. Hätte ich dort gestanden, wäre ich umgehend an meinem Respawn-Punkt gelandet.

Blind grub sich die Kreatur auf der Suche nach mir durch Haufen von Kiefernnadeln und vermodernden Blättern und schleuderte dabei große, nasse Erdbrocken auf. Sein enttäuschtes Heulen hallte durch das Lager.

Genau das, was wir brauchten.

„Boris, schrei! Skorpion, du bist dran!"

Mit einem ohrenzerfetzenden Schrei erschien Boris aus dem Nichts.

Mann, war der gut!

Das Ungeheuer erstarrte wie eine Salzsäule und blickte ins Leere. Der Skorpion grub seine Scheren in die ledrigen Flügel der Kreatur, zog ihre Aggro auf sich und machte sie noch bewegungsloser. Sein langer Stahlschwanz traf die graue Haut des Ungeheuers mit seinem scharfen, giftigen Stachel.

„Feuer!", schrie ich den Bogenschützen zu und ließ einen weiteren Schwarm Flöhe los.

Mit einem wutentbrannten Knurren stürzte sich Badwar auf den Mob und ließ seine Streitaxt immer wieder auf dessen Kopf krachen, bis wir das charakteristische Geräusch seiner Waffe hörten, das einem Donnerschlag ähnelte.

Die Kreatur erwachte aus ihrer Erstarrung und schnappte nach den Stahlzangen des Skorpions. Seine Klaue durchschnitt den glänzenden Panzer auf seinem Rücken.

Was für ein Schaden!

Halte durch, Stahlkrabbler, ich komme!

Badwar ermüdete langsam. Er war gerade noch einem Schlag der mächtigen, stachelbewehrten Schwinge des Mobs ausgewichen. Eine der Krallen des Ungeheuers schrammte an seinem Rücken entlang. Wäre seine Rüstung nicht gewesen, würde er jetzt mit gebrochenem Rückgrat am Boden liegen.

Die Flöhe hingen am Körper der Kreatur und saugten fleißig ihr Blut. Der Skorpion beantwortete jeden ihrer Schläge mit blitzschnellen Stichen.

Pfeile überschütteten den Mob ohne Unterlass. Die Wunden, die die Streitaxt geschlagen hatte, sahen scheußlich aus. Das Gift der Flöhe und des Skorpions zersetzte die Kreatur langsam von innen heraus. Sie wurde schwächer. Ihr Körper war nur noch eine Masse blutigen Fleisches.

Wir hatten es fast geschafft. Der Sieg lag zum Greifen nahe.

Wo blieben denn die Systemnachrichten? Warum konnte ich die Werte des Mobs nicht sehen? Kein einziger Schadensbericht! War das eine Fehlfunktion? Ein Glitch? Ein Bug?

Einer von Lavenas „blauen" Pfeilen bohrte sich tief in den Kopf der Kreatur und setzte dem Kampf ein Ende. Der Mob stieß einen schrillen, ohrenzerfetzenden Schrei aus und erstickte dann an seinem eigenen Gebrüll. Vor unseren Augen schrumpfte es zusammen. Seine Todesschreie brachen ab.

Es sackte auf dem Boden zusammen.

Stille hing über dem Lager.

HERZLICHEN GLÜCKWUNSCH! Sie haben Vapree (Level 500) getötet, eine der fünf Eisigen Dhuries!

Belohnung: Das Eisige Herz der Vapree, 1

Töten Sie alle 5 Dhuries und sammeln Sie 5 Herzen, um eine Dhurie-Fähigkeit Ihrer Wahl zu erhalten!

Herzlichen Glückwunsch! Sie haben eine legendäre Errungenschaft erhalten: Epischer Mobtöter. Sie sind eine Legende!

Belohnung: der Orden des siegreichen Blicks

Zur Information: Als Inhaber eines Ordens des siegreichen Blicks bringen Sie allen Gruppenmitgliedern +30 % Beobachtungsfähigkeit.

Wir saßen um das neu entfachte Feuer herum. Das Lager sah jetzt eher aus wie ein Truppenübungsplatz nach einer ordentlichen Schießerei. Alles war von Klumpen nasser Erde bedeckt. Eine vermodernde Mischung aus altem Moos, Kiefernnadeln, schwarzen Blättern und feuchten Zweigen.

Ich blickte mich um und betrachtete den Zustand des Lagers.

Die Sonne war längst aufgegangen, hatte es aber nicht eilig, hinter den düsteren, grauen Wolken hervorzukommen. Die Luft war feucht und frisch.

Wir hatten unsere Sachen bereits gepackt. Die Calteaner schienen sich von den Schrecken der Schlacht von gestern Nacht erholt zu haben. Zumindest hatten sie aufgehört, ziellos durch das Lager zu irren und verirrt zu wirken.

Meine Tiere hatten die Strapazen längst vergessen und spielten jetzt übermütig Fangen. Wenn ich sie ansah, bekam ich fast das Gefühl, als wäre das hier nichts als ein Spaziergang im Park.

Badwar hatte seine Rüstung abgelegt und saß am Feuer. Sein Oberkörper war mit breiten Stoffstreifen bandagiert. Der Mob hatte ihn mit seinen Krallen doch erwischt und ihm eine „purpurne" Rückenverletzung beigebracht. Ich sah, wie sein Leben schwand und sich dann dank meines Ordens zügig wieder regenerierte.

Badwars Schmerzen beim Atmen hielten ihn nicht davon ab, den gehaltvollen Eintopf hinunterzuschlingen, der vor ihm stand.

Lavena und die Bogenschützen hatten keine Verletzungen davongetragen. Ich war noch etwas zittrig, aber unversehrt. Nur meine Schläfen kribbelten etwas, das war alles. Sobald ich aus der Kapsel rauskam, würde ich diese seltsamen Spezialeffekte mit dem Personal besprechen müssen. Experimentierten sie etwa an ihren Spielern herum?

Nach der Schlacht war es mir gelungen, etwas zu schlafen, aber nicht mehr als zwei Stunden. Jetzt saß ich einfach da und versuchte, einen Überblick über die Ergebnisse der gestrigen Party zu gewinnen.

Lavena saß in Tierfelle gewickelt neben mir und war die Ruhe selbst. Die war ganz schön zäh. Sie hatte genauso hart gekämpft wie alle anderen und letztendlich den Ausgang der Schlacht entschieden.

Ich wandte mich den Calteanern zu. „Vielen Dank, Leute. Ihr habt mir das Leben gerettet. Wärt ihr nicht gewesen ..."

„Lasst mal stecken!" Grinsend hielt Lavena mir eine dampfende Schüssel Eintopf mit Räucherfleisch, Wurzeln und Kräutern hin. „Haltet die Klappe und esst."

Ich nickte dankbar und nahm die köstliche Gabe an. „Wisst Ihr, was das war?", fragte ich sie.

„Vapree", erwiderte sie knapp.

Aha. Hieß das, sie kannten diese kleine Bestie?

„Vapree?", fragte ich gespielt verständnislos.

„Ja, Vapree, eine der fünf Eisigen Dhuries. Sie ist der Schrecken dieses Landes. Die wahre Herrin des Felswaldes. Der Legende nach war sie es, die den ersten Schwarzen Hainen Leben eingehaucht hat. Ich hätte nie gedacht, dass ich ihr eines Tages in Fleisch und Blut begegnen würde."

„Hat sie nicht etwas von ihren Schwestern gesagt?"

„Ihr solltet nicht alles glauben, was sie sagt", entgegnete Lavena geistesabwesend. Immer wieder wandte sie sich um und starrte in die undurchdringlichen Wälder.

„Unser alter Schamane sagte immer, seine Schriftrollen erwähnten nur drei von ihnen", murmelte Badwar, den Mund voller Eintopf. „Die anderen zwei haben sich uns nie offenbart. Ich dachte immer, die wären nur Kindermärchen. Und jetzt das ..."

„Vapree bedeutet in irgendeiner alten Sprache *Macht über Träume*", fügte Lavena hinzu. „Unser Schamane hat uns auch Geschichten über sie erzählt."

„Also gibt es nur von dreien von ihnen eine Beschreibung", bemerkte ich nachdenklich.

„Genau", bestätigte Lavena. „Die anderen beiden sind Nerkee und Aise, zumindest steht es so in den Schriftrollen."

„*Macht über Wälder* und *Mächtiger Berg*", übersetzte Badwar.

„Es heißt, Nerkee durchstreift die Welt in Form einer riesigen Wölfin", fügte Lavena hinzu.

„Und Aise, wie sieht die aus?", wollte ich wissen.

„Über sie ist nur wenig bekannt. Manche sagen, sie lebt zwischen den Klammen Klippen. Ihre Haut und ihr Herz sind aus Stein und ihre Augen sind Eisblöcke. Das ist alles, was wir wissen. Ich habe das immer für Kindergeschichten gehalten. Tja! In den letzten paar Tagen haben sich so viele Dinge geändert."

„Ihr sagtet, sie saß direkt neben uns, ohne dass wir sie sehen konnten? Was hat sie gemacht?", fragte Badwar.

„Wer, der Mob? Zuerst sah sie aus wie eine Alvin, nur sehr klein", berichtete ich. „Sie hat mit mir gesprochen, mich eingeladen, hierzubleiben und euch zu verraten. Dann konnte ich nicht mehr atmen. Ich war bewegungsunfähig und dachte, ich würde sterben."

„Ihr hattet Glück", sagte Lavena leise. „Normalerweise nimmt Vapree die Form einer geliebten Person an. Eines verlorenen Sohnes, eines toten Ehemanns oder einer alten Mutter, die schon lange bei ihren Vorfahren in den himmlischen Hallen weilt. Die Herrin der Träume hat viele Gesichter. Wir kennen sie besser als die anderen, weil sie das calteanische Volk immer wieder plagt."

„Sie hat viele dunkle Taten begangen." Badwar ballte die Fäuste. „Eine alte Legende besagt, dass sie einer Gruppe Kriegern, die nachts am Lagerfeuer rasteten, in Gestalt ihres toten Anführers erschien, sie bezauberte und in die Wälder lockte. Es gibt Geschichten von verlassenen Dörfern, wo alles unberührt zurückblieb. Das Vieh war noch in den Ställen und die Besitztümer der Leute waren noch in den Häusern. Nur ein paar Fußspuren, die in den Felswald führten. Aber heute hat diese entsetzliche Legende ihr Ende gefunden!" Er strahlte triumphierend.

Ich lachte leise. „Könnte man so sagen. Ich wette, der ganze Wald hat sie schreien gehört. Kann sein, dass wir recht bald unangenehmen Besuch bekommen. Je schneller wir weiterziehen, desto besser."

„Das glaube ich nicht", meinte Badwar. „Ich wette meine Streitaxt, dass sich eine Weile kein Tier in diese Gegend wagen wird. Sie wissen alle, was mit denen geschieht, die Vapree in die Quere kommen, wenn sie jagt."

Lavena lächelte. „Woher sollen sie wissen, dass diesmal sie die Beute war? Wenn wir noch etwas hierbleiben, wird uns nichts passieren. Und wir brauchen die Pause."

Badwar schwieg nachdenklich und nickte dann. „Nun gut. Bleiben wir hier und warten auf die Hauptgruppe." Dann warf er ihr einen bittenden Blick zu. „Ist noch etwas von dem Eintopf da? So was Gutes hab' ich noch nie gegessen, das schwöre ich!"

Kapitel 26

JETZT KAMEN WIR viel schneller voran. Der Wald veränderte sich, lichtete sich und war weniger dicht. Wir mussten uns nicht mehr durch Dornengestrüpp und Unterholz kämpfen. Alles deutete darauf hin, dass wir bald das Meer erreichen würden.

Niedrige, gedrungene Bäume, die mehr wie übergroße Büsche wirkten, umstanden die vielen Waldwiesen und Lichtungen. Die dunkle, gehaltvolle, schwere Erde wich Schichten gelben Sands.

Sand war hier überall. Er breitete sich aus wie die sich kräuselnden Wellen, die die stetige Brise von der See kommend vor sich hertrieb. Die Bäume waren nahezu verschwunden und hatten knorrigen, niedrigen Pflanzen Platz gemacht, die über den Sand krochen. Sonnengebleicht und vom salzigen Wind zerfressen, waren sie doch fest entschlossen, zu überleben.

Während wir durch den spärlichen, sandigen Wald liefen, musste ich über die Vielfalt der Natur nachdenken. Man konnte Stunden damit verbringen, all die Veränderungen zu beobachten. Dieses Gebiet war vielleicht einst vom Wasser bedeckt gewesen, in dem sich Fische und andere Meereslebewesen getummelt hatten.

Aber was dachte ich mir da eigentlich? Das war ja nur ein Spiel.

Der Sand trug genauso viel Geschichte in sich wie die dunkle Walderde. Ich hob eine Handvoll Sand auf und hielt sie mir vor die Augen, ließ ihn durch die Finger gleiten und studierte die kleinen weißen, pinken und purpurnen Fragmente der Muscheln, die hier einst gelebt hatten, die vertrockneten Stücke Seetangs und winzigen Steinsplitter. Hut ab vor den Spieldesignern, sie hatten einen unglaublichen Job gemacht.

Ich schüttelte mir den restlichen Sand von den Händen und wischte sie mir an der Hose ab. Ein kleiner Rückstand klebte noch an meinen Fingern.

Ich führte die Hand wieder zum Gesicht und leckte eine Fingerspitze ab. Es schmeckte salzig. Das Meer war nicht mehr weit entfernt.

Droy – und nicht nur er – fand meine Handlungen amüsant. Die Stimmung unter den Calteanern war jetzt viel besser. Die Vorfreude auf das Ende der Reise lag spürbar in der Luft.

Orman, der die Gegend gut kannte, hatte uns gesagt, dass wir, wenn wir in diese Richtung weitergingen, bald den alten Leuchtturm erreichen würden – vermutlich irgendwann am kommenden Abend. Laut ihm gab es dort eine kleine, aus fünf oder sechs Häusern bestehende Siedlung, wo wir um Quartier für die Nacht bitten konnten.

Dann hatte er entmutigt geschwiegen. Ihm war wohl eingefallen, dass ich schon dort gewesen war.

Tut mir so leid, mein Freund. Hier ist niemand mehr. Nur Unai und seine Seetiger. Die letzten Überlebenden.

Ich hätte gern gewusst, wie es ihnen ging. Auch ich hatte viele Geschenke für sie.

Seit dem Kampf mit Vapree waren drei Nächte vergangen. Der Schock dieser Begegnung war im Lauf dieser drei Tage langsam vergangen und hatte sich während unserer häufigen Pausen in Wohlgefallen aufgelöst. Wir hatten hier keine Anzeichen größerer Mobs mehr gesehen. Ihre Rudel hielten sich eher links von der Route, die ich für uns gewählt hatte.

Shorves Männer hatten ihre ausgedehnten Aufklärungsmissionen eingestellt. Das war jetzt wieder meine Aufgabe. Offenes Gelände war meine Stärke.

Unterwegs sammelten meine Calteaner einiges an Kräutern. Der Felswald war eine wahre Fundgrube für alle Arten von Pflanzen. Die Kräuterkundigen und Medizinfrauen des Clans hatten einen Riesenspaß und räumten alles, was sich unter ihren Füßen fand, wie die Mähdrescher ab. Zahllose Heilkräuter, Wurzeln und Knospen, mit denen sie dann alle möglichen Tränke und Verbände herstellten.

DER TAG NEIGTE SICH dem Ende zu. Die Sonne würde sich gleich in ihre himmlischen Hallen zurückziehen. Sie beeilte sich, den müden Reisenden ihre letzten goldenen Strahlen zuteilwerden zu lassen, verabschiedete sich von der Erde und machte sich bereit, ihre Pflichten ihrem kleinen Bruder, dem Mond, zu überlassen.

Unsere Karawane aus etwa 3.000 Calteanern bahnte sich ihren Weg durch den spärlichen Wald und hielt sich dabei im Schatten der niedrigen Bäume. Von oben sah unsere Kolonne aus wie ein riesiges, geflecktes Band, das sich vorsichtig einen unbekannten Weg entlang schlängelte.

Viele der Calteaner kannten die Gegend. Das verlieh ihnen die zusätzliche Kraft, die sie benötigten. Einige von ihnen wagten sich sogar in die Wälder – auch wenn sie sich nie zu weit entfernten und immer von Kriegern begleitet wurden.

Die Kommandanten drückten bei diesen Ausflügen ein Auge zu. Die Männer hatten sich ein bisschen Vergnügen verdient. Auf der gefährlichen Reise hatten sie sich großartig geschlagen. Außerdem hatte ich von oben sowieso ein Auge auf sie.

Der Weg führte uns zu einem großen Feld, das von einem baufälligen Lattenzaun umgeben war. Nach dem mehrtägigen

Marsch durch die Wälder verhieß der Anblick des offenen Geländes uns Freiheit.

Wir blieben am Rand des Feldes stehen. Einst dem Wald abgerungen, war es jetzt bereits wieder mit gräulichen, hüfthohen Unkräutern überwachsen. Der Wind fuhr durch die zähen Pflanzen, die einen harten Winter überlebt hatten.

Das sich kräuselnde, schmutzig gelbe Meer aus Gras schien vor dem bleigrauen Hintergrund des dunkler werdenden Himmels zu leuchten. Beim Anblick dieser Farbkombination konnte man eine Gänsehaut bekommen.

Der graue, verrottende Zaun bestand aus Reihen krummer, horizontaler Planken, die an niedrige Pfähle genagelt waren. Er musste dazu gedient haben, die Ernte vor größeren Mobs zu schützen. Die Lücken zwischen den Planken waren breit genug, um kleine Tiere durchzulassen – aber zum Beispiel keine Rentierherde. Auch er war von dornigen Kriechgewächsen überzogen.

Auf ein paar Pfählen waren die Schädel von Tieren mit langen Hörnern angebracht. An manchen Stellen war der Zaun abgesackt und eingebrochen.

Als ich mich näherte, hörte ich ein seltsames, summendes Geräusch aus dem Feld. Ich konzentrierte mich darauf und erkannte, dass es von den Schädeln kam, die als Ersatzwächter dienten, um Vögel und Tiere zu verscheuchen.

Dieses Feld hatte einmal einem kleinen calteanischen Clan gehört, lange bevor die Horde hier eingefallen war. Ihr Schamane war bei der berüchtigten Ratssitzung nicht anwesend gewesen. Wahrscheinlich hätte er sie nie rechtzeitig erreicht.

Die Stimmung der Calteaner war umgeschlagen. Instinktiv stellten sich die Krieger Rücken an Rücken auf und hielten ihre Waffen bereit.

Sie schienen zu erwarten, dass jeden Moment ein unsichtbarer Feind aus dem Wald auf sie losstürmen würde. Alle Gespräche waren verstummt. Sämtliche Ausflügler waren wieder zur Gruppe zurückgekehrt.

Misstrauisch bewegte sich die Karawane entlang des verlassenen Feldes vorwärts.

Das Lied der Schädel folgte uns noch lange Zeit und drängte uns, das unheimliche, offene Gelände zu verlassen.

Selbst als wir uns endlich wieder in der Sicherheit der Wälder befanden, stellte sich die fröhliche Stimmung beim Clan nicht wieder ein. Sie liefen schweigend weiter, warfen häufig Blicke zurück und spähten in die einsetzende Dunkelheit.

Erst als wir beschlossen, für die Nacht Halt zu machen, ließ die Anspannung etwas nach. Hunderte von Lagerfeuern entflammten auf einer großen Waldwiese und füllten sie mit dem Geruch von Essen und Rauch.

Unser Eintopf war fertig und wurde in hölzerne Schüsseln gefüllt herumgereicht. Inzwischen griff Orman ins Feuer und zog einen in Ton gebackenen Vogel heraus. Aus den Rissen tropfte ein appetitlicher Saft. Orman hatte den Vogel mit Federn gebacken. Als er jetzt die Tonhülle zerbrach, wurde die Haut mit ihr abgezogen. Darunter kam das zarte, dampfend heiße Fleisch des Vogels zum Vorschein.

Ein berauschendes Aroma hing über dem Feuer.

Shorve hockte sich neben mir nieder. „Habt Ihr es bemerkt?", flüsterte er.

„Dass uns jemand folgt?", antwortete ich, ohne vom Essen aufzublicken. „Ja, habe ich."

„Es ist mir heute Morgen aufgefallen", sagte er. „Morgen werden sie uns wohl einholen. Wisst Ihr, wer es ist?"

„Keine Ahnung. Sie sind gut getarnt. Ich habe es nicht gewagt, tiefer runterzugehen. Sie sind uns seit gestern Morgen in kleinen Gruppen gefolgt. Zweimal haben sie die Vögel aufgescheucht. Ich glaube, sie wissen, dass wir sie bemerkt haben. Ihr habt recht, sie werden uns wahrscheinlich morgen Mittag einholen."

„Ich wüsste zu gern, wer sie sind", flüsterte er.

„Sie sind definitiv intelligent. Wären es Tiere oder Nocteaner, hätten sie sich schon gezeigt." Unsere Verfolger waren seit dem Tag nach unserem Kampf mit Vapree auf unseren Fersen.

Ich erinnerte mich an einen Rat, den ich mal im Internet bei einem Survival-Experten gesehen hatte. Er hatte gesagt, wenn man sich im Wald orientieren wollte, musste man einen erhöhten Punkt wie einen Felsen, einen Hügel oder einen Baum suchen.

Oder Boris' Rücken, fügte ich im Geiste hinzu.

Unsere Verfolger schienen über meine Fertigkeiten Bescheid zu wissen. Ich hätte mein Leben darauf verwettet, dass es sich um Spieler handelte. Vermutlich Schurken oder jemand mit ausgezeichneten Tarnfähigkeiten.

Trotzdem konnten sie nicht alles voraussehen, wie zum Beispiel die Vögel, die sie aufgescheucht hatten. Auch wenn alles, was ich hatte erkennen können, ein paar verstreute winzige, schwarze Punkte waren, war ich mir sicher, dass unser Verfolger entweder eine sehr große Kreatur oder sogar ein ganzer Trupp war.

Als es Abend wurde, unternahm ich einen weiteren Aufklärungsflug, nur um mich etwas zu beruhigen. Alles war still, dann flogen wieder ein paar Vögel auf.

Das war kein Zufall. Wir wurden definitiv verfolgt.

Am nächsten Tag bestätigte sich mein Verdacht. Unsere Verfolger holten auf. Shorve hatte sie ebenfalls bemerkt.

Ich wollte die anderen nicht in Angst versetzen. Das Letzte, was wir brauchten, war ein Stamm in Panik.

Wir informierten die Krieger. Die einfachen Stammesmitglieder mussten es nicht wissen.

Droy erhöhte unser Marschtempo. Zum Glück erlaubte das Terrain uns, schneller voranzukommen. Wir hatten vor, die Klippen am Meeresufer zu erreichen, die uns einen ausgezeichneten Stand bieten würden, falls wir unerwünschte Gäste empfangen mussten.

Die Nacht verging ereignislos. Kurz vor Mittag erreichten wir endlich das Meer.

Die tobende See warf hohe, graue Wellen gegen eine einsame, schwarze Klippe, auf der ein alter, aus riesigen Steinplatten erbauter Leuchtturm aufragte. Wie ein Riese aus einem Märchen stand er stolz über der tosenden Gischt, die ihn zu verschlingen versuchte.

Daneben wurde mir meine eigene Geringfügigkeit im Angesicht des Zorns der Elemente deutlich bewusst. Das Meer war wunderschön. Seine Winde erhoben sich zu einem solchen Crescendo, dass wir uns über ihrem Gebrüll nicht mehr verständigen konnten. Berghohe Wellen brachen sich an den Klippen und ließen Kaskaden von Gischt in die Luft spritzen. Die Brise besprühte unsere Gesichter mit Salzwasser.

Sofort waren unsere Kleider nass und unsere Hände und Gesichter mit einem feinen Salzfilm bedeckt.

Wir hatten es geschafft.

Der Korridor aus Klippen empfing uns ruhig und schweigend. Von seinem hohen, gewölbeartigen Dach tropfte Salzwasser auf unsere Köpfe. Allein der Anblick war atemberaubend. Das Meer musste Jahrhunderte gebraucht haben, um diesen engen Korridor durch die Klippen auszuhöhlen, der jetzt wirkte wie eine Riesenschlange oder ein Drache.

Sonnenstrahlen drangen durch die Spalten in der Felsdecke ein und erleuchteten die vor Nässe glänzenden Wände, sodass der Gang innen gut beleuchtet war.

„Ein Teil der Gruppe bleibt hier", verkündete Droy seinen Hauptleuten, als der letzte Wagen unserer Karawane im Korridor verschwunden war. „Wir postieren die Bogenschützen oben auf den Klippen. Die Fußsoldaten werden den Gang verteidigen. Ich glaube nicht, dass wir die Kavallerie hier brauchen. Bevan der Rabe und seine Männer empfangen den Feind auf der anderen Seite."

„*Falls* der Feind es auf die andere Seite schafft", knurrte Badwar. „Was ich bezweifle."

Die anderen nahmen seine Worte mit einem bedrohlichen Lächeln auf ihren bärtigen Gesichtern auf.

„Nehmt eure Positionen ein!", rief Droy.

Unsere Armee geriet in Bewegung.

400 Krieger – mehr als die Hälfte unseres kleinen Heers – blieben draußen bei den Klippen, um unseren Rückzug zu decken.

Mittlerweile waren wir mit vollem Eifer dabei, unsere Ausrüstung auf „blau" zu steigern. Dummerweise dauerte das länger als unsere ursprüngliche Umstellung auf „grün". Gegenstände einer seltenen Klasse zu fertigen, brauchte mehr Zeit und erforderte höhere Fertigkeitslevel.

Ganz zu schweigen von der Tatsache, dass unsere Handwerker ihre Arbeit unterwegs durchführen mussten. Ohne eine ordentliche Werkstatt war es schwer, gute Ergebnisse zu erzielen. Doch sie taten ihr Bestes. Wenigstens hatten wir dank der Schatzkammer der Ennans eine Menge Material.

Also stellte sich jetzt eine blaugrüne Armee dem Feind in den Weg.

„In diesem Nebel kann man die Hand nicht vor Augen sehen", flüsterte Droy, der hinter einem großen Felsbrocken hervor spähte.

Trotz der Nähe zum Meer war die gesamte Front der Klippen von unnatürlichem, weißem Nebel eingehüllt.

„Ich glaube, das ist ein Zauber, den sie wirken", flüsterte ich zurück.

Droy verschluckte sich beinahe vor Überraschung. Er hob den Kopf über den Felsen und warf zornige Blicke um sich.

„Runter", forderte ich ihn auf. „So seht Ihr doch sowieso nichts."

„Was sollen wir tun?", fragte er.

„Noch nichts. Sagt allen, dass sie die Köpfe unten halten und so tun sollen, als hätten wir nichts bemerkt. Sie sollen es den anderen weitersagen. So, wie sie sich verhalten, sind sie nicht von hier. Es sind Spieler – entweder des Lichts oder des Dunkels."

Droy nickte. „Dann warten wir, bis sie angreifen."

„Genau."

Ich wollte noch etwas hinzufügen, als Shorve mir die Hand auf die Schulter legte. Als ich ihn ansah, legte er den Finger an die Lippen und nickte in Richtung Nebel.

Vorsichtig warf ich einen Blick über den Felsen. Er hatte recht. Der weiße Dunst wurde dünner.

„Olgerd! Herr Ivanenko! Wie geht es Euch?"

Entnervt rollte ich die Augen. Nicht wieder diese Stimme. Gerade, als ich gedacht hatte, dass ich ihn los wäre.

Ich stand auf. „Es geht mir gut, Tanor, danke, und Euch?"

„Ich würde gern mit Euch reden, Herr Olgerd. Könntet Ihr Euren Meuchelmördern bitte sagen, dass sie nicht auf uns schießen sollen?"

„Kommt darauf an, wozu Ihr hierhergekommen seid", rief ich zurück, keine Sekunde außer Acht lassend, dass der Typ ein Anwerber der Steel Shirts war.

Ich wandte mich Droy zu. „Wenn Euch etwas komisch vorkommt, schießt einfach."

Er grinste mich blutdürstig an.

Ich setzte über den Felsen und stand am Fuße der Klippe. Mein Arsenal war bereit: die Flickbox voll geladen, die Beschwörungstalismane bereit zur Aktivierung, der kleine Spiegel in meiner linken Hand verborgen.

Eine Welle leiser Jubelrufe erklang in den Reihen der Calteaner, als ich sämtliche Buffs aktivierte.

Inzwischen hatte sich der Nebel zurückgezogen und den Blick auf die schlanke Alven-Gestalt meines Erzfeindes freigegeben.

Während ich näher an ihn heranging, sah ich mir an, was es mit dem Nebel auf sich hatte. Der Schleier des Todes, wie passend. Definitiv der Zauber eines Nekromanten. Das war ausgezeichnet, wenn man bedachte, wie gut ich mit dieser speziellen Klasse stand.

Tanor hatte sich kein bisschen verändert. Immer noch der Alte: blitzsauber, grazil und elegant. Sein Gesicht zeigte jedoch Anzeichen von Erschöpfung. Kein Wunder: Durchs Niemandsland zu laufen war schon eine andere Nummer als in der Zitadelle herumzuspazieren.

Er schenkte mir ein strahlendes Lächeln. „Ihr habt Euch sehr verändert."

„Ihr nicht", entgegnete ich und blieb ein paar Schritte von ihm entfernt stehen. „Ich höre. Je schneller wir das erledigt haben, desto besser. Wir sind sehr beschäftigt."

Tanor warf einen schnellen Blick hinter mich. „Ihr seid jetzt Anführer einer ganzen Nation, nicht wahr?"

Er klang todernst. Bildete ich mir das ein oder wollte er sich bei mir einschleimen?

Ich ignorierte seine Frage. „Gehe ich recht in der Annahme, dass Ihr hier seid, um mehr Drohungen und Ultimaten auszusprechen? Ich fürchte, Ihr verschwendet Eure Zeit."

Er wedelte mit der Hand. „Nicht im Mindesten! Warum sollte ich so etwas tun?"

Ich lachte leise. „Warum nicht? Es wäre nicht das erste Mal."

Er hob die Schultern. „Es war die richtige Entscheidung, die Ennan-Stadt zu verlassen. Aber warum habt Ihr sie getroffen?"

Er schien den Grund seiner Anwesenheit vermeiden zu wollen. War er hier, um mir das sprichwörtliche Zuckerbrot anzubieten?

„Was meint Ihr mit warum?", fragte ich. „Wisst Ihr, ich bin nicht verrückt genug, um gleichzeitig zwei verbündete Armeen und noch dazu die Nocteaner-Horde zu bekämpfen. Das Leben meiner Krieger ist mir dafür zu wertvoll."

„Natürlich", sagte er mit einem wissenden Lächeln. „Deshalb habt Ihr Euch geweigert, Eure NPCs zu opfern, um den Obelisken zu aktivieren. Wir sind nicht darauf gekommen, warum Ihr das getan habt. Die Schlussfolgerung unserer Analysten war, dass Ihr den Obelisken nicht gefunden habt und deshalb fortgegangen seid."

„Überrascht Euch das?"

„Oh, nein, nicht im Mindesten. Ihr habt Euch stattdessen entschieden, den Clan zu behalten. Diese Strategie hat langfristig gesehen wesentlich mehr Potenzial."

Er kapierte es nicht. Egal. Es war besser so. Sollte er doch glauben, was er wollte. Dass er mich unterschätzte, konnte für mich nur vorteilhaft sein.

„Und? Gehört die Stadt jetzt Euch?", fragte ich.

Sein Gesicht verfinsterte sich. „Ja, sozusagen. Heute zumindest. Ob das morgen noch so sein wird, weiß ich nicht. Wir werden sehen."

„Warum habt Ihr dann nicht den Obelisken aktiviert?"

„Drücken wir es so aus: Wir werden nicht viel davon haben."

Was auch immer das zu bedeuten hatte. „Aha. Verstehe."

„Nun, kommen wir zur Sache. Herr Olgerd, ich habe die Vollmacht, Euch ein Friedensabkommen anzubieten. Ein Bündnis, wenn Ihr so wollt."

Darum ging es hier also. Ich hatte mir gedacht, dass es dazu kommen würde. Sie hatten nicht genug Ressourcen, um mich zu verfolgen. Die waren alle in ihrem kleinen Gerangel um das Zwielichtschloss gebunden. In der Zwischenzeit konnte ich es mir leisten, meine eigenen Ressourcen ganz gemütlich hochzuleveln.

Ihr wollt also auf beiden Hochzeiten tanzen, Herr Tanor? Nun gut.

Ich lächelte ihn an. „Klingt gut. Ein Friedensabkommen für den Anfang, und dann sehen wir weiter. War es nicht Cicero, der gesagt hat, ein schlechter Friede sei besser als ein guter Krieg? Seid Ihr zufrieden mit meiner Antwort?"

Er strahlte und seufzte erleichtert auf. „Absolut! Mehr als zufrieden."

„GLÜCKWUNSCH, MEIN Freund." Ich legte Droy die Hand auf die Schulter.

Zusammengesunken stand er vor einem großen Blockhaus. Eine Träne rann seine Wange hinunter.

Offenbar war mein Droy der Reißzahn in diesem Teil der Welt ein wichtiger Landbesitzer gewesen. Das hieß, bevor die Nocteaner gekommen waren. Und was für ein Anwesen sein Besitz war! Die Ställe. Die Nebengebäude. Der große Pferch für Vieh. Alles noch in guter Verfassung, praktisch unberührt.

„Danke, mein Freund." Droy sah mit offenem, dankbarem Blick zu mir auf. „In jener Nacht haben die Himmel mir meine besten Freunde genommen, aber in ihrer Gnade haben sie Euch an ihrer Stelle geschickt! Ihr habt mir mein altes Haus zurückgegeben! Und nicht nur meines. Ihr habt uns unsere Heimat zurückgegeben!"

Er zeigte mir seinen Hof und seinen Haushalt und erzählte mir, wie er plante, sie auszubauen. Er und ich hatten so viel gemeinsam. Wie ich war er ein einfacher Mann, jemand, der sein Heim und seine Familie liebte.

Boris schwebte auf den Luftströmungen und genoss seinen Flug über das Tal. Was für eine wunderschöne Gegend. Die Silberberge! Wie eine hoch aufragende, felsige Palisade schützten sie das Tal vor den Winden aus dem Norden. Ein riesengroßer See glitzerte zwischen dem üppigen Grün endloser Gärten und Haine.

„Na, was meinst du, Kleiner? Gefällt dir die Heimat der Calteaner? Glaubst du, Sveta und Christina könnte es hier auch gefallen?"

Boris, der meine Stimmung spürte, öffnete seinen mächtigen Schnabel und erschütterte den Himmel mit seinem triumphierenden Adlerschrei.

Wir landeten auf dem Gipfel des Berges. Ich schlang die Arme um Boris' muskulösen Hals und aktivierte dann den Beschwörungs-Talisman.

Dann warf ich einen letzten, forschenden Blick auf das Tal unter mir. Wir hatten eine Menge Arbeit vor uns. Doch nicht jetzt. Später.

Ich konzentrierte mich auf den Ausloggen-Knopf. Es gab keine Worte, um zu beschreiben, wie glücklich es mich machte, ihn zu drücken.

Ein kurzer Epilog

DUNKELHEIT. Grenzenlos und ungreifbar. Unendlich.

Gleichzeitig beängstigend und tröstlich. Namenlos ist sie, grenzenlos und ohne Ende, die ganze Welt in ihrer Umarmung umfassend.

Sie hat kein Gesicht und keine Seele. Doch sie ist nicht leer. Denn ich bin dort.

Ich weiß noch nicht, wer ich bin. Ich kann mich weder spüren noch sehen. Ich fühle nichts. Doch ich kann denken ... Also bin ich.

Moment mal. Diese Redewendung kenne ich. Sie ist schon Jahrhunderte alt.

Jahrhunderte? Bedeutet das, es gibt mehr in der Welt als diese Dunkelheit?

Jetzt erinnere ich mich. Es ist *Zeit*.

Meine Gedanken bilden eine Kette und entlocken meinem Unterbewusstsein langsam mehr Erinnerungen.

Gehorsam weicht die Dunkelheit vor ihnen zurück.

Mein Erwachen schmerzte. Das dumpfe Pochen meiner Schläfen breitete sich in scharfen, hämmernden Schlägen bis in meinen Nacken und meine Schultern aus. Von Tausenden kleiner, eisiger Spitzen durchbohrt weigerte mein kalter, tauber Körper sich, aus seinem Winterschlaf aufzuwachen.

Eine schwere, bleierne Nebeldecke lag drückend über meinen schwachen, mühsam erwachenden Geist. Wie ein junger Grashalm, der sich nach der Sonne streckte, strengte mein Gehirn jede Zelle an, um aus der Dunkelheit aufzutauchen, die mein Unterbewusstsein umhüllte.

Endlich brach es daraus hervor, seine feurige Blume erblühte in meinem Geist und erfüllte meinen Körper mit unbändigem Leben.

Langsam öffnete ich die Augenlider. Ein dicker, trüber Film machte es mir unmöglich, klar zu sehen. Ich blinzelte ein paarmal, doch das Hindernis verschwand nicht.

Automatisch hob ich die Hand, um mir die Augen zu reiben. Meine Finger stießen gegen etwas. Meine tauben Nerven weigerten sich, Signale an mein Gehirn zu schicken und verhinderten so, dass ich das Hindernis identifizieren konnte.

Nach einigen fruchtlosen Versuchen, den nervigen Gegenstand zu entfernen, fühlte sich mein Arm unerträglich schwer an. Ich nahm all meine Kraft zusammen und versuchte, mich auf den Ellenbogen zu stützen. Ein dumpfer Schmerz durchfuhr meinen schlaffen Körper. Es ging nicht.

Ich musste mich ausruhen. Ein schwerer, fiebriger Schlaf überkam mich.

Das nächste Mal erwachte ich davon, dass ein helles, warmes Licht durch meine geschlossenen Augenlider drang. Meine Ohren fühlten sich verstopft an.

Ohne die Augen zu öffnen, bewegte ich Finger und Zehen.

Sie schienen in Ordnung zu sein.

Der unangenehme, pochende Schmerz war weg. Ich hatte wieder Gefühl in den Fingern.

Durch die gummiartige Stille drangen Stimmen an mein Ohr. Das vertraute Piepsen lebenserhaltender Apparate. Eine Tür, die sich öffnete und wieder schloss und den Klang sich nähernder Schritte hereinließ.

Lag ich in einem Krankenhausbett? Kein Wunder. Wie lange war ich in der Kapsel gewesen? Mehrere Monate?

Warum war es so kalt? Hatten sie mich im Kühlschrank aufbewahrt?

Etwas Warmes, Weiches, Sanftes legte sich auf meine Wange. Es fühlte sich gut an. Meine starren Lippen verzogen sich zu einem Lächeln.

Meine Augenlider öffneten sich. Durch den trüben Nebel vor meinen Augen erkannte ich den undeutlichen, verschwommenen Umriss eines menschlichen Gesichts.

Die weiche, warme Berührung wanderte zu meiner anderen Wange.

Es war eine Hand. Eine sehr kleine.

Dann hörte ich eine Stimme. So lieb war sie, so vertraut und so warm.

„Papa? Bist du jetzt wieder da?"

Ende von Buch Vier

*Laden Sie unseren KOSTENLOSEN **Verlagskatalog** herunter:*
Geschichten voller Wunder und Abenteuer: Das Beste aus
LitRPG, Fantasy und Science-Fiction (Verlagskatalog)

Deutsche LitRPG Books News auf FB liken: facebook.com/
groups/DeutscheLitRPG[1]

Vielen Dank, dass du *Spiegelwelt* gelesen hast!
Weitere deutsche Übersetzungen unserer LitRPG-Bücher werden
schon bald folgen!
Auf unserer offiziellen Webseite[2] erfährst du mehr darüber.
Bitte vergiss nicht, unseren Newsletter zu abonnieren:
http://eepurl.com/dOTLd1
UM WEITERE BÜCHER DIESER Reihe schneller übersetzen zu
können, brauchen wir deine Unterstützung! Bitte schreibe eine
Rezension oder empfiehl *Spiegelwelt* deinen Freunden, indem du den
Link in sozialen Netzwerken wie Facebook[3] teilst. Je mehr Leute
das Buch kaufen, desto schneller sind wir in der Lage, weitere
Übersetzungen in Auftrag geben und veröffentlichen zu können.
Vielen Dank!

Erzähle uns mehr über dich und deine Lieblingsbücher, schau dir
die neuesten Bücher an und vernetze dich mit anderen
LitRPG-Fans.
Bis bald!

---

2. http://md-books.com/

3. https://www.facebook.com/groups/DeutscheLitRPG

CPSIA information can be obtained
at www.ICGtesting.com
Printed in the USA
BVHW030322180521
607542BV00011B/124

9 781386 679585